PARADOX 13

PARADOX 13
by HIGASHINO Keigo
Copyright ⓒ 2009 HIGASHINO Keigo
All rights reserved.
Originally published in Japan by MAINICHI NEWSPAPERS CO., LTD., Tokyo.
Korean translation rights arranged with
MAINICHI NEWSPAPERS CO., LTD., Japan
through THE SAKAI AGENCY and EntersKorea Co., Ltd.

이 책의 한국어판 저작권은 (주)엔터스코리아를 통해 저작권자와 독점 계약한
도서출판 재인에 있습니다.
신저작권법에 의하여 한국 내에서 보호를 받는 저작물이므로
무단 전재와 무단 복제를 금합니다.

패러독스 13

초판 1쇄 펴낸 날 2012년 10월 22일 4쇄 펴낸 날 2021년 12월 16일
지은이 히가시노 게이고 **옮긴이** 이혁재 **펴낸이** 박설림 **펴낸곳** 도서출판 재인 **디자인** 오필민디자인
등록 2003. 7. 2 제300-2003-119 **주소** 서울시 강남구 도곡동 467-6 대림아크로텔 1812호
전화 02-571-6858 **팩스** 02-571-6857

ISBN 978-89-90982-48-3 03830 Copyright ⓒ 재인, 2021 Printed in Korea.

책값은 뒤표지에 표시되어 있습니다. 잘못된 책은 바꿔 드립니다.

HIGASHINO KEIGO

패러독스13

히가시노 게이고 지음 | 이혁재 옮김

재인

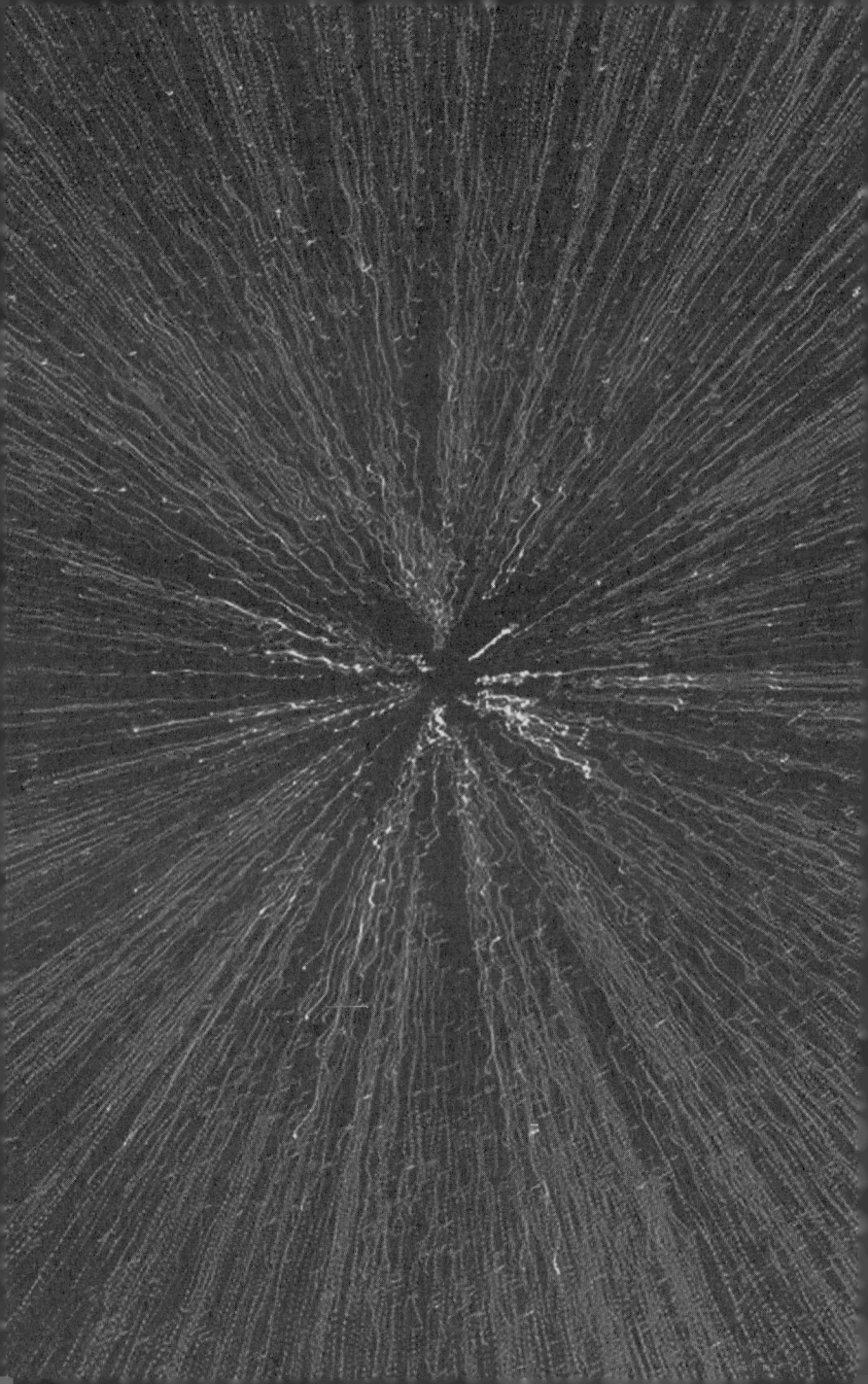

1

 수석 비서관 다가미의 보고를 받던 오쓰키가 눈썹을 찡그렸다. 오쓰키는 공관 내의 집무실에서 아프리카 정책에 관한 원고를 마무리하던 중이었다. 그는 다음 주 에티오피아의 수도 아디스아바바에서 연설할 예정이었다.

 흑단으로 만든 책상 앞에 앉아 있던 오쓰키는 빙그르 의자를 돌려 비서관을 마주 보았다. 몸집이 커다란 다가미 비서관이 움찔한다.

 "호리코시가 무슨 일로 보자는 거야. 또 원자력 발전소 문젠가?"

 호리코시 다다오는 과학 기술 정책 담당 장관이다. 오쓰키는 그가 며칠 전 국제 원자력 기구 총회에 다녀온 사실을 떠올렸다.

 "아닙니다. 그 얘기는 아닌 것 같습니다. 함께 온 사람들이 작사 소속입니다."

 "작사?"

 "J, A, X, A. 우주 항공 연구 개발 기구입니다."

"아, 그래. 그 사람들이 웬일이지, H2 로켓 때문인가?"

"저도 그런가 보다 했는데, 그게 아닌 듯합니다."

다가미 비서관이 주머니에서 수첩을 꺼냈다.

"우주 과학 연구 본부의 고에너지-천문학 연구계라는 부서에서 보고드릴 게 있답니다."

"그건 또 뭐야."

오쓰키는 쓴웃음을 지었다. 이름이 너무 장황해 도무지 뭐하는 곳인지 알아들을 수 없었다.

"하여간 급한 일이라고 합니다만……"

"무슨 내용인지는 자세히 안 물어봤나?"

"물어보긴 했지만, 구두로 말씀드릴 수 있는 사안이 아니라고 했습니다. 총리님을 직접 뵙고 설명드려야 한다고요."

"음……"

"저…… 실은,"

다가미 비서관은 약간 주저하는 기색이었다.

"호리코시 장관도 상황을 완벽하게 파악하지는 못한 모양입니다. 본인도 한차례 설명을 듣긴 했지만 이해되지 않는 것이 많으니, 총리님과 함께 다시 한 번 설명을 듣고 싶다고 했습니다."

"뭐야? 자기도 이해하지 못하는 일을 가지고 그 작자들을 나한테 데려오겠다는 건가!"

"긴급 사태인 것만은 확실하다고 합니다. 호리코시 장관은 그것이 일본만의 문제가 아니라, 지구 전체의 운명과 관련돼 있다고 했습니다."

'지구'라는 단어에 오쓰키는 한쪽 눈썹을 치켜세웠다.

"그렇다면 온난화 건인가?"

'그 문제라면 골치 아픈데…….'

오쓰키는 그렇게 생각했다. 온난화 대책, 그중에서도 이산화탄소 배출량 삭감에 미국은 소극적이었다. 그 문제에 관한 미국은 완전히 고립 상태다. 하지만 미국과 대립해 봤자 이익이 없다는 것이 오쓰키의 판단이었다.

"잘은 모르겠습니다만, 말하는 분위기로 볼 때 그것도 아닌 것 같습니다. 총리님께 보고하고 싶다는 내용은, 미국과 공동으로 어떤 연구를 진행하다가 발견한 것이라고 합니다. 너무나 중요한 내용이라 공식 발표 전에 두 나라 연구 책임자가 각각 자국 정부 수뇌에게 먼저 알리기로 했답니다. 즉, 백악관에도 같은 내용이 보고되는 것입니다."

"백악관? 미국 대통령에게도 직접 보고된다는 건가?"

"그런 것 같습니다."

오쓰키가 의자에서 벌떡 일어났다.

"그 말부터 했어야지."

상황을 설명하러 앞에 나와 선 사람은 마쓰야마라고 했다. 마르고 키가 작은 40세 전후 남자로, 우주 과학 연구 본부 고에너지-천문학 담당 연구 주간이었다. 몹시 긴장한 듯, 그다지 덥지도 않은데 관자놀이 주위가 땀으로 번들거렸다.

조명이 꺼지고 실내가 어두워졌다. 그와 동시에 프로젝터에 전원이 들어왔다. 벽에 설치된 스크린에 흑백 사진이 비쳤다. 사진에 구름 덩어리 같은 것이 보이고 그 주위에는 흰 반점이 흩어져 있다.

"이 사진은 X선 천문 위성을 통해 관측에 성공한 블랙홀입니다. 정확히 말하면 블랙홀 자체는 아니고, 블랙홀의 영향을 받은 주변의 모습입니다."

마쓰야마 주간이 살짝 떨리는 목소리로 설명을 시작했다.

이어진 내용은 오쓰키가 상상조차 못한 것이었다. 의외라기보다 지금까지 단 한 번도 생각해 본 적이 없는 사안이었다. 오쓰키는 중간 중간 설명을 중단시키고 "잠시 생각을 좀 정리합시다."라며 눈두덩을 눌러 댔다. 그렇게라도 하지 않으면 현실감을 잃고 말 것 같았기 때문이다.

설명을 마친 마쓰야마 주간은 후, 하고 한숨을 길게 내쉬었다.

"이상이 P-13 현상의 개요입니다. 컴퓨터로 계산한 결과, 이 현상이 발생할 확률은 99.95퍼센트입니다. 미국과 영국, 중국에서도 같은 계산 결과가 나왔고 같은 결론에 도달했습니다."

마쓰야마의 말투는 줄곧 무거웠다.

우주 과학 연구 본부장 나가노가 입을 굳게 다물고 있는 오쓰키를 바라보았다.

"설명을 이해하시겠습니까?"

오쓰키는 턱을 괸 채 천천히 고개를 끄덕거린 후 옆에 있는 다가미 비서관에게 고개를 돌렸다.

"자네, 이해하겠나?"

다가미는 길게 찢어진 눈을 깜박였다.

"세세한 것까지는 잘 모르겠지만, 앞으로 무슨 일이 일어날지는 알 것 같습니다."

과학 기술 정책 담당 장관 호리코시가 그럴 줄 알았다는 듯 고개를 끄덕였다.

"그게 정말 그래요. 전문적인 내용은 솔직히 저도 잘 모르겠어요. 수학적으로 그렇게 된다는데, 도무지 와 닿질 않습니다."

오쓰키는 팔짱을 끼었다. 그리고 여전히 앞에 서 있는 마쓰야마 주간을 올려다봤다.

"그래서, 결국 어떻게 된다는 겁니까. 그런 현상이 일어나면 뭐가 달라지죠? 사고나 재난이 일어납니까?"

마쓰야마 주간이 나가노 본부장을 바라보았다. 총리의 질문에 대답해도 되는지 허락을 구하는 듯했다. 나가노가 고개를 끄덕이자 마쓰야마는 한차례 심호흡을 한 뒤 입을 열었다.

"결론부터 말씀드리자면, 무엇이 어떻게 변할지 예측할 수 없습니다. 그건 미래를 예측할 수 없는 것과 같은 이치입니다."

"그렇다면 대책을 세울 방법이 없지 않습니까. 백 퍼센트 정확히 예측하라는 게 아니에요. 발생 가능한 상황을 말해 보라는 거지. 그 상황들에 대해 대비책을 마련해 두면 막상 일이 닥쳤을 때 당황하지 않고 잘 해결할 수 있지 않겠어요?"

"아니 그게……. 분명히 뭔가 변화가 일어나긴 할 것 같습니다만, 그걸 파악하는 게 논리 수학적으로 불가능합니다."

"뭐라고?"

오쓰키는 미간을 찌푸렸다. 정치적 논의에서 '논리 수학적'이라는 단어를 써 본 적도, 들어 본 적도 없었다.

"예를 들어,"

마쓰야마는 입술에 침을 묻힌 뒤 말을 이었다.

"이 현상에 의해 총리님이 앉아 계신 위치가 10미터 이동했다고 가정해 보죠. 저 벽 쪽으로 말입니다."

"그럼 나는 벽에 부딪치게 되겠지."

"아니요. 벽도 총리님과 마찬가지로 10미터 이동합니다. 저희들 역시 이동합니다. 모든 것이 함께 움직입니다. 따라서, 결과적으로는 아무도 변화를 알아차리지 못합니다."

"지구 전체가 이동한다는 말이군요."

"우주 전체라는 표현이 적절할 겁니다."

진지한 표정으로 설명하는 마쓰야마를 보며 오쓰키는 '이거 정말 진지하게 들어도 되는 얘기인가 하는 의구심이 들었다. 현실에서 그런 일이 일어나리라고는 도저히 믿기 힘들었다.

"공간뿐 아니라 시간도 마찬가지입니다. 총리님의 시계가 13초 늦어진다고 가정해 보죠. 이때 다른 시계들도 모두 13초 늦어지고, 뿐만 아니라 모든 현상이 13초 늦게 일어난다면 아무도 총리님의 시계가 늦어졌다는 사실을 알아차리지 못할 겁니다."

오쓰키는 자신의 손목시계를 내려다봤다. 아내가 선물한 오메가다.

"이렇게 초침을 뚫어져라 보고 있으면 알 수 있지 않겠습니까?"

"시곗바늘에 변화가 일어나지는 않습니다."

마쓰야마가 계속했다.

"우리들이 미래나 과거로 이동하는 것이 아니기 때문입니다."

"무슨 말인지 통 모르겠어."

오쓰키가 고개를 갸우뚱거렸다.

"그럼 결국 아무런 변화가 일어나지 않는다는 거요?"

"일어나지 않는 것이 아닙니다. 파악하지 못할 뿐입니다."

오쓰키는 신경질적으로 머리를 긁고 나서 손가락 끝으로 눈덩이를 눌러 댔다. 생각을 정리할 때면 나오는 습관이다.

그는 다시 얼굴을 들고 다가미 비서관을 쳐다봤다.

"각료들을 소집해 주게. 언론이 의심하지 않도록 적당한 이유를 둘러대고."

"알겠습니다."

"당신들도 참석하시오."

오쓰키는 마쓰야마와 나가노를 번갈아 바라보며 말했다.

"오늘처럼만 설명해 주면 됩니다. 뭐, 그 내용을 이해하는 작자도 없겠지만."

사흘 후 열린 임시 각료 회의에서 각료들이 보인 반응은 오쓰키가 예상했던 대로였다. JAXA의 마쓰야마와 나가노는 오쓰키 총리에게 보고한 경험을 바탕으로 훨씬 자세하고 알기 쉽게 설명을 준비해 왔다. 그럼에도 설명이 끝나자 각료들은 대부분 매우 당황한 표정을 지었다.

"이론까지 이해할 필요는 없어요."

오쓰키는 각료들을 바라보며 웃는 얼굴로 말했다. 자신은 이미 어느 정도 예비지식을 습득했기 때문에 여유를 부릴 수 있었다.

"솔직히 말해, 나도 잘 모르겠어요. 그러니까 이런 현상이 가까운 시일 안에 일어난다는 점만 이해하면 됩니다. 지금 설명을 들었다시피, 이것 때문에 무슨 변화가 일어나는 건 아닙니다. 아니, 실제로는 일어나지만 우리들이 그걸 실감하는 일은 없다는 거지요."

"하지만 총리님, 아무리 그래도 세상이 혼란에 빠지는 건 피할 수 없지 않겠습니까? 2000년의 밀레니엄 버그 때도 그랬습니다. 결과적으로 큰 문제가 없었다고 하지만, 당시 산업계는 엄청난 혼란에 빠졌었지요."

국토 교통 장관이었다.

다리를 꼬고 앉은 오쓰키는 발을 까닥까닥 흔들었다.

"맞아요. 그때 언론이 필요 이상으로 Y2K의 위험성을 부각시켜 국민들을 선동했지요. 거기에 정치인과 공무원들까지 가세하고. 이번에는 그런 잘못을 되풀이하고 싶지 않군요."

"어떤 식으로 발표하실 겁니까? 이만저만 난해한 내용이 아닌데요. 국민들이 이해도 못한 채 불안에 빠져 혼란만 일으키는 거 아닐까요?"

"아마도 그렇게 되겠지요."

"아마도……라시면……."

국토 교통 장관의 얼굴에 당혹감이 떠올랐다.

오쓰키는 심각한 표정으로 각료들을 둘러봤다.

"발표하면 틀림없이 큰 혼란이 벌어질 겁니다. 유언비어로 인해 피해를 입는 경우도 생길 것이고, 거기에 편승한 범죄도 기승을 부릴 것으로 예상됩니다. 발표해서 좋을 게 하나도 없는 셈이지요. 저는 이 문제는 전적으로 극비에 부쳐야 한다고 생각합니다. 실은 어젯밤에 미국과도 얘기했는데, 그쪽도 같은 의견이었습니다. 발표는 모든 현상이 끝난 뒤로 미루고,

그때까지는 철저히 정보를 차단하는 것으로 의견 일치를 봤습니다. 추후 다른 나라들과도 협의하겠지만, 이 방침은 바뀌지 않을 겁니다."

각료들은 놀라지 않았다. 국민에게 정보를 극비로 하는 것은 흔한 일이었다. 오히려 그들의 머리에는 다른 문제가 떠올랐다.

"하지만 가능할까요?"

방위 장관이 중얼거렸다.

"이런 정보는 어디서 새어 나갈지 모르거든요."

"그러니 보안에 만전을 기해 주셨으면 합니다."

오쓰키의 어조는 단호했다.

"각 부처 내의 어느 선까지 이 내용을 알릴지는 여러분 각자의 판단에 맡기겠습니다. 다만, 외부에는 절대로 새어 나가는 일이 없도록 해 주세요. 특히 신경 써야 할 것은 인터넷입니다. 인터넷에 일단 유출되면 수습할 방법이 없어요. 전문 감시팀을 만들어 만일 관련 정보가 발견될 경우 출처를 추적하고 그 즉시 삭제할 수 있도록 시스템을 구축하세요. 방금도 말했다시피, 이건 일본만의 문제가 아닙니다. 혹시라도 일본에서 정보가 유출될 경우 국제 문제로 발전할 가능성이 매우 높습니다."

모두의 얼굴에 긴장감이 흘렀다.

"현 시점에서 이 사안에 대해 알고 있는 사람은 누구누구입니까?"

여성인 문부 과학 장관이 물었다.

"JAXA 일부와 여기 계신 분들입니다. 그 외에는 없습니다. 적어도 일본 내에는."

장관들이 하나같이 고민에 빠진 표정을 지었다. 정보 관리라는 것은 어떤 의미에서는 책임자에게 가장 어려운 문제인 것이다. 그런 만큼 그 결과에 따라 각자의 능력이 가늠되기도 한다.

"총리님, 그 얘기도 하시는 것이……."

오쓰키 옆에 있던 호리코시 과학 기술 정책 담당 장관이 총리의 귀에 대고 나지막이 말했다.

"알고 있어요."

총리도 낮은 소리로 대답했다. 그는 다시 한 번 각료들의 얼굴을 둘러봤다.

"정보 관리도 그렇지만, 또 하나 여러분이 준비해 주셔야 할 것이 있습니다. P-13 현상이 일어나는 동안 대형 사건 사고가 발생하지 않도록 최대한 주의해 주십시오. 거듭 설명했듯이 P-13 현상에 의한 변화를 우리가 감지하는 것은 아닙니다. 그러나 역사에 영향을 미칠 만한 사건이 일어날 경우 어떤 일이 벌어질지는 예측할 수 없습니다. 아무쪼록 큰 사고가 일어나지 않도록 최선을 다해 주세요."

그리고 오쓰키는 국토 교통 장관에게 눈길을 돌렸다.

"특히 안자이 장관의 역할이 중요합니다."

"그날 특별 교통 통제라도 시행할까요?"

"그건 알아서 판단하세요. 그리고 경찰청과 방위성도 특별 계획을 세워 둘 필요가 있어요."

두 부처의 책임자가 동시에 고개를 들었다. 그 모습을 보며 오쓰키가 이야기를 계속했다.

"미국에서는 테러리스트들이 P-13 현상에 관한 정보를 입수할 가능성도 염두에 두고 있다고 합니다. 최고 수준의 경계 태세를 취할 거라고 했습니다."

"테러리스트들이 무슨 일을 꾸미고 있다는 말씀입니까?"

방위 장관이 물었다.

"그건 모릅니다. 다만 P-13 현상과 핵폭발을 연계시키면 세상을 변화시킬 수 있다고 생각하는 놈들이 있다 해도 이상할 건 없지 않겠습니까."

멀찍이 앉아 있는 방위 장관의 얼굴에 경련이 이는 것이 오쓰키의 눈에도 뜨일 정도였다.

그 모습을 본 오쓰키가 웃으며 말했다.

"그렇게까지 심각해할 필요는 없습니다. 겨우 13초 동안이니까. 그동안만 세상이 가만히 있어 주면 된다는 얘깁니다."

"저, 다시 한 번 말씀해 주십시오. 그게 언제라고 하셨죠?"

문부 과학 장관이 돋보기를 고쳐 쓰며 물었다.

"일본 시간으로 3월 13일 오후 1시 13분 13초."

오쓰키가 메모를 보며 대답했다.

"이때부터 13초간이 지구로서는 운명의 시간입니다."

2

구가 세이야는 세 개의 모니터를 바라보고 있었다. 3월인데도 자동차 안은 장마철처럼 후텁지근했다. 양복 겉저고리를 벗고 넥타이를 풀었다. 와이셔츠 단추도 두 개나 풀어헤쳤지만 땀이 목을 타고 연신 흘러내린다. 노상 주차된 상태로 자동차 엔진을 계속 켜 놓을 수 없어 에어컨도 켜지 못했다.

세이야는 택배 차량으로 위장한 자동차에 타고 있었다.

"움직임이 없는데요."

함께 모니터를 지켜보던 부하 우에노가 말했다.

"초조해할 거 없어. 늦어도 2시에는 거래 장소로 향할 거야. 그때까지 느긋하게 기다리면 돼."

세이야는 모니터에 시선을 고정한 채 말했다.

세 개의 모니터에는 그들이 탄 차로부터 20미터가량 떨어진 곳에 있는 빌딩의 정면 현관과 뒷문, 그리고 3층 창문이 비치고 있었다.

일주일 전, 도쿄 북동부에 있는 오카치마치의 보석 가게가 털리는 사건이 발생했다. 범인들은 총을 갖고 있었고, 경비원

2명이 살해됐다. 도난당한 것은 1억 5000만 엔 상당의 금괴와 보석.

경찰은 범행 수법 등으로 미루어 가게 내부 사정에 밝은 자가 관련됐을 가능성이 높다고 판단하고 전에 이 가게에서 일했던 종업원들을 철저히 조사했다. 그 결과, 현장에서 발견된 머리카락이 1년 전까지 이 가게에서 일했던 남자의 것으로 드러났다. 추궁 끝에 그 남자는 범행을 시인했다.

남자는 일본인이지만 중국인을 중심으로 한 범죄 단체에 가담해 있었다. 보석 가게를 턴 것도 그 범죄 단체의 소행이었다. 남자는 자신이 범행에 가담한 것은 이번이 처음이며, 자신의 몫을 받은 뒤에는 중국인들과 만난 적이 없다고 했다.

남자의 진술을 통해 중국인들의 신원도 판명됐다. 그러나 그들은 이미 아지트에서 사라진 뒤였다. 그나마 수사팀에게 행운이었던 건 금괴를 거래할 시간과 장소를 일본인 남자가 알고 있다는 점이었다. 수사 1과 관리관인 구가 세이야는 수사관들을 대거 투입해 범인들이 숨어 있을 만한 장소를 추적해 나갔다. 그 결과 범인들로 추정되는 중국인들이 드나든다는 건물을 찾아내는 데 성공한 것이다.

세이야는 3층 창문을 비추는 모니터를 응시했다. 범인들은 3층 방에 있었지만 방의 창문에는 하루 종일 커튼이 쳐져 있었기 때문에 모니터에는 3층 복도 쪽 창이 비치도록 해 놓았다.

복도에 한 남자가 나타났다. 이어서 또 한 사람이 나타났다.

둘은 복도에 선 채로 얘기를 나눴다.

"조한방과 주휘영입니다."

우에노가 흥분한 목소리로 말했다. 세이야는 무전기를 들었다.

"구가다. 놈들이 나타났다. 하지만 아직은 움직이지 말 것. 이미 말했듯이, 확인된 자들 외에 범인이 더 있을 수 있다. 그리고 총을 가졌을 가능성이 높다. 모습을 드러내더라도 일단은 움직이지 마라. 그들이 차에 탔을 때 포위해 덮친다."

곧바로 "알았습니다."라는 대답이 돌아왔다.

세이야는 휴대 전화를 꺼내 시간을 확인한 후, 손목시계를 풀어 바늘을 정확히 맞췄다. 낮 12시 40분이었다. 이런 상황에서 시간을 초 단위까지 맞추는 것이 그의 습관이었다.

휴대 전화를 주머니에 넣으려는 순간 착신음이 울렸다. 그는 쯧, 혀를 찼다.

'하필이면 이런 중요한 순간에······.'

무시해 버리려던 그는 그러나 착신 번호를 보고 생각을 바꿨다. 수사 1과장이었던 것이다. 이쪽 상황을 뻔히 알고 있을 테니 상당히 긴급한 사안일지 모른다.

"네, 구가입니다."

"나야. 잠복 중일 텐데 미안하네."

"무슨 일입니까? 지금 그 강도 살인범 체포 작전 중입니다."

여전히 모니터에서 눈을 떼지 않은 채 세이야가 말했다. 범인 둘이 다시 방으로 들어가고 있었다.

"그래서 급히 전화한 거야. 좀 전에 형사 부장이 부르기에 갔더니 묘한 지시를 하더라고."

"어떤 지시인데요?"

"1시부터 1시 20분 사이에는 가급적이면 움직이지 말라는 거야."

"네에?"

저도 모르게 세이야의 눈이 커졌다.

"그게 무슨 말입니까?"

"말 그대로야. 좀 더 정확히 전하자면, 오늘 13시 정각부터 13시 20분까지는 경찰관을 절대 위험한 임무에 투입하지 말라는 지시야."

수사 1과장은 점점 더 모를 소리만 했다.

"어디서 내려온 지시입니까?"

"아마 경찰청보다 더 위에서 나온 것 같아. 형사 부장도 자세한 건 잘 모르는 눈치였어."

"1시부터 1시 20분……이라고요? 움직이지 말라는 이유가 뭡니까?"

"나도 잘 몰라. 어쩌면 그 테러 예고와 관련이 있는지도 모르지."

"미국 쪽 정보 말씀이죠? 오늘 테러가 발생할 우려가 있다는."

"그 정보 역시 출처는 확실치 않아. 자네도 알다시피 그 때문에 번화가나 사람들이 많이 모이는 곳에 경비가 강화됐잖나. 희한하게도 그것마저 1시 30분쯤에는 해제하라고 하니 뭔가 관련이 있다고 생각할 수밖에."

"테러 대책과 강도 살인범 체포가 무슨 관련이 있나요?"

"나도 모른다니까. 하여간 그 20분 동안 위험한 행동은 삼가라는 거야. 혹시 꼭 움직여야 할 필요가 있더라도 1시 13분 전후로는 반드시 피하라는군."

"1시 13분에 무슨 일이 있습니까?"

"몰라. 자세한 건 나중에 설명해 주겠지."

"하지만 저희는 움직일 수밖에 없는 상황입니다. 범인들이 곧 아지트에서 나온다고요. 이번 기회를 놓치면 언제 체포할 수 있을지 몰라요. 그대로 내버려 뒀다가는 민간인들이 피해를 입는 최악의 사태가 발생할 수도 있고요."

"나도 알아. 범인을 잡지 말라는 게 아니야. 다만 시간을 끌 만한 방법이 있는지 생각해 보라는 거지. 물론 범인 체포가 최우선이야. 나중에 문제가 된다면 내가 책임을 지지."

"알았습니다. 염두에 두겠습니다."

"열심히 일하는데 찬물을 끼얹어 미안하군. 침착하고 냉정하게 행동하게."

"네."

전화를 끊고 세이야는 고개를 갸우뚱했다. 수사 1과장의 말투로 보건대 뭔가 정치적 압력이 작용하고 있는 것 같다. 그렇다 치더라도 20분 동안만이라니, 아니 1시 13분 전후만이라니, 도대체 무슨 의도일까.

통화 내용을 들었는지 우에노가 불안한 얼굴로 쳐다봤다.

"뭡니까?"

"아니야. 아무것도."

세이야는 손을 내저으며 모니터로 눈을 돌렸다.

"수사 1과장의 격려 전화야. 그런데 오늘이 무슨 특별한 날인가?"

"오늘요? 3월 13일이니까…… 내일이 화이트데이네요. 아, 그러고 보니 금요일이군요. 13일의 금요일."

"그래?"

"그게 왜요?"

"아니야."

세이야는 고개를 저었다. 화이트데이도 13일의 금요일도 관련이 있을 것 같지 않다.

세이야의 눈길이 건물 뒷문을 비추는 모니터로 향했다. 다음 순간 그는 모니터에 바짝 다가앉았다.

"어, 뭐야, 저 녀석?"

"뭐 말입니까?"

우에노도 모니터에 얼굴을 들이댔다.

젊은 남자가 주차된 자동차 그늘에 숨어 있는 장면이 비쳤다.

"누굴까요? 우리 쪽 사람은 아닌 것 같은데."

그러자 세이야가 한숨을 쉬며 말했다.

"이쪽 관할 서 순경이야. 이번 사건의 초동 수사 때 만났잖아."

"어, 그렇다면 관리관님의……."

"가서 데려오라고 해. 초짜가 저런 데 있으면 방해만 될 뿐이야."

"알겠습니다."

우에노가 무전기로 건물 뒷문 부근에서 잠복 중이던 수사관에게 연락했다. 잠시 후, 숨어 있던 젊은 남자가 세이야의 부하에게 끌려나오는 모습이 모니터에 비쳤다.

"형님께 잘 보이고 싶었던 모양이네요."

우에노가 그 남자를 감싸듯 말했다.

"저런 어리석은 놈……."

세이야가 영 못마땅한 표정을 지었다.

오쓰키는 총리 공관 내의 한 방에 있었다. 그의 앞에 놓인 커다란 모니터에는 태양계의 시간과 공간이 수학적으로 변화되는 모습이 그래픽으로 표시되고 있었다. 하지만 유감스럽게도 그는 그게 뭘 의미하는지 이해할 수 없었다. 다만 그것이, P-13 현상이라 불리는 사태를 일으키는 무언가가 다가오는 것을 나타낸다는 사실만은 담당자의 설명 덕분에 어렴풋하게나마 알고 있었다. 설명대로라면 앞으로 10여 분 후에는 엄청난 사건이 일어나게 되는 것이다. 하지만 그 사건은 수학적으로는 역사에 남지 않는다는 것이 연구진의 의견이었다.

오쓰키는 옆에 서 있는 다가미 비서관을 올려다봤다.

"조치는 다 취했나?"

"네."

"그런데 꼭 뭔가 빠뜨린 것 같은 기분이란 말이야."

"각 부처에 다시 한 번 확인하라고 지시할까요?"

"아니, 그런 문제가 아니야. 그리고 빠뜨린 게 있다 한들 어쩌겠나. 그저 기도할 일만 남았지."

"대응책은 미국이 제시한 매뉴얼에 따라 완벽하게 조치했습니다."

"고속도로는 어떻게 했지?"

"국토 교통부에 따르면 도로 점검을 한다는 명목을 내세워 속도와 차선을 제한했다고 합니다. 또한 공항의 항공기 이착륙도 해당 시간대는 피하도록 했고요. 대형 사고는 주로 이착륙 시에 일어나니까요."

오쓰키는 고개를 끄덕이면서 그 밖에 대형 사고가 일어날 수 있는 가능성에 대해 생각해 봤다. 원자력 관련 시설이 떠올랐지만 이내 지워 버렸다. 그 부분에 관해서는 생각하지 않기로 마음먹었던 것이다.

"주요 시설의 경비에는 만전을 기하도록 지시했겠지?"

"네. 경찰청에서 경시청과 각 지방 경찰청으로 시달했습니다."

오쓰키는 다시 한 번 고개를 끄덕였다. 그리고 이제 와서 안달복달해 봐야 달라질 것은 아무것도 없다며 스스로를 다독였다.

"이제 10분 남았군."

그가 모니터를 보며 중얼거렸다.

왜건의 문이 열리자 그 안에 타고 있는 남자 둘의 모습이 보였다. 구가 후유키는 그들의 뒷모습만 봐도 그중 한 사람이 형 구가 세이야라는 것을 알 수 있었다. 차 안에는 무전기와 모니터가 설치돼 있고 세이야는 모니터를 노려보고 있었다.

"뒷문 쪽에 있던 순경을 데려왔습니다."

후유키를 데려온 형사가 말했다.

구가 세이야는 그들을 흘끗 바라보고는 다시 모니터로 시선을 돌렸다.

"나한테 무슨 볼일이라도 있어?"

후유키가 불퉁한 목소리로 물었다. 그러자 세이야가 모니터에서 시선을 떼고 후유키 쪽으로 고개를 돌렸다.

"너한테 볼일이 있는 게 아니야. 우리 일에 방해가 안 됐으면 하는 거지."

"내가 언제 방해했다고 그래. 뒷문 쪽을 감시하고 있었을 뿐이야."

"그게 방해된다는 거야. 이쪽 일은 우리한테 맡겨. 섣불리 끼어들었다가 다치지 말고."

"나도 형사야."

"알아. 관할 서의 공은 인정해. 하지만 너희들 역할은 거기까지라고. 뒷일은 신경 꺼."

"어떻게 신경을 꺼? 범인을 못 잡았는데."

"거참, 답답하네. 무장한 범인을 체포하는 건 좀도둑을 잡는 것과는 차원이 다르다고."

"그건,"

나도 알고 있다고 말하려는 찰나 세이야가 손을 내저으며 제지하더니 급히 무전기를 들었다.

"놈들이 3층 방을 나왔다. 모두 다섯 명이다. 전원 자리를 지키도록. 이쪽에서 이동하겠다."

그리고 세이야는 운전석에 앉은 우에노에게 지시했다.

"우리가 앞질러 간다. 아까 말했던 거기로."

시동이 걸림과 동시에 세이야가 차 문 손잡이로 손을 뻗었다. 그는 문을 닫기 전에 동생의 얼굴을 바라봤다. 그리고 동생의 불만 가득한 얼굴에 대고 말했다.

"여기 있어. 절대 나서지 말라고."

후유키가 형을 노려봤다. 그러나 세이야는 그 시선을 무시한 채 차 문을 닫아 버렸다.

차의 뒷모습이 사라지는 것을 눈으로 쫓던 후유키는 주위를 두리번거렸다. 그를 이곳까지 데려온 형사도 어디론가 사라지고 없었다. 그 사실을 확인한 그는 재빨리 뛰기 시작했다.

빌딩 정면 현관이 잘 바라다보이는 곳에 자리 잡은 후유키의 눈에 남자 셋이 빌딩에서 나오는 모습이 보였다. 그중 두 사람은 커다란 가방을 들고 있었다. 보석 가게에서 훔친 물건이 들어 있을 것이다. 머리를 빡빡 민 나머지 한 명은 빈손인 채 날카로운 시선으로 주위를 살피고 있었다.

'이상하네.'

후유키는 생각했다. 아까 세이야는 분명 무전기에 대고 방에서 나온 사람이 다섯 명이라고 했는데, 그렇다면 나머지 두 명은 어디 있단 말인가.

그는 빌딩 뒤쪽으로 돌아갔다. 그리고 다시 그늘신 곳에 숨어 주위를 살폈다. 잠복하고 있던 수사관들의 모습이 보이지 않았다. 모두 정면 현관으로 간 듯했다.

그때 뒷문에서 검은 가죽 재킷을 입은 남자가 나왔다. 짐은 들고 있지 않았다.

남자는 길가에 세워져 있던 오픈카로 다가갔다. 그리고 주위를 두리번거리다가 재빨리 차에 올라탔다.

그 순간 후유키는 남자의 웃옷 틈새에서 무언가를 보았다.

'권총이다!'

후유키는 온몸의 피가 거꾸로 솟는 것을 느꼈다. 동시에 차에서 시동 걸리는 소리가 들려왔다. 다음 행동을 생각할 겨를이 없었다. 후유키는 도로로 뛰쳐나가 출발하려는 차 앞을 가로막고 섰다.

"경찰이다. 시동 끄고 손 머리 위로 올려!"

남자는 순간적으로 흠칫 놀라는 듯했지만 이내 태연한 얼굴로 돌아가 엔진을 껐다.

후유키는 운전석으로 다가가 남자의 웃옷을 젖혔다. 어깨에 멘 권총집에 권총이 들어 있었다.

"총검법 위반 현행범으로 체포한다."

그러면서 후유키가 수갑을 꺼내려는 순간, 격심한 고통이 옆구리를 엄습했다. 그는 엉겁결에 웅크려 앉고 말았다. '전기총이다.' 라는 생각이 들었을 때는 이미 차의 시동이 걸려 있었다.

"이 자식이!"

후유키는 차 뒤쪽으로 달려들었다.

3

세이야의 시선이 10여 미터 앞에 있는 주차장을 향해 있었다. 건물과 건물 사이 작은 공간에 만들어진 조그만 코인 주차장이다. 거기에 흰색 벤츠가 서 있었다. 중국인들의 자동차라는 건 이미 확인된 상태였다. 그들은 곧 저 차로 이동할 것이다.

무장한 특수반을 포함해 30여 명의 수사관이 주변에 잠복해 있었다. 세이야는 자신의 웃옷을 더듬으며 총의 감촉을 확인했다. 가능하면 총격전은 피하고 싶지만, 그건 상대가 어떻게 나오느냐에 달렸다.

빌딩 3층 방에서는 남자 다섯 명이 나왔다. 하지만 정면 현관에 나타난 것은 세 명뿐이었다. 나머지 두 명은 아마도 뒷문으로 나올 것이라고 추측했다. 두 패로 나뉘어 거래 현장으로 향하는 것은 그들이 흔히 쓰는 수법이었다. 그래서 세이야는 뒷문 쪽에도 수사관을 남겨 두었다.

남자 세 명이 정면 현관을 나섰다. 세이야는 얼른 무전기를 들었다.

"차에 탈 때 덮친다. 그 전에는 움직이지 말도록."

부하들에게 그렇게 지시했다.

그 직후였다. 무전기에서 부하의 다급한 음성이 들렸다.

"오카모토입니다. 뒷문을 감시하고 있는데 남자 하나가 건물에서 나오자 갑자기 관할 서 형사가 달려들었습니다."

"뭐? 그게 무슨 말이야!"

"자세한 건 저도 모르겠습니다. 저희는 지시받은 대로 두 사람 다 나올 때까지 기다리고 있었는데……."

"그런데?"

그게……, 라고 부하가 말했을 때였다. 격렬한 엔진 음과 더불어 골목에서 오픈카 한 대가 튀어나왔다. 그리고 놀랍게도 차 뒤쪽에 사람이 매달려 있었다. 다름 아닌 후유키였다.

"저 녀석, 도대체 뭐하는 거야!"

"10초 남았습니다."

담당자의 메마른 음성이 조용한 실내를 가로질렀다.

오쓰키는 대형 모니터를 응시하고 있었다. 그래프가 뭘 의미하는지는 이해할 수 없지만, 그 밑에 표시된 숫자가 카운트다운을 나타낸다는 것만은 알았다.

그 숫자가 009, 008, 007로 바뀌어 갔다.

오쓰키는 두 손을 마주 잡고 마음속 깊이 기도했다. 숫자가 000이 된 후에도 이 세계가 변함없이 계속되기를. 세계 그 어느 곳에서도 이변이 일어나지 않고, 이 나라의 질서는 전과 마찬가지이며, 어제와 같이 자신이 국가의 수장이길 간절히 바랐다.

오픈카는 벤츠 옆에 멈춰 섰다. 남자 셋이 막 벤츠에 올라탔다가 머리를 빡빡 민 남자가 조수석에서 도로 내렸다. 손에는 총을 들고 있었다. 오픈카 뒤에 매달린 후유키의 축 늘어진 모습이 세이야의 눈에 들어왔다.

세이야가 무전기에 대고 외쳤다.

"포위, 포위하라!"

그리고 그는 차에서 뛰어내리며 양복 안주머니에 손을 넣었다.

오픈카를 운전하던 남자가 그 모습을 보더니 다시 액셀러레이터를 힘차게 밟았다. 차가 급발진했다. 그럼에도 후유키는 손을 놓으려 하지 않았다.

주변에 잠복해 있던 수사관들이 일제히 뛰어나왔다. 빡빡머리 남자가 낭패한 표정을 짓더니 들고 있던 총의 방아쇠를 당겼다.

그와 동시에 구가 세이야는 전신에 충격을 받으며 뒤로 쓰러졌다.

총소리에 고개를 뒤로 돌린 후유키는 자신의 눈을 의심했다. 쓰러진 세이야의 가슴이 붉은 피로 물들어 있었다.

충격과 절망 속에 후유키는 증오의 눈으로 오픈카에 탄 남자를 바라봤다. 그리고 혼신의 힘을 다해 좌석 쪽으로 기어 들어가려고 했다.

그러자 운전하던 남자는 한 손으로 핸들을 쥔 채 다른 손으로 후유키에게 총구를 겨눴다. 그의 입가에 잔혹한 미소가 떠올랐다.

방아쇠에 손가락이 걸리고, 총구에서 불이 뿜어져 나왔다.

후유키는 자신의 몸이 뭔가를 통과하고 있다는 느낌을 받았다. 보이지 않는 막 같은 물체를 머리부터 몸통, 다리의 순으로 빠져나가고 있었다. 그와 동시에 무언가가 자신의 몸을 통과하는 듯한 느낌도 들었다. 그 무언가는 세포 하나하나에 이르기까지 온몸을 구석구석 훑고 지나갔다. 다음 순간 후유키의 의식이 돌아왔다. 그는 여전히 차 뒤에 매달려 있었다. 그리고 차는 여전히 달리고 있었다.

그런데 운전석을 본 순간 후유키는 숨을 헉 삼키고 말았다. 조금 전까지 운전하고 있던 남자의 모습이 사라지고 없었다. 자동차는 서서히 속도가 줄어들었지만, 멈춰 설 기색은 전혀 없었다.

'운전석으로 가야 한다'고 생각했을 때, 자동차가 어딘가에 부딪쳤다. 그럼에도 차는 멈추지 않고 뭔가를 깔아뭉개며 계속 앞으로 나아갔다. 아스팔트 긁는 소리가 들렸다.

결국 자동차는 가드레일을 들이받고서야 멈춰 섰다.

그제야 후유키는 붙들고 있던 손을 놓고 차에서 떨어져 차 앞쪽으로 걸어갔다. 자동차 범퍼와 가드레일 사이에 찌그러진 오토바이가 끼어 있었다. 아까 부딪치는 소리는 이것 때문인 듯했다.

'오토바이 운전자는 어디로 갔을까?'

하지만 그런 의문은 시작에 불과했다.

격렬한 폭발음에 뒤를 돌아본 후유키는 눈앞에서 펼쳐진 광경에 말문이 막혔다.

온갖 차들이 폭주하며 여기저기서 충돌하고 있었다. 트럭은 빌딩으로 돌진하고, 버스는 택시 행렬에 뛰어들고 있었다. 나뒹굴고 있는 오토바이는 수를 헤아릴 수 없을 정도였다. 개중에는 조금 전까지 달리고 있었던 듯, 타이어가 회전하고 있는 것들도 있었다.

차 한 대가 무서운 속도로 보도에 뛰어들더니 닥치는 대로 들이박으며 후유키를 향해 다가왔다. 후유키가 몸을 날려 간신히 피하자 차는 조금 전까지 그가 매달려 있던 오픈카와 충돌했다. 역시 운전석에는 아무도 타고 있지 않았다.

휘발유 냄새가 진동했다. 후유키는 정신없이 달렸다. 몇 초 후, 차는 굉음과 함께 불길에 휩싸였다.

간신히 목숨을 건졌다며 안심할 때가 아니었다. 곳곳에서 휘발유 냄새가 새어 나오고, 도로 여기저기서 자동차들이 서로 충돌하고 있었다.

후유키는 일단 가까이 있는 건물 안으로 몸을 피했다. 들어가고 보니 백화점이었다. 실내는 아무 일 없다는 듯 불이 밝게 켜져 있고, 화장품 매장에서는 상품 진열대가 평소와 다름없이 빙글빙글 돌아가고 있었다. 하지만 뭔가 이상했다. 그게 뭘까 생각하던 후유키는 사람이 하나도 없다는 사실을 깨달았다. 더 안쪽으로 들어가 봤다. 에스컬레이터가 움직이고 있기에 타고 2층으로 올라갔다. 2층은 여성복 매장이었다. 음악이 흐르고 있지만 손님도 점원도 없었다.

계속 위로 올라갔지만 어느 층이나 상황은 같았다. 5층 가전제품 코너에 진열된 TV에서는 광고가 나오고 있었다. 낯익은 탤런트가 맥주를 맛있게 마시고 있었는데, 그 모습을 보자 조금 안심이 됐다. 비록 TV 화면이긴 하지만 자신 이외의 인간의 존재를 확인했기 때문이다.

하지만 리모컨으로 채널을 돌리는 순간 그런 안도감마저 날아가 버렸다.

TV는 생방송 중인 듯, 스튜디오를 비추고 있었다. 평소 같으면 거기에 뛰어난 말솜씨로 인기를 누리고 있는 사회자나 출연자들이 있어야 할 것이다. 그러나 없었다. 다만 그들이 앉아 있어야 할 의자들이 줄지어 늘어서 있을 뿐이었다.

후유키는 계속해서 이리저리 채널을 돌렸다. 평상시처럼 프로그램이 방영되는 채널이 있는가 하면 아무것도 비치지 않는 채널도 있었다. 무슨 일이 일어났는지 TV를 통해 알아내기는 어려울 것 같았다.

'대체 어떻게 된 일이지.'

초조감으로 인해 온몸에서 식은땀이 났다. 이마에 흐르는 땀을 손등으로 훔치고 나서 그는 휴대 전화를 꺼냈다. 아는 사람들에게 닥치는 대로 전화를 걸었다. 신호음은 울렸지만 전화를 받는 사람은 아무도 없었다.

전화번호 목록을 들여다보던 후유키의 눈길이 구가 세이야의 이름에서 멈췄다. 그걸 본 순간 그의 머리에 한 장면이 되살아났다. 세이야가 총에 맞아 가슴에서 피를 흘리며 쓰러져 있는 광경이었다.

형은 어떻게 됐을까. 상황으로 보건대 살아 있다고 생각하기는 어려웠다. 형에게 전화를 걸어 볼까 망설이다가 그만뒀다. 대신 문자를 찍기 시작했다.

'이걸 보신 분은 누구라도 연락 주세요. 구가 후유키.'

번호가 등록돼 있는 모든 사람에게 문자를 일괄 송신한 다음 그는 아래층으로 내려가는 에스컬레이터를 탔다. 누군가에게서 응답이 오기를 기대하며 휴대 전화를 왼손에 꼭 쥔 채. 하지만 1층에 내려갈 때까지, 그리고 백화점을 나설 때까지도 아무런 응답이 없었다.

바깥 상황은 아까보다 더 나빠져 있었다.

곳곳에 자동차들이 충돌해 멈춰 서 있고, 거기서 검은 연기가 피어오르고 있었다. 또한 화재가 난 곳도 있었다. 연기가 자욱해 주변의 상황이 쉽게 파악되지 않았다. 화학 물질 타는 냄새가 코를 찌르고 눈과 목이 따가웠다.

보도 한편에 자전거가 놓여 있었다. 다행히 망가지지 않은 것이어서 후유키는 자전거에 올라타고 페달을 밟았다.

이제 차도를 달리는 자동차는 한 대도 없었다. 대부분이 무언가에 부딪친 뒤 멈춰 선 상태였다. 차에서 가로수에 옮겨 붙은 불이 다시 찻집의 차양으로 옮겨 붙기도 했다. 곧 건물에도 옮겨 붙을 기세였지만 후유키로서는 손쓸 도리가 없었다.

아무래도 세이야가 마음에 걸린 후유키는 왔던 길을 되돌아가기로 했다.

얼마간 가다 보니 아까 그 코인 주차장이 나왔다. 거기 세워져 있는 벤츠에 중국인 용의자들이 타고 있었던 사실이 떠올랐다.

벤츠는 아까와 같은 위치에 그대로 있었다. 후유키는 자전거에서 내려 천천히 다가갔다. 중국인들은 보이지 않았다. 그걸 확인하고 그는 차 문을 열었다.

뒷좌석에 커다란 서류 가방 2개가 놓여 있었다. 열어 보니 금괴가 들어 있었다. 보석 가게에서 도난당한 물건이 틀림없다.

후유키는 벤츠에서 떨어져 주위를 둘러보았다. 세이야 일행이 타고 있던 왜건이 눈에 들어왔다. 그런데 그 주위에 쓰러져 있어야 할 세이야가 보이지 않았다. 땅바닥에는 핏자국도 없다.

후유키는 어찌할 바를 모르고 그 자리에 멍하니 서 있었다. 도무지 뭐가 뭔지 알 수가 없었다. 세상에서 사람들이 모두 사라진 것이다. 그렇게밖에 생각할 수 없는 상황이었다.

"이봐요, 누구 없습니까!"

있는 힘을 다해 외쳤다. 하지만 주변의 건물이 불타는 소리만 들릴 뿐 아무 대답이 없었다.

그는 다시 자전거에 올라타고 무작정 달렸다. 페달을 밟으며 크게 소리 질렀다. 그러나 어디에도 사람의 모습은 보이지 않았다. 사람이라고는 흔적조차 없는 파괴된 거리에 오직 그의 목소리만 메아리쳤다.

유령 도시 그 자체였다. 다만 조금 전까지 사람이 있었던 흔적은 있었다. 노천카페의 테이블에는 아직 얼음도 채 녹지 않은 콜라와 샌드위치가 놓여 있었다.

카페 안에서 연기가 뿜어져 나오기에 들여다보니 주방 쪽에서 불이 난 듯했다. 가서 끌까도 생각했지만, 그만두기로 했다. 그런 화재가 거리 도처에서 일어나고 있기 때문이었다. 이 불 하나를 끈다고 해결될 일이 아니었다.

PC방 간판을 발견한 후유키는 급히 자전거 브레이크를 잡았다. 다행히도 그곳에는 불이 붙지 않은 듯했다.

PC방 역시 점원을 비롯해 아무도 없었다. 입구에서 가까운 컴퓨터 앞에 앉았다.

세상에 무슨 일이 일어난 건지 인터넷으로 알아보려 했지만, 그의 요구를 만족시킬 만한 정보는 어디에도 없었다. 나오는 정보라고는 지금의 그에게는 있어도 그만 없어도 그만인 태평한 것들뿐이었다.

갑자기 전등이 꺼졌다. 컴퓨터도 작동하지 않았다. 정전이 된 것이다.

후유키는 서둘러 밖으로 나와 옆 빌딩에 있는 편의점으로 들어갔다. 그곳은 불이 켜져 있었다. 아무래도 좀 전에 있던 건물만 정전된 듯했다.

후유키는 공포를 느꼈다. 거리에서 사고와 화재가 계속해서 발생하고 있었다. 그러니 어딘가 전선이 끊어진다 한들 이상할 게 없었다. 머지않아 곳곳에서 정전이 발생할 것이다. 뿐만 아니라 발전과 송전 시스템이 언제까지 유지될지도 불투명했다. 전기뿐 아니라 수도나 가스 역시 언젠가는 공급이 끊길 것이다.

후유키는 자신의 머리가 이상해진 게 아닐까 생각해 보았다. 환각을 보고 있는 건지도 몰랐다.

다시 자전거를 타고 계속 달렸다. 온몸에서 땀이 흘렀고 눈에도 땀이 흘러들었다.

아무리 달려도 사람의 모습은 보이지 않았다. 황궁을 지나 남쪽으로 향했다. 그 길 역시 망가진 차들로 가득했다. 그 사이를 요리조리 누비며 달렸다.

시바 공원까지 온 후유키는 자전거를 멈췄다. 눈앞에 도쿄 타워가 보였다. 다시 방향을 그쪽으로 잡았다.

도쿄 타워에는 아직 전기가 들어오고 있었다. 만일 그렇지 않았다면 좀 전에 생각했던 걸 포기해야 할 판이었다.

입장권을 살 필요는 당연히 없었다. 곧바로 엘리베이터를 타고 전망대로 향했다. 혹시 올라가는 도중에 갑자기 멈춰 버리는 게 아닐까 노심초사하던 그는 무사히 도착해 문이 열렸을 때 자신도 모르게 안도의 한숨을 내쉬었다.

전망대에서 도쿄를 내려다본 그는 아연실색했다. 도처에 불길이 치솟고 있었다. 교과서에서 배운 '공습'이라는 단어가 떠올랐다. 지금까지 몇몇 지역에서 발생했던 대지진도 떠올려 보았다. 하지만 그것들과 완전히 다른 점이 한 가지 있었다. 피해자가 눈에 띄지 않는다는 점이었다.

망원경에 동전을 넣었다. 맨 먼저 초점을 맞춘 곳은 가장 격렬히 불타고 있는 지역이었다. 고속도로 바로 옆에서 거대한 무언가가 쓰러진 채 불길을 내뿜고 있었다. 그것의 정체를 확인했을 때 후유키는 저도 모르게 흠칫 뒤로 물러섰다. 파괴된 채 불타고 있는 것은 대형 여객기였다. 본래의 모습이 거의 남아 있지 않았지만, 동체로 여겨지는 부분에 새겨진 로고는 일본인이라면 누구나 알 만한 것이었다.

4

후유키는 절규했다. 마치 짐승이 울부짖는 듯한 소리였다. 아무리 억누르려 해도 입이 그의 의지와 상관없이 열리고 목

구멍 저 깊은 곳에서 소리가 터져 나왔다. 그것이 간신히 멈추지자 이번에는 심한 현기증이 몰려왔다. 그는 그 자리에 주저앉아 머리를 감싸 안았다.

'현실이 아니야. 이건 현실이 아니라고.'

다시 조심조심 일어나 바깥을 내다봤다. 좀 전에 본 모습과 다름이 없었다. 도쿄 거리는 완전히 파괴되어 있었다.

망원경에 눈을 갖다 댔다. 어디에 초점을 맞춰도 마찬가지 광경이 펼쳐졌다. 연기가 피어오르고, 자동차와 건물이 파괴되어 있다. 고속도로도 대부분 화염에 휩싸여 있었다.

망연자실해서 망원경에서 눈을 떼려는 순간, 눈 한쪽 구석에서 분홍색 작은 물체가 움직이는 것이 포착됐다. 그는 얼른 망원경에 눈을 바짝 붙였다. 분홍색 물체는 아무리 봐도 사람이 입은 옷 같았다. 그러니까 산 사람이 있다는 얘기다.

다음 순간 갑자기 시야가 차단됐다. 망원경 이용 시간이 끝난 것이다. 서둘러 지갑을 꺼냈다. 하지만 동전이 없었다.

동전 교환기를 찾아 주위를 두리번거리던 그는 기념품 가게를 발견하고 급히 달려가 카운터 안쪽으로 들어갔다. 다행히 현금 보관함은 잠겨 있지 않았고, 그 안에는 동전이 가득 들어 있었다.

자신이 가진 지폐를 동전으로 바꾸려고 지갑을 꺼내려던 그는 이내 생각을 바꿔 100엔짜리 동전을 한 움큼 쥐고 카운터를 빠져나왔다. 그리고 조금 전의 망원경으로 다시 갔다.

두근거리는 마음으로 동전을 집어넣고 망원경을 들여다봤다. 분홍색 옷을 봤던 지점에 다시 초점을 맞추고 천천히 망원경을 움직였다. 아자부와 롯본기 근처 어디쯤이었다.

'저기다!'

후유키의 시선이 어느 건물 옥상에서 멈췄다. 좀 전에 분홍색 옷을 입은 사람이 거기 있었다.

하지만 지금은 보이지 않는다. 다시 나타나길 고대하며 기다렸지만 결국 나타나지 않은 채 망원경이 차단됐다.

다시 동전을 넣으려던 그는 문득 손을 멈췄다. 이 높은 곳에서 지상에 있는 사람을 찾아내기란 도저히 불가능하다는 생각이 들어서였다. 설사 찾아낸다고 해도 소리쳐 부를 수도, 손짓을 할 수도 없다.

'가 보자.'

상대를 만날 가능성은 희박할지도 모른다. 아니, 어쩌면 보았다는 것 자체가 착각이었을 수도 있다. 하지만 달리 방법이 없었다. 여기 이렇게 있어 봐야 해결될 건 아무것도 없다. 게다가 전기가 끊기기라도 하면 이 도쿄 타워 꼭대기에 갇히고 만다.

엘리베이터에 올라타고 기도하는 마음으로 버튼을 눌렀다. 다행히 내려가는 도중에 멈춰 서지는 않았다. 이곳은 아직까지 전기에 큰 문제가 없는 것 같았다.

밖으로 나와 자전거에 올라타고 페달을 밟기 시작했다. 도로에 키가 꽂혀 있는 자동차와 오토바이가 얼마든지 있었지만, 모두 다 사고가 난 차량들이다 보니 안전하게 운전할 수 있다는 보장이 없었다. 게다가 도로의 상태로 보아 오토바이조차 통과할 수 없는 곳도 많을 것 같았다.

후유키는 정신을 집중하고 다리를 움직였다. 주변의 기이한 광경에 더는 신경을 쓰지 않았다. 너무나도 현실과 동떨어진 상황에 놓이다 보니 신경이 마비된 건지도 몰랐다.

망원경으로 봤던 곳에 도착한 그는 자전거를 세우고 있는 힘을 다해 소리를 질렀다.

"이봐요, 누구 없습니까!"

그러나 그 소리는 빌딩의 골짜기에서 허무하게 메아리칠 뿐이었다. 몇 걸음 더 걸어가 똑같이 큰 소리로 외쳤다. 그러길 여러 차례 되풀이했지만 결과는 마찬가지였다.

후유키는 빌딩 계단에 걸터앉아 고개를 푹 숙였다. 이제 소리 지를 기력조차 없었다.

대체 무슨 일이 벌어진 것인가. 사람들은 모두 어디로 사라졌단 말인가.

어린 시절 친구들과 하던 놀이가 생각났다. 술래 한 사람만 남긴 채 일제히 숨는 놀이. 술래 혼자서 얼굴이 상기된 채 여기저기 뒤지고 다니는 것을 숨어서 킥킥대며 바라봤었다.

하지만 도쿄 시민 모두가 그 어떤 이유에서건 일제히 같은 행동을 한다는 건 도저히 생각하기 힘들었다. 자동차와 오토바이를 타고 있던 사람들까지 사라졌다.

　모종의 천재지변이 일어났다고밖에 생각할 수 없다. 하지만 과연 어떤 종류의 천재지변이란 말인가. 아니, 그보다 더 큰 의문이 있다. 왜 나만 세상에 남겨진 것일까.

　그는 그대로 벌렁 드러누웠다. 하늘에 어두운 구름이 지나간다. 비가 올 것 같지만, 그런 건 아무래도 좋다.

　피곤하고 몹시 나른했다. 눈을 감았다. 졸음이 몰려든다. 신경을 너무 소모한 탓일지도 모른다. 그대로 자 버리자고 생각했다. 다시 눈을 떴을 때는 원래의 세계로 돌아와 있길…….

　그 소리가 들린 건 막 잠이 들려 할 때였다. 의식이 둔해진 탓인지 곧바로 반응할 수 없었다. 하지만 또 한 번 그 소리가 들리자 후유키는 눈을 뜨고 윗몸을 일으켜 주위를 살폈다.

　호루라기 소리였다. 지하철 역무원이 부는 것과 똑같은 호루라기 소리. 간격은 불규칙했다. 길게, 때로는 짧게.

　'누군가 있다.'

　후유키는 벌떡 일어나 자전거에 올라탔다. 호루라기 소리에 귀를 기울이며 페달을 밟기 시작했다. 그 소리가 멈추지 않기를 바라면서.

　코너를 돌자 자동차가 들어갈 수 없는 보행자 전용 도로가 나타났다. 젊은이들을 겨냥한 가게와 패스트푸드점이 줄지어 있었다. 크레이프 가게 앞에 벤치가 있고, 거기에 대여섯 살쯤 돼 보이는 소녀가 앉아 있었다. 분홍색 스커트를 입은 그 소녀는 필사적으로 호루라기를 불었다.

망원경으로 봤던 것은 이 아이가 틀림없다고 후유키는 생각했다.

자전거에서 내려 천천히 소녀에게 다가갔다.

"꼬마야!"

뒤에서 소녀를 불렀다.

소녀가 튕기듯 몸을 움찔하더니 후유키를 돌아보고 그 큰 눈을 더 크게 떴다. 하얀 피부의 예쁜 여자아이였다.

"너 혼자니?"

그렇게 물었지만 소녀는 대답하지 않았다. 몸이 경직되어 있다는 것이 후유키에게도 느껴졌다.

"다른 사람 누구 없어? 아저씨는 혼자인데."

소녀는 눈을 껌뻑이다가 벤치에서 일어섰다. 그리고 오른손으로 옆에 있는 옷 매장을 가리켰다.

"거기 누가 있니?"

그러자 소녀는 아무 말 없이 건물로 들어갔다. 후유키도 뒤따라갔다.

에스컬레이터가 여전히 작동되고 있었지만 소녀는 더 안쪽으로 들어가 엘리베이터 버튼을 눌렀다. 문이 열렸다.

"몇 층?"

후유키가 물었다. 소녀는 맨 위쪽에 있는 버튼을 가리켰다. 건물이 5층짜리였으므로 후유키는 맨 꼭대기 층인 5층 버튼에 손가락을 가져갔다. 하지만 소녀는 고개를 가로저으며 더 위쪽을 가리켰다. 5 위에는 R 버튼밖에 없다. 즉, 옥상이다.

후유키는 그제야 납득이 갔다. 망원경으로 본 건물이 바로 이 건물이었던 것이다. 그리고 소녀는 좀 전까지 이 건물 옥상에 있었던 것이다.

옥상은 작은 이벤트를 여는 용도로 쓰이던 곳인 듯했다. 그러나 최근에는 행사가 없었는지 재떨이 주위에 의자가 어지럽게 흩어져 있었다.

소녀가 옥상 한구석을 가리켰다. 난간 바로 옆에 여자가 쓰러져 있었다.

후유키는 달려가 여자를 살폈다. 얇은 카디건 차림에 단발머리가 얼굴을 덮고 있었다.

여자의 이마에 손을 대 보았다. 체온이 느껴지고 맥박도 정상이었다.

"무슨 일이 있었지?"

후유키가 소녀를 돌아보며 물었다. 하지만 아이는 멀찍이 떨어져 선 채 가까이 다가오려 하지 않았다. 검고 큰 눈으로 쓰러진 여자를 뚫어져라 바라볼 뿐.

후유키가 여자의 어깨를 흔들었다.

"정신 차리세요! 저기요."

이윽고 반응이 나타났다. 여자는 잠시 신음 소리를 내다가 천천히 눈을 떴다.

"정신이 드세요?"

여자는 대답 없이 느릿느릿 몸을 일으켰다. 그리고 초점 없는 눈으로 그를 올려다봤다.

"제가…… 어떻게 된 거죠?"

"여기 쓰러져 계셨습니다. 저 아이가 저를 여기까지 데려다줬어요."

여자가 소녀 쪽으로 고개를 돌렸다. 다음 순간 그녀는 반쯤 열려 있던 눈을 화들짝 뜨며 숨을 헉 삼켰다. 그리고 비틀거리며 일어나 소녀에게 다가갔다. 땅에 무릎을 꿇고 앉은 여자는 소녀를 와락 끌어안았다. "미안, 미안."이라고 말하는 소리가 후유키의 귀에 들렸다.

후유키는 두 사람에게 다가갔다.

"저……, 여기서 뭘 하고 계셨습니까?"

소녀에게서 몸을 뗀 여자가 마른기침을 했다.

"그냥…… 딸과 둘이 쇼핑하러 왔다가 피곤해서 좀 쉬고 있었어요."

두 사람은 모녀 사이인 듯했다.

"그런데 어떡하다 정신을 잃으셨어요?"

"그건 저도 잘 모르겠어요."

그리고 그녀는 소녀를 바라보았다.

"엄마, 어떻게 된 거지? 미오는 뭘 하고 있었어?"

그러나 미오라는 소녀는 대답 대신 목에 건 호루라기를 입에 물더니 세게 한 번 불었다.

"왜 그래, 미오. 왜 말을 안 해?"

"따님이 말을 할 줄 아나요?"

"물론이죠. 왜 그러는 거야, 미오. 어떻게 된 거야?"

그녀는 딸의 어깨를 쥐고 흔들었다. 하지만 소녀는 반응이 없었다. 인형 같은 표정도 그대로였다.

"아마도 크게 충격을 받은 것 같습니다. 이런 상황에서는 무리도 아니죠. 저도 머리가 돌 지경이니까요."

후유키의 말에 여자는 당혹스러운 표정으로 그를 쳐다봤다.

"이런 상황……이라니요?"

"아……. 이쪽으로 와 보세요."

후유키는 그녀를 난간 가까이 데려가 거리를 내려다보라고 했다.

곳곳에 자동차가 충돌해 있고 건물에서 연기가 피어오르는 모습을 본 순간, 그녀의 얼굴에서 핏기가 싹 가셨다.

"무슨 일이 일어난 거죠. 지진인가요?"

"지진은 아닙니다. 전쟁도 아니고요."

"그럼 대체 무슨 일이……."

후유키는 고개를 저었다.

"그게……, 저도 무슨 일인지 도무지 알 수가 없습니다. 정신이 들었을 때엔 이미 이렇게 돼 있었어요."

그녀는 눈앞에 펼쳐진 광경이 믿을 수 없다는 듯 고개를 저었다.

"이런 일이 벌어졌는데 정부는 도대체 뭘 하고 있는 건가요? 소방차 한 대 없고."

"거기에 관해선 말씀드릴 게 없습니다만."

후유키는 현재의 상황을 어떻게 설명해야 할지 궁리해 보았지만 적절한 표현이 떠오르지 않았다. 할 수 있는 말은 이것뿐이었다.

"지금으로서는 이 세상에 남은 사람은 우리 셋뿐인 것 같습니다."

여자의 이름은 시라키 에미코. 남편과 이혼한 뒤 딸 미오와 둘이서 살고 있다고 한다. 오늘은 일을 쉬는 날이라 모처럼 모녀가 쇼핑을 나왔는데 이런 재난을 당했다는 것이다.

하지만 이 재난의 내용이 무엇인지 후유키는 전혀 설명할 수 없었다. 지금까지 자신이 본 것을 그대로 전했지만 에미코는 도저히 믿을 수 없다는 표정이었다. 건물을 나와 주변을 살펴본 뒤에야 겨우 그의 말이 사실이라는 것을 깨달은 듯했다.

세 사람은 폐허로 변한 거리를 걸었다. 그 어디에도 사람의 흔적은 없었다.

"세상이 끝난 것 같네요."

에미코가 힘없이 중얼거렸다.

"핵무기라도 떨어진 걸까요?"

"그랬다면 피해가 이 정도로 끝나지 않았을 겁니다. 게다가 시체가 하나도 없다는 게 이상합니다. 아니, 무엇보다 이상한 점은 왜 우리만 무사하냐는 겁니다. 일단 다른 사람들을 찾아봐야겠어요. 그래야 실마리를 찾을 수 있을 것 같습니다."

"그렇겠군요."

에미코가 고개를 끄덕였다.

무슨 일이 일어난 건지는 여전히 알 수 없지만, 적어도 자기 외에도 생존자가 있다는 사실에 후유키는 삶의 의욕을 어느 정도 되찾았다. 동시에, 이렇게 사람과 만나 대화를 나눌 수 있다는 것이 얼마나 행복한 일인지 뼈저리게 느꼈다.

해가 조금씩 서쪽으로 기울고 있었다. 신호등이 작동하는 것으로 미루어 전기는 아직 공급되고 있는 듯했다. 사람들이 모두 사라져 버린 상황에서, 생명을 유지시켜 주는 시설들이 언제까지 작동힐지 짐작하기 어려웠다. 자동화가 이루어졌다고는 해도, 그것이 무한한 것은 아니다.

"배는 안 고프세요?"

후유키가 에미코에게 물었다.

"아, 조금……."

그녀는 손을 붙들고 있는 미오를 보았다. 아이는 감정 없는 얼굴로 앞만 바라보고 있었다.

"그럼, 식사부터 할까요?"

"그러죠."

그리고 에미코는 길옆 편의점을 바라보았다. 그 모습을 보고 후유키는 "편의점 도시락도 나쁘지 않지만, 지금은 좀 더 영양가 있는 것을 먹어 둬야 하지 않을까요? 미오에게도 그게 좋을 것 같고."라고 말했다.

"영양가 있는 것이라면?"

"조금만 더 가면 긴자가 나옵니다. 고기건 생선이건, 최상급 재료가 갖추어져 있는 거리지요. 게다가 오늘은 무한 리필이 가능할 것 같군요."

그의 농담에 에미코가 처음으로 미소를 보였다. 하지만 미오는 여전히 아무런 반응이 없었다.

긴자로 가는 길 역시 사고 차량들로 참담하게 어지럽혀진 상태였다. 세 사람은 피해를 입지 않은 곳을 골라 조심스럽게 걸음을 옮겼다. 도중에 미오가 피곤해하는 것 같아 후유키가 업었다.

평소라면 사람들로 북적거릴 긴자 거리가 쥐 죽은 듯 적막했다. 이곳 역시 사고 차량들이 보였지만 그 정도가 비교적 경미했다. 아마도 교통 정체가 워낙 심한 탓일 것이다.

음식점이 많이 들어선 빌딩이 눈에 들어왔다. 그곳으로 향하려던 후유키는 갑자기 발걸음을 멈췄다. 인도에 빨간 스프레이로 커다란 화살표가 그려져 있었기 때문이다. 그 화살표는 방금 그려진 듯, 페인트가 아직 마르지 않은 상태였다.

5

후유키의 시선을 의식했는지 에미코도 빨간 화살표를 내려다보며 "이게 뭘까요?"라고 중얼거리듯 물었다.

"모르겠어요. 그린 지 얼마 안 된 것 같은데……."

그때였다. 후유키 등에 업혀 있던 미오가 손가락으로 어딘가를 가리켰다.

"왜?"

그러면서 미오의 손가락이 가리키는 방향을 눈으로 따라가던 후유키가 "어!" 하고 소리를 냈다. 10미터쯤 앞쪽 바닥에 똑같이 빨간 화살표가 그려져 있었기 때문이다.

그 화살표가 가리키는 방향을 따라가자 또 하나의 화살표가 있었다. 누군가가 뭔가를 알리려 하는 게 틀림없었다.

"일딘 화실표를 따라가 보죠."

후유키는 미오를 업은 채 걷기 시작했다.

화살표는 어떤 건물의 입구를 가리키고 있었다. 아마도 건물 안으로 들어오라는 뜻인 듯했다. 안으로 들어가자 계단이 보이고, 계단 위로도 화살표가 이어져 있었다. 화살표를 따라 조심스럽게 계단을 올라갔다. 2층은 초밥 집이었다. 화살표는 그 입구를 가리키고 있었다.

후유키는 격자무늬 미닫이문을 열었다. 정면에 카운터가 있고 거기에 체크무늬 셔츠를 입은 남자가 커다랗고 둥근 등을 보인 채 앉아 있었다.

그가 뒤를 돌아봤다. 복어마냥 살이 찐 청년이었다. 턱이 파묻혀 안 보일 정도로 얼굴과 목에 지방이 잔뜩 붙어 있었다. 양쪽 볼이 부풀어 있는 것은 입안에 음식이 가득해서인 듯했다. 입 주위에 간장이 묻어 있었다.

청년은 찻잔을 들더니 차를 한 모금 마셔 입안에 있던 음식물을 목으로 넘겼다. 그러고 나서 후유키 일행을 보며 기쁜 듯 활짝 웃었다.

"아아, 다행이다. 이제야 사람을 만났네. 어떻게 되는 건가 했더니……."

카운터 위에 스프레이 페인트 캔이 놓여 있었다. 이 청년이 화살표를 그린 모양이었다.

"여기서 뭐 하는 거지?"

후유키의 물음에 그는 "뭐라니. 보면 몰라요? 초밥 먹고 있었지. 전부터 긴자에서 초밥 한번 먹고 싶었거든요. 하나에 수천 엔도 더하는 거."라고 대답했다.

청년의 손에는 성게 알을 가득 올린 초밥이 쥐어 있었다. 직접 만든 모양이었다.

후유키는 미오를 바닥에 내려놓았다.

"자네 혼잔가? 다른 사람은 없어?"

"없어요. 정신을 차려 보니까 혼자더라고요. 게다가 여기저기서 교통사고가 나는 바람에 도대체 뭐가 뭔지 정신이 없더라고요."

"어디 있었는데?"

"이다바시 부근. 병원에 가던 길이었어요. 데이토 대학 병원에서 검사를 받기로 돼 있어서."

"왜, 무슨 병이라도 있어?"

그러자 청년은 웃으며 고개를 저었다. 불룩한 뺨이 출렁거렸다.

"그냥 혈액 검사 하러요. 이번에 들어가게 된 직장에서 하라는군요. 너무 뚱뚱한 게 맘에 걸린다나. 난 아무 문제도 없는데 말이지. 나 참, 짜증 나서."

"이다바시에서 여기까지는 어떻게 왔어?"

"중간까지는 차로. 키가 꽂힌 채 시동이 걸려 있는 차가 있었어요. 하지만 길이 온통 사고 차량으로 막혀 있어서 결국은 도중에 내려 걸었어요. 아이고, 얼마나 힘들었는지."

그러면서 그는 또 성게 알을 잔뜩 올린 초밥을 한입 가득 쑤셔 넣었다.

여기 있는 네 사람은 아무래도 같은 체험을 하고 있는 듯했다. 즉, 주위에서 돌연 사람들이 사라진 것이다. 왜 그런 일이 일어났을까. 그리고 왜 우리들만 세상에 남겨진 것일까. 후유키는 고개를 갸우뚱하며 잠시 생각에 잠겼다.

"같이 드시지그래요? 긴자 초밥 집은 역시 달라. 이런 기회가 날이면 날마다 오는 게 아니니 안 먹으면 손해라고요. 그리고 생선은 그냥 두면 금방 상해 버리잖아요."

청년은 카운터 안쪽으로 돌아가서 손을 씻기 시작했다.

"꼬마야, 배고프지? 초밥 만들어 줄까? 무슨 초밥이 좋아?"

미오는 이번에도 대답하지 않았다. 에미코가 미오를 대신해서 대답했다.

"이 아이는 초밥이라면 다 좋아해요. 아, 그런데 고추냉이는 안 먹어요."

"오케이. 그럼 우선 이것부터."

청년은 도마 위에 참치를 얹고는 회칼로 솜씨 좋게 잘라 냈다. 그리고 익숙한 손놀림으로 밥을 쥐더니 그 위에 참치를 얹었다.

"자, 참치 초밥 나왔습니다. 다음은 뭐로 할까요? 주문들 하세요."

"솜씨가 좋군."

후유키의 칭찬에 그는 "헤헤헤." 하고 웃었다.

"슈퍼마켓 주방에서 아르바이트한 적이 있거든요. 후진 재료로 맛있어 보이는 초밥을 만드느라 고생했는데 여기선 그럴 필요가 없으니까 편하네요. 자, 사양하지 말고 마음껏 드세요."

청년은 즐거운 듯 계속 초밥을 쥐었다.

"좀 드시죠."

후유키가 에미코에게도 초밥을 권했다.

"이 친구 말대로, 안 먹으면 다 상해 버릴 겁니다."

그러자 에미코는 "네."라며 고개를 끄덕이고서 딸을 카운터 의자에 앉힌 후 자신도 그 옆에 앉았다. 청년이 만든 초밥을 먹으며 그녀는 "맛있네."라고 말했다. 엄마가 먹는 걸 본 미오도 참치 초밥에 손을 내밀었다.

후유키는 식당 안을 둘러봤다. 불이 날 염려는 없어 보였다. 수도와 전기도 정상적으로 들어오고 있었다. 가게 한쪽에 커다란 활어조가 있었는데 물고기는 한 마리도 보이지 않았다.

'혹시······.'

후유키에게 문득 한 가지 생각이 떠올랐다.

"이 근처에 애완동물 가게가 있을까?"

"애완동물 가게요? 글쎄요······."

청년이 고개를 갸웃했다.

"백화점에는 있지 않을까요? 대로 건너편에 백화점이 있어요."

후유키가 고개를 끄덕였다.

"잠깐 나갔다 오겠습니다."

"어디 가시려고요?"

"애완동물 가게에요. 과연 인간만 사라졌는지 확인해 보려고요."

후유키는 초밥 집을 나와 길 건너편 백화점으로 향했다. 거리 모습에 아까와 크게 다른 점은 없었다. 다만 연기를 내뿜고 있는 건물이 더 늘어난 듯했다.

 백화점은 거의 피해가 없었다. 에스컬레이터도 정상적으로 작동했다. 후유키는 에스컬레이터를 타고 5층으로 올라갔다.

 애완동물 가게는 쥐 죽은 듯 고요했다. 여러 개의 유리 케이스가 모두 비어 있었다. 그러나 케이스 안 작은 접시에는 사료가 놓여 있었고 동물의 배설물도 보였다. 또 케이스 위에는 '아메리칸 쇼트헤어'라는 고양이 품종 표시도 붙어 있었다.

 후유키는 확신했다.

 '사라진 건 인간만이 아니야. 동물도 모두 사라져 버렸어.'

 애완동물 가게를 나와 다시 에스컬레이터로 가던 그는 생각을 바꿔 가전제품 코너로 발길을 돌렸다. 손전등이 필요하다는 생각이 들었기 때문이다. 전기는 언제 끊길지 모른다. 그게 만일 한밤중이라면 그 자리에서 꼼짝할 수 없게 된다.

 최대한 성능이 좋은 것을 찾던 그는 손잡이가 달린 손전등 하나를 골랐다. 재난 방송을 청취할 수 있는 라디오도 내장돼 있는 것이었다. 그리고 그것과 다른 종류의 손전등 하나와 좀 더 작고 가벼운 손전등 두 개를 집은 후 건전지 몇 개를 주머니에 넣고 매장을 나왔다.

 초밥 집으로 돌아와 보니 남자는 여전히 초밥을 쥐고 있었다. 그런데 모녀의 모습이 보이지 않는다.

 "돌아오셨네."

 청년이 초밥을 입에 가득 문 채 아는 체를 했다.

"애완동물 가게에 가 봤어요?"

"동물들도 다 사라졌어."

"역시……. 어떻게 된 일일까요?"

"모르겠어. 그보다, 여자 분하고 아이는?"

"꼬마는 저기요. 배가 부르니까 잠이 오나 보더라고요."

청년은 턱으로 테이블 쪽을 가리켰다. 미오가 나란히 붙인 의자 위에서 에미코의 카디건을 덮은 채 잠들어 있었다.

"아이 엄마는?"

"다른 음식이 있는지 알아본다고 나갔어요. 생선만 먹으면 영양의 균형이 안 맞는다면서. 이런 상황에 영향의 균형까지 따지다니……."

그러면서 그는 수저로 연어 알을 퍼서 입으로 가져갔다.

접시에 초밥이 많이 남아 있는 것을 본 후유키도 카운터에 앉아 초밥을 집어먹었다. 아닌 게 아니라 긴자의 초밥은 지금까지 먹어 본 그 어떤 초밥보다도 맛있었다.

초밥을 먹으며 손전등에 건전지를 끼웠다. 그리고 내장된 라디오의 전원을 켰지만 아무리 이리저리 주파수를 맞춰 보아도 잡음만 흘러나올 뿐이었다.

"사람이 없는데 방송이 나올 리 없죠."

청년이 말했다.

"혹시나 싶어서."

후유키는 라디오를 옆 테이블에 내려놓았다.

"그래도 참 다행이에요. 사람을 만나서. 나, 정말 막막했었거든요. 솔직히, 울 뻔했어요."

"울 뻔한 사람이 그렇게 정신없이 초밥을 먹고 있었어?"

"그러니까 먹고 있었던 거예요. 맛있는 걸 먹으면 괴로움을 잊을 수 있을까 해서."

청년은 이름이 신도 다이치라고 했다. 나이는 후유키보다 두 살 아래. 시즈오카 출신으로, 대학에 다니기 위해 도쿄에 올라왔지만 3학년 때 중퇴했다고 한다. 아르바이트를 전전하면서 가쓰시카에 있는 아파트에 혼자 살고 있다고 했다.

"다른 사람들한테 연락은 해 봤어?"

후유키의 질문에 다이치는 "휴대 전화를 여기저기 걸어 봤는데 아무도 안 받아요. 문자에도 답장이 없고."라고 했다.

다이치가 새우를 입에 넣는 모습을 바라보던 후유키는 문득 한 가지 사실을 깨달았다. 활어조의 물고기들은 사라졌지만 초밥용으로 다듬은 어패류는 남아 있다. 그 둘의 차이는 뭘까. 물론 산 것과 죽은 것이다.

그때 에미코가 돌아왔다. 종이 상자를 안고 있었다.

"위층이 이탈리안 레스토랑이에요. 야채랑 이것저것 가져왔어요."

"와인도 있던가요?"

다이치가 물었다.

"그랬던 것 같아요."

"그거 잘됐네. 초밥에는 역시 화이트 와인이지. 이 가게에는 변변한 와인이 없더라고요."

그러고서 다이치는 카운터에서 나와 곧장 밖으로 나갔다. 와인을 가지러 가는 모양이었다.

대신 이번에는 에미코가 카운터 안쪽으로 들어갔다. 그리고 상자에서 야채를 꺼내 씻기 시작했다. 토마토와 오이 같은 것들이었다.

엄마 목소리를 들었는지 미오가 일어났다.

"일어났니? 조금만 기다려. 미오가 좋아하는 토마토 치즈 샐러드 만들고 있으니까."

에미코가 다정한 목소리로 말했다.

미오는 여전히 아무 말도 하지 않고 테이블 위에 놓인 손전등만 바라보고 있었다.

후유키는 에미코가 소리대 위에 올려놓은 야채를 바라보다가 또 다른 의문이 들었다. 그의 눈은 감자를 향해 있었다.

감자를 사다가 오래 놔두면 싹이 트는 경우가 있다. 그건 감자가 생물로서 아직 살아 있다는 것을 의미한다. 거리의 가로수가 남아 있다는 사실도 떠올랐다. 식물도 분명 생물이다. 그런데 살아 있는 동물은 모두 사라진 반면 살아 있는 식물은 그대로 남아 있다. 무엇이 이런 차이를 만든 걸까.

그가 팔짱을 끼고 생각에 잠기려는 순간, 미오가 만지작거리던 손전등에 내장된 라디오에서 사람 목소리 같은 것이 흘러나왔다. 미오는 무슨 잘못이라도 한 듯 당황해하며 스위치를 껐다.

"뭐지, 지금 그 소리?"

후유키가 의자에서 벌떡 일어섰다.

"사람 목소리…… 같은데요."

에미코도 그렇게 말했다.

"여자 말소리 같았는데."

후유키는 손전등을 낚아채듯 집어 들고 라디오 스위치를 켰다. 그리고 볼륨을 최대한 올린 뒤 천천히 채널을 돌렸다.

그때 다이치가 돌아왔다.

"전부 달콤한 것들뿐이야. 그나마 초밥과 어울릴 만한 게 있어서 가져왔어요."

"쉿!"

후유키가 살짝 인상을 썼다.

"왜 그래요?"

에미코가 라디오에서 사람 목소리가 나왔다고 설명했다.

"뭐? 설마……."

다이치는 양손에 와인을 든 채 후유키 옆으로 다가왔다.

라디오에서 다시 사람 소리가 났다. 이번에는 좀 더 또렷이 들렸다.

―생존자가 있습니까? 이 방송을 들으신 분은 도쿄 역 지하 중앙 출입구로 와 주십시오. 생존자가 있습니까? 이 방송을

들으신 분은……,

"여자 목소리야."

다이치가 말했다.

"하지만 아나운서 같은 느낌은 아닌데?"

"아마 재난 방송일 거야. 관공서 같은 데 있는 방송 장비를 사용하고 있겠지. 일반인인 것 같아."

"우리 말고도 생존자가 있다는 말이군요."

에미코의 눈이 빛났다.

"도쿄 역이라고 했죠? 제가 가서 상황을 보고 오겠습니다. 여러분은 일단 여기 계세요."

후유키의 말에 다이치가 "혼자서 괜찮을까요?"라고 물었다.

"여기서 도쿄 역까지는 꽤 먼 거리야. 같이 가는 것도 좋겠지만, 다시 돌아와야 할지도 모르니까."

후유키의 말에 다이치는 고개를 끄덕거렸다.

"그럼 기다리고 있겠어요. 이 두 사람은 저한테 맡기세요."

그럼 잘 부탁해, 라고 말하고 후유키는 초밥 집을 나섰다.

자전거에 올라타고 도쿄 역으로 향했다. 주위에 어둠이 깔린 상태였지만, 다행히 가로등이 켜져 있었다. 타이머로 점등된 모양이었다.

갖가지 냄새가 뒤섞인 공기를 들이마시며 페달을 밟았다. 잠시 후 도쿄 역에 도착한 그는 역 구내로 들어가 계단을 내려갔다. 지하상가의 조명도 아직은 켜져 있었다.

지하 중앙 출입구에 도착했지만 사람의 모습은 어디에도 보이지 않았다. 후유키는 개찰구를 통과한 뒤 주위를 둘러봤다. 하지만 여전히 사람이라고는 그림자도 없었다.

"누구 안 계세요?"

큰 소리로 외쳐 보아도 반응이 없었다.

천장에 커다란 은방울이 달려 있는 유명한 만남의 장소에도 가 봤지만 거기에도 사람이 없었다.

'그럼 그 방송은 뭐였지?'

그렇게 생각했을 때였다. 무언가가 그의 등에 와서 닿았다.

"움직이지 마."

여자 목소리였다.

6

등에 느껴진 감촉으로 보아 권총이 틀림없다고 생각한 후유키는 두 손을 머리 위로 올렸다.

"누구지?"

후유키가 물었다.

"상대방의 이름을 물을 때는 먼저 자기 이름을 밝혀야지. 학교에서 그런 것도 안 배웠어?"

목소리가 젊었다. 라디오에서 들은 목소리는 아니었다.

"구가라고 해."

"당신, 성밖에 없어?"

"후유키. 구가 후유키. 됐나?"

"움직이지 마. 당신, 총 갖고 있지?"

가슴이 철렁했다. 수사 1과가 중국인들을 체포하러 간다는 정보를 입수한 후유키는 총을 가지고 파출소를 나왔다. 그런데 도대체 이 여자가 그런 사실을 어떻게 알고 있을까?

"그런 거 없어."

"거짓말 마. 다 알고 있어."

"……어떻게 안다는 거지?"

"나, 투시 능력이 있거든."

"말도 안 돼."

그가 뒤를 돌아보려는 순간 여자가 날카롭게 소리 질렀다.

"움직이지 말라고 했잖아. 경고하는데, 나 권총 처음 잡아 본다고. 갑자기 이상한 짓 하면 정말로 쏴 버릴 거야."

"야, 이거 겁나는데."

후유키가 한숨을 내쉬었다.

"고미네 씨!"

여자가 누군가를 불렀다.

"이 사람 권총 뺏으세요. 아마 안주머니에 있을 거예요."

잠시 후 발소리가 들리더니 후유키의 뒤쪽에서 한 남자가 나왔다. 양복 차림에 안경을 낀, 몸집이 조그만 남자였다. 그는 두려워하는 기색이 역력했다.

"당신 이름이 고미네요?"

"아, 그래요."

"조심해야 할 텐데. 권총에 안전장치가 걸려 있긴 하지만 잘못 만지면 풀려 버리는 수가 있거든."

고미네라는 사람의 얼굴이 두려움으로 더욱더 일그러졌다. 부들부들 떨기까지 하며 후유키의 웃옷을 뒤져, 권총집에 들어 있는 권총을 불안한 손놀림으로 끄집어냈다.

"오케이, 됐어. 이제 천천히 이쪽으로 돌아서."

뒤에서 여자가 말했다.

후유키는 손을 내리며 뒤돌아섰다. 눈앞에 젊은 여자가 서 있었다. 감색 재킷에 체크무늬 미니스커트. 아무리 봐도 여고생이다.

"과외 수업을 좀 심하게 하는군."

후유키가 가벼운 농담을 던졌다. 어떤 식의 만남이건, 사람과 만났다는 사실에 마음의 여유가 생겼다.

"쓸데없는 소리 하면 정말로 쏴 버릴 거야!"

여고생이 고양이 같은 눈으로 노려봤다. 그녀는 손에 진짜 권총을 쥐고 있었다. 경찰들이 갖고 다니는 것과 같은 기종이었다. 후유키는 경찰에게서 뺏었나 보다고 생각했다.

"라디오를 듣고 온 거야. 그런데 이런 식으로 환영할 건가?"

"당신, 혼자야?"

"여기 온 건 나 혼자야."

"그럼 다른 사람도 있다는 말?"

"있지만 구체적으론 얘기 못하지. 당신들이 어떤 인간인지도 모르는데."

"흠……."

여고생은 잠깐 생각하는 표정을 짓더니 다시 입을 열었다.

"좋아. 일단 따라와."

"어디로 가는데?"

"따라와 보면 알아. 금방이야."

여고생이 의미심장한 미소를 지어 보였다.

"고미네 씨, 앞장서세요. 나는 이 사람 뒤에서 따라갈 테니."

후유키는 고미네를 따라 걷기 시작했다. 여고생은 뒤에서 쫓아왔다.

"하나 물어볼 게 있는데."

후유키가 뒤를 돌아보며 말했다.

"뭔데?"

"도대체 왜 이런 일이 벌어졌는지 혹시 아나?"

여고생이 한숨지었다.

"그건 아무도 몰라. 하지만 지금 그런 게 중요한 게 아니야."

"그럼?"

"글쎄. 좀 있으면 알게 되겠지."

고미네는 개찰구를 나서자마자 바로 옆에 있는 찻집으로 들어갔다. 후유키도 따라 들어갔다.

안에는 고급스런 양복을 입은 풍채 좋은 남자와 부부인 듯한 두 명의 노인, 그리고 20대로 보이는 여자가 있었다. 두 노인은 테이블을 사이에 두고 앉아 있고, 나머지 두 사람은 멀찍이 떨어져 있었다.

"신입을 소개합니다."

여고생이 큰 소리로 말했다.

"구가 후유키 씨. 리더 말대로 권총을 갖고 있었습니다. 압수했습니다."

'리더?'

후유키가 의아해하고 있는데, 카페 안쪽에서 목소리가 들렸다.

"누가 있을지 모르는 장소에는 절대 혼자 가지 말 것. 어쩔 수 없이 가게 될 경우에는 벽을 뒤에 두고 신중히 접근할 것. 선배들이 그 정도도 안 가르쳤나?"

귀에 익은 목소리였다. 그리고 곧바로 세이야가 모습을 드러냈다.

"형! ……아니, 관리관님."

세이야가 고개를 저었다.

"형이라고 해. 이런 마당에 경찰 같은 게 다 무슨 소용이야."

세이야는 고미네에게 권총을 건네받아 총알을 꺼낸 뒤 후유키에게 돌려줬다.

"여기 있는 모두가 무방비 상태야. 그러니 너만 총을 갖고 있게 할 수는 없지."

"하지만 저 여자애도 총을 갖고 있던데!"

후유키가 여고생을 바라보며 말했다.

"그건 내 총이야. 그리고 총알도 다 빼 놓았다고."

그 말에 여고생이 권총을 좌우로 흔들어 대며 웃었다.

"아, 기분 짱이었는데. 나, 이런 거 한번 해 보고 싶었거든요."

후유키가 다시 세이야에게 시선을 돌렸다.

"형이 살아 있을 거라고는 생각 못했어."

"나도 마찬가지야. 무슨 일이 일어났는지는 모르겠지만, 정신을 차려 보니 길 한가운데 나 혼자 있더라고. 추격하던 중국인이나 동료 수사관들도 모두 사라지고 없었어. 주위에서는 계속 사고가 일어나지, 솔직히 내 머리가 어떻게 된 거 아닌가 생각했다니까."

"나도 그랬어."

"모종의 초자연현상이 일어났다고밖에 생각할 수 없겠어. 한데, 넌 여태까지 뭐하고 있었던 거야?"

"여기저기 헤매고 다녔지, 뭐. 도쿄 타워에도 올라가고, 롯

본기를 자전거로 달리기도 하고. 어쨌든 덕분에 세 사람이나 만날 수 있었어."

그 세 명이 지금 긴자의 초밥 집에 있다고 후유키는 설명했다.

"이리 데려오는 게 좋을 거야. 이런 상황에서 고립되면 살아남기 힘들어."

"알았어. 좀 이따가 데려올게. 그건 그렇고, 라디오 방송은 형이 한 거야?"

세이야는 고개를 끄덕였다.

"일단 사람들을 불러 모아야 한다는 생각이 들더라고. 그래서 자전거를 타고 라디오 방송국으로 갔지. 스튜디오로 들어갔는데 아나운서도 스태프도 없었어. 그래서 테이프를 만들어 계속 반복되도록 틀어 놨지."

"목소리는 여자던데?"

"응, 저기 저 사람."

세이야는 구석에 있는 젊은 여자를 가리켰다.

"방송국으로 가던 길에 우연히 만났어. 같이 가서 녹음 좀 해 달라고 부탁했지. 여자 목소리가 듣기에 더 안심될 것 같아서."

"그러고 나서?"

"여기로 왔어. 도쿄 역으로 오라고 해 놓고 아무도 없으면 말이 안 되잖아. 이 찻집에서 찾아오는 사람들을 기다린 거야."

찻집은 벽의 일부가 유리로 돼 있어 개찰구가 내다보였다. 후유키가 온 것도 그래서 알았던 것이다.

"집합 장소를 도쿄 역으로 한 이유는?"

"고민 끝에 정한 거야. 무엇보다 사람들이 잘 아는 곳이고, 설사 방향이 헷갈리더라도 순환 전철인 야마노테 선을 따라 걸으면 언젠가는 도착하지 않겠어? 지하로 정한 건 교통사고로부터도 안전하고 식료품이나 생활필수품도 확보되어 있기 때문이야. 만일 정전된다 해도 자가발전 장치가 작동하게 돼 있고."

"열차 사고는 없었어?"

"ATC(열차 자동 제어 장치-옮긴이) 덕분에 신칸센에는 큰 사고가 없었어. 하지만 여기저기서 작은 충돌 사고는 있었을 거야. 구형 열차도 ATC를 적용하고 있긴 하지만, 정차할 때는 ATC를 차단하고 승무원이 수동으로 멈추는 게 일반적이니까. 승무원이 사라졌으니 열차가 계속 달릴 거 아냐. 충돌할 때까지."

"그런 것도 알아?"

"이 사람이 알려 줬어."

세이야가 고미네를 가리켰다.

"기술자래."

"우연히 알고 있었던 것뿐입니다. 제 분야는 아니에요."

고미네는 머리를 긁적였다.

"모두들 라디오 방송을 듣고 오신 건가요?"

후유키가 사람들을 둘러보며 물었다.

"그런 셈이지만…… 이분들과는 처음부터 같이 있었어요."

여고생이 노부부를 보며 말했다.

"처음부터?"

"네. 나카노 거리를 걷고 있는데, 갑자기 주위에서 쾅 하는 소리와 함께 사고가 일어나기 시작했어요. 그때 옆에 있던 분들이 이 부부예요."

남편 쪽이 고개를 끄덕였다.

"이 학생 말대로예요. 우리도 그 길을 걷고 있었죠. 까딱했으면 사고를 당할 뻔했어요."

"도로에 있는 차에 사람이 아무도 없었어요. 그런데 놀랍게도 딱 한 대에만 사람이 있더라고요. 그게 고미네 씨 일행이 탄 차였죠."

여고생 말을 듣고 후유키가 고미네를 쳐다보았다.

"자동차를 운전하고 있었어요?"

"네. 전무와 둘이서 거래처로 가던 중이었어요."

"전무요?"

"접니다."

옆에서 풍채 좋은 남자가 묵직한 목소리로 말했다. 그는 커피를 마시며 잔 받침을 재떨이 삼아 담배를 피우고 있었다.

"아저씨, 여기 금연인데요."

여고생이 당찬 말투로 항의했다.

"그거 누가 정한 규칙인데?"

중년 남자가 테이블에 붙어 있는 금연 표시를 잔 받침으로 슬쩍 가리며 말했다.

"라디오를 듣고 찾아온 사람은 이분들이 다야."

세이야가 말했다.

"생존자가 더 있을지도 모르지만 접촉할 방법이 없어."

"라디오 방송은 언제까지 계속되는데?"

"글쎄, 전기가 들어오는 동안에는 계속되겠지."

"그럼 난 가서 긴자에 있는 사람들을 데려올게."

그러고서 도쿄 역을 나온 후유키는 자전거를 타고 긴자로 돌아갔다. 후유키가 돌아오자 다이치와 에미코가 안도하는 표정을 지었다. 나간 지 한참 됐는데 돌아오지 않아 무슨 일이 있는 건 아닌지 걱정했다고 한다.

도쿄 역에서의 일을 얘기해 주자 두 사람의 표정이 밝아졌다.

"다행이네. 우리들만이 아니어서."

"들었니, 미오? 사람들이 더 있대."

에미코가 딸에게 말했지만, 미오는 여전히 감정을 잃어버린 아이처럼 반응이 없었다.

"거기 있는 사람들과 얘기해 보면 뭔가 알 수 있을지도 모르겠군."

기대감에 들떠 말하는 다이치를 향해 후유키는 고개를 갸웃해 보였다.

"글쎄, 과연 어떨까 모르겠어. 어쨌건 그들과 합류할 수 있게 된 건 다행이야. 피곤하겠지만 출발하지."

후유키가 미오를 업자 에미코가 두 사람을 끈으로 묶었다. 그사이에 다이치는 자전거를 두 대 더 찾아왔다.

세 사람이 출발하려는 순간, 머리 위쪽에서 파열음이 들렸다. 올려다보니 건너편 빌딩 창문에서 불길이 치솟고 있었다. 깨진 유리 파편이 그들의 바로 옆까지 날아왔다.

"실내에 찬 가스가 폭발한 거예요. 여긴 위험하니 서두릅시다."

후유키가 페달을 밟기 시작했다. 그때 뺨에 차가운 것이 와서 부딪쳤다.

"이런, 비까지……."

다이치가 어처구니없다는 듯 내뱉었다.

그들이 도쿄 역에 도착했을 무렵에는 비가 본격적으로 퍼붓기 시작했다. 도망치듯 지하로 내려가 집합 장소로 향했다.

그들이 찻집으로 들어간 다음 그곳에 모인 사람들이 각자 자기소개를 했다.

기술자인 고미네 요시유키는 대기업 건설 회사에 다니고 있다고 했다.

같은 회사 전무인 도다 마사카쓰는 58세로, 예정대로라면 오늘 중요한 계약이 있었을 거라고 한다.

"그 계약만 성사됐어도 우리 회사가 다시 일어섰을 텐데."

도다의 말에 여고생인 나카하라 아스카가 풋, 하고 웃음을 터뜨렸다.

"이런 일이 벌어졌는데 아직도 회사를 신경 쓰다니."

그녀의 말에 도다는 화가 치미는지 입을 꾹 다물었다.

노부부의 이름은 야마니시 시게오와 야마니시 하루코. 그들은 스기나미에 있는 집이 무사한지 걱정했다.

"돌아다녀도 안전하다는 게 확인되면 한번 다녀오세요."

세이야가 노부부에게 말했다.

세이야가 맨 먼저 만났다는 여성은 도미타 나나미. 데이토 병원 간호사라고 했다. 그러고 보니 검은색 카디건 속에 흰 간호사복을 입고 있다.

"점심거리를 사려고 편의점에 다녀오던 길이었어요. 정신을 차려 보니 길가에 쓰러져 있더라고요. 무슨 일이 일어났는지는 여기 계신 분들처럼 전혀 기억나지 않습니다."

"어, 혹시 공사장 부근에 있었어요?"

다이치가 물었다.

"네."

"저도 거기 있었는데. 옆에 사람이 쓰러져 있는 건 전혀 몰랐네요. 좀 더 잘 찾아볼걸."

다이치가 반가운 듯 말했다. 젊고 아름다운 여성과 공통점이 있다는 사실이 기쁜 것 같았다.

세이야가 사람들을 둘러보며 말했다.

"여기 계신 분들은 다른 누군가와 같은 장소, 혹은 가까운 곳에 있었던 것 같습니다. 그 외에는 공통점을 찾을 수 없군요. 하지만 분명 일치하는 무언가가 있을 겁니다. 그걸 함께 생각해 봅시다."

그 순간, 찻집 전체가 크게 흔들렸다.

7

진동은 곧 잦아들었다. 순간 테이블 옆으로 몸을 움츠렸던 후유키는 천천히 고개를 들었다. 다른 사람들도 자세를 낮춘 모습이었다.

세이야가 문을 열고 바깥 상황을 살폈다.

"그다지 큰 피해는 없는 것 같네요. 그래도 여진 가능성이 있으니까 잠시 이대로 움직이지 않는 게 좋겠어요."

"도대체 어떻게 된 거야!"

다이치가 목소리를 높였다.

"이 판국에 지진이라니. 설마 지구 최후의 날은 아니겠지."

아무도 대꾸하지 않았다. 무시해서가 아니라, 그런 농담을 받아들일 마음의 여유가 없기 때문이라고 후유키는 해석했다. 자신도 그랬으니까.

"지상의 상황을 보고 올게. 후유키, 여기를 맡아 줘. 여진에 주의하고."

후유키의 대답을 듣고서 세이야는 찻집을 나섰다.

후유키는 의자에 몸을 기댔다. 한숨이 절로 나왔다.

"저 사람이 함께 있어서 다행이에요. 우리들뿐이었다면 이러지도 저러지도 못했을 거예요."

아마니시 하루코가 남편에게 말했다. 남편 시게오도 고개를 끄덕였다.

"정말 그래. 그저 우왕좌왕만 했겠지."

하루코가 따스한 눈빛으로 후유키를 바라봤다.

"두 분, 형제인 것 같던데, 선생도 경찰이우?"

"네. 하지만 형은 경시청 소속이고 저는 파출소에서 근무합니다."

그런 세세한 구분은 알 바 아니라는 듯 하루코가 고개를 저었다.

"무슨 일이 벌어진 건지는 모르겠지만, 경찰이 두 명이나 있다는 게 중요해요. 늙은이들 때문에 거추장스럽겠지만 잘 부탁드려요."

"아닙니다. 저야말로."

후유키는 고개를 숙였다.

고미네는 테이블에 앉아 노트북을 만지고 있었다. 후유키가 그에게 다가갔다.

"뭐 하고 계세요?"

"네? 아, 인터넷이오. 이번 지진에 대해 뭐 좀 정보가 없을까 해서."

"그래서, 찾으신 게 있나요?"

고미네는 모니터에서 눈길을 떼지 않은 채 고개를 저었다.

"전혀요. 정보가 하나도 업데이트되지 않아서 새로운 정보라고는 전혀 없어요. 여기저기 들어가서 닥치는 대로 글을 올리고 있는데 반응도 없고. 마치 네티즌들이 모조리 사라진 것 같아요."

"실제로 사라져 버린 거 아니에요?"

여고생 아스카가 끼어들었다.

"자동차에서도 거리에서도 인간이 사라졌잖아요. 인터넷 하는 인간만 사라지지 않았을 거라고 생각하는 게 이상하죠."

"사라지지 않은 사람도 있잖아. 너랑 나처럼."

후유키가 말했다.

"그런 사람들은 고미네 씨처럼 인터넷에 접속을 시도하지 않을까요?"

"그런 사람들이 분명 있을 겁니다."

고미네가 계속 사이트들을 둘러보며 말했다.

"다만 그 숫자가 매우 적겠지요. 그러니까 그들이 제가 남긴 글을 발견하거나 제가 그들의 존재를 알아차릴 확률은 극히 낮습니다. 아마존 정글에서 각각 길을 잃은 두 사람이 한밤중에 우연히 마주칠 확률보다 낮을지도 모릅니다."

"재난이 발생하면 인터넷이 큰 역할을 할 거라고들 하더니만……."

후유키가 중얼거렸다.

"결국 인터넷의 주인공은 컴퓨터가 아닌 사람이라는 거죠. 참가자가 많으면 전 세계의 인간이 정보를 공유할 수 있지만, 참가자가 없으면 그저 케이블망에 불과합니다."

"하여간, 계속 좀 부탁드립니다."

"안 그래도 그럴 생각입니다. 달리 할 일도 없고."

그때 야마니시 시게오가 자리에서 일어나 출입문 쪽으로 걸어갔다.

"어디 가십니까, 어르신?"

"화장실에요. 그런데, 어느 쪽이지요?"

"개찰구 맞은편에 있습니다. 왼쪽요."

노인이 고맙다고 말하며 찻집을 나갔다. 그 걸음걸이가 다소 불안해 보였다.

"저……"

간호사 도미타 나나미가 조심스럽게 말을 꺼냈다.

"모두들 가족이 걱정되실 텐데 이런 얘기는 뭐하지만, 사라진 사람들은 대체 어디 있을까요?"

"그걸 알면 이 고생을 하겠어?"

신음하듯 대답한 사람은 도다였다.

"우리들이 어떤 상황에 처했는지도 모르는데, 여기 있지도 않은 사람들 일까지 어떻게 알아."

"……그렇군요. 죄송해요."

나나미가 기어 들어가는 목소리로 말하며 고개를 숙였다.

"사과할 필요까지 있겠어요? 가족을 걱정하는 거야 당연한 일이지."

아스카가 입술을 뾰쪽 내밀었다.

어색한 분위기가 흐르는 가운데 야마니시 시게오가 화장실에서 돌아왔다.

"아직 물은 나와요. 다행이야."

그때였다. 찻집 전체가 다시 격렬하게 흔들리기 시작했다. 좀 전보다 진동의 폭이 더 큰 것 같았다. 테이블 위에 있던 물건들이 바닥으로 떨어져 내리고, 누군가의 비명 소리도 들렸다.

후유키는 옆에 있는 기둥을 붙든 채 천장을 올려다봤다. 천장에 매달린 전등이 흔들거렸다.

그 상태가 10초 정도 지속됐다. 흔들림이 멈춘 뒤에도 후유키는 균형 감각이 얼른 돌아오지 않았다. 기둥을 붙잡았던 손을 놓고 머리를 흔들어 보았다. 아직도 발밑이 출렁거리는 느낌이었다.

그때였다.

"어머, 큰일 났어요!"

에미코가 다급히 외쳤다.

후유키가 고개를 돌려 보니 가게 한구석에 야마니시 시게오가 쓰러져 있고 그 옆에 에미코가 웅크리고 앉아 있었다.

"여보!"

부인 하루코가 벌떡 일어섰다. 후유키도 황급히 달려갔다.

얼굴을 찡그린 채 누워 있는 야마니시 시게오의 바지 오른쪽 무릎 부분이 피로 물들어 있고 그의 발치에 쓰러져 있는 스탠드의 유리 갓은 산산이 조각나 있었다. 아무래도 유리 파편 위에 넘어져 무릎을 찔린 듯했다.

"일단 바지를 벗기세요."

후유키가 그렇게 말하고 부인과 함께 바지를 벗기고 있는데 뒤에서 "무슨 일이야?"라는 소리가 들렸다. 돌아보지 않아도 목소리의 주인은 짐작이 갔다.

"어르신이 다쳤어."

"뭐, 어떻게 된 거야?"

세이야가 가까이 다가와 야마니시를 내려다보며 물었다.

"미안해요. 비틀거리다가 그만……."

야마니시 시게오는 겸연쩍은 표정으로 세이야를 올려다본 후 이렇게 덧붙였다.

"하지만 괜찮아, 대단치 않아요."

"아니, 상처가 꽤 깊은 것 같은데요. 제대로 치료해야 할 것 같습니다."

세이야는 도미타 나나미를 불렀다.

"치료 좀 해 주실 수 있을까요?"

형의 말에 비로소 후유키는 그녀가 간호사였다는 사실이 떠올랐다.

도미타 나나미가 의자에서 일어나 야마니시 시게오에게 다가갔다.

"저, 제게 아무것도 없는데, 최소한 소독약이라도……."

"바로 조 앞에 약국이 있어요."

아스카가 말했다.

"또 뭐가 필요해요? 제가 가서 가져올게요."

"우선 거즈와 붕대, 그리고 핀셋……, 아니에요, 제가 갈게요. 그게 빠르겠어요."

"그럼 그렇게 하시죠. 그동안 우리가 할 일이 없을까요?"

세이야의 물음에 도미타 나나미는 "환자가 움직이지 않도록 해 주세요. 상처도 건드리지 못하도록 하시고요."라고 대답했다.

"알겠습니다."

"저도 같이 가요."

다이치가 나나미를 따라나섰다.

그들이 나가고 나자 세이야는 후유키를 보며 인상을 썼다.

"잘 좀 부탁한다고 했잖아. 어진이 올지 모르니 주의하라고까지 했는데, 도대체 뭘 한 거야?"

"화장실에 다녀오시겠다는데 어떡해?"

"흔들릴 때 뭐하고 있었어? 이분이 서 계신 걸 봤으면 앉으시라고 했어야지."

"그건……, 이렇게까지 될 줄 몰랐단 말이야."

"닥칠 수 있는 모든 위험을 가정하고 대비한다, 위기 예방의 기본 아니야?"

뭐라고 대꾸할 말이 없어 후유키는 입을 다물었다.

"구가 씨……라고 했죠? 동생을 너무 나무라지 말아요. 내가 어린애도 아니고, 여진이 올 수 있다는 것쯤 생각해야 했어요. 내 잘못이오."

야마니시 시게오가 여전히 얼굴을 찡그린 채 두 사람을 보며 말했다.

"맞아요. 그러니 두 분 다투지 마세요."

하루코도 웃음 띤 얼굴로 두 사람을 다독였다.

잠시 후 필요한 것을 가지고 돌아온 나나미는 우선 조심스럽게 상처에서 유리 파편을 제거한 후 상처를 소독하고 곪지 않도록 약을 발랐다. 그리고 거즈와 붕대로 상처를 감쌌다.

"이 정도면 일단은 안심해도 될 거예요."

"아이고, 살았네. 이거 고마워요. 간호사가 계셔서 정말 다행이에요."

야마니시 시게오는 그제야 안심한 듯 얼굴에 희미한 미소를 떠올렸다.

"그런데, 그 뚱뚱한 청년은?"

세이야가 나나미에게 물었다.

"먹을 걸 찾아보겠다고 나갔어요."

"그 녀석, 벌써 배가 고파졌나."

후유키가 중얼거리고 있는데 다이치가 땀에 젖은 얼굴로 들어왔다. 급히 달려왔는지 숨을 몰아쉬었다.

"큰일 났어요. 연기가 나요."

"연기, 어디서?"

세이야의 물음에 다이치가 손가락으로 한 방향을 가리키며 "저쪽이오."라고 했다. 세이야가 다급히 뛰어나가자 후유키도 그 뒤를 쫓아갔다.

찻집을 나가 다이치가 가리키는 쪽을 보니 아닌 게 아니라 지하상가 안이 연기로 뿌옜다. 뭔가가 타는 냄새도 났다.

"저런, 불이 난 것 같아. 소화 시스템이 망가졌을지도 모르는데……."

"얼른 가서 끄자."

그러면서 걸음을 내디디려는 후유키의 팔을 세이야가 잡았다.

"기다려. 어떤 상태인지도 모르면서 무턱대고 접근하면 어떡해."

"하지만 그대로 두면 불이 이쪽까지 번질지도 모르잖아."

"사람들의 안전이 우선이야. 이곳이 연기로 휩싸이기 전에 탈출해야 해."

그리고 세이야는 찻집 안에 있는 사람들에게 소리쳤다.

"밖으로 탈출합니다. 서두르세요."

도다 전무와 고미네가 맨 먼저 뛰쳐나갔다. 시라키 모녀가 그 뒤를 이었다. 야마니시 시게오는 나나미와 아스카의 부축을 받으며 찻집을 나섰다.

"나 참, 저 아저씨들은 다른 사람이야 어떻게 되든 상관없다는 거야?"

아스카가 앞서 간 두 남자를 노려봤다.

"내가 할게."

후유키가 아스카 대신 노인을 부축했다.

"아니, 괜찮아요. 혼자 걸을 수 있어요."

"서둘러야 합니다. 사양하지 마세요."

세이야가 미오를 업으며 말했다.

"여러분, 니혼바시 쪽으로 갑니다. 다른 데로 빠지지 않도록 주의하세요."

11명의 일행은 니혼바시 쪽을 향해 지하도 안을 걷기 시작했다. 연기의 농도가 빠르게 짙어지고 있었다.

"리더, 먹을거리를 확보해 둬야 하지 않겠어요?"

도시락 가게 앞을 지나치던 다이치가 큰 소리로 물었다. 가게 앞에는 '전국 도시락 축제'라는 광고판이 놓여 있고 그 옆

진열대에 갖가지 도시락이 놓여 있었다.

"짐을 불필요하게 늘리면 안 됩니다. 밖에 나가면 편의점이 있어요. 지금은 대피하는 게 우선입니다."

세이야의 말에 다이치가 실망감을 드러냈다.

"이렇게 맛있는 걸 놔두고 편의점 도시락이라니……"

일행은 니혼바시에 도착하자 지하도를 빠져나왔다. 지상에도 불타고 있는 건물들이 보였다. 덕분에 날은 저물었어도 주변 상황을 어느 정도 파악할 수 있었다. 비는 그쳤지만 미지근한 바람이 강하게 불고 있었다.

긴자 쪽을 바라보니 연기가 자욱했다. 음식점이 많은 곳이니 더욱더 화재가 발생하기 쉬운지도 모른다.

뒤에서 따라오던 후유키가 세이야에게 말을 걸었다.

"어디로 갈 작정이야?"

"우선은 모두가 쉴 수 있는 장소를 찾아야지. 호텔도 괜찮지만 아파트가 더 나을 거야. 생활용품이 갖춰져 있을 테니."

조금 더 가니 길가에 사무기기 매장이 보였다. 리모델링 중인지 바닥에 파란 비닐 시트가 펼쳐져 있고 그 위로 사다리가 넘어져 있다. 세이야가 거기로 들어가더니 뭔가를 가져왔다. 전기 드릴이었다. 제대로 작동되는지 확인한 그는 다시 걷기 시작했다.

모두들 말이 없었다. 이 어처구니없는 상황에 대해 각자 이런저런 생각을 하고 있을 터였다. 하지만 아무도 답을 찾지 못한 채 그저 어쩔 줄 몰라 하고 있을 뿐이었다.

20분쯤 걸었을 때 세이야가 걸음을 멈추고 바로 앞에 있는 건물을 올려다봤다. 1층에 편의점이 있는 아파트였다.

"이 아파트에는 화재가 발생하지 않은 것 같습니다. 전기도 들어오고 하니, 일단 오늘 밤은 여기서 보내기로 하겠습니다."

"어차피 불법 침입으로 몰릴 일도 없고 하니 이왕이면 좀 더 호화로운 맨션으로 가지 그러나?"

도다가 제안했다.

"호화 맨션은 방범 시스템이 복잡하고 열쇠도 특수한 것을 사용할 가능성이 높습니다. 들어가기가 어렵다는 말이죠. 혹시 잠겨 있지 않은 집이 있다면 모르지만, 그런 집을 찾기보다는 자물쇠를 따기 쉬운 집을 찾는 것이 합리적이지 않을까요?"

맞는 말이라고 생각했는지, 도다는 못마땅한 얼굴이면서도 더는 반론을 제기하지 않았다.

세이야가 선택한 아파트에는 자동 잠금장치가 없어서 쉽게 안으로 들어갈 수 있었다. 일행은 엘리베이터가 멈출 경우를 고려해 2층에 묵기로 했다. 세이야가 전기 드릴로 자물쇠 밑에 구멍을 뚫고 구부린 철사를 밀어 넣어 문을 땄다.

그가 먼저 집 안으로 들어간 다음 후유키도 따라 들어갔다. 방 2개에 거실과 부엌이 딸린 집으로, 젊은 부부가 살던 곳인 듯, 거실에 결혼식 사진이 걸려 있었다. 아담한 체구의 신부와 건장한 신랑, 그들은 어디로 사라진 것일까.

"여기서 열 명이 지내긴 좁으니 옆집도 사용하도록 하죠. 다섯 분은 저를 따라오세요."

세이야는 다시 전기 드릴을 들고 밖으로 나갔다. 간호사 나나미와 야마니시 부부, 에미코 모녀가 그를 따라나섰다.

그들이 나가자 도다는 소파에 앉더니 부랴부랴 담배에 불을 붙였다.

"아저씨, 잠깐만요. 여긴 금연 구역으로 할 거거든요."

아스카가 베란다 유리문을 열면서 도다에게 쏘아붙였다.

"학생이 무슨 자격으로 그러는데?"

"담배 피우는 사람이 아저씨뿐이잖아요. 다수결이에요."

"내 참."

도다가 못마땅한 듯 투덜거리며 바닥에 담뱃재를 떨었다.

"지금 뭐 하시는 거예요!"

아스카가 눈을 치켜떴을 때였다.

어디선가 고양이 울음소리 비슷한 소리가 들렸다.

8

순간, 모두가 입을 다물고 동작을 멈췄다. 그것을 본 후유키는 자신이 방금 들은 소리가 환청이 아니라는 걸 확인할 수 있었다.

"저……."

다이치가 뭔가 말하려는데 아스카가 입술에 손가락을 대며 "잠깐!" 하고 외쳤다.

실내가 조용해지자 바람 소리가 들렸다. 거기에 섞여 들릴 듯 말 듯 한 울음소리가 후유키의 귓전을 스쳤다. 고양이일까? 아니, 고양이는 아니다. 그는 아스카와 얼굴을 마주 봤다.

"갓난아기다!"

후유키가 허둥지둥 베란다로 뛰어나갔다. 아스카도 그를 쫓아갔다. 두 사람은 베란다 난간 밖으로 몸을 내밀고 귀를 기울였다.

"멀지 않은 곳 같은데요."

아스카의 말에 후유키도 맞장구쳤다.

"그래, 그런 것 같아."

두 사람은 다시 귀를 기울였지만 이번에는 아무 소리도 들리지 않았다.

"무슨 일이에요?"

오른쪽에서 소리가 들려 고개를 돌려 보니 나나미가 옆집 베란다에서 고개를 내밀고 이쪽을 바라보고 있었다.

"아, 나나미 씨. 그쪽 집은 어때요?"

다이치도 어느새 베란다로 나와 얼굴을 내밀고 있었다.

"아마 그쪽과 똑같은 구조일 거예요."

"그래요, 그럼 저도 그쪽으로 갈까요?"

"잠깐. 조용히요."

아스카가 그렇게 말한 직후 다시 울음소리가 들렸다. 이번에는 소리가 어디서 들리는지 확실히 알 수 있었다. 바로 왼쪽 집이었다.

후유키는 베란다 왼쪽 끝으로 가서 옆집 실내를 들여다보기 위해 난간 밖으로 몸을 내밀었다.

"어때요?"

아스카가 물었다.

"안 보여. 들어가 봐야겠어."

후유키는 오른쪽 집에 있는 나나미에게 큰 소리로 부탁했다.

"형한테 저쪽 집 문 좀 열어 달라고 해 주세요. 갓난아기가 있어요."

"네에?"

나나미의 눈이 휘둥그레졌다.

후유키는 베란다를 나와 현관으로 향했다. 이번에도 아스카가 그의 뒤를 따랐다.

현관문을 나서자 왼쪽에서 문이 열리며 전기 드릴을 든 세이야가 나왔다.

"갓난아기가 있다고?"

"그래, 틀림없어. 이쪽 집이야."

후유키가 옆집 문을 가리키자 세이야는 그 앞으로 가 무릎을 꿇고 앉아 아까와 마찬가지로 전기 드릴을 자물쇠 아래에 밀어 넣었다.

문이 열리자 맨 먼저 아스카가 안으로 뛰어 들어갔다. 이어서 후유키도 들어갔다.

자신들이 묵는 곳과 달리 이 집은 방이 하나짜리였다. 안쪽에 있는 방에서 아기 울음소리가 들려왔다. 아스카가 먼저 가서 문을 열었다. 그리고 방 안을 들여다보더니 아무 말 없이 그 자리에 서 있었다.

후유키가 "왜 그래?"라고 물으며 다가와 아스카의 어깨 너머로 방 안을 들여다봤다. 방 한가운데에 두꺼운 수건이 깔려 있고 그 위에 흰옷을 입은 갓난아기가 뉘어 있었다. 눈이 커다란 아기는 울 때마다 하얀 뺨이 발그레해졌다.

어느새 나나미가 옆에 와서 서 있었다. 그녀는 아기에게 다가가 점검하듯 살펴본 뒤 조심스럽게 아기를 안아 올렸다.

"좀 야위긴 했지만 건강해요. 3개월쯤 된 것 같네요."

"여자아이예요?"

아스카가 물었다. 나나미는 아기의 하의를 살짝 들춰 본 뒤 빙긋 웃었다.

"사내아이야."

세이야도 방으로 들어와 주변을 살폈다.

"특별히 이상한 점은 없는 것 같군. 왜 갓난아기만 홀로 남겨졌을까."

"그걸 알 턱이 있어? 우리들이 왜 남게 됐는지도 모르는데."

후유키의 말에 세이야는 불쾌한 듯 미간을 찌푸렸지만 이내 표정을 풀고 고개를 끄덕였다.

"하긴 그래."

그러는 사이 다른 사람들도 모두 그 집으로 들어와 방 입구를 에워싸고 있었다.

"저……"

고미네가 조심스럽게 입을 열었다.

"그 아기, 어떻게 할 건가요?"

"어떻게 하다니요? ……설마 이대로 내버려 두기라도 하자는 말씀인가요?"

"아니, 그런 게 아니라……"

고미네가 말끝을 얼버무리며 고개를 저었다.

그때 아기가 다시 보채기 시작했다. 나나미가 얼른 달래 봤지만 아기는 울음을 그치지 않았다.

"배가 고픈 것 같아요. 어딘가 분유가 있을 텐데."

에미코가 그렇게 말하며 부엌 쪽으로 갔다. 그 모습을 바라보던 세이야는 "여기는 현역 엄마와 간호사에게 맡기도록 하죠. 사람이 너무 많아도 방해되니까요. 다른 분들은 나가 주시는 게 좋겠습니다."라고 말했다.

일행이 오늘 밤 머물기로 한 곳은 203호와 204호, 그리고 아기가 있는 집은 202호였다. 나나미와 에미코, 미오를 202호에 남겨 두고 나머지 사람들은 모두 203호에 모였다.

"이제 내일부터 어떻게 할지 의논해야 할 것 같습니다."

세이야가 사람들을 한번 죽 둘러보았다.

"무슨 일이 일어났는지는 아직 불분명하지만, 어쨌든 우리 이외의 인간들이 사라졌다는 것만은 확실한 것 같습니다. 물론 옆집 아기의 경우처럼 잘 찾아보면 생존자가 더 있을지도 모릅니다. 하지만 다른 생존자를 찾기보다, 우리가 앞으로 살아갈 방법에 대해 궁리하는 게 우선이라고 저는 생각합니다. 아직은 전기가 들어오고 있지만 그것도 얼마 안 가 끊길 거라고 각오하셔야 합니다. 가스나 수돗물도 마찬가지입니다. 그렇게 될 경우 어떻게 할지 미리 생각해 두어야 합니다."

"전기가 끊기는구나."

아스카가 천장에 달린 등을 쳐다보며 중얼거렸다.

"그런데 지금은 어떻게 전기가 들어오는 거죠? 전력 회사 사람들도 다 사라졌을 텐데."

"발전 시스템이나 송전 시스템은 대부분 자동으로 가동되기 때문에 그런 거야."

고미네가 여고생의 의문에 답해 줬다.

"연료가 남아 있는 한은 전기가 계속 공급될 거야. 하지만 그것도 사고가 일어나면 어떻게 될지 모르지."

"아시다시피 곳곳에서 사고가 발생하고 있습니다. 전기가 완전히 끊긴 곳도 적지 않고. 이 아파트도 언제 그렇게 될지 모릅니다. 언젠가는 모든 전력이 끊긴다고 생각하는 편이 좋을 겁니다."

그 말에 다이치가 "그러니까 식량을 확보해 둬야 해."라고 하자 세이야가 웃으며 고개를 끄덕였다.

"그래요. 식량 확보도 중요한 문제입니다. 적어도 음식물이 어디에 어느 정도 있는지는 파악해 두어야죠."

"형, 당분간 이 아파트에 있을 거야?"

후유키가 물었다. 세이야는 "그럴 생각이야."라며 고개를 끄덕인 후 사람들을 바라봤다.

"이곳이 최적의 장소인지는 확실치 않습니다. 어쩌면 더 좋은 곳이 있을지도 모릅니다. 하지만 아기가 발견됐고 부상자도 있습니다. 따라서 다 함께 이동하는 건 아무래도 무리입니다. 어찌 됐건 지금으로서는 안전하게 생존할 수 있는 환경을 확보하는 게 중요합니다."

식탁 의자에 앉아 있던 야마니시 시게오가 다친 무릎에 손을 대며 미안한 듯 눈을 내리깔았다.

"뭐 하나 물어봐도 될까?"

소파에 앉아 있던 도다가 입을 열었다.

"뭡니까?"

"앞으로 어떤 일이 있어도 우리는 함께 행동해야 하는 건가, 당신 지시에 따라서?"

그 말에 세이야가 쓴웃음을 지었다.

"라디오로 여러분을 불러 모은 책임이 있기 때문에 일단은 제가 이런 역할을 하고 있을 뿐입니다. 누군가 제 대신 이 역할을 해 주시겠다면 당연히 넘겨줄 생각입니다."

"구가 아저씨가 리더를 해 주니 좋잖아요, 뭐가 문제죠?"

아스카가 눈을 흘기듯 도다를 바라보았다.

"제가 리더 역할을 하겠다는 게 아닙니다. 여러분께 뭘 지시할 생각도 없습니다. 그저 제 의견을 말하고 여러분의 생각을 묻는 것뿐입니다. 더 좋은 생각이 있으면 언제든지 말씀해 주세요."

"더 좋은 생각인지는 모르겠지만, 식량 확보보다 시급한 일이 있다고 생각하는데."

"그게 뭔가요?"

"도움을 요청하는 거지."

"도움⋯⋯이라고요?"

세이야가 의아한 얼굴로 반문했다. 도다는 고개를 끄덕였다.

"나는 현실주의자야. 사물을 가능한 한 논리적으로 보려고 애쓰지."

"그건 저도 그렇습니다만⋯⋯."

"자네 말처럼 우리들 이외의 인간이 모두 사라져 버린 건 사실인 것 같네. 하지만 단지 사라져 버렸을 뿐, 어딘가에 존재하고 있다는 게 내 생각이야. 그렇다면 그곳을 찾아보는 것이 선결 과제 아닐까?"

"일본인만 해도 그 숫자가 1억 이상입니다. 그 많은 사람이 일시에 다른 어떤 장소로 이동했다는 말씀인가요?"

"사라졌다고 생각하는 것보다는 합리적이겠지."

"그런가?"

아스카가 중얼거렸다.

그런 그녀를 곁눈으로 쏘아본 후 도다가 말을 이었다.

"게다가 지금 우리는 다른 곳의 상황에 대해서는 전혀 모르잖나. 도쿄 시가지만 보고 사람들이 모두 사라졌다고 단정해 버린 건지도 몰라. 다른 곳에서는 아무 일도 일어나지 않았을 수도 있다고."

"하지만 만일 그렇다면 정부는 뭘 하고 있을까요? 이런 상황을 알고 있으면서 아무런 조치도 취하지 않고 있다는 건가요?"

"그건 나도 모르지. 하여간 나는 다른 사람들이 어디 있는지 찾아봐야 한다고 생각하네. 어딘가에 분명 있을 거야."

"구체적으로 어떻게 찾는다는 말씀이죠?"

"몇 명씩 나뉘어 찾을 수밖에 없겠지. 교통수단이 마비돼 버렸으니 자전거로 다니는 수밖에 없을 거고."

세이야는 그 말에 긍정도 부정도 하지 않고 사람들을 둘러봤다.

"다른 분들 의견은 어떻습니까. 도다 씨 말씀에 찬성하십니까?"

아무도 대답하지 않았다. 세이야는 후유키에게 시선을 돌렸다.

"너는 어떻게 생각해?"

"나는…… 그래 봤자 헛수고라고 생각해. 형도 그렇게 생각하지 않아?"

"왜 헛수고라는 거야. 모르는 일이잖아."

도다가 언성을 높였다.

"상황을 잘 생각해 보면 알 수 있는 일 아닙니까. 우리들밖에 없어요. 다른 인간 같은 건 아무 데도 없다고요."

그리고 후유키는 숨을 한 번 깊이 들이쉰 후 계속했다.

"무슨 일이 벌어졌는지는 모르겠지만 우리들만 살아남은 거예요. 다른 사람들은 아마도 이 세상에 없을 겁니다. 죽어 버린 거라고요."

사람들의 표정이 얼어붙었다. 하지만 생각지도 못한 말을 들었기 때문은 아닐 것이다.

모두들 알고 있었을 거라고 후유키는 생각했다. 알고는 있었지만 입 밖에 내기를 꺼렸던 것뿐이다.

뒤에서 뭔가 떨어지는 소리가 났다. 돌아보니 간호사 나나미가 서 있고 그 뒤로 아기를 안은 시라키 에미코와 미오의 모습이 보였다.

나나미의 발밑에 젖병이 떨어져 있었다. 세이야가 그것을 주워 들었다.

"아기의 상태는 어떤가요?"

나나미가 대답이 없자 "아주 건강해요. 우유도 엄청 먹었는 걸요."라고 에미코가 대신 말했다.

"그거 잘됐군요. 아기 이름은 알 수 없죠?"

"아니요. 유토인 것 같아요. 신생아 진단 서류를 발견했어요. 용감한 사람이라는 뜻이에요."

"유토……. 좋은 이름이군요."

세이야는 에미코의 품속에서 잠든 아기의 얼굴을 가까이서 들여다보며 가만히 미소지었다. 그리고 고개를 들어 다시 사람들을 바라봤다.

"무슨 일이 일어난 건지, 앞으로 어떤 일이 벌어질지 전혀 알 수 없는 상황입니다. 그러니 아무것도 단정해서는 안 됩니다. 도다 씨 의견에도 일리가 있으니 내일 상황이 허락된다면 몇 명 나서 보도록 하지요. 남은 사람들은 생활에 필요한 환경을 확보하고요. 어떻습니까?"

반대 의견은 없었다. 도다도 만족한 듯했다.

편의점 도시락으로 저녁을 해결하고 일단 오늘 밤은 휴식을 취하기로 했다. 203호는 야마니시 시게오를 제외한 남자 다섯 명이 사용하기로 하고, 야마니시 부부와 아스카, 나나미 등 네 명은 204호, 시라기 모녀와 유토는 202호를 쓰기로 했다.

도다가 어디선가 브랜디를 찾아와 고미네를 상대로 찔끔찔끔 마시기 시작했다. 다이치는 편의점에서 가져온 만화책을 읽으며 감자 칩을 먹고 있었다.

후유키는 거실을 나와 방으로 들어갔다. 방 안에는 책장과 경대, 책상 등이 놓여 있었다. 부부가 사용하던 방인 것 같았다. 경대 위에는 뚜껑이 열려 있는 병과 머리빗 등이 놓여 있다. 아마도 부부가 사라지기 직전까지 사용하던 것인가 보다.

"뭐해?"

뒤에서 목소리가 들려 돌아보니 세이야가 문간에 서 있었다.

"이것 좀 봐, 형."

후유키가 경대 위를 가리켰다.

"이 집 부인은 화장을 하다가 사라졌나 봐."

세이야는 경대를 물끄러미 바라보더니 가만히 고개를 저었다.

"내가 말했잖아. 아무것도 단정 짓지 마."

"하지만……."

후유키가 뭐라고 반박하려 했을 때 현관 벨이 울렸다.

문을 열자 아스카가 서 있었다. 어디서 찾아냈는지 위아래로 트레이닝복을 입고 있다.

"무슨 일이야?"

후유키가 물었다.

"나나미 씨가 없어요. 언제부턴가 안 보여요."

뒤에서 듣고 있던 세이야가 급히 거실을 가로질러 베란다로 나갔다. 후유키도 얼른 따라갔다.

"뭐야. 왜 그래?"

그 모습을 보고 있던 도다가 놀라 소리 질렀다.

후유키와 세이야는 아직도 곳곳에서 연기가 피어오르는 도로를 내려다봤다. 인도 위를 자전거 한 대가 달려가는 것이 보였다.

"저기야. 쫓아가야 해."

후유키가 밖으로 나가려 하자 세이야가 그를 붙들었다.

"기다려. 내가 갈게. 너는 여기를 맡아."

9

밖으로 나온 세이야는 급히 주위를 훑어보았다. 자전거 몇 대가 쓰러져 있는 것을 발견하고 그중 한 대를 일으켜 세웠다. 거기에 막 올라타려는 순간, 그의 눈을 끄는 것이 있었다. 몇 미터 떨어진 곳에 오토바이가 가로누워 있었다.

다가가서 동체를 자세히 살펴봤다. 가와사키의 250cc 오토바이였다. 연료가 새어 나온 흔적은 없었다. 키가 꽂힌 채인 걸 보면 다른 차들과 마찬가지로 이것 역시 운전자가 돌연 사라진 모양이었다. 다행인 것은 신호 대기 중에 그런 일이 일어났는지 별로 망가진 데 없이 엔진만 꺼져 있다는 점이었다. 덕분에 연료도 꽤 남아 있었다.

하지만 오토바이를 일으켜 세워 올라타 보니 느낌이 이상했다. 시트 일부가 없었던 것이다. 정확히 엉덩이와 허벅지가 만나는 부분이었다. 떨어져 나가거나 마모된 것이 아니라 애초부터 없었던 것 같은 모습이었다.

핸들도 마찬가지였다. 잡아 보니 그립 부분이 손 모양대로 움푹 들어가 있었다. 오래 사용해서 닳은 것과는 느낌이 달랐다.

세이야는 의아하게 생각하면서도 일단 시동을 걸어 보았다. 탑승감은 안 좋았지만 큰 이상은 없다고 판단되어 그대로 오토바이를 출발시켰다. 차도는 사고 차량들로 막혀 있었기 때문에 그도 나나미가 자전거로 달려간 인도 위를 달릴 수밖에 없었다.

하지만 그것조차 쉬운 일은 아니었다. 지진과 사고로 인해 인도 위에도 장애물이 수없이 널려 있었다. 떨어진 간판, 쓰러진 자전거뿐 아니라 주인 잃은 자동차들까지 인도에 올라와 있고 개중에는 가게에 처박혀 있는 차들도 있었다.

장애물들을 피하고, 때로는 오토바이에서 내려 치워 가면서 세이야는 나나미를 뒤쫓았다. 이런 식으로 가서 과연 그녀를 따라잡을 수 있을까 하는 불안감도 있었지만 한편으로 그녀

역시 달리기 쉽지 않을 것이라는 생각도 들었다.

얼마 안 가서 그의 그런 생각은 사실로 확인됐다. 오토바이의 전조등에 나나미의 뒷모습이 잡혔던 것이다. 그녀는 자전거를 밀며 무언가를 타고 넘으려 하다가 오토바이 엔진 소리를 들은 듯 움직임을 멈췄다. 그리고 뒤돌아 세이야를 보더니 망연자실한 모습으로 꼼짝 않고 서 있었다.

세이야는 천천히 그녀에게 다가갔다. 바로 옆 건물이 무너져 그 잔해가 인도를 뒤덮고 있었다. 그리고 차도는 충돌한 트럭과 자동차들이 겹겹이 뒤엉켜 빠져나갈 틈이 없었다.

"거기를 자전거로 넘어가는 건 보통 일이 아닐 텐데요."

세이야가 오토바이에서 내려 그녀에게 가까이 가며 말했다.

"왜 그러시는 거죠?"

나나미가 눈물 고인 눈으로 물었다.

"뭐가요?"

"왜 쫓아오신 거죠? 그냥 내버려 둬도 상관없을 텐데."

"그럴 수는 없죠. 당신도 그 갓난아기를 내버려 둘 수는 없었잖아요."

"그건 경우가 다르죠. 전 성인이고, 제 의지대로 행동하는 거니까요."

"그렇다면 어디로 갈 건지, 그것만이라도 가르쳐 주세요. 사람들이 걱정하니까."

그러자 나나미는 자전거 핸들을 움켜쥔 채 고개를 숙였다.

"병원이 어떻게 됐는지 보러 가려고요."

"병원……, 당신이 근무하던 데이토 병원 말입니까?"

그녀는 고개를 끄덕였다.

"어떻게 됐는지 너무 궁금해서……. 입원 환자들도 많았는데."

"그분들도 모두 사라졌을 겁니다."

"하지만 도대체 왜……."

그녀는 얼굴을 들어 세이야를 뚫어져라 쳐다보다가 다시 고개를 떨어뜨리고 머리를 흔들었다.

"세이야 씨도 알 리가 없겠죠. 죄송해요."

"언젠간 해답을 찾을 수 있을 겁니다. 하지만 지금 중요한 건 그걸 알아내는 게 아니라 살아남는 거예요. 혼자 행동하는 건 위험해요. 제발 우리와 함께 계세요."

하지만 나나미는 대답하지 않았다.

"제 걱정은 하지 마세요. 그리고 병원에 가게 해 주세요."

"가 봐야 아무도 없을 겁니다. 설사 우리 같은 생존자가 있다 해도, 아직까지 병원에 남아 있지는 않을 겁니다."

"그렇더라도…… 그렇더라도 가고 싶어요."

"왜죠?"

그러자 나나미는 입술을 꽉 깨물었다.

"그걸 꼭 말해야 하나요?"

절망감으로 가득한 그녀의 눈동자를 보며, 세이야는 계속 그녀를 추궁하는 것이 과연 옳은 일일까 생각했다. 자신에게는 그녀의 행동을 제한할 권리도 프라이버시에 개입할 정당한 이유도 없었다.

"알겠습니다. 그럼, 저도 같이 가겠습니다."

놀라서 고개를 든 나나미를 보며 그는 덧붙였다.

"이다바시가 멀지는 않지만, 자전거로 가려면 힘듭니다. 게다가 나나미 씨는 길도 잘 모르잖아요. 알았다면 이런 데서 어물거리지 않고 장애물이 적은 샛길로 빠졌겠죠. 제 말이 틀립니까?"

그녀가 고개를 저었다.

"세이야 씨에게 폐를 끼칠 수는 없습니다."

"마음대로 사라지는 편이 훨씬 더 큰 폐를 끼치는 겁니다. 다들 걱정하고 있으니 빨리 갔다가 돌아옵시다."

그러고서 세이야는 오토바이에 올라탔다.

"뒤에 타세요."

"하지만……."

"자, 빨리."

세이야가 온화한 표정으로 재촉했다.

나나미는 체념한 듯 고개를 끄덕이고는 자전거 핸들에서 손을 뗐다. 그리고 오토바이로 가서 뒷자리에 앉았다.

"자, 저를 꽉 잡으세요. 도로 상태가 안 좋아서 많이 흔들릴 겁니다."

조그만 소리로 "네."라고 대답한 나나미는 두 팔로 세이야의 허리를 감싸 안았다. 그걸 확인한 세이야는 오토바이의 시동을 걸었다.

될 수 있는 대로 장애물이 적은 길을 골라 세이야는 오토바이를 달렸다. 다행인 것은 아직 가로등이 들어오는 곳이 많다는 점이었다.

나나미를 뒤에 태우고 달린 지 약 20분 후, 오토바이가 데이토 대학 구내로 들어섰다. 병원은 겉보기에 큰 사고는 없어 보였다. 창문에서 불빛이 새어 나오는 방도 몇 개인가 있었다.

"마치 아무 일도 없었던 것처럼 보이네요."

나나미가 오토바이에서 내리면서 말했다.

"원래 밤의 병원은 이런 느낌이에요. 응급 환자가 실려 오지 않는 한 아주 조용하죠."

"사, 가 봅시다."

세이야가 병원 정면 현관을 향해 걸음을 옮겼다.

두 사람은 현관으로 들어섰다. 어슴푸레하기는 해도 조명이 켜져 있었다. 그러나 대합실에도 접수창구에도 사람의 모습은 보이지 않았다. 안내 카운터 앞에 휠체어 한 대가 방치되어 있었다. 사용한 지 오래돼 보이는 방석이 깔려 있고 등받이에 지팡이가 걸려 있다.

"마치 조금 전까지 누가 앉아 있었던 것처럼 보이네요."

나나미가 휠체어를 보며 말했다.

"나나미 씨가 근무했던 곳은 어디인가요?"

"3층 간호사실이에요. 가 봐도 될까요?"

"그러세요. 하지만 엘리베이터는 타지 마세요."

나나미가 "알고 있어요."라며 자리를 뜬 후 세이야는 주변을 훑어보았다. 어느 곳을 보아도 그녀가 말했듯이 사람이 있던 흔적이 짙게 남아 있었다.

접수창구에는 진료 신청서가 쓰다 만 상태로 놓여 있었다. 세이야는 그 옆에 놓인 볼펜을 손에 쥐어 보고 고개를 갸웃했다. 볼펜 군데군데가 아주 미세하지만 안쪽으로 파여 있었다. 마치 그 부분만 사라진 느낌이었다. 그는 볼펜을 이리저리 바꿔 쥐어 보았다. 역시 사라진 부분은 손가락이 닿는 부분이었다. 그가 타고 온 오토바이와 마찬가지다.

세이야는 덩그러니 남겨진 휠체어로 다가가 방석을 집어 올렸다. 가운데 부분이 뻥 뚫려 있었다. 앉을 때 엉덩이가 닿는 부분이었다. 방석뿐이 아니다. 휠체어의 등받이도 등이 닿는 부분만 깨끗이 잘려 나간 것처럼 되어 있었다.

그것을 바라보던 세이야의 머릿속에 퍼뜩 떠오르는 것이 있었다. 그는 서둘러 계단으로 향했다.

2층부터 그 위쪽은 병실이었다. 그는 복도를 지나 가까운 병실로 들어갔다. 그곳은 6인실로, 각각의 침대가 커튼으로 분리되어 있었다.

그중 한 침대로 다가가 이불을 들추자 거기에도 이상한 흔적이 뚜렷이 나 있었다. 침대 시트에 구멍이 뚫려 있었던 것이다. 게다가 그 구멍은 사람이 누워 있는 형상을 하고 있었다. 침대도 그 형상대로 군데군데가 움푹 들어가 있었다.

다른 침대를 살펴봐도 마찬가지였다. 다만 한 침대에는 그런 흔적이 없었는데, 이불이 젖혀져 있는 것으로 보아 그 침대의 사용자가 화장실이나 그 밖의 어딘가로 가기 위해 침대를 떠났던 게 아닌가 싶었다.

세이야는 확신했다. 사라진 것은 인간과 동물만이 아니다. 그들과 닿아 있던 물질도 사라졌다.

왜 그렇게 됐는지는 세이야도 알 수 없었다. 한 가지 확실한 것은 다른 사람들이 모두 '사라졌다'는 사실이었다. 그들은 자신의 의지로 어딘가로 떠난 것이 아니다. 이건 사고다.

이 초자연현상이 발생한 범위가 어느 정도인지는 모른다. 다만 도쿄나 일본 정도의 좁은 범위에 국한된 것은 아닌 것 같았다. 약간의 기상 이변조차 전 세계에 영향을 미친다. 하물며 이 정도의 초자연현상이 국소적인 것이라고는 생각하기 어려웠다.

세이야는 계단을 올라 3층으로 향했다.

간호사실로 갔으나 나나미의 모습은 보이지 않았다. 세이야는 복도를 지나가며 병실 문을 하나하나 열어 보았다. 그녀가 환자들을 걱정하던 일이 떠올라서였다. 하지만 어느 병실에도 그녀는 없었다.

어쩌면 이미 1층으로 내려갔는지도 모른다, 그런 생각을 하며 계단을 향해 걸음을 옮기고 있을 때였다. 어렴풋이 무슨 소리가 들렸다. 세이야는 뒤돌아서 천천히 소리가 나는 쪽으로 다가갔다. 복도에 면한 방문이 하나 열려 있고 그곳에서 불빛이 새어 나오고 있었다. '의료 상담실'이라는 팻말이 붙은 곳이었다.

살짝 들여다보니 나나미의 뒷모습이 보였다. 그녀는 바닥에 무릎을 꿇고 앉아 흐느껴 울고 있었다. 그녀 옆으로 작은 책상이 하나 있고 그것을 빙 둘러싸듯 의자 몇 개가 놓여 있었다.

세이야가 나나미 씨, 하고 부르자 그녀의 등이 떨림을 멈췄다. 그리고 그녀가 뒤를 돌아봤다.

"무슨 일입니까?"

세이야가 물었다. 나나미는 마음을 진정시키려는 듯 심호흡을 몇 번 하고서 입을 열었다.

"아무것도 아니에요. 죄송합니다."

그렇게 말하는 그녀의 손에 뭔가가 들려 있었다. 자세히 보니 갈색 샌들이었다.

"그 샌들은 뭐죠?"

나나미는 잠시 망설이더니 낮은 소리로 대답했다.

"그 사람 샌들이에요."

"그…… 사람?"

"그 사람, 환자에게 병에 대해 설명할 때 한쪽 샌들을 벗는

습관이 있었어요. 태도가 불성실해 보일 수 있으니 그러지 말라고 몇 번이나 주의를 줬는데……."

세이야는 상담실 안으로 들어가 책상 위에 놓인 진료 기록을 들여다봤다. 내용을 이해할 수는 없지만, 담당 의사의 이름이 마쓰자키 가즈히코라는 사실만은 알 수 있었다. 세이야는 그제야 상황이 대충 파악됐다.

"그 샌들이 마쓰자키 선생 것인가요?"

나나미가 천천히 고개를 끄덕였다.

아마도 마쓰자키라는 의사는 그녀에게 특별한 존재였을 것이다. 그녀가 굳이 이 병원으로 오려고 한 이유를 알 것 같았다. 연인이 어떻게 됐는지 알고 싶었던 것이다.

"췌장염 환자가 있었는데 상태가 심각해서 일초라도 빨리 본인에게 정확히 알려 줘야 한다고 했어요. 아마 그 환자에게 설명을 하고 있을 거예요."

"그러니까, 설명하던 중에 사라졌다는 건가요?"

"사라진 게 아니라 죽은 거겠죠. 동생 분이 말한 것처럼."

나나미가 울먹였다.

"그건 아직 뭐라고 단정할 수 없습니다. 무슨 일이 일어났는지도 모르는데."

"하지만 어디에도 없다는 것만은 확실하잖아요. 그럼 죽은 거나 마찬가지 아닌가요."

"그건…… 제가 답할 수 있는 문제가 아니군요."

나나미는 샌들을 가슴에 꼭 끌어안았다. 다시 그녀의 등이 흔들리며 입에서 울음소리가 새어 나왔다.

"저……, 나나미 씨께 부탁드릴 게 있습니다. 어렵게 병원까지 왔으니 비상시에 대비해 구급 의료 세트를 챙겨 가야 할 것 같습니다. 약국 같은 데서 구하기 힘든 것 위주로 골라 주셨으면 좋겠는데요."

세이야가 간곡히 부탁했으나 그녀는 천천히 고개를 저었다.

"그런다고 뭐가 달라지겠어요. 어차피 우리도 다 죽게 되는 거 아닌가요?"

"왜 그렇게 생각하죠? 지금 이렇게 살아 있는데."

"지금은 그렇지만, 사람이라고는 우리들밖에 없는 데다 거리도 온통 파괴되었고……. 이런 상황에서 어떻게 살아갈 수 있겠어요."

"아직 속단하긴 이릅니다. 지금 중요한 건 일단 살아남는 거예요. 그러다 보면 언젠가 분명 길이 열릴 겁니다."

"길이 열린다고요? 그 사람도 없는데……."

나나미가 신음하듯 중얼거렸다.

"우린 나나미 씨의 도움이 필요합니다. 제발 부탁드려요. 그리고 절망하긴 아직 이릅니다. 그분이 어떻게 되셨는지 아직은 모르는 일입니다. 갑자기 사라졌다면 또 갑자기 나타날 수도 있지 않겠습니까. 절대 희망을 버리지 마세요."

"갑자기 나타난다고요?"

나나미가 고개를 들어 세이야를 봤다. 눈가가 빨갛게 부어올라 있었다.

"그럴 수 있을까요?"

"믿어야죠. 그 길밖에 없어요."

세이야가 목소리에 힘을 실어 대답했다.

19

세이야의 휴대 전화로 연락을 취해 봤지만 연결되지 않았다. 시험 삼아 범죄 신고 번호도 눌러 봤지만 마찬가지였다.

후유키는 베란다로 나와 어둠에 잠긴 도로를 내려다보았다. 세이야는 나나미와 무사히 만났을까.

삼시 후 그는 방으로 들어와 침대에 몸을 눕혔다. 그리고 머리맡에 놓인 나이트스탠드를 끄려고 무심코 고개를 돌렸다가 움찔했다. 방문이 10센티미터쯤 열려 있고 그 문틈으로 사람 얼굴이 보였기 때문이다. 미오였다.

후유키는 몸을 일으켰다.

"왜 그러니, 미오?"

그러나 미오는 여태껏 그랬듯이 아무 말이 없었다. 그저 무표정한 얼굴로 방으로 들어오더니 침대 위로 올라왔다. 그리고 모포를 뒤집어쓰고는 고양이처럼 몸을 둥글게 말았다.

후유키가 소녀의 눈을 들여다보며 물었다.

"무슨 일 있었어?"

그러자 미오는 큰 눈을 몇 번 깜빡거리다가 꼭 감아 버렸다.

아무래도 미오의 실어증이 꽤 심각한 상태인 것 같았다. 당연한 일이다. 현실이라고 믿기 힘든 이 상황에 어른들조차 미칠 지경이다. 하물며 감수성이 예민한 어린아이가 어떻게 견딜 수 있을까.

그는 미오를 그대로 둔 채 방을 나왔다. 현관을 나서려는 찰나 현관문이 열리더니 에미코가 창백한 얼굴로 들어왔다.

"아, 안 그래도 지금 그쪽으로 가려던 참입니다."

"미오가……"

"네, 방금 제 방으로 왔어요. 침대에 있습니다."

"그렇군요."

에미코는 안심된 듯 후, 숨을 내쉬었다. 하지만 곧장 방으로 가지 않고 그 자리에 주저앉았다.

"왜 그러세요. 혹시 무슨 일이 있나요?"

"아니, 그런 건 아니지만……"

에미코는 잠시 망설이다가 입을 열었다.

"죄송하지만 오늘 밤은 여기서 미오를 재우면 안 될까요? 어쩌면 미오는 여러 사람과 함께 있는 게 더 안심되는지도 모르겠어요."

"네, 전 괜찮습니다. 그럼 어머니도 이쪽으로 건너오시지요."

그러나 에미코는 아니라며 고개를 흔들었다.

"아기를 돌보기에는 옆집이 편해요. 혹시 미오에게 무슨 일이 생기면 저를 부르세요."

"알겠습니다. 그런데 미오에게 아무 말 안 하고 그냥 가셔도 되겠습니까?"

"네, 괜찮습니다. 오늘 밤은 그냥 놔두는 게 좋겠어요."

미오를 부탁드린다고 말하고 에미코는 나갔다.

후유키는 의아한 생각이 들었다. 이런 상황에서 모녀가 떨어져 있는 게 더 불안하지 않을까 싶었다.

거실을 둘러보니 도다 전무가 소파에 누워 있고 테이블에는 브랜디 병과 잔이 놓여 있었다. 고미네는 여전히 노트북을 들여다보고 있었다. 그런데 다이치의 모습이 보이지 않는다.

"다이치는 어디 갔나요?"

그 소리에 고미네가 머리를 들었다.

"배고프다면서 나가더라고요. 밑에 있는 편의점에 간 거 아닐까요?"

"고미네 씨는 계속 인터넷을 검색하고 계시는 겁니까?"

"아니에요. 게임요. 인터넷은 아예 불통입니다. 이로써 다른 생존자들과 접촉할 수 있는 수단은 모조리 없어진 셈이죠. 생존자가 있을지 어떨지도 모르는 일이지만."

그리고 고미네는 글라스에 브랜디를 따라 한 모금 마신 뒤,

소파에서 자고 있는 도다를 바라보며 쓸쓸히 웃었다.

"평화로운 얼굴이네. 도대체 신경이 어떻게 생겨먹었기에 저렇게 태평한지. 가족이 걱정도 안 되나?"

"고미네 씨는 가족이 어떻게 되시나요?"

"아내와 아들이 있습니다. 아들이 내달에 초등학교에 들어가요. 오늘 입학식에 입을 옷을 사러 간다고 했는데……. 평소에는 집 근처 쇼핑센터를 이용하지만 오늘은 신주쿠 쪽으로 간다더라고요. 아내가 자기 옷도 사겠다면서."

나직하고 억양 없는 고미네의 말에는 이미 가족과의 재회를 포기한 듯한 체념이 담겨 있었다.

언젠가 반드시 만나게 될 겁니다, 후유키는 그렇게 말하려다 그만뒀다. 너무 무책임한 말이라고 느껴졌기 때문이다.

"저는 가서 다이치를 찾아보겠습니다."

그렇게 말하고서 후유키는 집을 나와 아파트 1층으로 내려갔다. 편의점은 불이 켜져 있었다. 그러나 가게 밖에서는 다이치의 모습이 보이지 않았다. 안으로 들어가 살피는데, 매장 안쪽에서 누군가 코 푸는 소리가 들렸다. 식료품 진열대 쪽이었다.

다이치가 바닥에 쪼그려 앉아 도시락을 먹고 있었다. 먹으면서, 울고 있었다. 휴지 상자를 옆에 놓고 눈물 콧물을 닦아가며 돈가스를 볼이 미어져라 먹고 있었다.

"뭐야, 우는 거야?"

후유키가 말을 걸자 다이치는 도시락을 무릎에 놓고 휴지로 코를 또 풀었다.

"안 그러게 됐어요? 여기 있는 음식들, 내일이면 전부 유통기한이 끝나잖아요. 하루 이틀쯤이야 별문제 없겠지만, 그 후에는 어떻게 하냐고요. 다른 편의점이나 슈퍼에 있는 음식들도 다 마찬가지예요. 전부 상해 버리면, 그다음엔 뭘 먹고 살죠?"

"그래서 운 거야?"

"그래요. 왜, 안 되나요? 먹을 걸 걱정하는 게 나빠요?"

다이치는 울어서 퉁퉁 부은 눈으로 후유키를 봤다.

"나쁜 건 아니야. 하지만 지금 그런 걸 걱정해 봐야 아무 소용이 없어."

"어째서요? 음식이 제일 중요한 거 아닌가? 음식이 없으면 살 수 없다고요."

"그렇다고 금방 다 없어지는 건 아니잖아. 날것은 썩겠지만 오래 보존할 수 있는 것도 있어. 통조림이나 레토르트 식품처럼."

"그것들도 언젠가는 다 없어질 거예요. 무한한 건 아니니까. 그땐 어떻게 하냐고요."

"어떻게 할지는······."

그때 밖에서 엔진 소리가 들렸다. 후유키가 얼른 바깥을 내다봤다. 세이야가 오토바이를 길에 세우고 있었다. 뒷자리에는 나나미가 타고 있었는데 그녀의 손에 아이스박스 같은 것이 들려 있었다.

후유키를 발견한 세이야가 편의점으로 들어왔다. 나나미도 따라왔다.

"뭐하고 있어?"

후유키는 다이치와 나눈 대화 내용을 들려줬다. 다 듣고 난 세이야는 고개를 끄덕였다.

"맞아. 식량은 중요하지. 미리 생각한다고 나쁠 건 없어."

그러자 다이치가 거 보라는 듯 입술을 삐죽 내밀었다.

"하지만 운다고 해결되는 건 아니야."

세이야는 단호한 어조로 말했다.

"인간에게는 지혜라는 것이 있어. 식량 정도는 지혜를 활용하면 어떻게든 해결할 수 있어. 다행히 당분간 굶을 일은 없을 거야. 그 문제는 함께 차분히 생각해 보자고."

"지혜라니, 그런 게 배를 채워 주나요?"

"하여간 오늘 밤은 쉬어. 내일 또 무슨 일이 벌어질지 모르니까 체력을 비축해야지."

그리고 세이야는 돌아서 출구 쪽으로 갔다.

"자, 빨리 일어나. 그 정도 먹었으면 됐잖아."

후유키는 다이치의 팔을 잡고 억지로 일으켜 세웠다.

그런데 먼저 밖으로 나간 줄 알았던 세이야가 편의점 입구에 서서 천장을 올려다보고 있었다.

"왜 그래, 형?"

"방범 카메라야."

후유키는 세이야의 시선을 좇아갔다. 세이야의 말대로 천장에 방범 카메라가 설치되어 있었다.

"저게 뭐? 편의점마다 다 있잖아."

"녹화 시간이 얼마나 될까? 테이프를 몇 시간마다 가나?"

"24시간."

그렇게 대답한 것은 다이치였다.

"이 정도 가게라면 그게 일반적이에요. 나, 아르바이트 많이 해 봐서 알아."

"그렇다면……"

세이야가 후유키의 얼굴을 바라봤다.

"이번 일이 발생했을 때도 녹화가 계속되고 있었다는 거잖아."

후유키가 침을 꿀꺽 삼켰다. 형이 무슨 생각을 하는지 눈치챈 것이다.

"비디오 덱과 모니터를 찾아보자."

"그건 아마 저쪽에 있을 거예요."

두 사람의 의도를 알아챈 듯 다이치가 앞장서 카운터 구석에 있는 문 쪽으로 갔다.

문을 열자 세 평 정도의 사무실이 나왔다. 그 한가운데에 책상이 있고, 그걸 둘러싸듯 파이프 의자가 놓여 있었다. 그리고 그 주위에는 종이 박스들이 무질서하게 쌓여 있었다.

"저거다."

다이치가 가리키는 곳으로 눈을 돌리니 사무실 한구석에 있는 캐비닛 위에 14인치 모니터가 놓여 있고, 그 흑백 화면에 가게 내부가 비치고 있었다. 카운터 앞에 있는 나나미가 불안한 듯 사무실 쪽을 바라보는 모습이 보였다.

"에이, 허술하네. 화면이 하나밖에 없고. 카운터만 비치면 그만인가."

다이치의 말에 후유키가 "강도는 대개 계산대를 노리니까."라고 했다. 그러자 다이치는 고개를 저었다.

"강도가 그렇게 흔한 줄 알아요? 이 카메라의 목적은 점원을 감시하는 거라고요. 매상을 속이거나 친구에게 물건을 공짜로 주는 점원이 가끔 있거든요. 카운터를 향해 설치된 건 방범 카메라가 아니라 점원 감시용 카메라예요. 그런 건 편의점에서 아르바이트를 해 본 적이 있는 사람이라면 누구나 안다고요."

"잘도 아네."

"저도 돈을 슬쩍하다가 잘린 적이 있거든요."

"흠, 그럼 그때의 경험을 살려서 비디오 덱을 찾아봐."

"그건 아마 이 안에 있을 거예요."

다이치는 모니터 밑에 있는 캐비닛 문을 잡아당겼다. 하지만 잠겨 있는지 문이 열리지 않았다.

"과연 그렇군. 점원들이 건드리지 못하도록 잠가 놨어."

세이야는 주위를 두리번거리더니 뭔가를 집어 후유키에게 건넸다.

"이걸 넣어서 비틀어 봐."

일자 드라이버였다. 캐비닛 문틈으로 드라이버 끝을 밀어 넣고 힘을 주자 얇은 금속제의 문이 간단히 비틀렸다. 문을 열자 네모난 장치가 보였다.

"사용법은 알아?"

세이야가 다이치에게 물었다.

"간단해요. 일반 비디오 덱과 같아."

다이치는 스위치를 눌러 우선 테이프를 되감았다. 그리고 테이프가 맨 앞머리까지 돌아가자 재생 스위치를 눌렀다. 화면에 영상이 나타났다. 왼쪽 아래에 표시된 촬영 시각은 오전 여덟 시가 조금 지나 있었다. 그 바로 전에 테이프를 새로 교환한 것이다.

가게 안이 활기를 띠고 있었다. 아침 식사를 사러 온 걸로 보이는 사람들이 카운터 앞에 줄지어 서 있었다.

"다른 인간들을 보는 게 엄청 오랜만인 것 같아."

다이치가 중얼거렸다.

"맞아, 나도 그래. 그런데 화질이 별로네."

"어쩔 수 없어요. 2시간짜리 VHS 테이프로 24시간이나 촬영하니까. VHS는 3배속으로만 녹화해도 화질이 별론데, 그런 걸 12배속으로 찍었으니 말이죠."

"그렇군."

후유키가 고개를 끄덕였다. 이렇게 화질이 나쁘기 때문에 범인을 색출해 내기 어렵다는 말을 들은 기억이 났다.

"좀 더 빨리 돌릴 수 없을까?"

세이야가 물었다.

"물론 가능해요."

다이치가 버튼을 조작했다. 영상이 고속으로 흐르기 시작했다. 사람들이 빠른 속도로 카운터에서 계산하고 돌아갔다. 시각을 나타내는 숫자도 순식간에 올라갔다. 그 숫자의 앞 두 자리가 '13'이 되었을 때였다.

화면을 보던 세 사람이 동시에 "어." 하고 소리를 냈다. 다이치는 얼른 재생 속도를 원래대로 했다.

가게 안에 있던 사람들이 모두 사라지고 없었다. 손님뿐 아니라 점원도.

"뒤로 다시 돌려 봐."

세이야의 말에 다이치는 스위치를 눌러 테이프를 되감았다. 잠시 후 화면에는 사람들이 다시 나타났다.

"초 단위로 돌릴 수 있을까?"

"네."

다이치는 미세 조작 다이얼을 돌리기 시작했다. 세 사람의 눈이 화면에 못 박힌 듯 달라붙었다.

"거기야!"

세이야가 외쳤다. 다이치가 다이얼을 돌리던 손을 얼른 멈추자 화면이 정지됐다.

"이 순간이야. 이 순간에 사람들이 사라졌어."

다이치는 다이얼을 앞뒤로 조금씩 움직였다. 사람들이 순간적으로 사라졌다는 것이 판명됐다. 13시 13분 13초였다.

"이 순간이야. 분명해."

후유키가 말했다.

"도대체 어떻게 된 거지. 정말로 사람들이 사라졌어. 어떻게 이런 일이……."

다이치의 얼굴이 파랗게 질렸다.

이번에는 세이야가 손을 뻗어 직접 다이얼을 조작하기 시작했다.

"잘 봐. 안쪽 식품 진열대 옆에 여자 손님이 서 있지? 손에 바구니를 들고서 말이야. 그런데 다음 순간,"

그는 화면을 앞으로 좀 더 흐르게 했다.

"여자 손님이 사라지고, 동시에 바구니가 바닥에 떨어졌어. 비디오에 이상이 있는 게 아니라 정말로 사람만 사라진 거야."

다이치가 두 손으로 머리를 감쌌다.

"이게 무슨 일이야. 나 정말 미칠 것 같아."

갑자기 세이야가 매장 쪽으로 뛰어나갔다. 후유키도 그를 뒤따라 나갔다. 매장에서 기다리던 나나미가 두 사람을 보고 불안한 표정을 지었다.

"왜 그러세요. 뭐가 찍혀 있는데요?"

세이야는 아무 대답도 하지 않고 식품 진열대로 가서 바닥에 떨어져 있는 바구니를 집어 들었다. 비디오에 찍힌 여성이 갖고 있던 바구니였다.

"이것 좀 봐."

세이야가 후유키에게 바구니를 건넸다.

"손잡이 부분 말이야. 손가락 흔적이 남아 있어. 손으로 잡았던 부분만 미세하게 파여 있다고."

"어떻게 이런 일이……."

"똑같은 일이 도처에서 벌어졌어. 사람들이 사라진 순간, 그 사람 몸이 닿아 있던 부분도 함께 사라졌어. 그런 일이 벌어진 거야."

11

날이 밝아 오고 있다. 레이스 커튼 너머로 아침 햇살이 어른거렸다.

고미네는 잠시 아무 말 없이 주간지를 내려다보았다. 그 주간지는 후유키가 편의점 잡지 코너 앞에 떨어져 있던 것을 집어 온 것이다. 곳곳이 마치 칼로 도려낸 듯 뻥 뚫려 있었다. 가만 보니 페이지를 넘길 때 사람 손가락이 닿는 부분이다. 즉, 잡지를 읽던 사람이 사라졌을 때 그 부분도 함께 사라진 것이다.

고미네는 주간지를 테이블에 내려놓고 어이없다는 듯 고개를 저었다.

"도대체 어떻게 된 건가요. 사람이 만진 부분이 사라졌다는 세이야 씨의 의견에는 동의하지만……."

"도처에서 같은 현상이 일어났습니다. 도로에 서 있는 자동차도 여러 대 조사했는데, 핸들이나 시트 표면이 사라지고 없었습니다."

세이야의 설명에 고미네는 얼굴을 찡그리며 "이해가 안 돼."라고 중얼거렸다.

"하지만 한 가지 수긍이 가는 점은 있어요."

세이야는 "그게 뭡니까?"라고 반문했다.

"옷이 떨어져 있지 않았다는 거요."

"옷이요, 무슨 뜻이죠?"

"사람들이 일시에 사라진 이유는 아무도 모릅니다. 또 우리가 사라지지 않은 이유도요. 아무리 노력해 봐야 지금으로서는 아무것도 해결되지 않습니다. 그래서 저는 우선 거기에 어떤 규칙이 있지 않을까 생각해 봤습니다. 무엇이 사라지고 무엇이 사라지지 않았는지. 반드시 어떤 규칙이 있을 거라고 생각했습니다."

"그래서요?"

"지금까지 판명된 건, 인간이나 개, 고양이는 사라졌지만 건물이나 차량은 남아 있다는 겁니다. 좀 더 광범위하게 말하면 생물은 사라지고 무생물은 사라지지 않았다는 거죠."

"하지만 식물도 생물인데."

조금 떨어져서 얘기를 듣고 있던 다이치가 끼어들었다. 고미네는 고개를 끄덕이며 수긍했다.

"그렇군요. 그러면 사라진 것은 동물뿐입니다. 식물이나 무생물은 남았어요."

"초밥 집에 생선이 잔뜩 있었지만 그건 죽은 것이기 때문에 무생물인 셈이네."

다이치가 이해된다는 듯 말했다.

"그렇죠. 동물만 사라지고, 그 밖에 다른 물질들은 사라지지 않고 남았다, 일단은 그런 규칙을 생각해 볼 수 있습니다. 하지만 그걸로는 아직 설명되지 않는 게 있다는 걸 알게 됐습니다. 그건 바로 옷입니다. 옷은 동물이 아닙니다. 무생물이죠."

"그렇군요. 규칙에 따르면 인간이 사라져도 입고 있던 옷은 남아야 하는 거죠. 타고 있던 자동차나 오토바이가 남아 있는 것처럼."

세이야가 말했다.

"맞아요. 만일 어떤 사람이 길을 걷고 있다가 사라졌다면 그가 입고 있던 옷은 그 자리에 남아 있어야 합니다. 다시 말해 길가 여기저기에 옷들이 흩어져 있어야 하는 거죠. 그런데 어디에도 그런 흔적이 없습니다. 자, 그렇다면 이제 규칙을 다시 생각해 봐야 합니다."

"인간과 닿아 있던 것도 함께 사라진다, 그게 정답 아닐까요?"

하지만 세이야의 말에 고미네는 동의하지 않았다. 그는 미간에 주름을 잡고 안경을 손가락 끝으로 밀어 올리며 이렇게 말했다.

"그걸로는 불충분합니다. 물론 이 주간지 같은 것을 보면 그렇게 생각되기도 하지만, '닿는다'고 하는 것은 구체성이 결여된 표현입니다. 예를 들어 옷의 경우, 다수의 사람이 내의를 입습니다. 그러니까 제일 겉에 입는 옷의 경우 직접 피부에 닿지 않을 수도 있습니다. 그런데도 사라진 걸 보면 닿는다는 것이 절대 조건은 아닌 것 같습니다."

세이야는 턱을 손으로 괴고 "그것도 그러네."라고 중얼거렸다.

"아마도 좀 더 복잡한 규칙이 있는 것 같습니다. 그걸 알 수 있다면 이 괴현상에 관해서도 어느 정도 설명이 가능할지 모릅니다."

고미네는 결론 내리듯 얘기한 뒤 브랜디 잔으로 손을 뻗었다.

그런데 갑자기 브랜디 잔이 달그락거리기 시작했다. 흔들리고 있는 것이었다.

다음 순간 그 진동은 집 전체로 확대됐고, 일어설 수조차 없을 정도로 바닥이 위아래로 요동치기 시작했다.

"또 지진이야. 규모가 꽤 큰 것 같아."

그리고 세이야는 외쳤다

"다들 움직이지 말아요. 머리 조심하고!"

후유키는 옆에 있던 쿠션을 집어 머리를 감쌌다. 다이치는 식탁 아래로 기어 들어갔다.

거실 장식장 위에 있던 물건들이 잇달아 바닥으로 떨어지고 부엌에서도 그릇이 떨어져 깨지는 소리가 들렸다.

소파에 잠들어 있던 도다가 벌떡 일어났다.

"어, 뭐야. 무슨 일이야!"

벽과 기둥이 삐걱삐걱 소리를 냈다. 후유키는 바깥 상황을 살피기 위해 베란다로 다가갔다.

"후유키, 유리창 근처에 가지 마!"

세이야가 고함쳤다. 그 순간, 후유키는 창틀이 크게 비틀어지는 것을 보았다. 그가 황급히 뒤로 물러나는 것과 동시에 격렬한 파열음이 들리더니 유리창이 마치 폭발하듯 깨졌다. 그리고 그 파편이 실내로 날아들었다.

얼마 후 흔들림은 멈췄다. 하지만 후유키는 움직일 수가 없었다. 평형감각이 돌아오지 않았다. 그는 천천히 고개를 들어 주위를 살폈다.

바닥이 유리 파편을 비롯한 갖가지 물건으로 뒤덮여 있었다. 벽에는 큰 균열이 생겼고 천장 일부가 내려앉아 있었다.

소파에서는 도다가 얼굴을 찡그리며 팔을 누르고 있었다. 그 손가락 사이로 피가 흘러내렸다.

"어떻게 된 겁니까?"

"유리야. 유리가 날아와 박혔어."

도다가 신음하듯 말했다. 그때 세이야가 자리에서 일어섰다.

"밖으로 나갑시다. 머리를 보호할 물건을 하나씩 챙기세요."

세이야가 먼저 밖으로 나갔다. 그를 따라 쿠션을 집어 들고 현관으로 나가던 후유키는 그제야 미오가 생각났다. 부랴부랴 방문을 열어 보니 책장이 침대를 덮치듯 쓰러져 있었다.

"미오!"

후유키가 큰 소리로 외치며 책장을 일으켜 세우고 보니 책이 모두 침대 위로 쏟아져 있었다. 그리고 그 아래로 이불이 봉긋하게 솟아 있는 것이 보였다. 이불을 벗겨 내자 미오가 몸을 동그랗게 만 자세로 꼼짝 않고 있었다.

"미오, 괜찮아?"

후유키가 미오의 몸을 흔들었다. 그러자 미오의 눈꺼풀이 천천히 열리더니 눈을 깜빡거렸다. 미오는 창백한 얼굴로 몸을 파들거렸다.

"미오, 괜찮니?"

어느새 따라 들어온 세이야가 물었다.

"괜찮은 것 같아. 자, 가자, 미오."

후유키가 미오를 품에 안았다.

이들이 현관을 나서자 아기를 안은 에미코가 새파랗게 질린 표정으로 서 있었다.

"다친 데는 없으세요?"

에미코는 말없이 고개를 끄덕였다. 그리고 후유키와 함께 있는 미오를 보며 안도한 듯 숨을 크게 내쉬었다.

옆집에서도 나나미와 아스카가 밖으로 나왔다.

"깜짝 놀랐네. 아파트가 무너지는 거 아닌가 했어요."

아스카가 숨을 몰아쉬며 말했다.

"나나미 씨, 도다 씨가 유리에 찔렸어요. 좀 봐 주시겠어요?"

세이야의 부탁에 나나미가 도다의 웃옷을 벗기고 치료를 시작했다. 그녀가 갖고 있던 구급상자에는 다양한 의약품과 응급 처치 도구가 들어 있었다.

"어르신들은 무사하신가요?"

세이야의 질문이 끝나기도 전에 야마니시 시게오가 부인 하루코의 부축을 받으며 밖으로 나왔다.

"걸으실 수 있겠습니까?"

"어떻게든 걸어 봐야지요. 다행히 누워 있어서 어제처럼 넘어지진 않았거든."

노인의 가벼운 농담에 세이야는 웃으며 사람들을 둘러봤다.

"모두 무사하신 거죠? 그럼 일단 이 아파트를 나가겠습니다. 좀 더 넓고 안전한 곳으로 이동합니다."

전원이 계단을 통해 1층으로 내려갔다.

아파트 밖으로 나온 순간, 후유키는 눈앞에 펼쳐진 광경에 현기증을 느꼈다. 지면이 일부는 솟아오르고 일부는 푹 꺼져 있었다. 흙먼지가 날리고 건물마다 연기가 피어올라 앞도 잘 보이지 않았다. 또한 인도 차도 할 것 없이 무수히 흩어져 있는 유리 파편이 아침 햇살에 반짝거렸다.

"이건 뭐, 전쟁 영화의 한 장면이군."

다이치의 말에 아스카가 "그 이상이지. 지구 멸망이라는 느낌이라고."라고 풀 죽은 목소리로 되받았다.

"편의점에서 물과 음식을 챙깁시다."

세이야가 일행에게 말했다.

"짐이 너무 많으면 이동하기 힘드니까, 우선 2~3일 치만 챙기세요. 그리고 꼭 필요한 생활용품도 확보해 두는 게 좋겠습니다."

편의점은 정전으로 어두컴컴했다. 후유키는 아스카와 함께 바구니에 음료수와 샌드위치, 주먹밥, 인스턴트식품 등을 닥치는 대로 쓸어 담았다.

편의점을 나서자 세이야는 사람들에게 털모자를 나눠 줬다. 그것 역시 편의점에 있던 상품이었다.

"다들 모자를 쓰세요. 이제부터는 걸으면서 발밑뿐 아니라 머리 위도 주의해야 합니다. 한신 대지진 때는 진동이 멈춘 후 위에서 떨어진 물건에 맞아 사망한 사람이 많았습니다."

전원이 모자를 쓴 것을 확인하자 세이야는 "자, 그럼 갑시다."라고 소리쳤다. 그를 선두로 열두 명이 함께 움직이기 시작했다. 노면이 울퉁불퉁한 데다 유리 파편까지 피해야 하기 때문에 걷는 것 자체가 고역이었다.

하늘이 회색빛이었다. 날씨가 흐려서가 아니라 지면이 온통 연기로 뒤덮여 있기 때문이다.

20분 넘게 걸어 도착한 곳은 어느 중학교 체육관이었다.

"꼭 이런 곳에 들어가야 하나."

도다가 불만 가득한 목소리로 말했다.

"이런 곳을 대피소로 정하는 이유는 많은 사람을 수용할 수 있기 때문이라고. 우린 열두 명에 불과하니까 피해를 안 입은 주택으로 가는 게 더 낫지 않아?"

"여진과 2차 피해의 우려가 없다고 확인되면 다시 적당한 거처를 찾을 생각입니다. 현 단계에서 주택 같은 곳에 들어가는 건 위험합니다. 언제 불이 날지도 모르고요."

세이야의 설명에도 도다는 납득할 수 없다는 표정을 지었다.

"예를 들어 저 집 같은 데 말이야."

그는 도로 건너편에 있는 저택을 가리켰다.

"파손된 곳도 없어 보이잖아. 불이 날 것 같지도 않고. 저런 집이라면 안심할 수 있는 것 아닌가?"

그 말에 세이야는 고개를 저으며 손가락으로 어딘가를 가리켰다.

"저기를 보십시오. 연기가 피어오르고 있죠?"

아닌 게 아니라 몇십 미터 전방에 있는 건물에서 연기가 나고 있었다.

"우리는 저 불을 끌 수도 없고 불을 끌 소방차도 오지 않는다는 사실을 잊지 말아야 합니다. 저 불은 앞으로도 계속 타오를 겁니다. 좀 있으면 옆 건물로 옮겨 붙을 것이고, 또 그 옆 건물로 번지겠지요. 지금 시점에서 위험하지 않은 집은 어디에도 없습니다."

"그럼 체육관도 마찬가지 아닌가?"

"하지만 이 체육관은 2차 피해를 당할 위험성이 극히 낮습니다. 다른 건물들과 떨어져 있으니까 불이 옮겨 붙을 염려가 없고, 내부가 텅 비어 있기 때문에 뭔가 떨어지거나 쓰러져 덮쳐 올 일도 없습니다. 화기가 없으니 화재가 발생할 우려도 없고요. 단지 넓다는 이유만으로 이런 체육관이 대피소로 사용되는 건 아닙니다."

세이야의 설명에 도다는 불쾌한 표정으로 입을 다물었다.

완전히 납득한 것은 아니지만 딱히 반박할 말이 떠오르지 않는 듯했다.

안으로 들어가 봐도 체육관에는 이렇다 할 피해가 없었다. 남자들이 매트리스와 뜀틀 같은 것들을 붙여 쉴 공간을 만들었다. 아스카는 사람들에게 먹을 것을 나눠 줬다. 샌드위치를 받아 쥔 다이치가 입을 삐죽 내밀었다.

"겨우 이거야?"

"조금만 참아. 다이어트도 되고 좋잖아?"

그러자 다이치는 "사는 데 먹는 것 말고 무슨 재미가 있다고."라고 궁시렁거렸다.

"문제는 조명이군요. 지금은 날이 밝으니 괜찮지만 저녁이 되면 꽤 어두워질 겁니다."

고미네가 천장을 올려다보며 말했다. 네 벽 모두 천장 가까이에 채광창이 나 있어 지금은 그곳으로 빛이 들어오고 있었다.

세이야는 시계를 봤다.

"아직 오전 7시입니다. 저녁때까지 열 시간 넘게 남았어요."

"그래서요?"

"어두워져서 아무것도 보이지 않으면 자면 됩니다. 그게 밤의 본래 모습이죠."

"흥."

도다가 콧방귀를 뀌었다.

"이거야 원, 원시 시대잖아. 최소한 에도 시대 정도로는 해 주는 게 어때? 랜턴을 사용하거나, 못 구하면 촛불이라도."

"사용하시는 걸 막지는 않겠지만, 가능하면 그런 것에 의존하지 않는 생활에 익숙해져야 합니다. 그런 물자들도 언젠가는 구하기 힘들어질 테니까요."

"나는 먹을 게 더 걱정이야."

어느새 샌드위치를 다 해치운 다이치가 나직이 말했다.

사태는 시시각각 심각해져 갔다. 후유키가 그 사실을 실감한 건 화장실에 갔을 때였다. 물이 내려가지 않았다. 수도가 끊긴 것이다.

"지금 각 화장실의 수조에 들어 있는 물을 흘려내려 버리면 더는 그 화장실을 사용할 수 없게 된다는 얘기군."

세이야가 생각에 잠긴 표정으로 말했다.

"남자는 화상실이 없어도 큰 문제가 없습니다. 화장실은 여자들만 사용하도록 하는 게 좋겠어요. 그리고 여자 분들도 물을 최대한 절약할 수 있는 방법을 생각해 보시기 바랍니다."

세이야의 말에 아스카와 나나미가 난처한 표정으로 서로 마주 봤다.

그때였다.

"아이고, 큰일 났네."

입구에 서서 바깥쪽을 바라보고 있던 다이치가 큰 소리로 외쳤다.

우르르 입구로 몰려가 보니 학교 맞은편 건물들이 불길에 휩싸여 있었다. 세이야의 예상대로 아까 그 불이 꺼지지 않은 채 일대를 다 태우고 있었다.

"이대로 가다간 마을이 사라져 버릴 거야."

다이치의 말에 대꾸하는 사람은 아무도 없었다.

12

여진은 계속됐다. 그중에는 걷기가 곤란할 정도로 크게 흔들린 경우도 있었다. 세이야가 외출을 금지했지만, 그러기 전에 아예 나가려는 사람이 없었다.

"왜 이렇게 지진이 계속되는 걸까."

뜀틀을 의자 삼아 앉아 있던 고미네가 중얼거렸다.

"우연 아닐까요?"

후유키가 반문했다.

"그럴까요? 사람들이 사라진 것과 뭔가 관련이 있지 않나 싶은데."

"그게 무슨 말이죠?"

"뭐, 저도 확신이 있는 건 아닙니다만, 아까 다이치가 그랬잖아요, 이대로 가다간 마을이 사라져 버릴 거라고. 그 말을 들었을 때 저는 문득 이런 생각을 했어요. 마을이 문제가 아니라 이 세상이 다 사라져 버리는 거 아닌가."

"세상이요? 설마……."

"세상이라는 표현은 부적절할지도 모르겠군요. 인간 세상이라고 하는 게 맞겠어요."

세이야와 다이치를 제외한 전원이 모여 있었다. 그 두 사람은 지금 각각 체육관 앞뒤에서 풍향과 화재 상황 등을 지켜보고 있다. 조금 전에 다 같이 모여 두 시간마다 교대해 지켜보기로 결정했다.

자신들에게 무슨 일이 일어나고 있는지 전혀 모르는 상태로, 지금 당장 할 일도 없는 이들은 고미네의 말에 귀를 기울였다.

"전부터 그런 말이 있었잖아요, 인류는 환경 파괴에 혈안이 된 존재로, 지구를 원래의 아름다운 모습으로 되돌리려면 인산이 사라지는 수밖에 없다고."

고미네의 말에 옆에 있던 도다가 "허." 하고 어이없다는 듯 헛웃음을 지었다.

"그래서 인간들이 일시에 사라졌다는 거야? 내 참."

"지구의 보복이 아닌가, 그런 생각이 들었어요. 물론 지구에 의지라는 게 있을 리 없지만, 하나의 행성을 지키기 위해 우주 규모의 자정 작용 같은 현상이 일어나고 있는 것 아닐까요? 우선은 천적인 인간을 소멸시키고, 이어 인간이 구축한 문명을 파괴하는 거죠. 지진 역시 지구가 모든 것을 백지화하는 수순의 하나라고 생각하지 않을 수 없어요."

"말 같지도 않은 소리."

도다가 머리를 흔들었다.

"어떻게 그렇게 단언하실 수 있죠?"

"어떻게고 자시고 간에 말도 안 되는 소리야. 만일 그런 자정 작용 같은 게 존재한다면 인류가 어떻게 여기까지 올 수 있었겠어. 그런 작용이 일어났어도 벌써 일어났어야지."

"어떤 한계선이 있는 거 아닐까요? 인간의 방만한 행동이 그 허용 범위를 넘어 계속되니까 결국은 지구의 분노를 샀다, 그런 거 아니겠어요?"

"나도 같은 생각이야."

야마니시 시게오가 동의했다. 그는 아내 하루코와 나란히 접이식 매트리스 위에 앉아 있었다.

"인간은 지금까지 지나치게 제멋대로 행동해 왔어. 슬슬 천벌을 받을 때도 됐지."

하루코도 고개를 끄덕였다.

"제 고향만 해도 그래요. 산을 깎아 도로를 만들고 터널을 내고 한 결과, 큰비만 오면 산사태가 일어나게 됐어요. 언젠가는 반드시 더 큰 일이 일어날 거라고 생각했어요."

그러자 도다는 노골적으로 어처구니없다는 표정을 지으며 일어섰다.

"말도 안 돼. 도로 개발이 무슨 문제라고."

그는 담배와 라이터를 꺼내 들고 출구로 나갔다. 그와 교대하듯 세이야와 다이치가 안으로 들어왔다.

"바깥 상황은 어때?"

후유키가 묻자 세이야는 "불은 어느 정도 잦아들었어."라고 대답했다.

"하지만 불이 꺼졌다기보다는 이 근처의 집들이 대충 다 탔다는 뜻이야. 어쨌든 불이 여기까지 번질 염려는 없어 보여. 날도 저물었으니 오늘 밤은 여기서 보내는 게 좋을 것 같아."

"여기서 다 함께 자자고?"

"그래. 옆 건물이 창고인데, 거기 보니까 담요랑 베개가 몇 개 있더라. 긴급 대피소로 사용될 경우를 대비한 거겠지. 양호실에도 이불이 있고."

"교실에 가서 자면 안 될까요? 여긴 좀 추운데."

아스카의 질문에 세이야는 고개를 저었다.

"교실은 위험해. 언제 여진이 올지 모르니까. 어딘가 난로가 있을 거야. 오늘 밤은 그걸로 견뎌 보자고."

아스카는 불만스런 표정이었지만 고개를 살짝 끄덕였다.

"밥 먹읍시다. 배고파 죽겠어요."

다이치는 식품이 들어 있는 바구니를 뒤지기 시작했다.

간단히 저녁을 마치고 나니 해가 저물었다. 체육관 안이 순식간에 어두워졌다. 후유키와 다이치는 서둘러 창고로 가서 담요와 베개를 가져왔다. 세이야와 고미네, 두 사람이 양호실에서 가져온 이불은 미오와 아기가 사용하기로 했다.

체육관 바닥에 매트리스를 깔고, 다시 그 위에 주워 온 종이 상자를 펼친 다음 모두 나란히 누웠다. 야마니시 시게오의 아이디어였다.

"노숙자가 따로 없군."

도다가 마땅치 않다는 듯 말했다.

"그래도 꽤 따뜻한데요? 굿 아이디어!"

아스카의 칭찬에 야마니시가 기분 좋은 웃음을 지었다.

후유키도 그들 사이에 누워 담요로 몸을 감쌌다. 오후 7시밖에 안 됐는데도 전기가 나간 체육관은 칠흑같이 어두웠다. 생각해 보니 어제부터 거의 잠을 자지 못했다. 그래서 머리가 무겁고 몸도 나른하다. 하지만 의식은 지나치리만치 또렷했다. 흥분 상태가 계속되고 있기 때문일 것이다. 편의점에서 술을 가져오지 않은 게 후회스러웠다.

그런데 잠들지 못하는 건 후유키뿐만이 아니었다. 여기저기서 잠을 못 이뤄 바스락거리며 뒤척이는 소리가 들렸다. 모두들 공포와 불안에 휩싸여 있는 것이다.

급기야 흐느껴 우는 소리가 들렸다. 후유키는 가슴이 덜컥해 귀를 기울였다. 귀에 익은 울음소리였다. 후유키는 담요를 걷어젖히고 그에게로 갔다.

"다이치, 또 우는 거야?"

조그만 소리로 나무라듯 말했다.

"이 시간에 먹을 걸 걱정해 봐야 소용없어."

그러자 다이치는 담요를 뒤집어쓴 채 "그것 때문에 우는 게 아냐."라고 대답했다.

"무슨 일이야?"

세이야가 일어나 앉으며 물었다.

눈이 어둠에 익숙해지자 서서히 주변의 모습이 분간되기 시작했다. 거의 전원이 상체를 일으키고 앉아 있었다. 다들 다이치가 울고 있다는 것을 눈치챈 듯했다.

"그럼 왜 울어?"

후유키가 다시 물었다. 다이치가 담요를 내리고 뭐라고 말했지만 들리지 않았다.

"뭐라고?"

"끝이야."

"끝? 뭐가?"

"우리들 말이야. 아무리 생각해 봐도 이젠 끝장이라고. 전기는 끊겼지, 물도 안 나오지, 거기다 구해 주러 올 사람도 없지. 이런 상황에서 혼자 어떻게 살란 말이야?"

"왜 혼자야? 우리들이 있잖아."

"아니, 혼자야. 가족도 못 만나고 친구도 없고. 나, 이런 거 못 견딘단 말이야. 그리고, 당신들이 뭘 할 수 있어? 아무 대책도 없으면서. 이제 죽는 수밖에 없다고."

그때 아스카가 뒤에서 소리쳤다.

"시끄러워, 이 돼지야. 남자가 돼서 울기는. 누군 울고 싶지 않아서 안 우는 줄 알아? 나도 가족하고 친구 생각하면 울고 싶다고. 그런데도 죽을힘을 다해서 참고 있단 말이야. 분위기도 파악 못하니, 이 바보야? 이럴 때 한 사람이 울기 시작하면 다 무너진단 말이야. 참아, 참으라고."

하지만 그러는 아스카의 목소리에도 서서히 울음이 섞여 들었다. 그걸 감추기 위해선지 그녀는 자리에서 일어나 어둠을 헤치고 또각또각 발소리를 내며 어딘가로 갔다.

"후유키."

세이야가 후유키를 불렀다.

"아스카에게 손전등을 갖다 줘."

후유키는 말없이 고개를 끄덕이고 머리맡에 있던 손전등을 집어 들었다.

그때, 여전히 훌쩍거리고 있는 다이치에게 누군가가 다가갔다. 아마니시 하루코였다.

"미안해요, 다이치 군. 아무 힘도 돼 주지 못해서. 다이치 군은 우리들을 위해서 짐도 나르고 망도 봐 주고 했는데 말이에요. 정말로 다이치 군 같은 사람이 함께 있어서 다행이에요."

그리고 그녀는 담요 위로 다이치의 등을 토닥거렸다.

다이치는 아무 말 하지 않았다. 하지만 흐느끼는 소리도 더는 들리지 않았다.

"다이치 군은 아직 젊으니까 무서운 게 당연해요. 우리야 이제 살 만큼 살았으니 어찌 돼도 상관없다는 생각이지만. 만약 무슨 일이 있으면 내가 다이치 군 대신 희생할 테니 걱정 말아요."

"됐습니다, 이제. 그냥 내버려 두세요."

다이치가 무릎을 껴안고 팔에 고개를 묻으며 말했다.

하루코가 제자리로 돌아가자 후유키는 일어나 손전등 스위치를 켜고 출입구로 향했다.

아스카는 체육관 앞 운동장에 두 팔로 무릎을 감싼 채 앉아 있었다.

"이런 데 있으면 감기 걸려."

"상관없어요. 혼자 있고 싶어요."

"혼자 있는 건 괜찮지만 몸 상태가 나빠지면 곤란해. 다른 사람들에게 폐를 끼치게 되잖아."

그리고 후유키는 손전등으로 주위를 이리저리 비춰 보다가 뭔가를 발견한 듯 뛰어가서 가져왔다. 망가진 의자였다. 후유키는 그 의자를 해체하기 시작했다.

"뭐 하시는 거예요?"

"추운데 전기도 가스도 없으니, 방법은 한 가지밖에 없잖아."

그는 해체한 의자에서 나온 나무들을 쌓은 다음 사이사이에 신문지를 구겨 넣고 라이터로 불을 붙였다. 불꽃은 금세 커져 나무를 태우기 시작했다. 이윽고 타닥타닥 타는 소리가 나면서 불꽃이 주위를 붉게 물들였다.

"아, 따뜻해. 모닥불, 오랜만이에요."

"학교에서 캠프파이어 같은 거 안 해 봤어?"

"학교에서는 한 적 없어요. 학교가 마을 한가운데 있고 운동장도 작아서 불을 피우지 못하게 했거든요."

"그랬구나."

"아까는 미안했어요. 다이치에게 핀잔을 주다 보니 저까지 이상해져 버렸어요. 촌스럽죠?"

"괜찮아. 울고 싶을 땐 울어야지. 억지로 참을 필요 없어."

"그래도 앞으로는 절대 안 울 거예요. 이 위기에서 벗어난 다음이라면 모를까. 그럼 행복해서 울지도 모르죠."

"위기라……, 맞아. 위기지."

"저, 이래 봬도 풋살(5명을 한 팀으로 하는 미니 축구-옮긴이) 했다고요."

"와, 그래?"

후유키는 놀란 표정으로 그녀를 재빨리 훑어봤다. 언뜻 보기엔 가냘픈 느낌이지만, 그러고 보니 근육이 제대로 붙어 있었다.

"슛을 날리러 가는 것도 즐겁지만, 강한 상대 팀의 공격을 필사적으로 막아 내는 것도 의외로 좋아해요. 그래서 팀 동료들은 저를 마조히스트라고 부르기도 하지만, 제게는 나름의 이유가 있어요. 맹공을 막아 내면 상대는 잠깐 맥이 빠지죠.

그게 바로 찬스예요. 재빨리 공격으로 전환해 단번에 슛을 쏘는 거죠. 그 쾌감이 끝내 주거든요. 그래서,"

그녀는 잠깐 말을 멈추고 등을 쭉 폈다.

"지금이 최대의 위기라고 생각하기로 했어요. 이 위기만 넘기면 정말 좋은 일이 찾아올 거라고요."

아스카의 목소리에는 힘이 가득했다. 있는 힘을 다해 스스로를 분발시키려는 그녀의 마음이 후유키에게도 전해졌다. 뒤집어 놓고 보면 그건 그만큼 궁지에 몰린 기분이라는 뜻이다.

해 줄 말이 떠오르지 않아서 후유키는 그저 조용히 모닥불만 응시했다. 불길이 때때로 세차게 흔들렸다.

"바람이 어쩐지 불길하다. 그만 들어가자."

불길한 바람은 다음 날 아침까지 계속됐다. 두꺼운 구름으로 뒤넒인 하늘에서 당장이라도 비가 쏟아질 것 같았다.

"날씨까지 이 모양이니……."

하늘을 올려다보던 야마니시 시게오가 한숨지었다.

도다가 또 세이야를 다그쳤다.

"대체 언제까지 여기 머물 작정인가? 화재도 수습된 것 같고, 슬슬 인간다운 생활로 돌아갔으면 하는데."

"하루만 더 기다려 주세요. 우선은 주변 상황을 파악해야 합니다. 어디가 안전한지 아직 모르니까요."

"이동하면서 안전한 곳을 찾으면 되잖나. 이리로 올 때처럼."

"그때는 이 체육관을 목표로 하고 온 겁니다. 지금은 그런 게 없어요. 목적지도 없이 움직이면 위험합니다. 게다가 부상자와 갓난아기도 있고."

"내진 설계가 된 건물은 얼마든지 있어. 우리 회사도 그렇고. 그런 건물을 목표로 삼으면 돼."

"그런 곳에 도착할 때까지가 위험하다는 겁니다. 도로 상태가 어떤지도 알 수 없으니까. 부탁입니다. 오늘 하루만 더 기다려 주세요."

세이야가 고개를 숙였다. 도다는 불만 가득한 얼굴로, 들으라는 듯이 크게 한숨을 내쉬더니 입을 다물었다.

"몇 명씩 나뉘어 주변 상황을 알아봅시다. 음식이 어디 있는지, 위험한 곳은 없는지, 머무를 만한 장소가 있는지 확인하는 겁니다."

세이야가 남자들에게 말했다. 세이야와 후유키, 다이치, 고미네, 이렇게 네 사람이 우선 나서기로 했다. 도로가 궤멸된 상태라 오토바이는 물론이고 자전거조차 이용할 수 없기 때문에 네 사람은 일단 걸어가기로 하고 체육관을 나왔다.

그런데 그들이 체육관을 나서고 얼마 지나지 않아 뒤따라오는 발소리가 들렸다. 돌아보니 아스카가 종종걸음으로 쫓아오고 있었다.

"저도 갈게요. 걷는 거 하나는 자신 있거든요."

후유키는 미소를 지으며 고개를 끄덕였다. 다섯 사람은 다시 걷기 시작했다. 그때였다. 하늘 저 멀리서 천둥이 울렸다.

13

세이야는 페달을 밟았다. 체육관을 나온 뒤 발견한 두 번째 자전거다. 첫 번째 자전거는 1킬로미터 정도 달리다가 버렸다. 도로가 광범위하게 함몰된 지역이 나왔기 때문이다. 그곳을 걸어서 통과한 후 다시 새로운 자전거를 발견했다.

안전상 다른 사람들은 자전거나 오토바이를 못 타게 했다. 하지만 자신은 아무래도 멀리 가야 했기 때문에 자전거가 필요했다.

그는 하루미 거리를 서쪽으로 달렸다. 알 수 없는 초자연현상이 일어난 지 불과 이틀밖에 안 됐는데 도쿄 거리는 폐허로 변해 있었다. 여전히 곳곳에서 화재가 계속되고 있어 거리는 연기와 먼지로 가득했고, 도로에 뒹굴고 있는 자동차들은 하나같이 잿빛 먼지로 뒤덮여 있었다.

희미한 시야 저 멀리 눈에 익은 건물이 나타났다. 지붕이 뾰족하고 웅장한 건물. 국회 의사당이었다. 지진의 피해를 입었는지 어떤지는 눈으로 봐서는 알 수 없었다.

세이야는 그쯤에서 자전거를 세웠다. 그리고 바로 옆에 있는 건물을 올려다봤다.

경시청 본부였다. 겉으로 봐서는 별 피해가 없는 것 같다. 그는 자신이 늘 드나들던 통로를 지나 건물로 들어갔다. 다만, 언제나 정문 옆에서 지키고 서 있던 경관은 이제 없다.

엘리베이터 역시 멈춰 서 있었다. 조명도 모두 꺼져 있다. 손전등을 들고 계단을 오르기 시작했다. 다행히 불이 난 흔적은 없었다.

맨 먼저 그는 자신이 근무하던 수사 1과를 찾았다. 문을 열고 안으로 들어선 그는 순간 낯선 풍경에 움찔했다. 질서 정연하게 줄지어 있던 책상들이 제각기 다른 방향으로 흩어져 있고 의자도 여기저기 내팽개쳐져 있었다. 책상 위에 있어야 할 서류와 필기구 등이 바닥에 어지럽게 흩어져 있다.

세이야는 자신의 자리를 찾아보았다. 역시 책상 위에 아무것도 놓여 있지 않았다. 미결 서류함이 있어야 할 텐데 주위를 아무리 둘러봐도 보이지 않았다. 이 건물도 꽤나 흔들린 모양이었다.

수사 1과장의 자리 역시 흡사 광풍이 휩쓸고 지나간 곳 같았다. 바닥에 휴대 전화가 떨어져 있어 집어 들고 보니 아직 배터리가 있다. 세이야는 발신 기록을 열어 봤다. 자신의 전화번호가 남아 있었다. 그는 중국인 범죄 단체 체포 작전을 펼치기 직전에 수사 1과장이 전화를 걸었던 사실을 떠올렸다. 그때 과장이 지시한 내용이 아직도 머릿속에 선명히 남아 있다. 이런 내용이었다.

'1시부터 1시 20분 사이에는 위험한 행동을 삼갈 것. 꼭 필요할 경우에도 1시 13분 전후는 반드시 피할 것.'

과장은 형사 부장에게 이 지시를 전달받았다고 했다. 하지만 과장은 형사 부장 본인도 구체적인 내용은 파악하지 못하고 있는 듯하다고 했다.

세이야는 1시 13분이라는 시간에 주목했다. 편의점 방범 카메라에 사람들이 사라진 순간이 녹화되어 있었는데, 그러고 보니 그 시각이 바로 1시 13분이었다.

'이건 절대 우연이 아니야.'

과장의 전화와 초자연현상 사이에는 분명 무슨 관련이 있다. 아마도 모종의 현상이 일어날 것을 예측한 상부의 지시였을 것이다. 다시 말해 상층부 사람들은 이런 일을 예견했던 것이나.

만일 그렇다면······.

그런 지시를 내린 목적이 과연 무엇이었을까. 초자연현상을 예상한 정부 수뇌들은 어디로 사라진 것일까. 대체 그 초자연현상의 정체는 무엇일까.

그걸 밝혀내기 위해 세이야는 경시청 본부에 온 것이다.

그는 과장의 휴대 전화를 책상에 올려놓고 수사 1과를 나왔다. 다음으로 찾아간 곳은 형사 부장의 방이었다.

문을 여니 바닥에 트로피가 내동댕이쳐져 있었다. 형사 부장이 골프 대회에서 우승했을 때 받은 것이다. 벽에 붙은 캐비닛 위에 장식되어 있었던 것을 세이야는 기억했다. 그 밖에도 책장에서 쏟아진 책들로 바닥이 어지러웠다. 하지만 그것 외에 큰 변화는 없는 것 같았다. 책장은 지진에 대비해 천장에 고정되어 있고, 형사 부장의 책상은 특별 주문된 육중한 것이어서 보통의 수사관들이 사용하는 철제 책상처럼 쉽게 움직이지 않기 때문이다.

세이야는 형사 부장이 사용하던 가죽 의자에 앉아 책상 서랍을 열었다. 서류 한 장이 바로 눈에 띄었다. 경찰청에서 내려온 것이었다. 그 서류의 제목을 읽던 세이야는 저도 모르게 인상을 썼다.

'P-13 현상에 대한 대응책? 뭐야, 이거.'

P-13이라는 용어는 듣도 보도 못한 것이었다.

문서의 내용은 세이야가 수사 1과장에게 지시받은 것과 별 차이가 없었다. 3월 13일 13시 정각부터 20분간은 경찰관을 위험한 임무에 투입하지 말 것. 사무직 및 기술직 종사자들도 위험이 따르는 일은 시키지 말 것. 피치 못할 이유가 있는 경우라도 13시 13분 전후는 반드시 피할 것. 그런 내용이었다.

한편, 사람들이 많이 모이는 장소에 대한 테러 대책을 평소보다 강화하라는 내용도 있었다. 또 교통부에 대해서는 사고 발생률이 높은 장소를 파악해 특별히 감시하라는 요구도 있었다.

'13시 정각부터 20분간.'

세이야는 생각에 잠겼다. 분명 경찰청은 무슨 일이 일어날 것을 예기하고 있었던 것이다. 그리고 'P-13 현상'이 바로 그 '무슨 일'의 명칭일 것이다. 하지만 그 '무슨 일'이 무엇인지는 서류 어디에도 기재되어 있지 않았다.

'경찰청에 가 볼까? 경찰청장이라면 좀 더 구체적인 내용을 통보받았을지 몰라.'

그런 생각을 하며 서류를 훑어보던 세이야의 눈길이 어느 문장에 가서 꽂혔다.

'당일 해당 시간에 총리 관저에 P-13 현상 대책 본부가 설치될 예정이니, 긴급 사태가 발생할 경우 그곳에 대응책을 문의할 것.'

일핏 봐서는 원래 무슨 용도로 쓰이던 건물이었는지 알기 힘들 정도였다. 정면 현관이 새까맣게 그을려 있었기 때문이다. 현관 바로 옆에 지하로 내려가는 계단이 있는데, 거기서 연기가 올라온 것 같았다. 건물 꼭대기에 붙어 있는 간판을 보고서야 겨우 그곳이 호텔이었음을 알 수 있었다.

"유리창은 다 무사한 것 같은데……."

건물을 올려다보던 후유키가 말했다.

"체육관에서 별로 멀지도 않으니 여기 머무르면 되지 않을까?"

"잘 수는 있을 것 같아요. 하지만 샤워는 못하겠죠?"

아스카가 물었다.

"그렇겠지. 물이 안 나올 테니까."

"어디 물 나오는 곳 없나……, 온수가 나오면 짱인데."

아스카는 입술을 뽀족 내밀고 주위를 두리번거렸다.

"이렇게 오래 안 씻은 건 처음이야. 아, 샴푸 하고 싶어."

그러면서 그녀는 짙은 갈색 머리카락 사이로 손가락을 집어넣어 머리를 벅벅 긁었다.

"아닌 게 아니라 나도 뜨거운 물에 몸 좀 담갔으면 좋겠네."

후유키도 자기 옷에 코를 대고 냄새를 맡으며 그렇게 중얼거렸다.

"아, 맞다!"

아스카가 뭔가 생각난 듯 손가락을 튕겼다.

"오다이바요. 거기 온천이 있어요."

그 말에 후유키는 어깨를 으쓱했다.

"온천이라고 물이 저절로 솟아나는 게 아니야. 펌프 같은 걸로 지하 수백 미터에서 끌어 올리는 거라고. 아마 기계가 멈췄을 거야."

"그야 모르는 일이죠. 가 보지도 않고 어떻게 알아요?"

"가긴 거길 어떻게 가, 유리카모메도 서 버렸는데."

"걸어가면 되죠."

"허, 맘대로 해 보시지. 만에 하나 온천물이 나온다고 해도 씻고 돌아오는 길에 도로 다 땀에 젖을걸. 쓸데없는 생각 말고 빨리 오늘 밤 잘 데나 알아보자고."

어느새 두 사람은 긴자까지 와 있었다. 하지만 그런 사실을 금세 깨닫지 못할 정도로 거리 모습이 변해 있었다. 가로수와 가로등이 쓰러지고 도로는 물결치는 것처럼 뒤틀려 있었다. 게다가 온통 유리 파편으로 뒤덮여 있다.

"도대체 안전해 보이는 데가 없네."

아스카가 거리에 시선을 둔 채 한심하다는 듯 말했다.

"만일 사람들이 사라지지 않았다면 더 끔찍한 일이 벌어졌을 거야. 여기가 전부 피바다가 됐을 거 아냐."

"그러게요."

그러고 나서 아스카는 피식 웃었다.

"왜 웃는데?"

"그렇잖아요. 좀 전까지만 해도 사람들이 사라져서 패닉에 빠졌는데 이번에는 사람들이 사라져서 다행이라니."

그 말에 후유키도 빙그레 미소지었다.

"그도 그러네."

이 비상사태에도 조금씩 적응돼 가고 있는 건가, 후유키는 그런 생각을 했다. 아니, 어쩌면 너무나 황당한 현실에 신경이 마비되어 버린 건지도 모른다.

두 사람은 백화점 앞에 다다랐다. 겉보기에 별 피해는 없는 것 같았다. 다만 전기가 들어오지 않아 내부가 캄캄해 보였다.

"지하 식품 매장에 한번 가 보자."

후유키가 앞장서서 안으로 들어갔다.

입구로 들어선 그는 자신도 모르게 "이럴 수가……"라고 중얼거렸다. 바닥에 발 디딜 틈이 없을 정도로 물건들이 흩어져 있었다. 구두 매장의 진열장에는 구두가 단 하나도 남아 있지 않았다. 모조리 바닥에 쏟아졌기 때문이다.

갑자기 뒤에서 아스카가 비명을 질렀다. 후유키가 깜짝 놀라 뒤를 돌아보았다.

"무슨 일이야?"

그러나 아스카는 금세 멋쩍은 미소를 지으며 혀를 쏙 내밀었다.

"아니, 저것 때문에……."

그녀가 가리키는 쪽으로 눈을 돌린 후유키 역시 순간적으로 몸을 움찔했다. 사람이 쓰러져 있는 줄 알았는데 자세히 보니 마네킹이었다. 머리가 몸통에서 떨어져 나와 바닥에 구르고 있었다.

"저 마네킹이나 우리나 사람이 그리운 건 마찬가지일 거야. 자, 나는 지하에 내려가 볼 건데 아스카는 어떡할래?"

"전 여기서 둘러보고 있을게요. 드라이 샴푸 같은 거라도 있는지 찾아봐야겠어요."

"알았어."

후유키는 멈춰 선 에스컬레이터로 향했다.

지하는 창이 없는 까닭에 한층 더 어두웠다. 손전등으로 바닥을 이리저리 비추며 천천히 걸음을 옮겼다. 실내에 불쾌한 냄새가 떠다니고 있었다. 전기가 끊기는 바람에 냉장 시설이 가동을 멈춘 수산물 매장에서 풍겨 나오는 냄새인 듯했다.

바닥에 반찬과 도시락 같은 것들이 마구 흩어져 있었다. 그걸 본 후유키는 마음이 착잡했다. 그제 밤에 다이치가 울던 모습이 생각나서였다. 그리고 그의 걱정이 기우가 아니라는 생각이 들었다. 시시각각 식량이 사라져 가고 있다. 그것도 엄청난 속도로.

후유키는 통조림, 건어물, 음료수 매장 등을 찾아 그 품목과 수량 등을 세세하게 메모했다.

지하 식료품 매장을 다 둘러본 그는 다시 1층으로 올라갔다. 그런데 아스카가 보이지 않았다. 화장품 매장을 가 보았지만 거기에도 없었다.

후유키는 고개를 갸웃거리며 2층으로 올라갔다. 그곳 역시 어둡기는 마찬가지였다. 한 번 휙 둘러보고 나서 3층으로 올라가기 위해 에스컬레이터에 발을 올려놓는 순간, 작은 불빛 같은 것이 얼핏 그의 눈을 스쳤다. 여성복 매장 쪽이었다.

그쪽으로 가 보니 아스카가 흰 미니 원피스 차림에 비싸 보이는 목걸이를 목에 건 자신을 손전등으로 비추며 거울을 보고 있었다.

"패션쇼 해?"

갑작스런 후유키의 목소리에 아스카가 경련하듯 몸을 부르르 떨었다. 그리고 뒤돌아보며 어색한 표정을 짓더니 헤헤 웃었다.

"이 옷, 전부터 찜해 뒀던 거거든요. 아, 안 팔려서 다행이야."

그녀는 어디서 가져왔는지 새 구두까지 신고 있었다.

"이 목걸이, 60만 엔짜리예요. 그리고 이 반지는 120만 엔."

아스카는 반지 낀 손을 건들건들 흔들어 보였다.

"신났네. 옷이며 구두며 액세서리며 전부 마음대로 가질 수 있어서."

그리고 후유키는 풋, 웃으며 덧붙였다.

"그래 봐야 뭐해."

그 말에 아스카는 갑자기 기분이 나빠진 듯 입술을 쑥 내밀었다.

"뭐 어때요? 즐거우면 그만이지."

"지금이 그런 거나 하고 있을 때야? 죽느냐 사느냐 하는 판에. 샤넬이고 구치가 다 무슨 소용이야."

"전 이런 게 제일 행복해요. 기분이 얼마나 좋다고요."

"그래, 뭐. 그야 네 자유지."

후유키는 어깨를 으쓱하더니 몸을 돌려 에스컬레이터 쪽으로 향했다. 그런데 후유키가 한 걸음을 떼자마자 등 뒤에서 털썩, 하는 소리가 들렸다. 돌아보니 아스카가 바닥에 주저앉아 있었다.

"어, 왜 그래?"

후유키가 급히 달려갔다.

"어디가 안 좋아?"

그러자 아스카는 시선을 바닥으로 향한 채 고개를 흔들었다. 그녀의 어깨가 가늘게 떨리고 있었다. 그제야 후유키는 아스카가 울고 있다는 것을 알아차렸다.

"죄송해요. 다시는 안 울겠다고 결심했는데."

그녀가 조그맣게 흐느끼며 말했다.

"왜 그러는데?"

아스카는 다시 한 번 고개를 젓고 나서 머리를 들더니 눈가를 손등으로 훔쳤다.

"맞아요. 이래 봐야 무슨 의미가 있겠어요. 한껏 차려입어 봐야 다 쓸데없는 짓이죠. 봐 주는 사람도 없는 마당에. 비싼 액세서리나 화려한 옷인들 살아남는 데 무슨 도움이 되겠어요. 쓰레기나 마찬가지지. 가져가도 방해만 될 뿐이죠."

"그래. 사치는 삶에 여유가 있는 인간들이나 할 짓이야."

아스카는 천천히 고개를 끄덕였다.

"이런 쓰레기를 전에는 죽도록 갖고 싶었어요. 사는 데 아무 도움도 안 되는 것들을. 바보 같죠?"

"그만큼 여유가 있었다는 거지. 행복했다는 얘기야."

아스카가 눈가를 문지르며 일어섰다.

"움직이기 편하고 튼튼한 옷으로 갈아입을게요. 브랜드니 뭐니 안 따지고."

"그게 좋겠어. 옷 갈아입고 지하로 내려가자. 살아가는 데 필요한 물건들이 한가득이라고."

14

세이야가 나가다 거리에 있는 총리 공관에 도착했을 때는 하늘이 꽤 어두웠다. 해가 진 게 아니라 날씨가 그만큼 안 좋아진 것이다. 언제 폭우가 쏟아질지 알 수 없는 상황이었다.

전 같으면 아마도 경시청 경비부 기동대나 공관 경비대가 이 일대 경비를 맡고 있었겠지만, 지금은 사람이라고는 그림자도 보이지 않는다. 세이야는 서쪽 출입구를 통해 안으로 들어갔다.

5층짜리 네모난 건물은 끄떡없었다. 관저를 건설할 때 내진 설계에 특별히 신경 썼다는 얘기를 들은 기억이 났다. 지하에는 위기 관리 센터가 있어 대규모 재해가 발생할 경우 재해 대책 본부 역할을 하도록 되어 있다고 한다.

건물 내부에는 조명이 켜져 있었다. 다시 말해 전기가 들어오고 있다는 뜻이다. 재해 대책 본부를 설치한 곳이니만큼 대규모 정전 사태에 대한 대비책이 없다면 말이 안 될 것이다. 자가발전 설비, 그것도 에너지원이 고갈될 우려가 없는 태양광 발전이나 풍력 발전 시스템을 도입했으리라.

그래도 만일에 대비해 세이야는 엘리베이터 대신 계단으로 올라갔다. 총리의 집무실은 맨 꼭대기 층이었다. 거기 가면 'P-13 현상'이라는 게 무엇인지 알 수 있는 자료가 있지 않을까 싶었다.

하지만 2층까지 오르다가 세이야는 걸음을 멈췄다. 그리고 주머니에서 서류 한 장을 꺼냈다. 형사 부장 자리에 있던 것이었다. 거기에는 '총리 공관에 P-13 현상에 대한 대책 본부가 설치될 예정'이라고 적혀 있었다.

그는 자신의 이마를 툭 친 후 계단을 도로 내려가기 시작했다.

이토록 엄청난 초자연현상이 발생한다는데 그 대책 본부를 일반 회의실이나 집무실에 차릴 리 없다. 당연히 지하의 위기 관리 센터를 활용했을 것이다.

지하 복도에도 비상등이 켜져 있었다. 공기 정화 시스템도 가동되고 있는 듯했다. 오랜만에 탄내가 나지 않는 공기를 들이마시는 느낌이었다.

복도를 이리저리 살피며 천천히 앞으로 가는데 '관계자 외 출입 금지'라는 표시가 붙은 문 하나가 눈에 띄었다. 세이야는 그 문을 열었다.

문을 열자마자 맨 먼저 그의 눈에 들어온 것은 벽 앞에 놓인 대형 액정 모니터였다. 전원이 들어와 있는 그 모니터에는 기묘한 도형이 비치고 있었다. 그리고 다양한 수치가 표시되어 있었지만 그것이 무엇을 나타내는지 세이야는 알 도리가 없었다.

모니터 앞에는 디귿자 모양으로 회의용 테이블이 놓여 있었고 그 위에 책자가 놓여 있었다. 명색이 대책 본부라면서 참석자들 자체가 사라지다니. 세이야는 참담한 생각이 들었다.

모니터를 정면에서 바라볼 수 있는 자리로 갔다. 자리의 주인을 적어 놓은 종이에 '총리'라고 쓰여 있었다.

세이야는 오쓰키 총리를 직접 본 적은 없고 TV에서 본 게 전부다. 달변에 적극적으로 정책을 추진한다는 이미지를 세간에 심는 데는 성공했지만, 사실은 선전과 시류를 이용하는 데만 능수능란하다는 것이 총리에 대한 세이야의 평가다.

오쓰키 총리의 자리에도 책자가 놓여 있었다. 세이야는 그 책자를 집어 들었다. 우주 과학 연구 본부 고에너지―천문학 담당자가 작성한 것으로 되어 있었다. 거기에는 세이야가 도무지 알 수 없는 단어들이 나열되어 있었다. 블랙홀이니 웜홀이니 초끈 이론이니 하는, 들어 본 적은 있지만 뜻은 정확히 모르는 얘기들이었다. 그것은 아마도 이 회의에 참석한 사람들도 대부분 마찬가지 아니었을까 싶었다.

작성자는 자신이 설명할 상대가 그런 문외한임을 감안한 듯 책자 뒷부분에 쉽게 이해할 수 있는 설명문을 첨부해 놓았다. 세이야는 그 부분을 읽어 나갔다. 아닌 게 아니라 문장이 쉽기는 했다. 그럼에도 세이야는 읽고 또 읽어야만 했다. 내용이 너무나 초현실적이어서 받아들이기 힘들었기 때문이다.

책자의 마지막 항 제목은 'P-13 현상에 의해 발생할 것으로 예상되는 문제'였다. 그 부분을 읽어 나가던 세이야의 눈길이 한 부분에서 멈췄다. 잠시 후, 그는 자신의 체온이 서서히 상승하는 것을 느꼈다.

책자를 손에 쥔 채 세이야는 바닥에 털썩 주저앉았다. 그리고 몸을 웅크리며 양손으로 머리를 움켜쥐었다.

체육관에 거의 도착했을 무렵 천둥이 울렸다. 그 소리에 놀라 후유키와 아스카가 서로를 마주 보고 있는데 커다란 빗방울이 두 사람의 얼굴을 때렸다. 후유키는 혀를 차더니 걷는 속도를 올렸다. 레저용품 매장에서 들고 나온 등산용 배낭이 어깨를 파고들었다.

"거의 다 왔는데."

"그러니까 서두르자고 했잖아요. 어쩐지 자꾸만 이것저것 배낭에 담더라니."

"무슨 소리. 아스카가 쓸데없이 패션쇼를 하는 바람에 그런 거지."

후유키의 말에 아스카는 걸음을 멈췄다. 그리고 입술을 뾰족 내밀며 눈을 치떴다.

"아, 알았어, 미안, 미안. 다시는 그 얘기 안 할게. 젖겠다. 빨리 가자."

그러자 아스카는 말없이 그의 등 뒤를 가리켰다. 돌아보니 금방이라도 무너지게 생긴 민가가 한 채 있었다. 현관은 이미 내려앉아 있었다.

"저 집이 왜?"

아스카는 메고 있던 배낭을 그 자리에 내려놓더니 아무 설명도 없이 그쪽으로 다가갔다. 후유키가 다급히 그녀를 쫓아갔다.

"뭐하는 거야? 위험하다고."

그러나 아스카는 멈추지 않고 내려앉은 현관을 지나 집 안으로 들어갔다. 잠시 후 나온 그녀의 양손에 우산이 하나씩 들려 있었다.

"자."

그녀가 우산 하나를 후유키에게 내밀었다.

"바보 같긴. 비가 오면 우산을 쓰면 되죠. 이제 우산은 살 필요도 없다고요. 어디에나 있으니까."

"그렇군."

그는 우산을 펼쳤다. 검은색의 커다란 우산이었다.

체육관에 돌아와 보니 옅은 연기가 피어오르고 있었다. 후유키는 화재인 줄 알고 순간적으로 깜짝 놀랐지만 가만 보니 그건 아니었다. 사람들이 한군데 모여 있고 그 가운데서 연기가 났다.

"어, 돌아왔어요?"

다이치가 맨 먼저 알은체를 했다.

"뭐하는 거야?"

"헤헤헤."

그는 쑥스러운 듯 코 밑을 문질렀다.

"무너진 건물을 살펴보니 숯불구이 고기 집이더라고요. 거기서 석쇠하고 숯을 가져왔죠. 벽돌을 쌓아서 여기다 바비큐 대를 만들고요."

"와, 신난다."

아스카가 눈을 반짝였다.

야마니시 하루코와 시라키 에미코, 두 사람이 고기와 야채를 석쇠에 굽고 있었다.

"자, 어서 드세요. 힘드셨죠?"

에미코가 후유키와 아스카에게 접시를 내밀었다.

"고기랑 야채도 그 가게에서 가져온 거야?"

후유키가 묻자 다이치는 "유감스럽게도 그 가게 고기랑 야채는 무너진 건물 더미에 깔려서 못 먹게 됐더라고요. 이건 따로 슈퍼에서 가져왔어요."라고 했다. 그런데 그의 표정이 곧 어두워졌다.

"아마 지진 때문에 식재료의 피해가 클 거예요. 전기가 끊겼으니 냉장고나 냉동고에 들어 있던 것들이 전부 썩지 않겠어요?"

"그러잖아도 백화점 식품 매장이 그런 상황이더라고. 그래서 통조림이나 건어물같이 오래 보존되는 것들 위주로 가져왔어."

그리고 후유키는 자신의 배낭을 내려다보았다.

"생활할 만한 장소는 있던가요?"

나나미가 물었다.

"긴자로 가는 도중에 호텔이 있더군요. 겉으로 봐선 피해가 크지 않은 것 같았어요. 자기에는 충분하지 않을까 싶습니다만."

"하지만 샤워는 못할걸요."

아스카가 옆에서 끼어들었다.

"그래도 제가 드라이 샴푸를 구해 왔으니까 원하시는 분은 말씀하세요."

후유키는 사람들을 죽 둘러보았다. 그런데 한 명이 보이지 않는다.

"형은 아직 안 돌아왔나요?"

"네, 아직."

나나미가 대답했다.

"그렇군요……"

'어디까지 갔기에 여태 안 오는 거지?'

후유키는 그렇게 생각하며 고개를 갸우뚱했다.

후유키와 아스카도 식사를 시작했다. 많이 걸어 다닌 후라 그런지 아주 꿀맛이었다. 게다가 오랜만에 먹는 따뜻한 음식이다.

"이봐, 이거 더 없어?"

뜀틀을 의자 삼아 앉아 있던 도다가 손에 쥔 맥주 캔을 흔들며 고미네에게 물었다.

"아, 있어요. 조금이라도 차게 하려고 밖에 내놨어요."

"그럼 2개만 부탁해."

도다는 빈 캔을 찌그러뜨려 바닥에 놓더니 다시 접시에 담긴 고기를 먹기 시작했다.

그런데 고미네가 가만히 앉아 뭔가 할 말이 있는 듯한 얼굴로 도다를 바라보았다.

"왜, 내 얼굴에 뭐 묻었어?"

"아, 아닙니다. 맥주 가져오지요."

고미네는 자신의 접시를 놓고 일어섰다.

그 장면을 보고 있던 후유키와 아스카의 눈길이 마주쳤다. 아스카는 못마땅한 듯 얼굴을 찡그리고 있었고 후유키 역시 입을 불쑥 내민 채였다.

식사가 끝나자 사람들은 짐을 정리하기 시작했다. 그때까지도 세이야는 돌아오지 않았다.

야마니시 시게오가 한쪽 다리를 끌며 짐을 옮기자 후유키가 그에게 달려갔다.

"쉬세요. 제가 할게요."

야마니시는 손을 내저었다.

"이 정도는 하게 해 줘. 나이도 많은데 다리까지 다쳐서 모두에게 폐를 끼치고 있어. 조금이라도 거들어야 내 마음이 편하지."

"하지만 그러다가 허리까지 다치시면 큰일 납니다."

"조심하겠네. 방해물이 되고 싶지는 않으니까."

야마니시는 미소를 지어 보이고 다시 하던 일을 계속했다.

그때였다.

"너무하시는 거 아니에요?"

아스카의 목소리가 체육관을 울렸다. 후유키가 깜짝 놀라 바라보니 아스카가 그때까지도 뜀틀 위에 앉아 있는 도다 앞에 서 있었다.

"다들 일하고 있는데, 좀 도와야 하는 거 아닌가요?"

"뭐야, 그 말투는. 그게 윗사람에 대한 태도야?"

도다가 눈을 부릅떴다.

"아스카 양, 그만 해요."

고미네가 그녀를 말렸다. 후유키는 세 사람에게 다가갔다.

"무슨 일입니까?"

"이 아저씨가 꼼짝도 안 하잖아요. 주의 좀 준 거라고요."

그 말에 도다가 벌떡 일어섰다.

"누가 누구한테 주의를 준다는 거야?"

"당신, 당신이라고. 내가 설거지 좀 해 달라고 부탁했잖아. 그런데 왜 그걸 고미네 씨한테 시키는 거야, 왜!"

"이 녀석 손이 비었잖아."

"당신은 어떻고? 맥주 같은 건 아무 때나 마실 수 있잖아. 아니면 당신, 업무 중에도 술이나 마시고 그랬던 거야? 아이고, 엄청 높으신 분이었나 보지?"

도다의 얼굴이 완전히 일그러졌다.

"이런 건방진."

그가 아스카의 어깨를 확 밀쳤다.

"아얏, 이 아저씨가."

도다에게 달려들려는 그녀를 후유키가 붙들었다. 그리고 도다를 노려봤다.

"여자에게 폭력을 휘두르시면 안 되죠."

"애가 먼저 나를 모욕했잖아."

"그래? 난 그렇게 안 들었는데. 오히려 사람을 모욕 준 건 당신 아닌가?"

"뭐야?"

"이왕 말이 나왔으니까 말인데, 우리들 사이에 서열 같은 건 없어. 모두 평등하다고. 뭘 하든 공평해야 해. 고미네 씨가 전에는 당신 부하였고 당신 지위가 회사에선 꽤 높았을 수도 있겠지. 하지만 그런 지위나 서열 따위, 이제는 무의미하다고.

당신은 누구의 상사도 아니라는 걸 명심해."

"그건…… 나도 알아."

"아니, 모르시는 것 같은데. 그러니까 귀찮은 일은 고미네 씨에게 미루는 거 아니야. 이중에서 당신만 아직 현실을 받아들이지 못했어. 지위도 명예도 모두 사라졌다는 현실을."

도다의 얼굴이 벌게졌다. 맥주 탓만은 아닌 듯했다.

"왜, 아직도 할 말이 남았어요?"

아스카가 물었다. 도다는 분한 표정을 지었지만 결국 옆에 있던 석쇠를 집어 들었다.

"아, 제가 하겠습니다."

고미네가 당황스러워하며 말했다.

"시끄러."

도다는 고미네의 손을 뿌리치며 석쇠를 들고 밖으로 나갔다. 그 모습을 바라보던 아스카가 후유키를 보며 혀를 쏙 내밀었다.

"좀 심했나?"

"괜찮아. 앞으로 얼마나 더 심각한 일이 벌어질지 모르는데, 상황 파악을 제대로 못하면 우리가 힘들어진다고."

그리고 후유키는 고미네를 보았다.

"어렵겠지만, 고미네 씨도 도다 씨를 특별 대우하지 마세요. 이제 상하 관계 같은 건 없습니다."

하지만 고미네는 복잡한 표정을 지었다.

"왜요, 무슨 문제라도 있나요?"

그렇게 묻자 고미네가 고개를 들어 후유키를 보며 한숨을 푹 쉬었다.

"하지만 원래대로 돌아갈 수도 있잖아요."

"원래대로?"

"우리를 제외한 모든 인간이 갑자기 사라져 버린 거잖아요. 그렇다면 그 반대 상황이 벌어지지 말란 법도 없죠. 어느 날 갑자기 모든 것이 원래대로 돌아갈 수도 있다고 봐요. 만약 그렇게 된다면, 분명 과거의 인간관계가 부활합니다. 지금의 현상이 일시적인 거라면, 저는 기존의 인간관계를 무너뜨리고 싶지 않아요."

약간 떨어져 있던 나나미가 그 얘기를 들은 듯 그들에게 다가왔다.

"사라진 사람들이 돌아올 거라고 생각하세요?"

"그건……."

고미네는 잠시 얼굴을 긁적거리더니 말을 이었다.

"그렇게라도 생각하지 않으면 미쳐 버릴 것 같아서요."

15

해가 진 뒤에도 세이야는 돌아오지 않았다.

"무슨 일이 있는 거 아닐까요?"

랜턴을 켜며 나나미가 물었다.

"형은 걱정 안 하셔도 될 겁니다."

"세이야 씨, 어느 쪽으로 가셨는데요?"

"글쎄요. 중간까지는 같이 갔는데 도중에 저와 아스카는 긴자 쪽으로 빠졌습니다."

그때 손전등을 든 다이치가 들어왔다.

"그 아저씨, 없어졌어."

"아저씨?"

"회사 전무인가 하는 아저씨 말이야. 바깥을 돌다 보니까 이것만 놓여 있더라고."

다이치가 내민 것은 석쇠였다.

"닭다가 내던지고 가 버렸나 봐."

그 소리를 들은 아스카가 혀를 찼다.

"내 참, 어이없는 아저씨네."

"아무 데도 없어?"

후유키가 묻자 다이치는 "주위를 대충 둘러봤는데 없었어요."라고 대답했다.

"어딘가에 쭈그리고 있겠지. 그냥 내버려 두세요."

아스카가 그렇게 말하자 고미네가 말없이 밖으로 나갔다. 후유키가 그를 쫓아갔다.

밖은 비가 세차게 퍼붓고 있었다. 배수로를 흐르는 물살이 한층 거세졌다.

 문밖에 세제와 솔이 놓여 있었다. 그걸로 석쇠를 닦고 있었던 모양이다. 주위를 살피던 고미네가 근처에 떨어져 있던 종이 한 장을 주워 들었다.

"뭐죠, 그게?"

"주변 지도예요. 아까 전무가 교직원실에 있는 걸 들고 와서 보고 있었어요."

"왜 그걸 보고 있었을까요?"

고미네는 곰곰이 생각하는 표정을 지었다.

"어쩌면……."

"어쩌면요?"

그러나 고미네는 대답을 주저하면서 눈을 껌뻑거렸다.

"저, 잠시 다녀오겠습니다."

그리고 체육관 입구에 세워 두었던 우산을 펼쳤다.

"잠깐만요. 어디 가시려고요? 짐작 가는 데라도 있나요?"

"아닐 수도 있으니 일단 저 혼자 다녀오겠습니다."

그러자 걸음을 내디디려는 고미네의 팔을 후유키가 붙들었다.

"이런 폭우 속을 혼자서요? 바람도 더 세질지 모르는데, 단독 행동은 위험합니다."

"괜찮아요. 그다지 멀지 않습니다."

"그러니까 대체 어디 가시냔 말입니다. 그걸 듣기 전에는 보내 드릴 수 없습니다."

후유키의 강경한 태도에 고미네가 한숨을 푹 쉬었다. 그리고 괴로운 듯 표정을 일그러뜨리며 "회사요."라고 대답했다.

"회사요? 두 분이 다니시던?"

고미네가 고개를 끄덕였다.

"가야바초에 본사가 있어요. 여기서 걸어서 갈 수 있는 거리죠."

"아니, 도다 씨가 이런 상황에서 회사로 갔을 거라고 생각하시는 이유가 뭡니까?"

"몰라요. 어쩐지 그런 느낌이 들어요."

고개를 떨어뜨린 채 그렇게 말하는 고미네의 옆모습을 후유키가 물끄러미 바라보고 있는데 뒤에서 인기척이 났다. 돌아보니 다이치와 아스카가 서 있었다.

후유키는 머리를 긁적이더니 결심한 듯 우산을 집어 들었다.

"저도 가겠습니다."

그리고 다이치와 아스카를 보며 "두 사람은 이쪽을 좀 부탁해."라고 말했다. 그러자 아스카가 한 걸음 앞으로 나서며 "저도 갈래요. 애초에 제가 아저씨한테 뭐라고 하는 바람에 이렇게 된 거니까요."라고 말했다.

"아니야. 아스카는 잘못 없어. 나도 죄책감 때문에 가는 게 아니야. 고미네 씨 혼자 가면 위험하기 때문이지. 바람에 물건들이 날아다닐 수도 있고 도로 상황이 어떤지도 모르고. 사람이 많으면 방해만 된다고. 그러니까 아스카는 여기 있어."

그러자 아스카는 불만스러운 표정을 지으면서도 "알았어요."라고 대답했다.

"자, 가시죠."

후유키와 고미네는 함께 길을 나섰다.

예상대로 바람이 갈수록 거세졌다. 우산이 뒤집힐 지경이었다. 두 사람은 우산을 있는 힘껏 쥐고 앞으로 나아갔다.

잠시 그 상태로 가다 보니 파출소가 눈에 들어왔다. 지진 피해는 없어 보였다. 후유키가 큰 소리로 말했다.

"잠시 저기 좀 들렀다 가시죠."

"왜요?"

"경찰관용 비옷이 있을 거예요."

후유키가 파출소에 뛰어 들어가니 구석에 문이 하나 있었다. 열어 보니 거실이 있고 바닥에 짐 꾸러미와 생활용품 등이 흩어져 있다. 두 사람은 비옷을 찾아 입고 헬멧까지 쓴 뒤 파출소를 나왔다.

"서두르지 말고 천천히 가도록 하죠."

지진으로 무너진 건물의 파편이 공중을 날아다니고, 간신히 매달려 있는 간판들이 건물에 부딪치며 탕탕, 소리를 냈다. 거기에 맞으면 큰 부상을 면하기 어려울 터였다. 도로 곳곳의 균열된 틈을 따라 빗물이 흘렀다. 후유키는 과연 여기가 도쿄

인가 하는 생각이 들었다.

손전등으로 시계를 비춰 보니 체육관을 나선 지 30분 이상 지나 있었다.

"이 길이 맞나요?"

"그럴 겁니다. 거의 다 왔어요."

비 때문인지 이제 불타는 건물은 보이지 않았다. 연기나 분진도 잦아든 것 같았다.

"저 건물입니다."

고미네가 앞쪽을 가리켰다.

거대한 묘비를 연상시키는 가늘고 긴 빌딩이 옅은 어둠 속에 서 있었다.

두 사람은 건물 파편에 걸려 넘어지지 않도록 손전등으로 발밑을 비춰 가며 조심스럽게 다가갔다.

"비 때문에 미끄러우니 조심하세요."

그러고서 고미네가 앞장서 나아갔다.

건물은 지진 피해를 별로 입지 않은 것 같았다. 자기네 회사는 내진 설계가 잘되어 있다고 했던 도다의 말이 떠올랐다.

두 사람은 정면 현관을 통해 건물 안으로 들어갔다. 내부는 칠흑같이 어두웠다. 정전 후에도 한동안은 비상등이 들어왔겠지만 그것도 이미 꺼져 버린 후였다. 화재의 흔적은 없었다.

"도다 씨 사무실은?"

"3층입니다."

계단을 통해 3층으로 올라가는데 2층 복도에 상자들이 나뒹굴고 있는 것이 보였다. 벽 쪽에 쌓아 두었던 것이 무너진 듯했다.

"이 건물도 꽤 흔들렸나 봅니다. 건물 밑에 거대한 베어링을 넣어 그것이 진동을 흡수하는 구조로 되어 있는데도 이렇게 충격이 온 걸 보면 아마 다른 건물들은 버티기 힘들었을 거예요. 그 장치가 바로 우리 회사가 내세우는 제품인데……."

3층에 오르자 후유키는 복도 바닥을 손전등으로 이리저리 비춰 보았다. 군데군데에 젖은 흔적이 있었다. 고미네도 그걸 봤는지 "전무예요. 역시 이리로 왔군요."라고 말했다.

"사무실이 저 앞인가요?"

후유키가 묻자 고미네는 "네."라고 대답한 후 그쪽으로 걸어갔다.

문이 열린 방이 있었다. 젖은 발자국이 그쪽을 향해 나 있었다.

방 안을 살펴보는 고미네의 어깨 너머로 후유키도 실내를 들여다봤다. 커다란 창문 앞에 의자에 앉아 있는 시커먼 사람 그림자가 보였다.

"전무님!"

고미네가 큰 소리로 부르자 검은 물체는 놀란 듯 움찔했다. 후유키가 손전등으로 그쪽을 비추자 불빛 속에 도다의 등이 떠올랐다.

"전무님, 왜 여기 계십니까?"

고미네가 다가가며 물었다.

"당신들이야말로 뭐하러 왔어?"

"당신 찾으러 온 거예요."

후유키가 대꾸했다. 여전히 말투가 거칠었다.

"멋대로 사라지니까 우리가 이렇게 골탕을 먹잖아요."

"내가 없으면 무슨 문제라도 있나? 혼자 있게 내버려 둬."

"사람이 왜 그렇게 삐뚤어졌어요? 이런 데 온다고 뭐 뾰족한 수라도 있습니까? 당신 맘대로 부릴 수 있는 부하나 미인비서 같은 건 이제 없다고요. 살아남고 싶으면 우리와 함께 노력하는 수밖에 없어요. 왜 그걸 모릅니까."

"너, 이 자식!"

도다가 노기에 찬 고함을 지르는가 싶더니 다음 순간 예상치 않게 어깨를 축 늘어뜨렸다.

"너 같은 애송이가 뭘 알아. 내가 이 자리까지 얼마나 힘들게 올라왔는데. 그런 걸 한순간에 다 잃었어. 너 따위가 내 심정을 알기나 해?"

"힘들게 일하는 사람은 하늘의 별만큼 많아요. 그리고 그들이 모두 그 보답을 받는 것도 아니고, 노력이 수포로 돌아가는 경우도 흔하죠. 그런데 도다 씨는 전무까지 올라갔잖아요. 노력이 보답받은 거라고요. 그걸로 된 거 아닙니까? 뭐가 불만인가요. 아직도 잘난 척이 필요해요?"

도다가 표정을 일그러뜨리고 후유키를 노려봤다.

"왜요. 뭐, 할 말 있습니까?"

그러자 도다는 말없이 양손으로 의자 팔걸이를 잡더니 창쪽으로 몸을 돌렸다.

"꼭 응석받이 어린애 같군."

후유키가 내뱉듯 말했다.

"전무님, 돌아갑시다. 여기 혼자 계시면 위험해요."

"신경 쓰지 말라고 했잖아. 너희들이나 돌아가."

"그럴 순 없어요. 제발 부탁입니다."

고미네의 애원하는 듯한 말투가 후유키의 인내심을 건드렸다.

"그런 식으로 억지 쓰는 것 자체가 이미 남에게 폐를 끼치는 거라고. 싫다면 완력을 써서 끌고 가는 수밖에."

그러고서 후유키가 도다를 향해 걸음을 떼려 할 때였다. 뒤에서 누군가가 그의 오른팔을 붙들었다. 깜짝 놀라 돌아보니 뜻밖에도 세이야가 험악한 표정을 짓고 서 있었다. 그는 등산복 차림에 머리에는 랜턴이 달린 헬멧을 쓰고 있었다.

"형! 여긴 어떻게······."

"사람들한테 들었어. 네가 아무래도 이럴 것 같아서 달려온 거야."

"그게 무슨 뜻이야?"

"너한테는 인생 선배를 존경하는 마음이 없어."

후유키는 형의 얼굴을 빤히 바라보며 미간을 찌푸렸다.

"인생 선배? 뭐야 그게. 이런 상황에서 그런 골동품 같은 단어가 무슨 도움이 되지? 선배도 후배도, 연상도 연하도 없다고, 지금은."

그 말에 세이야는 기가 막히다는 듯 한숨을 지었다.

"넌 사람들이 사라지면 모든 것이 원점으로 돌아간다고 생각해?"

"그럼 아니야? 학교도 회사도 조직도 정부도 사라졌어. 그런 마당에 서열만 남는다는 건 이상하지 않아?"

"그럼 묻겠는데, 너한테는 역사라는 게 없어? 너라는 인간은 누구와의 관계도 없이, 누구의 도움도 받지 않고 지금 이 자리까지 온 거야? 그렇진 않아. 이런저런 사람들에게 의지해서 커 온 거라고."

"그래, 그건 인정해. 하지만 이 아저씨한테는 신세 진 게 없다고."

"그럼 너는 아무런 행정 서비스도 받은 적이 없어? 문명의 이기를 사용한 적은? 문화와 오락을 즐긴 적은? 너보다 먼저 태어나 사회에 진출한 사람들이 세금을 내고 과학과 문화 발전에 공헌했기 때문에 너라는 인간이 여기 있는 거야. 내 말이 틀려? 아니면 그런 것들이 전부 소멸되었으니 더는 고마움을 느낄 필요가 없다는 건가?"

세이야의 서슬에 후유키는 멈칫했다. 대꾸할 말이 생각나지 않았다. 여태까지 그런 생각은 한 번도 해 본 적이 없었다. 부모나 선생님이 하도 손윗사람을 공경하라고 하니까 그저 도덕의 하나로 인식한 것뿐이었다.

세이야가 도다에게 다가갔다.

"저희는 다른 방에 가 있겠습니다. 마음이 정리되면 나오세요. 그리고 드실 것을 좀 가져왔으니 천천히 드세요."

그는 지고 있던 배낭을 벗어 그 속에서 비닐봉지 하나를 꺼내서 책상 위에 놓았다.

"바깥 날씨가 꽤 험하더군요. 아침까지는 여기 머물다가 돌아가는 게 좋을 것 같습니다."

그리고 고미네를 보며 "우리는 나가죠."라고 말했다.

고미네는 불안한 표정으로 도다를 한 번 쳐다본 뒤 천천히 고개를 끄덕였다.

"너도."

세 사람은 차례대로 방을 나왔다.

옆방은 작은 회의실이었다. 안으로 들어간 후유키는 우비를 입은 채 의자에 털썩 앉았다.

"인간은 이런저런 것에 의지하며 살아가지. 그것이 가족인 사람도 있지만 회사인 경우도 없으란 법은 없어."

세이야가 등산복을 벗으며 말했다.

"무엇에 가장 큰 상실감을 느끼는가는 사람에 따라 다른 거야. 한 개인이 소중하게 여기는 것을 짓밟을 권리는 누구에게도 없어."

"그만 해. 알았어."

유리창에 부딪치는 빗소리가 갈수록 거세졌다. 마치 살수차가 물을 뿌려 대는 것 같다. 울부짖는 바람 소리에 지축이 흔들리는 느낌이었다.

"여기서 또 한 번 지진이 일어나면, 이번엔 살아남기 힘들 거야."

세이야가 중얼거렸다.

16

누군가 후유키의 몸을 흔들었다. 눈을 떠 보니 세이야였다.

"날이 밝았어. 슬슬 출발해야지."

후유키는 몸을 일으켰다. 정신을 차리고 보니 회의실 바닥이었다. 고미네도 벽에 기댄 채 멍한 표정을 짓고 있었다.

세이야가 배낭에서 네모난 상자와 캔을 꺼내 후유키 앞에 놓았다. 쿠키처럼 생긴 비상 식품과 우롱차다.

"영양 보급. 오늘은 체력을 꽤 많이 소모할 거야."

식욕은 별로 없었지만 후유키는 상자를 열어 비상 식품을 먹기 시작했다. 맛은 그런대로 괜찮았지만 뻑뻑해서 우롱차가 없으면 먹기 힘들 것 같았다.

"앞으로는 이런 것만 먹게 되는 건가요?"

고미네도 후유키와 같은 생각을 했는지 그렇게 물었다.

"그렇게 각오해 두는 편이 좋을 겁니다. 일단 생물이란 생물은 다 사라졌을 테니까요."

그리고 후유키는 "물론 통조림이나 레토르트 식품 같은 건 앞으로도 먹을 수 있겠지만요."라고 덧붙였다. 그러자 창밖을 바라보고 있던 세이야가 뒤돌아보며 말했다.

"비상 식품이나 보존 식품에는 한계가 있어. 좀 더 장기적인 대책을 세워야 해."

"장기적인 대책이라면?"

"안정적으로 식량을 확보하는 방법을 찾아야 한다는 말이지."

"그런 방법이 있을까?"

"없으면? 칼로리 메이트나 컵라면을 다 먹은 다음에는 굶어 죽기만 기다리겠다는 거야?"

"그런 건 아니지만……."

후유키가 비상 식품을 다 먹었을 때쯤 회의실 문이 열렸다. 문밖에 도다가 멋쩍은 표정으로 서 있었다. 고미네가 그를 보고 "전무님!" 하고 반가운 목소리로 불렀다.

"이제 좀 괜찮으십니까?"

세이야가 물었다.

"응. 여러 가지로 폐를 끼쳐서 미안하네. 내가 제정신이 아니었나 봐."

"좀 쉬셨어요? 혹시 한잠도 못 주무셨으면, 기다릴 테니 조금이라도 눈을 붙이세요."

"아니, 괜찮아요. 그래도 두 시간 정도는 잔 것 같으니까. 이 이상 폐를 끼칠 수는 없지. 날씨도 한결 나아진 것 같은데 빨리 출발하는 게 좋지 않을까?"

그러고 보니 창밖이 환하고 빗소리도 들리지 않았다.

자, 그럼, 하며 세이야가 세 사람을 둘러보더니 "출발합시다."라고 말했다.

회의실을 나와 계단으로 가는 도중에 후유키가 도다를 불렀다.

"어젯밤에는 실례되는 말을 했습니다. 죄송합니다."

"아니, 나야말로 미안해요. 앞으로는 최대한 협력하겠소."

앞서서 걷던 고미네가 걸음을 멈추고 돌아봤다. 도다가 그를 향해 "자네도 앞으로 내 걱정은 하지 말게. 이젠 상사도 부하도 없어."라고 했다. 고미네는 빙그레 웃으며 고개를 끄덕였다.

"자, 서두릅시다."

세이야가 외쳤다.

그러나 건물 밖으로 나선 순간 네 사람은 그 자리에 멈춰 서고 말았다. 균열이 생긴 도로 위를 흙탕물이 엄청난 기세로 흐르고 있었다.

"배수구가 막혀 버렸나 보군."

도다가 중얼거렸다.

"체육관까지 가는 게 보통 일이 아니겠어요. 전무님도 피곤하실 텐데 상황을 좀 더 지켜볼까요?"

고미네가 세이야에게 묻는데 도다가 "아니, 갑시다. 내 걱정은 말고."라고 힘주어 말했다.

"그보다 체육관 쪽이 더 걱정이에요. 거긴 남자가 몇 명 없잖아. 게다가 언제 다시 날씨가 나빠질지도 모르고. 기다려 봐야 갤 것 같지도 않아요."

그 말에 후유키는 하늘을 올려다봤다. 도다의 말대로였다. 비는 그쳤지만 두꺼운 구름이 여전히 하늘을 덮고 있었다. 미지근한 바람이 불어 대는 것도 어쩐지 불안했다.

"정말 괜찮겠습니까?"

세이야가 재차 확인했다.

"괜찮다니까. 이래 봬도 걷는 데는 자신 있어요."

"알겠습니다. 그럼 지팡이 같은 걸 찾아보죠. 바닥을 확인하면서 걷는 게 좋겠습니다. 흙탕물 때문에 노면 상태를 정확히 알 수 없으니까요."

네 사람은 주위를 두리번거렸다. 하지만 지팡이 삼기에 적당한 것이 보이지 않았다.

"아, 잠깐. 딱 맞는 게 있어요."

도다가 도로 빌딩 안으로 들어갔다. 잠시 후 나온 그는 골프 캐디 백을 메고 있었다.

"이 상황에서 불필요한 물건의 대표 격인 줄 알았는데 그래도 쓸모가 있군."

네 사람은 골프채를 하나씩 나눠 갖고 흙탕물 속으로 발을 내디뎠다.

과연 골프채를 준비한 건 잘한 일이었다. 흙탕물 아래로 깨진 건물의 파편들이 숨어 있거나 길이 움푹 파인 곳이 있었던 것이다. 잘못해서 그런 곳을 밟았다가는 큰 부상을 입을 우려가 있었다.

"형은 참 대단해요."

후유키 옆에서 걷던 고미네가 말했다.

"항상 냉정하고 행동력 있고, 순간적인 판단력도 훌륭하고. 무엇보다 타인을 배려하는 마음이 감탄스러워요. 솔직히 말해 나도 이 판국에 상사가 어디 있고 부하가 어디 있나 생각하긴 했지만, 그걸 드러내지 않은 건 원래대로 돌아갈 경우를 생각했기 때문이에요. 부끄러운 일이죠."

후유키는 묵묵히 걸으며 고미네의 찬사를 들었다. 다른 사람이 세이야에 관해 칭찬하는 걸 들어 주는 건 싫증 날 정도로 익숙한 일이었다.

그때 앞서서 걷던 세이야가 갑자기 걸음을 멈추더니 "스톱." 하고 외쳤다.

"다른 길로 가야겠어요. 이 앞쪽은 위험해요."

세이야가 서 있는 곳까지 간 후유키는 눈앞에 펼쳐진 모습에 아연실색했다. 도로가 광범위하게 함몰되어 있고 그 갈라진 틈으로 흙탕물이 무서운 기세로 흘러들고 있었다.

"이곳이 도쿄라니……."

고미네가 신음하듯 말하자 도다는 "도쿄는 죽었어."라고 했다. 그리고 "도쿄만 죽었다면 그나마 다행이겠지만."이라고 덧붙였다.

일행은 다시 우회해서 걷기 시작했다. 흙탕물 속을 이동한다는 것은 보통 힘든 일이 아니었다. 때로는 무릎 밑까지 물에 잠기는 경우도 있었다.

수십 미터를 간 다음 쉬는 일을 반복했다. 체육관이 눈앞에 나타난 것은 출발한 지 세 시간이나 지났을 때였다.

체육관 주변 역시 물에 잠겨 있고 악취가 진동했다.

"난리가 났군."

체육관 내부를 둘러보던 후유키의 입에서 저도 모르게 그런 말이 튀어나왔다. 마룻바닥이 뒤틀리고 군데군데 부러져 있기도 했다. 물이 여기까지 들어왔던 모양이다.

"여자들은 다 어디 갔지?"

후유키는 체육관을 나와 교사 쪽으로 향했다.

"여기요!"

어디선가 부르는 소리가 들렸다. 고개를 들어 보니 2층 창문에서 아스카가 손을 흔들고 있었다.

"저기예요."

후유키가 나머지 사람들에게 알렸다. 네 사람은 일제히 교사 입구로 달려갔다. 그러나 현관을 들어서려던 도다가 발을 멈추더니 고미네에게 물었다.

"자네, 이 건물 어떻게 생각하나?"

"많이 낡았네요. 그리고 콘크리트에 균열이 보입니다. 이번 지진의 영향이겠지요."

"문제가 있을까요?"

세이야가 묻자 고미네는 자못 심각한 표정으로 고개를 갸웃했다.

"별로 좋은 상태는 아닌 것 같군요. 균열이 언제부터 있었는지 모르겠지만, 어젯밤 폭우로 내부에 상당량의 물이 스며들었을 겁니다. 철골이 녹슬었을 가능성도 다분하고요."

그렇군요, 라며 세이야도 심각한 표정으로 고개를 끄덕였다.

안으로 들어가 보니 내부 벽에도 여러 갈래의 균열이 보였다. 심지어 물이 스며 나오는 곳도 있었다. 2층으로 올라가자 2학년 3반 팻말이 붙은 교실 앞에서 아스카가 기다리고 있었다.

"아, 다행이야. 모두 무사한 것 같네요."

"이쪽은 어때?"

"체육관 바닥에 물이 차서 서둘러 옮겼어요. 그런데…… 할머니가 다치셨어요."

"할머니? 야마니시 부인?"

서둘러 교실에 들어가 보니 책상이 모두 뒤쪽으로 밀려나 있고, 바닥에 깔린 매트리스 위에 야마니시 하루코가 누워 있었다. 멀리서 보기에도 안색이 창백했다. 그 옆에서 나나미와 야마니시 시게오가 그녀를 지켜보고 있었다. 시라키 에미코는 아기를 안고 있고, 미오와 다이치는 의자에 앉아 있었다.

"무슨 일입니까?"

세이야가 나나미에게 물었다. 그녀가 슬픈 눈으로 그를 보았다.

"체육관을 빠져나올 때 넘어져 머리를 다치셨어요. 그래서 의식 불명 상태가……."

"머리 어디요?"

"후두부요. 외상은 없어요. 그래서 더 걱정이에요."

"내부에 손상을 입었다는 건가요?"

나나미가 고개를 끄덕였다.

"사실은 움직이면 안 되는 상태였어요. 이동하더라도 무언가에 단단히 고정을 해야 했죠. 그런데 물이 급히 밀려오는 바람에 그럴 여유가 없었어요. 그래서 그만 들쳐 업고 여기까지……."

후유키는 하루코의 얼굴을 자세히 들여다봤다. 호흡은 하고 있지만 움직임이 전혀 없었다. 위험한 상태라는 걸 의학 지식이 없는 후유키가 보아도 알 수 있을 정도였다.

"이런 경우 병원에서는 어떻게 합니까?"

"우선 엑스선 사진을 찍어 자세한 상태를 확인한 후 적절한 치료를…… 그러니까 아마도 수술이겠지요."

"수술……."

후유키가 당황스런 표정을 지었다.

잠시 침묵이 흘렀다. 나나미는 간호사다. 수술은 불가능하다. 하지만 수술을 하지 않는 한 야마니시 하루코가 회복될 가능성은 없었다.

"형, 어떻게 하지?"

세이야는 한숨을 쉬고 나서 입을 열었다.

"실은, 총리 공관으로 대피하려고 생각하고 있었어."

"총리 공관?"

"그래. 어제 가 봤는데 피해가 거의 없어. 발전 시설도 갖춰져 있고 식량도 비축돼 있고. 앞으로 거점 삼아 생활하기에 최적의 장소더라고."

"거기까지는 어떻게 가?"

"물론 걸어서 가야겠지."

"이런 상태로? 도다 씨 회사에서 여기까지 오는 데도 그렇게 힘들었는데?"

"시간이 좀 걸리더라도 힘을 모으면 어떻게든 될 거야."

"할머니는 어떡하고. 들것으로 옮겨?"

세이야는 대답하지 않고 침통한 표정으로 후유키의 눈길을 피했다. 그 순간 후유키는 형이 무슨 생각을 하는지 알아차렸다.

"버리고 가자고? 형, 어떻게 그럴 수 있어?"

"버리자는 게 아니야. 하지만 운반하는 건 무리라고 생각해."

"그게 그 말이잖아. 이런 상태로 놔두면 절대로 못 산다고."

그러자 세이야는 나나미를 보았다.

"야마니시 부인을 관저까지 모시고 가면 살아날 가능성은?"

나나미는 시선을 바닥으로 떨어뜨리며 고개를 저었다.

후유키가 세이야를 노려봤다.

"어차피 살지 못할 거, 버리고 가자 이거야? 아무리 그래도 그건 아니야. 어젯밤 형이 내게 한 말 잊었어? 나이 드신 분들을 공경해야 한다면서."

세이야가 의미심장한 눈길로 후유키를 보았다.

"너, 관저까지 어떻게 가는지 알지? 네가 사람들을 인솔해서 그리로 가."

"그럼 형은?"

"나는 여기 남을 거야. 야마니시 부인이 운명할 때까지 지켜보겠어. 치료도 수술도 불가능한 이상, 그렇게 할 수밖에 없어."

세이야의 말에 후유키는 기가 질렸다. 대꾸할 말이 떠오르지 않았다.

"세이야 씨, 그럴 순 없어요."

야마니시 시게오가 온화한 표정으로 말했다.

"댁한테 그런 일을 시킬 수 없어요. 그건 내 역할입니다."

"아니요, 선생님 뜻은 알겠지만, 혼자 여기 계시게 할 수는 없습니다."

"다 같이 남으면요?"

아스카가 불쑥 끼어들었다.

"지금까지도 함께 헤쳐 왔잖아요. 그러니까 이번에도 그렇게 해요."

"나도 그게 좋을 것 같아."

후유키는 그러면서 형을 바라보았다.

세이야는 입술을 깨물며 고민하는 표정을 지었다. 그때 도다가 "잠깐만요."라며 입을 열었다.

"내가 고미네와 둘이서 이 건물을 살펴봤는데, 상당히 위험한 상황이에요. 큰 지진이 또 온다면 이번에는 버텨 낼 수 있을 것 같지 않더군요. 붕괴 가능성이 있어요."

"그러니까 당장 나가야 한다는 말씀인가요?"

"네, 그래요."

"아저씨, 여기 남기 싫으니까 괜히 트집 잡는 거 아니에요?"

아스카가 얼굴을 찌푸리며 물었다.

"그런 게 아니야. 이래 봬도 나 건축사 자격증도 있다고. 이 건물은 위험해."

후유키가 보기에도 얼토당토않은 말 같아 보이지는 않았다. 세이야도 같은 생각인 듯 이마에 깊게 주름을 잡고 생각에 잠겼다. 그러자 야마니시 시게오가 자리에서 일어나 부인에게 다가갔다. 그리고 하루코의 손을 잡더니 그녀의 주름진 얼굴을 가만히 들여다보았다.

"손이 따뜻하고 숨도 쉬고 있어. 그저 자고 있는 걸로밖에는 안 보이는데……."

그러더니 나나미에게 물었다.

"지난번에 약을 많이 가져왔지요? 그거 전부 치료에만 사용하는 약인가요?"

"……그게 무슨 말씀인가요?"

"그러니까……."

야마니시 시게오가 잠깐 주저하더니 다시 입을 열었다.

"안락사시킬 수 있는 약은 없는지 묻는 겁니다."

17

노인의 말에 일순 정적이 흘렀다. 위잉, 위잉, 섬뜩한 바람 소리만 실내를 가로질렀다.

후유키가 한발 앞으로 나섰다.

"지금 무슨 말씀을 하시는 겁니까. 그게 가당키나 한 일입니까."

그러자 야마니시가 천천히 후유키 쪽으로 고개를 돌렸다. 그 표정을 본 후유키는 흠칫했다. 노인의 눈에 그때까지 한 번도 보지 못한 냉철한 빛이 감돌고 있었다.

"그 말은, 방법이 없다는 뜻인가, 아니면 도덕적으로 안 된다는 건가?"

"물론 후자입니다."

"그러면 묻겠는데, 도덕이 뭐지?"

야마니시의 몸 전체에서 뿜어져 나오는 눈에 보이지 않는 압력에 후유키는 저도 모르게 뒤로 물러섰다. 의견을 구하듯 세이야를 쳐다봤지만 그는 묵묵히 고개를 숙이고 있었다.

"자네는 말이야, 형이 방금 제안한 게 무슨 의미인지 모르고 있어."

"뭔데요, 그게?"

"형이 정말로 하루코가 숨을 거둘 때까지 여기서 기다릴 작정이라고 생각하나?"

후유키는 의심쩍은 눈길을 형에게 보냈다.

"그런 게 아니었어?"

그러나 세이야는 그의 눈길을 외면했다.

"자네 형은 항상 최악의 사태를 가정한다네. 살아날 가망이 없는 사람 때문에 다른 사람이 희생돼서는 안 된다고 생각하는 거지. 어차피 하루코는 죽을 거야. 하지만 그게 언제일지는 아무도 몰라. 그때까지 누군가가 하루코와 함께 이곳에 남아 있다는 건 극히 위험한 일일세. 언제 지진이나 폭풍우가 닥칠지 모르니까. 즉, 이대로 하루코를 놔두고 전원이 출발하는 게 아마도 가장 옳은 선택일 거야."

"어르신······."

"하지만 그렇게 하는 건 괴로운 일이지. 모두가 마음의 고통을 느끼게 될 걸세. 자네가 화를 냈듯이 말일세. 그래서 형은 생각한 거야. 자신이 남으면 사람들이 양심의 고통을 덜 느끼게 될 것이다. 하지만 하루코가 숨을 거둘 때까지 여기서 기다린다는 것은 위험한 일이다. 그렇다면 어떻게 해야 할까. 선택은 두 가지뿐이지. 살아 있는 하루코를 남겨 둔 채 여기서 나가든가 강제로 숨을 끊은 후 가든가. 어떤 선택을 하건 형은 우리에게 이렇게 말하겠지. 야마니시 하루코 씨는 여러분이 출발한 뒤 곧바로 숨을 거두셨습니다."

노인의 말에 후유키는 온몸이 달아올랐다.

"설마, 그렇게······."

"아마도 형은 후자를 선택하려 했을 거야. 의식은 없지만 살아 있는 사람을 홀로 남겨 두는 건 너무 불쌍하니까. 그래서 좀 전에 내가 자네 형에게 말한 거야. 그런 일을 시킬 수는 없다, 그건 내 역할이다, 라고 말일세."

"그래, 형? 하루코 씨를 죽일 작정이었어?"

세이야는 대답하지 않았다. 그건 긍정을 의미했다.

"죽인다는 표현은 적절치 않네. 어차피 살릴 수 없다면 하루코에게 가장 행복한 방법을 택할 수밖에 없는 걸세. 전에 우리가 살던 세상에서는 안락사에 대해 찬반양론이 있었지만, 지금 여기서는 반대할 이유가 없지 않을까?"

"하지만……."

그러나 후유키는 말을 더 잇지 못했다. 그는 지금껏 자신이 굳게 믿었던 것들이 하나 둘 무너져 가는 걸 느꼈다. 어떤 상황에서도 사람을 죽게 내버려 둬서는 안 된다, 설령 살아날 가능성이 없다 해도 그 생사를 타인이 결정할 수는 없다, 이런 생각이 틀렸다고 느낀 적은 한 번도 없었다. 아니, 틀리지 않았을 것이다. 그게 옳은 생각이라는 데는 지금도 변함이 없다. 하지만 그렇게 올바른 생각을 실천할 수 없는 경우도 있는 것이다.

정적 속에서 삐걱, 소리가 들렸다. 다음 순간 바닥이 출렁, 흔들렸다. 흔들림은 이내 멈췄지만 모두를 긴장에 빠뜨리기에 충분했다.

"안 좋아."

고미네가 중얼거리자 도다가 "빨리 나가야 돼."라고 말했다.

야마니시가 다시 나나미를 봤다.

"약, 없나요? 하루코를 편안하게 해 줄 약 말이오."

야마니시뿐 아니라 모두의 눈길이 나나미를 향했다.

나나미가 천천히 일어나 옆에 놓인 아이스박스를 열었다. 그리고 주사기와 작은 앰풀을 꺼냈다.

"삭신이라는 약이에요. 수술할 때 전신 마취용으로 사용하는 거죠."

"그걸 주사하면 하루코가 편히 잠들까요?"

나나미는 괴로운 표정을 지으면서 고개를 끄덕였다.

"일종의 근육 이완제입니다. 후생노동성에서는 독약으로 지정했죠."

"고통은?"

"없을 겁니다. 수의사가 동물을 안락사시킬 때 사용하기도 하거든요."

"그렇군요."

야마니시가 만족스러운 표정을 하고서 후유키에게 고개를 돌렸다.

"이걸로 하루코를 편안하게 해 주고 싶은데, 어떨까요?"

노인은 시종 '편안하게 해 주고 싶다'는 표현을 사용했다.

후유키는 아무 대답도 할 수 없었다. 다른 방법이 없을까 다시 생각해 봤지만 아무것도 떠오르지 않았다. 그는 하는 수 없다는 표정으로 세이야를 봤다.

세이야가 후, 하고 길게 숨을 내쉬었다. 그의 눈에 결단의 빛이 떠올랐다.

"그럼 거수로 결정하겠습니다. 미오와 갓난아기, 그리고 야마니시 하루코 씨를 제외한 아홉 사람이 결정하는 겁니다. 반대가 단 한 표라도 나오면 부결입니다. 단, 반대하는 사람은 대안을 내놓아야 합니다. 그렇지 않으면 반대할 자격이 없습니다. 좋습니까?"

이의를 제기하는 사람은 아무도 없었다. 어느새 에미코와 다이치도 곁에 와 있었다. 모두들 야마니시 하루코를 둘러싸고 섰다.

"그럼 시작하겠습니다. 야마니시 하루코 씨를 안락사시키는 데 찬성하는 분은 손을 들어 주십시오."

이야기를 마침과 동시에 세이야는 손을 들었다. 다음으로 야마니시 시게오가 손을 들었다. 뒤를 이어 아스카와 다이치가, 그리고 침통한 표정으로 고미네와 도다가, 또 에미코가 손을 들었다. 미오는 어른들이 뭘 하고 있는지 모르겠다는 듯 어리둥절한 표정으로 사람들을 쳐다봤다.

그때까지 손을 들지 않고 있던 나나미가 침묵을 깨고 입을 열었다.

"세이야 씨, 질문이 하나 있는데요."

"뭡니까?"

"주사는 누가 놓죠?"

그녀의 질문에 모두가 허를 찔린 듯한 표정을 지었다. 안락사를 시킬지 말지뿐 아니라 누가 할지도 결정해야 하는 것이다.

"어떻게 할까요, 어르신?"

야마니시가 나나미에게 미소를 지어 보였다.

"걱정 말아요, 내가 할 테니. 아니, 나 이외의 누구에게도 이 일을 맡길 수 없어요."

"하지만 그렇게 간단한 일이 아닙니다."

"그럼 이렇게 하면 어떨까요. 주삿바늘을 찌르는 데까지만 부탁드리고, 그다음은 제가 하면요. 혹시 바늘을 찌르기만 해도 죽을 정도로 그 약의 독성이 강한가요?"

"아닙니다. 찌르는 것만으로는 아무 일도 일어나지 않을 거예요."

"그럼 부탁드립니다. 번거롭게 해 드려 미안하지만."

야마니시의 말에 나나미는 고개를 끄덕이며 손을 들었다.

이제 남은 사람은 후유키뿐이었다. 그는 고개를 숙이고 있었지만 모두의 시선이 자신에게 향해 있다는 것을 느낄 수 있었다. 악몽과도 같은 시간이었다.

"반대라면 대안을 얘기해."

세이야가 차갑게 내뱉었다.

후유키는 입술을 깨물었다. 기적적으로 하루코가 의식을 되찾아 주길 바랐다. 하지만 그녀는 잠든 그대로 아무 변화가 없었다.

"하지만, 손을 들지 않는 너를 누구도 책망하지 않을 거야. 이런 일을 결정하고 싶은 사람은 아무도 없어. 내게 여기 있는 다른 사람들을 대표해서 말할 자격이 있다면, 모두가 너에게 기대를 걸고 있다고 말하고 싶어. 손을 들지 말고 대안을 내놓기를 말이야. 우리들은 그런 대안이 떠오르지 않기 때문에 고뇌의 결단을 내리고 손을 든 거야. 나 역시 이런 짓은 하고 싶지 않아. 나 역시 너한테 기대하고 있다고. 한심한 얘기지만 말이야."

세이야의 음성이 점점 떨리는 것을 듣고 고개를 든 후유키는 형의 얼굴을 본 순간 움찔했다. 눈이 새빨개져 있었다. 그 눈에서 눈물이 흐르고 있다.

다른 사람들도 모두 손을 든 채 눈물을 흘리고 있었다.

자신의 도덕관이라는 것이 얼마나 얄팍한 것이었는지 후유키는 그제야 깨달았다. 그는 인간으로서 올바른 일을 해야 한다는 생각에만 사로잡혀 있었다. 다른 사람들은 달랐다. 아마니시 하루코와의 이별을 가슴속 깊은 곳에서 슬퍼하고 있었다. 그 길을 선택할 수밖에 없는 상황에 절망했다. 하지만 자신은 그저 상처받고 싶지 않았을 뿐이다. 후유키는 그런 사실을 인정하지 않을 수 없었다.

그가 천천히 손을 올리자 참아 왔던 울음소리가 일시에 커졌다.

"결정됐습니다. 손을 내려 주십시오."

세이야가 쥐어짜는 듯한, 그러나 흔들림 없는 말투로 선언하듯 말했다. 그리고 한차례 심호흡을 한 뒤 야마니시를 보았다.
"이제 어떻게 할까요?"
야마니시는 고개를 가볍게 끄덕인 후 나나미를 향해 말했다.
"아까 말씀드린 대로 해 주시겠소?"
"네."
나나미가 조그만 소리로 대답했다.
"그리고, 죄송합니다만……,"
야마니시가 세이야를 보았다.
"우리 둘만 있게 해 주시겠습니까. 다른 분들에게 보이고 싶지 않아서요."
"하지만……."
"걱정 마세요."
노인이 미소지었다.
"같이 죽는다거나 하는 일은 없을 거예요. 그건 걱정 안 해도 됩니다."
"알겠습니다. 그게 나을지도 모르겠군요. 그럼 저흰 옆 교실에 가 있겠습니다."
세이야의 말에 따라 야마니시와 나나미만 남긴 채 나머지 사람들은 옆 교실로 이동했다.
"그 약…… 말인데, 또 있을까?"

느닷없이 도다가 그런 말을 꺼냈다.

"삭신……이라고 했지? 그 독약."

"그건 왜요?"

고미네가 물었다.

"그게 말이지, 앞으로도 이런 일이 없으란 법 없잖아. 부상자나 환자를 살려 낼 수 없다고 판명되는 경우 이번 같은 결론을 내리게 될 텐데."

창밖을 향해 서 있던 세이야가 돌아서며 고개를 저었다.

"어떤 결론을 내릴지는 그때마다 다시 생각해야 합니다. 그보다, 부상자나 환자가 나오지 않도록 최선을 다해야지요."

그야 그렇지만, 이라고 말하던 도다가 갑자기 입을 다물었다. 나나미가 들어왔기 때문이다.

"다 됐습니까?"

세이야가 물었다.

"주삿바늘을 찌르고, 나머지는 어르신께 맡겼습니다. 제가 방을 나올 때까지는 약이 주입되지 않았을 거예요."

"네……"

세이야가 한숨을 쉬었다.

후유키의 머릿속에 야마니시가 주사기를 잡고 있는 모습이 그려졌다. 아내의 몸에 꽂힌 주삿바늘. 그녀의 생명을 앗아갈 약을 바라보며 그는 무슨 생각을 하고 있을까. 두 사람이 걸어온 긴 인생길을 되돌아보고 있을지도 모른다. 혹은 살려

내지 못해 미안하다며 그녀에게 용서를 빌고 있을까.

도다가 던진 문제가 떠올랐다. 앞으로도 이런 일이 일어날 가능성이 높다. 사고를 당하거나 병에 걸리는 사람이 나 자신이 아닐 거라는 보장도 없다. 그런 일이 일어났을 때, 예전 세상에서는 병원에 가면 그만이라고 가볍게 생각했었다. 하지만 이제는 다르다. 다른 사람들을 살리기 위해 자신이 죽음을 택하지 않으면 안 될지도 모른다. 그런 생각을 하자 끝이 보이지 않는 긴 터널 속을 걷는 듯한 느낌이 들었다.

잠시 후 문이 열렸다. 야마니시 시게오가 서 있었다. 마치 아침 인사라도 하러 온 듯 온화한 표정이다. 하지만 얼굴빛은 흰 도자기처럼 핏기가 싹 가셔 있었다.

"끝났습니다. 그러니까 그……, 출발할 수 있습니다."

가벼움을 가장한 그 말투에서 애써 별일 아닌 척하려는 마음이 전해졌다. 후유키는 그에게 해 줄 말이 떠오르지 않았다.

"그렇군요. 가서 부인의 상태를 좀 봐도 되겠습니까?"

세이야의 물음에 야마니시는 "그야 상관없지만……." 이라고 대답하고서 고개를 떨어뜨렸다.

교실 문을 성큼 나서는 세이야를 후유키가 뒤따르자 나머지 사람들도 따라나섰다.

야마니시 하루코의 얼굴에는 흰 수건이 덮여 있고 가슴 위에 양손이 얹혀 있었다. 야마니시가 그렇게 했으리라.

세이야가 무릎을 꿇고 앉아 합장했다. 그걸 본 후유키도 바닥에 무릎을 꿇었다. 손을 모으고 눈을 감았다. 다들 그렇게 하는 듯했다. 흐느껴 우는 소리가 군데군데서 새어 나왔다.

"이별 의식은 이걸로 마치겠습니다."

세이야의 말에 후유키는 눈을 떴다. 세이야의 손에는 벌써 배낭이 들려 있었다.

"각자 짐을 챙겨 주십시오. 바로 출발합니다."

모두 말없이 준비를 시작했다. 그 움직임이 어느 때보다도 빨랐다. 뭔가 다른 일에 정신을 쏟고 싶은 마음은 후유키도 마찬가지였다.

"그럼 출발합시다."

세이야가 교실을 나섰다. 다른 사람들도 그를 따라나섰다.

교실 입구에서 야마니시가 걸음을 멈추고 뒤돌아봤다. 눈을 몇 번 깜박이고서 고개를 두 번 저었다. 그뿐이었다. 그는 아무 말 없이 앞서 가는 사람들을 쫓아갔다.

건물을 나와 불과 수십 미터를 걸어갔을 때였다. 마치 몸속에서 울리는 듯한 낮고 기분 나쁜 소리가 들리는가 싶더니 이어 땅이 격렬히 상하로 요동치기 시작했다.

"다들 엎드려! 머리를 보호하고!"

세이야가 외쳤다.

엎드리라고 하지 않아도 서 있기 힘들 정도로 심하게 흔들렸다. 후유키가 물이 채 빠지지 않은 바닥에 엎드리자마자 무언가 심하게 부딪치는 듯한 소리가 들렸다. 고개를 들어 보니 조금 전까지 그들이 있었던 학교 건물이 무엇에 짓눌리듯 위로부터 무너져 내리고 있었다.

이젠 놀라 소리 지를 여유조차 없었다.

18

도쿄 거리에 길 같은 건 이제 존재하지 않았다. 한때 도로였을 것이라고 생각되는 곳은 뒤틀리거나 갈라져 끊겨 있었다. 그 위에 망가진 자동차와 건물 파편이 겹겹이 쌓이고 흙탕물이 흘렀다.

후유키 일행의 목적지인 총리 공관까지는 약 10킬로미터. 정비가 잘된 도로를 걷는 것이라면 세 시간이면 도착할 거리였다. 하지만 출발한 지 한 시간이 지난 시점에서 후유키는 절망에 빠졌다. 도로의 험한 정도가 상상을 초월했기 때문이다. 마치 정글 속을 헤치고 나아가는 기분이었다. 도무지 평탄한 곳이라고는 없었다. 때로는 체력이 떨어진 사람들을 로프로 끌어당겨야 했고, 거대한 균열과 맞닥뜨리면 멀리 우회해서 가야 했다. 정글과 다른 점은 맹수가 덤벼들 걱정이 없다는 것뿐이었다. 대신 머리 위에서 뭔가 떨어지지 않을까 늘 주의해야 했다.

한때 카지바시 거리였던 곳을 지나 히비야 공원 부근까지 왔을 때는 이미 여섯 시간이 흘러 있었다. 그동안 짬짬이 휴식을 취했지만 모두들 피로가 극에 달해 있었다. 특히 다리를 다친 야마니시 시게오는 단 한 걸음도 더 걷기 힘든 상태였다.

"형, 더 가는 건 무리인 것 같아."

후유키가 앞서 가던 세이야를 불러 말했다.

미오를 업은 세이야는 지칠 대로 지친 사람들을 죽 둘러보더니 시계를 들여다봤다. 그리고 하늘을 한 번 쳐다본 뒤 안타깝다는 듯 입술을 깨물었다.

"그래, 어쩔 수가 없군. 오늘 밤은 여기서 보내야겠어."

"여기서 야숙하자고?"

도다가 그러는 것도 무리는 아니었다. 부드러운 잔디가 사방으로 펼쳐진 평소의 히비야 공원이라면 하룻밤 보내는 정도는 일도 아닐지 모른다. 하지만 지금 히비야 공원의 상황은 처참하기 짝이 없었다. 게다가 폭우로 땅이 온통 질척거렸다.

세이야는 주변 건물들을 한 바퀴 빙 둘러보았다.

"도다 씨가 보시기에 안전한 건물은 없습니까?"

그러자 도다와 고미네가 주위에 있는 건물들을 주의 깊게 살펴보더니 둘이서 뭔가 이야기를 주고받았다. 잠시 후 도다가 세이야에게 말했다.

"여기선 정확히 알기 힘들어요. 우리 둘이서 보고 오지요."

"그럼 부탁드립니다. 피곤하실 텐데 죄송합니다."

"여기서 야숙하게 생겼는데 피곤한 게 문제가 아니죠."

두 사람이 떠나는 것을 눈으로 배웅한 후 세이야가 후유키에게 말했다.

"일단 앉을 자리라도 만들자고. 이대로는 쉴 수도 없어."

"그러네."

두 사람은 쓰러져 있는 나무 몇 개를 운반해 왔다.

"미안하지만 나는 못 움직이겠어요."

다이치가 미안하다는 듯 말했다.

"지금은 푹 쉬고 나중에 짐이나 날라."

후유키의 말에 다이치는 자기 자신이 한심하다는 듯한 표정을 지었다.

다들 가로놓인 나무 위에 걸터앉았다. 야마니시는 무릎 구부리는 것조차 괴로워했다.

"괜찮으세요?"

후유키가 물었다.

"아직까지는 괜찮네. 하지만 모두에게 미안한걸. 나만 아니었다면 벌써 총리 공관에 도착했을 텐데."

"그렇지 않아요. 다른 사람들도 모두 힘들어하고 있습니다."

"그렇게 말해 주니 고맙긴 하지만, 이것참 한심하게 됐군. 이제껏 나이 먹은 걸 부끄럽게 생각한 적이 없었는데, 이렇게 도움 안 되는 존재가 되어 버리다니."

그리고 노인은 고개를 흔들며 덧붙였다.

"고령화 사회니 뭐니 하지만 그건 허상일 뿐, 자연의 섭리에 반하는 거야."

야마니시가 뭘 말하는 건지 알 수 없어 후유키는 가만히 있었다. 야마니시가 말을 이었다.

"당연한 일이지만 자연의 땅에 '배리어 프리(barrier free-장애인이나 고령자를 위해 장벽을 없애는 일)' 따위가 있을 리 없지. 에스컬레이터나 엘리베이터 같은 건 없다고. 그 어디건 자신의 두 다리로 넘어야 해. 그런데 사회가 문명이라는 것에 흠뻑 젖은 뒤로는 다리에 힘이 빠진 노인이라도 아무 걱정 없이 외출할 수 있게 됐어. 자신의 다리로 어디든 갈 수 있다고 착각하게 된 거지. 아니, 착각하게끔 내몰린 거야. 그래서 문명을 빼앗기면 금세 이런 꼴이 되고 말아."

"고령자가 늘어나면 그들이 쾌적하게 생활할 수 있도록 사회 환경을 정비하는 게 국가로서 당연한 일 아닐까요?"

후유키의 말에 야마니시는 고개를 크게 끄덕였다.

"그렇지. 일본의 복지 정책은 별게 없다고들 하지만, 그래도 이것저것 많은 걸 해 줬어. 나도 종종 관청을 찾아가 희망사항을 접수했지. 여기에 손잡이를 달아 달라, 저 턱을 없애 달라……. 하지만 그런 것들이 없어져 버렸을 때는 아무도 책임져 주지 않아. 그래서 지진이나 태풍이 오면 노인이 제일 먼저 죽는 거야. 그런 것까진 어쩔 수 없다는 게 정부의 사고방식이었을 거야."

"그럼, 어떻게 해야 하나요?"

후유키의 질문에 야마니시는 한숨을 내쉬었다.

"나는 지금 우여곡절 끝에 여기까지 왔어. 나이가 많아 체력이 부족한 데다가 부상까지 입은 몸인데도 올 수 있었던 이유는 하나야. 바로 사람들 덕분이지. 나를 부축하고 손을 잡아 끌어 주지 않았다면 도저히 불가능한 일이었네. 그래서 생각하게 됐지. 진정한 노인 복지란 손잡이를 달거나 턱을 없애는 게 아니다. 힘이 없는 노인에게 필요한 건 그런 게 아니라 손을 내밀어 주는 사람들이다. 물론 그 역할을 하는 게 가족이라면 이상적이겠지. 이웃이라도 좋고. 하지만 이 나라는 가족이 뿔뿔이 흩어져 살 수밖에 없는 나라가 돼 버렸어. 타인과 관계를 맺지 않는 것이 이득인 세상이 됐다고. 그 결과 혼자 살 수밖에 없는 노인이 늘어났지. 그런 사태를 국가는 분명의 이기로 대처하려고 했고. 노인들은 거기에 의지해 '혼자서도 잘 살 수 있다'고 착각하게 됐어. 나도 그런 사람 중 하나고."

야마니시는 새삼 세이야를 바라보았다.

"아내 때문에 자네에게 신세가 많았네."

"아닙니다."

세이야는 짧게 대답했다. 그 얼굴에 당혹감이 배어 있었다. 후유키와 마찬가지로 그 역시 야마니시가 왜 이 순간에 부인 얘기를 꺼내는지 알 수 없었기 때문이다.

"하루코에 대한 조치를 나는 조금도 후회하지 않아요. 자연의 섭리에 따랐을 뿐이라고 생각하지. 그런 의미에서 나에 대해서도 주저하지 말라고 부탁하고 싶네."

"그게 무슨 말씀이죠?"

"방금 얘기했듯이 사람들 덕분에 내가 여기까지 올 수 있었어. 그런 만큼, 이제는 정말로 그들의 족쇄가 되는 일만큼은 피하고 싶네. 나 때문에 누군가가 희생되는 일이 있어서는 절대로 안 되니, 만일의 경우 아무쪼록 결단을 내려 주길 바라네. 그것이 나의 간절한 부탁이자 자연의 섭리일세."

후유키는 할 말을 잃었다. 야마니시는 자신이 움직일 수 없게 되면 버리라고 말하고 있는 것이다. 세이야마저도 대답할 말을 찾지 못하는 눈치였다. 땅바닥을 내려다보며 입술만 깨물고 있었다.

그러는 사이 도다와 고미네가 돌아왔다.

"최근에 오픈한 호텔이 있어. 피해도 크지 않고 내진 설계도 잘돼 있는 것 같아. 하룻밤 지내기에는 문제없어 보여."

도다의 말에 후유키는 다행이라며 곧바로 일어나 "자, 그럼 힘을 내서 그 호텔까지 가 봅시다."라고 외쳤다.

호텔은 간선 도로에서 약간 안으로 들어간 곳에 있었다. 덕분에 자동차가 충돌하는 등의 피해는 면한 것 같았다. 부근에 화재가 일어난 곳도 없는 듯했다. 현관 앞에 건물 파편이 떨어져 있었지만 이 건물 것이 아니라 어디선가 날아온 것으로 보였다.

현관이 유리문으로 되어 있어 불을 켜지 않았는데도 로비가 꽤 밝았다. 물론 해가 지면 이곳도 암흑 세상이 될 것이다.

"이런 의자에 앉아 보는 것도 오랜만이네."

가죽 소파에 몸을 파묻으며 아스카가 들뜬 목소리로 말했다.

"에미코 씨, 아기 눕힐 곳을 찾아보세요. 다이치, 자네는 먹을 게 있는지 찾아봐."

세이야의 지시에 다이치는 힘찬 목소리로 "알겠습니다."라고 답한 뒤 계단으로 향했다.

야마니시도 소파에 앉아 넓디넓은 천장을 올려다봤다.

"호텔에 온 건 친척 결혼식 이후 처음이야. 한번쯤 이런 곳에 묵고 싶었는데."

그 말을 들은 세이야가 어정쩡한 표정으로 웃음을 지었다.

"모처럼 오셨는데 말씀드리기 뭐하지만, 객실에서 주무시는 건 곤란합니다. 지진이 일어나 갇히기라도 하면 큰일이니까요."

"하하, 알았어요. 호텔 분위기 맛보는 것만으로도 행복하다는 말이에요."

야마니시가 미소를 지으며 말하는데 다이치가 돌아왔다. 웬일인지 좋지 않은 표정을 짓고 있었다.

"저기…… 좀 와 보셔야겠는데요."

"왜, 음식이 없어?"

후유키가 물었다.

"통조림 같은 건 꽤 있어요, 다행히도. 근데 이상한 게 있어서."

"이상한 것?"

"하여간 와 보세요."

다이치가 데려간 곳은 1층 로비 레스토랑이었다. 흰 테이블보가 깔린 테이블이 죽 놓여 있었다. 줄이 흐트러져 있는 건 지진 때문일 것이다. 테이블 위에 있어야 할 소금과 후추 병들이 바닥에 굴러다녔다.

"뭐가 이상한데?"

"이거요. 여기 좀 보세요."

다이치가 바닥 한 부분을 가리켰다. 후유키의 위치에서는 테이블에 가려 보이지 않았으므로 가까이 다가갔다. 바닥에 접시와 포크, 깨진 유리잔이 어지럽게 흩어져 있었다. 고급 샴페인도 한 병 놓여 있었다.

"이게 왜? 누군가 식사하고 있었겠지."

"그건 알겠는데, 좀 이상하지 않아요?"

"뭐가?"

그러자 다이치는 바닥에서 뭔가를 주웠다. 빈 캔이었다.

"이거, 캐비아예요."

"그런 것 같군. 근데 그게 왜? 이 정도 호텔이라면 캐비아쯤이야 있겠지."

"그렇긴 한데, 왜 빈 캔이 여기 있냐 말이죠. 캐비아를 캔째 내오는 레스토랑이 어디 있어요?"

"아!"

그러고 보니 그랬다. 다이치는 또 깨진 유리잔을 가리켰다.

"게다가 샴페인 병은 있는데 잔이 없어요. 이 잔은 샴페인 잔이 아니라 물 잔이라고요."

그것도 맞는 말이었다. 후유키는 가슴이 철렁했다. 이 상황을 설명할 수 있는 답은 하나뿐이었다. 하지만 후유키는 그걸 입에 담을 용기가 나지 않았다. 다이치도 마찬가지인 듯 입을 다물었다.

"왜 그래?"

세이야가 그들이 있는 곳으로 왔다.

"무슨 일이야?"

그러자 다이치가 좀 전에 후유키에게 했던 설명을 반복했다. 세이야의 표정이 금세 심각해졌다.

"사람들이 사라진 건 오후 1시 13분이야. 이 레스토랑도 평소처럼 영업하고 있었겠지. 낮부터 캐비아를 먹고 샴페인 마시는 손님도 있을 수 있지 않을까?"

세이야의 말에 다이치가 이렇게 대답했다.

"하지만 캐비아를 캔째로 먹고 샴페인을 물 컵에 따라 마시는 손님이 어디 있어요. 그랬다가는 아마 여기서 쫓겨날 걸요. 이건 그때 이미 이 호텔에 아무도 없었다는 얘기예요."

"이걸 누군가 먹은 게 오후 1시 13분 이후란 말이지······. 그렇다면 우리들 외에도 생존자가 있다는 건가?"

후유키의 말에 세이야가 고개를 끄덕였다.

"그렇게 생각할 수밖에 없어."

순간 후유키는 등이 오싹해졌다. 자신들 외에 다른 생존자가 있을 가능성이 충분한데도 그의 마음속에는 어느새 이 세상에 다른 사람은 아무도 없다는 생각이 뿌리내려 있었다. 그렇기 때문에 정체불명의 생존자에 대해 까닭 없는 불안을 느끼게 된 것이다.

갑자기 등 뒤에서 인기척이 느껴졌다. 깜짝 놀란 후유키가 뒤돌아보자 에미코가 불안한 표정으로 서 있었다.

"저…… 혹시 미오 못 보셨어요?"

"미오요? 없어요?"

"제가 아기를 재우는 동안 없어졌어요."

"무너진 곳도 많고 여기저기 파이고 갈라져서 섣불리 돌아다니다가 다치기라도 하면 큰일인데."

세이야가 걱정스러운 목소리로 중얼거렸다. 그리고 후유키와 다이치를 보며 소리를 낮추어 말했다.

"그 얘기는 나중에 다시 하자."

후유키는 바닥에 떨어져 있는 샴페인 병을 곁눈으로 보며 끄덕였다.

다 함께 미오를 찾아 나선 지 얼마 안 되어서였다. 어디선가 호루라기 소리가 들렸다. 후유키의 귀에도 익숙한 소리였다.

"미오다!"

소리는 위에서 들려왔다. 후유키는 계단을 뛰어 올라갔다. 2층에는 연회장이 줄지어 있고, 그중 한 곳의 문이 열려 있었다.

삐-.

다시 호루라기 소리가 들렸다. 문이 열려 있는 연회장 안에서 나는 듯했다. 안으로 들어갔지만 캄캄해서 잘 보이지 않았다.

"미오?"

이름을 부르며 천천히 앞으로 나아갔다.

어둠 속에 검은 물체가 눈에 들어왔다. 그는 손전등 스위치를 켰다.

미오가 입에 호루라기를 문 채 바닥에 납작 엎드려 있었다. 그 큰 눈에 공포가 가득했다.

그리고 미오의 발치에 남자가 쓰러져 있었다. 그가 미오의 발목을 잡고 있었다.

19

사람들이 달려왔다.

쓰러져 있는 남자를 본 아스카가 조그맣게 비명을 질렀다.

"누구지, 저 남자?"

도다가 물었다. 물론 대답할 수 있는 사람은 없었다.

"미오."

아이의 이름을 부르며 가까이 가려는 에미코를 세이야가 제지했다.

후유키는 눈을 감고 있는 남자에게 조심스레 다가갔다. 숨을 쉬고 있는 걸 보면 죽지는 않은 모양이었다. 미오는 겁에 질린 얼굴로 후유키를 쳐다봤다.

그는 아이의 발목을 쥐고 있는 남자의 손을 풀어냈다. 남자는 실신한 듯 손에 힘이 없었다.

남자에게서 해방된 미오는 곧장 엄마에게 달려가 품에 안겼다.

"이 남자 누구야?"

어느새 세이야가 옆에 와서 서 있었다.

"모르겠어. 내가 왔을 때는 이미 이런 상태였어."

얼굴이 지저분해서 정확히 알 수는 없지만 남자는 30대 후반에서 40대 초반 정도로 보였다. 짧은 머리에 수염이 덥수룩하고 와이셔츠에는 진흙이 잔뜩 묻어 있었다.

"얼굴이 빨갛군. 열이 있는지도 몰라. 나나미 씨, 와서 좀 봐주실 수 있겠어요?"

세이야의 부탁에 불안한 표정으로 천천히 다가온 그녀는 자세를 낮추고 남자의 목을 손으로 짚었다. 순간, 그녀의 표정이 굳어졌다.

"열이 엄청나요. 39도도 넘을 것 같은데요."

세이야의 안색이 변했다.

"이거 안 좋은데……. 좀 밝은 곳으로 옮깁시다. 여기선 간병도 할 수 없고 하니."

"1층 라운지로 옮길까?"

"그게 좋겠어. 다이치, 좀 도와줘."

사람들이 지켜보는 가운데 다이치를 포함한 세 사람이 남자를 들어 옮겼다. 남자는 의식을 잃은 상태였지만 얼굴이 고통으로 일그러져 있었다.

계단을 내려가기 시작했을 때였다. 다이치가 그만 남자의 다리를 놓치고 말았다.

"어, 위험해!"

등을 받치고 있던 후유키가 얼른 한 손을 엉덩이 밑으로 뻗어 남자가 굴러 떨어지려는 걸 겨우 막았다. 그 순간 남자의 몸이 반 바퀴 회전하면서, 말려 올라간 와이셔츠 밑으로 벌거벗은 등이 보였다.

그걸 본 후유키는 헉, 숨을 삼켰다. 남자의 등에 문신이 선명하게 새겨져 있었다.

후유키와 세이야는 얼굴을 마주 봤다. 나머지 두 사람도 그걸 본 듯 공기에 팽팽한 긴장감이 흘렀다.

잠시 후 세이야가 다이치를 향해 나직이 말했다.

"조심해서 옮겨야지. 다치기라도 하면 일이 더 어렵게 되잖아."

그는 문신에 대해서는 한마디도 하지 않았다.

라운지에 도착하자 그들은 남자를 3인용 소파에 눕혔다. 나나미가 체온계를 남자의 겨드랑이에 꽂은 후 아이스박스를 열어 약품을 뒤지기 시작했다.

"감기인가?"

남자를 내려다보던 세이야가 혼잣말처럼 중얼거렸다.

"그럼 다행이지만……"

나나미가 말끝을 흐렸다.

"네?"

나나미는 잠시 망설이다가 입을 열었다.

"인플루엔자인지도 몰라요. 아까 방에 토한 흔적도 있었고."

그녀의 말을 들은 순간 후유키는 저도 모르게 뒷걸음질쳤다. 미오를 안고 있던 에미코 역시 저만치 떨어진 소파로 자리를 옮겼다.

"검사가 가능할까요?"

나나미는 고개를 저었다.

"검사 키트를 가져오지 않았어요. 설마 이런 일이 있으리라고는 생각을 못해서."

"그럼 치료약도?"

"타미플루가 효과적이지만, 그것도 없어요."

"해열제는?"

"있어요. 그런데 만일 단순한 바이러스성 감기라면 역효과가 날 수도 있어요. 상태를 좀 더 지켜보는 게 좋을 것 같네요."

후, 세이야가 숨을 크게 내쉬었다. 그리고 더부룩한 머리 속에 손을 넣고 머리를 벅벅 긁으며 말했다.

"병명이 확실해질 때까지 여러분은 가까이 가지 않도록 하세요. 나나미 씨도요."

"하지만 상태가 나빠질지도 모르는데……."

"제가 있겠습니다. 물론 감염되지 않을 정도로 거리를 두고서요."

"그럼 저도 함께 있겠어요."

나나미가 단호하게 말했다.

"알았습니다. 후유키, 다른 분들을 부탁해."

후유키가 고개를 끄덕였다.

세이야와 나나미를 제외한 아홉 사람은 레스토랑에 모였다. 다이치와 아스카가 주방에서 통조림과 즉석식품들을 찾아와 식탁을 차렸다.

"호텔 레스토랑에서도 이런 것들을 사용한다니, 실망이야."

아스카가 통조림 뚜껑을 열며 말했다.

"모든 일에는 생각지도 않은 결과가 있는 거야. 덕분에 우리가 배를 채울 수 있으니 좋잖아?"

야마니시가 온화한 음성으로 말했다.

"이 간 페이스트는 차가워도 맛있는데요. 크래커에 얹어 먹으니 최고예요. 캐비아도 그렇고."

다이치가 입을 우물거리며 말했다.

"어찌 됐건 사치스러운 음식이라도 배 터지게 먹자고. 저 남자의 심정을 알 수 있을 것 같아."

도다가 포크로 남자가 누워 있는 라운지를 가리켰다.

"그런데 형님은 어떻게 하실 작정일까요?"

고미네가 걱정스런 얼굴로 후유키에게 물었다.

"뭘요?"

"저 남자 말이에요. 후유키 씨도 보셨죠? 저 녀석, 야쿠자예요."

고미네의 말에 모두가 식사하던 손을 멈췄다. 각자의 얼굴에 눈치를 살피는 기색이 떠올랐다.

"그런 것 같더군요. 그래서 어떻게 하자는 말씀이죠?"

그러자 고미네가 초조한 듯 머리를 흔들었다.

"아픈 사람을 모른 척할 수는 없겠지요. 또 이런 상황에서는 동료가 한 사람이라도 더 있는 것이 든든한 것도 사실입니다. 하지만 그건 어디까지나 상대가 보통 사람일 경우예요. 저 남자는, 그렇지 않습니다."

후유키는 고미네가 하려는 말을 충분히 이해할 수 있었다.

그때 아스카가 입을 열었다.

"어떻게 그렇게 단언할 수 있죠? 어떤 인간인지 아직은 모르는 거잖아요."

고미네도 물러서지 않았다.

"야쿠자야. 문신 못 봤어?"

"야쿠자라고 다 나쁜 사람인가요?"

"말도 안 되는 소리. 나쁜 인간이 아니면 야쿠자 따위가 됐겠어?"

그러자 아스카가 샐쭉한 표정으로 대답했다.

"그야 모르는 일이죠. 불가피한 사정 때문에 그렇게 돼 버린 사람도 있지 않겠어요? 나중에는 후회하고 성실하게 살아가는 사람도 많다고요. 중학교 때 선배 하나도 폭주족이었다가 나중에 반성하고 교사가 됐다니까요."

"폭주족과 야쿠자는 달라. 젊었을 때의 잘못을 반성하지 못한 인간이 야쿠자가 되는 거야. 그런 인간은 아무리 개과천선해도 보통 사람 같은 도덕심은 갖지 못해. 어딘가에 그 흔적이 남게 마련이야. 더군다나 저 남자는 문신까지 했어. 폭력 세계에 깊이 발을 담갔다는 증거라고. 우리랑 잘 지낼 거라고는 도저히 기대할 수 없어."

"그래서 어떻게 하자고요, 죽게 내버려 두자는 거예요?"

아스카가 입술을 뾰족하게 내밀고 고미네를 노려봤다.

"그렇게는 말하지 않았어. 우리 집단에 받아들이는 데 찬성할 수 없다는 거지."

"그게 그거잖아요. 저대로 놔두면 죽는다고요, 저 사람."

"나는……."

야마니시가 입을 열었다.

"그건 하는 수 없다고 생각해요."

"할아버지!"

아스카가 충격을 받은 듯 눈을 크게 떴다.

"아니, 아니."

노인이 손을 내저었다.

"저 사람에게 문신이 있으니 죽게 내버려 둬도 괜찮다는 말이 아니야. 그건 다른 문제지. 나는 말이야, 저 사람이 인플루엔자에 감염됐을지도 모르는 게 문제라는 거야. 감기 정도라면 가만 놔둬도 죽지는 않아. 죽는다는 건 상당히 나쁜 병에 걸렸다는 얘긴데, 그런 사람을 곁에 둔다는 건 우리 모두의 목숨을 위태롭게 만드는 거라고. 그걸 피해야 한다는 얘기지."

비록 담담한 말투였지만, 불과 몇 시간 전에 아내를 안락사시킨 야마니시의 말에는 상당한 무게가 실렸다.

고미네도 아스카도 입을 다물었다.

해가 지자 주위가 빠른 속도로 어두워졌다. 세이야는 미리 준비해 둔 초에 불을 붙였다.

문신한 남자는 아직도 자고 있었다. 그에게서 몇 미터 떨어져 앉은 나나미는 손가락으로 눈두덩을 눌러 댔다.

"피곤하실 텐데 가서 좀 쉬시죠."

세이야의 말이 끝나기도 전에 그녀는 고개를 저었다.

"괜찮아요."

"무리하지 마세요. 인플루엔자는 피로하면 더 감염되기 쉽다던데."

"정말 괜찮아요. 그리고 솔직히 말해, 다른 분들과 같이 있는 게 좀 힘들어요."

"무슨 일이 있었어요?"

"그게 아니라, 사람들이 조금씩 쇠약해져 가는 걸 보기가 괴로워요. 야마니시 부인도 살려 내지 못했고, 앞으로도 그런 일이 계속될 게 분명해요. 그걸 생각하면 괴로워져서……. 그래서 이럴 때라도 잠시 떨어져 있으려고요."

세이야는 고개를 끄덕였다. 나나미의 심정을 알 듯했다. 그 자신도 무력감에 짓눌려 있기는 마찬가지였다.

"세이야 씨야말로 피곤하실 텐데."

"전 괜찮습니다. 체력에는 자신 있거든요."

그녀는 연민과 선망이 뒤섞인 묘한 눈길로 세이야를 바라봤다.

"세이야 씨는 어떻게 그렇게 강할 수가 있죠? 포기도 좌절도 안 하시고."

그녀의 말에 세이야는 쓴웃음을 지었다.

"강하기는요. 오히려 말할 수 없이 약한 인간인걸요. 약한 걸 감추려고 일부러 이를 악물고 버티는 겁니다."

나나미는 고개를 저었다.

"전혀 그렇게 보이지 않아요. 역시 경찰이 되는 사람은 다르구나 싶어요."

"경찰관 중에도 여러 종류가 있죠. 나쁜 짓을 하는 인간도 없지 않고요."

"그야 그렇겠지만. 동생도 경찰이잖아요. 형을 동경해서 경찰이 됐겠지요?"

"그건 아닙니다."

세이야의 얼굴이 한층 진지해졌다.

"저희 아버지가 경찰이셨습니다. 그 영향을 받은 거죠."

"그랬군요. 그러면 아버지께서 기뻐하시겠어요."

"유감스럽게도 이미 돌아가셨습니다."

"아……, 죄송해요."

나나미가 어깨를 움츠리며 고개를 숙였다.

"괜찮습니다. 몇 년 전 일인데요, 뭐."

세이야는 촛불에 시계를 비춰 봤다. 6시가 가까웠다.

"교대로 쉬도록 하지요. 둘 다 밤을 새울 필요는 없으니까. 우선 나나미 씨부터 쉬세요. 두 시간쯤 뒤에 깨우겠습니다."

"아니, 하지만 저는……."

"만일을 위해 쉬어 두셔야 합니다. 그렇게 하세요, 제발."

나나미는 망설이는 표정을 짓다가 고개를 끄덕였다.

"그럼, 잠시만."

그러고서 그녀는 소파에 누웠다.

몹시 피곤했던 듯, 나나미는 곧 곤한 숨소리를 내기 시작했다. 그 소리를 들으며 세이야는 가만히 촛불을 바라봤다. 그의 머릿속은 온통 총리 공관에서 발견한, P-13 현상에 관한 리포트로 가득했다. 온종일 그 내용이 머리에서 떠나지 않았다.

'사람들에게 얘기해야 할까?'

그는 그걸 고민하고 있었다. 언젠가 얘기해야 한다는 건 그도 알고 있다. 하지만 생존 자체가 위기에 처한 지금은 도저히 말을 꺼낼 수 없을 것 같았다. 그 정도로 절망적인 내용이었다.

어느덧 초의 길이가 짧아져 있었다. 새것으로 바꾸려 했을 때, 그때껏 움직임이 전혀 없던 남자가 신음 소리를 내더니 천천히 눈을 뜨는 것이 옅은 어둠 속에서도 보였다. 이윽고 그 모습을 지켜보던 세이야와 그의 눈이 마주쳤다. 잠시 말이 없던 남자가 신음하듯 중얼거렸다.

"아, 깜짝이야……."

"정신이 들었나 보군."

"어린 여자아이와 만나는 꿈을 꿨는데, 설마 진짜 인간과 만날 줄이야."

"그건 꿈이 아니야. 그 아이는 우리 일행이야. 당신은 그 아이의 다리를 잡은 채 정신을 잃었어."

세이야는 아이스박스에서 생수 병을 꺼내 남자에게 다가갔다.

"마시겠어?"

남자의 눈에 순간적으로 경계심이 어렸지만 곧 누운 채로 손을 내밀었다. 세이야는 그 손에 페트병을 쥐여 줬다.

남자는 목이 꽤 말랐는지 단숨에 페트병의 절반 이상을 비웠다. 그리고 크게 숨을 한 번 쉰 뒤 다시 세이야를 봤다.

"도대체 무슨 일이 있었던 거야?"

"사람들이 사라졌어. 지금 말할 수 있는 건 그것뿐이야."

남자의 입가가 일그러졌다.

"장난하나? 사람들이 사라지다니."

그리고 일어서려던 남자는 다음 순간 균형을 잃고 다시 쓰러졌다.

29

남자는 의식을 잃지는 않았다. 세이야가 도로 소파에 눕힌 뒤에도 초점은 흐렸지만 눈을 뜨고 있었다.

"괜찮나?"

"……당신, 누구지?"

"그건 차차 설명하지. 그보다 몸은 좀 어때?"

"안 좋아. 갑자기 열이 나더라고. 마디마디가 쑤시고."

그때 나나미가 깨어났다. 그녀는 몸을 일으켜 겁먹은 표정으로 남자에게 다가오더니 타월로 남자의 땀을 닦아 주었다. 그리고 체온계를 남자의 겨드랑이에 꽂으려 했다. 그 순간, 남자가 그녀의 손목을 잡았다.

"뭐하는 거야?"

나나미는 낮게 비명을 지르며 체온계를 떨어뜨렸다. 세이야가 그것을 주워 들고서 남자의 손을 나나미로부터 떼어 냈다.

"뭘 그렇게 놀라? 체온을 재려는 거야. 이 사람, 간호사라고."

"간호사? 아, 그래."

남자 얼굴에서 경계의 빛이 사라졌다.

"재도 될까요?"

"그러쇼. 아마 꽤 높을걸."

남자는 나나미가 체온계를 끼우는 모습을 가만히 바라보다가 다시 세이야에게 물었다.

"도무지 뭐가 뭔지 모르겠네. 대체 무슨 일이 일어난 거야?"

"말했잖아, 우리도 사람들이 갑자기 사라졌다는 것밖에 모른다고. 당신도 그건 알지?"

"사무실에 있는데 갑자기 사람들이 눈앞에서 모조리 사라졌어. 옆에서 장기를 두던 녀석들까지. 내가 머리가 어떻게 된 거 아닌가 싶더라고."

"당연해. 우리도 그랬어."

남자의 입김이 여전히 뜨거웠다.

"당신들은 부부인가?"

그러자 세이야와 나나미는 얼떨결에 서로의 얼굴을 마주 봤다. 나나미는 겸연쩍은 듯 고개를 숙였다.

"아니, 서로 잘 모르는 사이야. 몇 안 되는 생존자들과 함께 행동하고 있어. 다른 방에 아홉 사람이 더 있지. 당신이 발목을 잡았던 여자아이도 그중 한 명이고."

세이야가 설명했다.

"정말 그렇게 많아? 다행이군. 나는 인류가 아주 멸망한 줄 알았어."

남자는 입가에 희미하게 미소를 떠올리더니 힘이 드는 듯 다시 눈을 감았다.

"잠들기 전에 물어볼 게 있는데."

"뭐지?"

"당신 주위에 최근에 인플루엔자에 걸렸던 사람 있었나?"

"인플루엔자? 아, 그러고 보니 데쓰라는 녀석이 그런 말을 한 것 같아."

"데쓰?"

"전화 담당이었어. 열이 나서 쉬었지. 겨울도 끝났는데 말이야."

"그게 언제 일이지?"

남자는 대답이 없었다. 대신 코 고는 소리가 들렸다.

나나미가 체온계를 뽑아 눈 가까이 대고 들여다보더니 눈살을 찌푸렸다.

"어때요?"

"39.3도예요. 전혀 떨어지지 않았어요."

세이야가 남자에게서 떨어져 소파에 몸을 기댔다.

"니니미 씨도 좀 떨어져 있는 게 좋겠어요. 들었죠? 인플루엔자일 가능성이 높아요."

"그런 것 같네요."

나나미는 아이스박스를 들고 세이야 곁으로 왔다.

"큰일이네."

세이야가 중얼거렸다.

"치료약을 사용하지 않을 경우 자연 치유까지 얼마나 걸리나요?"

"발병일로부터 4, 5일 정도요. 사실 약을 쓴다 해도 하루 정도나 단축될까. 그것도 체력이 있는 사람의 경우지만요."

"저 남자, 체력은 있는 것 같은데요."

"제 생각도 그래요. 이대로 안정을 취하면 아마 2, 3일이면 회복될 거예요."

"나을 때까지 사람들이 기다려 줄지, 그게 의문이에요."

세이야는 잠든 남자를 보며 그의 등에 새겨져 있는 문신을 떠올렸다.

후유키가 눈을 떠 보니 옆에서 아스카가 젖은 머리를 수건으로 말리고 있었다. 얼굴이 말끔했다.

"샤워한 거야?"

후유키가 일어나 앉으며 물었다. 호텔 수도꼭지에서 물이 나온다는 사실은 이미 확인했다. 물탱크에 물이 남아 있는 것이다.

"그런 사치는 부리지 않아요. 물은 화장실용으로 남겨 놓아야 하니까. 앞으로 얼마나 더 변기를 사용해야 할지 모르잖아요."

"그럼 어디서 씻었는데?"

"밖에서요."

그러고서 아스카는 빙그레 웃었다.

"밖에서?"

"응. 비가 엄청 쏟아져요. 천연 샤워를 마음껏 했죠. 아, 기분 좋아."

 그러고 보니 후유키 자신도 자면서 땀을 많이 흘렸는지 온몸이 축축했다. 3월치고는 날씨가 너무 더웠다.

 그는 주방으로 갔다. 출입구를 지나 뒷문 쪽에 다가가자 빗소리가 들렸다. 주방에 뒷문이 있다는 건 어제 이곳을 둘러보다가 알았다. 그런데 뒷문을 연 순간 그는 깜짝 놀라고 말았다. 옥외 주차장이 마치 작은 하천처럼 변해 있었다. 그 위에 계속해서 비가 쏴아, 쏴아, 소리를 내며 쏟아지고 있었다.

 문을 닫고 레스토랑으로 돌아오자 몇 사람이 일어나 있었다.

 "엄청 퍼붓죠?"

 아스카의 물음에 후유키는 고개를 끄덕였다.

 "일본에서는 좀처럼 보기 힘든 날씨야. 마치 동남아 같은 걸."

 "그 순간에 뭔가가 변해 버린 건지도 모르죠."

 고미네가 말했다.

 "사람들이 사라진 순간 말이에요. 지각 변동에 이상 기후라……. 다음엔 뭐가 기다리고 있을지 생각만 해도 끔찍하네요."

 그때 세이야와 나나미가 들어왔다. 두 사람 다 상당히 피곤한 얼굴이었다.

 "그 남자, 어떻게 됐어?"

후유키가 물었다.

"그 문제로 상의하러 왔어. 여러분, 잠시만 모여 주세요."

사람들이 가까이 모여들기 시작했다. 그러자 세이야는 당황한 듯 손사래를 쳤다.

"잠깐! 저희들한테 그 이상은 다가오지 마세요. 혹시 모르니까 주의해야죠."

"혹시, 라니?"

"그 남자는 인플루엔자에 감염됐을 가능성이 큽니다. 따라서 밤새도록 그를 간호했던 우리 두 사람도 감염됐을 가능성이 있습니다. 다행히 오늘은 습도가 높아서 바이러스의 활동이 다소 억제되었으리라는 게 나나미 씨의 견해입니다만, 여러분 모두 지쳐 있는 데다 치료약도 없는 상태라 감염되지 않도록 최선을 다해야 합니다."

"그렇군."

그러면서 도다가 두 사람으로부터 약간 떨어져 있는 의자에 앉았다. 그러자 다른 사람들도 조금씩 물러났다. 아기를 안고 있던 에미코는 미오와 함께 가장 멀리 떨어진 의자에 앉았다.

"그 사람은 지금은 자고 있지만 어젯밤에 한 번 눈을 떴습니다."

세이야는 사람들을 죽 훑어봤다.

"우리들의 존재를 알고 나서 상당히 용기를 얻은 모양입니다. 저렇게 안정된 상태로 물과 영양을 충분히 공급하면 2, 3

일 내로 회복할 것으로 보입니다. 그래서 앞으로 어떻게 할지 상의하려는 겁니다."

야마니시가 손을 들었다.

"네, 말씀하세요."

"얘기를 들어 보니, 그 사람이 회복될 때까지 여기 머물러야 한다는 얘기 같은데, 맞나요?"

"그것도 포함해서 앞으로의 일을 결정해야 합니다."

"죄송하지만, 저는 반대입니다."

고미네가 제일 먼저 의견을 말했다.

"우리들은 모두 보통 사람들이라서 지금까지 서로 잘 지내온 거라고 생각합니다. 만일 저런 비정상적인 사람이 들어온다면 분명 결속이 무너질 겁니다. 적어도 저는 저 사람과 행동을 함께할 생각이 없습니다."

"나도 동감이에요."

옆에서 도다가 고개를 끄덕였다.

"사회에 적응하지 못했기 때문에 야쿠자가 된 겁니다. 그런 인간이 이런 특수한 환경에서 다른 사람들과 협조할 수 있으리라고는 기대할 수 없습니다."

세이야는 두 사람의 이야기를 그저 담담하게 듣고 있었다. 반쯤 예상하고 있던 답변이었다.

"다른 분들의 의견은?"

세이야는 에미코에게 눈길을 돌렸다.

"어떻게 생각하십니까?"

갑자기 지명된 에미코가 난감한 듯 눈을 깜빡거렸다.

"저는 여러분들의 의견을 따르겠습니다."

"그건 좋지 않아요."

도다였다.

"자신의 의견을 확실히 밝혀야 합니다. 여기서는 아무 말도 안 하다가 나중에 가서 딴소리를 하면 아무도 받아 주지 않을 겁니다."

말투는 거칠었지만 일리가 있다고 후유키는 생각했다. 생사가 걸린 상황에서 남에게 운명을 맡길 수는 없는 일이다.

"다른 사람을 신경 쓸 필요는 없습니다. 본인의 생각만 말씀해 주세요."

그러자 에미코는 곤혹스러워하며 바닥을 내려다보고 있다가 결심한 듯 고개를 들었다.

"솔직히 말하자면 무서워요. 저런 사람과 엮이고 싶지 않아요."

"내 말이 그 말이야."

도다가 거들고 나섰다.

"저런 녀석과 같이 있다가 무슨 일이 벌어질지 모른다고."

"하지만……."

에미코가 덧붙였다.

"본인이 굳이 따라오겠다면 안 된다고 할 수는 없는 거 아닌가요?"

"왜 못합니까? 따라오지 말라고 하면 되지."

"그랬다가는 앙심을 품지 않을까요?"

그러자 고미네가 그녀 쪽으로 몸을 획 틀며 말했다.

"앙심을 품든 말든 상관할 거 없다고요."

"하지만······."

"물론 예전 세상이라면 걱정되겠지요. 저런 놈들은 곧잘 보복을 했으니까. 하지만 이젠 두려워할 필요가 없어요. 저놈들이 으스대는 건, 뒤에서 동료들이 버티고 있기 때문이라고요. 저 혼자서는 아무것도 못합니다. 겁낼 필요 없어요. 게다가 몸 상태도 저 지경이니 우리들이 출발한다 해도 따라오지 못할 겁니다."

"그럼 버리자는 건가요?"

"적어도 함께 행동하지는 말자는 거죠. 저 녀석은 저 녀석대로 자기 살길을 찾으면 돼요. 2, 3일 푹 쉬면 회복된다니까 걱정할 거 없어요."

"저······."

나나미가 입을 열었다.

"그건 물과 영양분을 충분히 섭취했을 때 얘기예요. 그냥 누워 있기만 하면 회복이 느려지고, 더 심각한 상태에 빠질 수도 있어요."

그러자 고미네는 화가 난다는 듯 고개를 흔들었다.

"살고 싶으면 자기 스스로 뭐라도 하겠죠. 여긴 물과 음식도 있잖아요. 하여간 상대는 야쿠자란 말이죠. 동정할 필요가 없습니다."

하지만 에미코는 여전히 마음에 걸리는 눈치였다. 좀 더 생각해 보겠다며 다시 고개를 떨어뜨렸다.

"후유키, 네 생각은 어때?"

후유키는 고민하는 표정으로 아랫입술을 깨물었다. 아까부터 내내 생각해 봤지만 적절한 의견이 떠오르지 않았다. 그래도 그는 일단 이야기를 시작했다.

"일단 본인과 얘기를 좀 해 봐야겠어. 그 전에는 뭐라고 대답할 수 없어."

"도대체 무슨 얘기를 한다는 건가?"

도다가 불만스러운 투로 물었다.

"그러니까…… 우리와 함께 행동할 생각이 있는지, 있으면 우리에게 협조할 것인지, 뭐 그런 걸 확인해야죠. 그가 어떤 사람인지도 모르면서 받아들이느냐 마느냐를 판단하는 건 성급한 일 같습니다."

"그야 좋은 말만 할 게 뻔하지."

고미네는 답답하다는 표정을 지었다.

"성실하게 임할 거라는 둥 모두와 잘 지낼 거라는 둥 우리를 따라오기 위해 듣기 좋은 말만 골라 하겠지. 그따위 말을 어떻게 믿나."

"그러니까 그걸 잘 판단해야지요. 거짓말로 느껴지면 그때 다시 의견을 모으면 되지 않을까요?"

"사람의 선악을 판단하는 건 몹시 어려운 일이에요."

그렇게 말한 건 야마니시였다.

"거기에는 인생 경험도 별 의미가 없어요. 보이스 피싱을 당하는 부류가 대개 노인이라는 것만 봐도 알 수 있지. 게다가 질이 안 좋은 사람은 연기도 능숙해요."

야마니시의 말에 고미네는 마치 아군이라도 얻은 듯 고개를 크게 끄덕거렸다.

그때 도다가 세이야를 불렀다.

"세이야 씨, 당신 의견을 듣고 싶어요. 일전에 제게 '세계가 리셋된다고 그 이전의 삶의 방식까지 모두 사라지는 것은 아니다'라는 취지의 말을 한 적이 있지요? 솔직히 저는 그때 탄복했습니다. 그런데, 그 생각대로라면 저 야쿠자의 과서를 우리가 눈감을 필요가 없지 않나요? 물론 어떤 과거가 있는지 자세히는 모르지만, 적어도 성실하게 살지 않았다는 것만은 확실합니다. 그렇다면 대답은 한 가지 아닐까요."

세이야가 말없이 도다의 얼굴을 빤히 바라봤다. 그리고 잠시 후 자리에서 일어나 한숨을 길게 내쉬고서 입을 열었다.

"제 의견을 말씀드리기 전에 한 가지 제안할 게 있습니다. 그건 앞으로의 삶의 방식에 관한 것입니다."

"뭐죠?"

도다가 물었다.

"규칙 말입니다. 앞으로 무슨 일이 벌어질지 전혀 예상할 수 없지만, 확실한 게 하나 있다면 그건 우리들 힘만으로 살아가야 한다는 겁니다. 그렇다면 우리들 사이에 지켜야 할 룰이라는 것을 만들 필요가 있습니다. 기존의 법률은 통용되지 않습니다. 일의 옳고 그름조차 우리들이 결정하지 않으면 안 됩니다. 규칙을 정하지 않은 채 그때그때 기분에 따라 중대한 사안을 결정하려 한다면 반드시 문제가 생길 겁니다."

"무슨 말인지는 알겠지만, 선악이란 것이 상황에 따라 변하는 것은 아니라고 생각하는데."

"과연 그럴까요? 제 기억에 따르면 예전 세상에서 안락사는 인정되지 않았습니다. 법률적으로 악이었던 겁니다. 하지만 지금은 다릅니다. 만장일치로 최선의 방법이라고 결정하지 않았습니까? 우리들은 이미 새로운 규칙을 만들기 시작한 겁니다. 따라서,"

세이야는 잠깐 틈을 두었다가 계속했다.

"지금 잠들어 있는 저 사람이 전에 어떤 행동을 했건, 그리고 설사 그게 예전 세상에서 악으로 간주됐다 해도, 그걸 지금 여기서 악이라고 단정하기는 어렵습니다."

21

"뜻은 알겠지만, 너무 극단적인 거 아닌가요?"

"극단적이라니요?"

고미네의 물음에 세이야가 한쪽 눈썹을 세우며 반문했다.

"물론 상황에 따라 선악이 바뀔 수는 있습니다. 하지만 우리의 안전을 최우선시한다는 전제가 흔들려서는 안 되지 않겠습니까? 그건 규칙 이전의 문제라고 생각하는데요."

"아니요, 저는 모든 사안에 대해 규칙을 만들어 두어야 한다고 생각합니다. 앞으로 또 다른 사람을 만나게 될 수도 있으니, 어떤 인간은 받아들이고 어떤 인간은 배제한다는 규칙이 정해져 있지 않으면 혼란을 초래할 우려가 있습니다. 그때 가서 다시 의논할 여유가 없을 수도 있고요."

"그렇다면 얘기가 간단하네. 우리들과 협조할 수 있는 인간만 받아들이면 되잖습니까."

그러자 세이야는 고개를 저었다.

"이미 도다 씨는 저 남자가 협조할 수 없는 인간이라는 결론을 내리신 것 같군요."

"그럼 아닌가요? 폭력으로 사람을 위협하던 놈이에요. 혹은 그런 놈의 동료든지."

"바로 그겁니다. 그런 인간이라도 동료가 있는 법입니다. 저는 직업상 그들에 대해 여러분보다는 조금 더 압니다. 그들에게는 결속력이 굳건하고 상하 관계는 엄격하며 배신을 용서하지 않는 독특한 분위기가 있습니다. 협조 정신이 없는 사람이 머물 수 있는 세계가 아니라는 겁니다."

"그거야 야쿠자들끼리니까 그렇지, 우린 야쿠자가 아니잖아요."

"야쿠자들끼리 결속할 수 있는 이유가 뭐라고 생각합니까?"

"그거야……."

"이해관계가 일치하기 때문이겠죠."

도다가 우물거리자 옆에서 고미네가 대신 대답했다.

"그리고 추구하는 방향이 같다는 거. 사람들에게 돈을 갈취해서 동료들끼리 나눠 갖는다. 위로 올라가면 분배받는 몫도 커지니까 출세하는 것을 목표로 한다, 그런 것 아닌가요?"

"말씀하신 대롭니다."

세이야가 고개를 끄덕였다.

"일반 기업도 마찬가지입니다. 돈을 버는 데 정당한 수단을 사용하느냐 아니냐의 차이가 있을 뿐이죠."

"그런가?"

고미네가 고개를 갸우뚱거렸다.

세이야는 계속했다.

"이해관계나 추구하는 방향이 일치하는 것이 결속력의 근원이라는 점에 저도 동의합니다. 예를 들어 지금 우리들이 이렇게 함께 행동하는 것도 서로 힘을 합치는 편이 문제를 해결하는 데 유리한 데다, 어떻게든 살아남아야 한다는 공통의 목표가 있기 때문입니다."

"저는 아무런 도움도 되지 못하니 여러분들의 동정 속에 함께 머물고 있는 것에 불과하지요."

자학적으로 말하는 야마니시에게 세이야가 미소를 지어 보였다.

"눈에 보이는 것만이 공헌은 아닙니다. 정신적인 것도 있습니다. 한 명이라도 더 많은 사람과 있다는 것 자체로 저희는 마음이 든든합니다."

"그런 의미에서도 저 남자는 그 반대의 존재 아닐까요?"

도다가 다시 반문했다.

"좀 전에 에미코 씨 말 들었죠? 그녀는 저 남자를 두려워하고 있어요. 그건 즉, 함께 있으면 마음 든든하다는 이점이 없나는 뜻이시. 그건 오히려 단점이 되는 것 아닐까요?"

"에미코 씨의 심정은 저도 이해합니다. 하지만 무섭다거나 무섭지 않다거나 하는 건 개인적인 느낌에 불과합니다. 그걸 규칙에 적용할 수는 없어요. 그리고 저 남자의 장점도 몇 가지 추측해 볼 수 있습니다. 먼저, 우리가 모르는 정보를 가졌을 수 있어요. 또한 그의 강인한 신체도 이용 가치가 있습니다. 그 점에 대해서는 어떻게 생각하십니까?"

이번에는 야마니시가 나섰다.

"요컨대 세이야 씨는 이렇게 말하고 싶은 거군요. 저 남자가 유해한 사람이라고 판명될 때까지는 배제할 수 없다."

"유해에 대해 정의할 필요도 있습니다."

"그렇군요. 내 생각에 유해의 정의는 우리의 안전을 위협하는 것 아닐까 싶어요. 우리들은 서로 힘을 합해 살아가려 하고 있어요. 그걸 방해한다면 명백히 유해한 거겠죠. 우리들에게 위해를 가하는 것 역시 거기에 해당되고. 아닌가요?"

세이야가 힘차게 고개를 끄덕였다.

"바로 그렇습니다."

"하지만 양의 탈을 쓰고 있을 수도 있잖아요."

고미네가 이의를 제기했다.

"좀 전에 야마니시 씨도 저런 녀석들은 연기에 능숙하다고 했잖습니까."

"연기라도 상관없다는 거지요, 형사님?"

야마니시의 질문에 세이야는 얼굴을 찡그리며 손을 내저었다.

"형사라는 말씀은 하지 마세요. 이제 직업이라는 것도 없어졌는데. 하지만 방금 하신 말씀은 맞습니다. 연기면 어떻습니까. 우리들에게 보여 줄 얼굴이 그의 진짜 얼굴일 필요는 없는 겁니다."

"그렇게 간단한 문제가 아닐 텐데."

도다가 중얼거렸다. 그러자 야마니시가 웃음 띤 얼굴로 차분히 말했다.

"그런 걱정은 할 필요 없어요. 아니, 이제 와서 그런 걸 걱정하는 것도 우스운 일입니다. 여기 있는 우리 모두가 자신의 진짜 얼굴을 보여 주고 있다고 장담할 수 있나요? 당신들은 나를 그저 노인이라고만 생각하겠지만, 실은 야쿠자 출신일지도 모르는 거예요. 혹은 도둑일 수도 있고. 그런데도 나를 받아들였어요. 다만 등에 문신이 없다는 이유로 말이지요."

노인의 말에 두 명의 전직 회사원은 완전히 입을 다물었다. 후유키 역시 반박할 말이 떠오르지 않았다.

"중요한 건, 이 규칙이 우리 자신에게도 적용된다는 겁니다."

세이야가 모두를 둘러보며 말했다.

"우리의 안전을 위협하거나 우리 중 누군가에게 위해를 가한 사람은 그 즉시 배제됩니다. 바로 이 순간부터 그것이 우리의 규칙이 됐다는 걸 명심해 주세요."

문신한 남자가 다시 눈을 뜬 것은 오후가 되고 나서였다. 나나미가 체온을 재려 하자 몸을 꿈틀거리면서 눈을 떴다. 나나미는 지난밤 손목을 잡힌 일이 생각났는지 화들짝 놀라며 뒤로 물러났다.

"깨어났군."

세이야가 남자를 내려다보며 말을 걸었다.

남자는 잠시 멍한 시선으로 세이야를 바라보다가 고개를 살짝 끄덕였다.

"다행이군. 꿈이 아니었어. 다른 사람이 있었어."

"어제도 같은 말을 했어."

"그래? 아, 그럴지도 모르지. 그렇게 오랫동안 혼자였으니까."

남자는 오른손으로 두 눈을 비비다가 갑자기 생각났다는 듯, "당신이 누군지 내가 물었던가?"라고 물었다.

"아니. 나는 구가라고 해."

"구가? 나는……,"

남자는 눈을 비비던 손을 한쪽 가슴에 대더니 이내 쓸쓸하게 웃었다.

"운전면허증이고 명함이고 다 없어졌군."

"그런 건 이제 필요 없어. 다만, 이름을 모르니 불편하군."

"가와세야."

"가와세……. 가와는 내 천 자인가."

"물 하 자야."

"세는?"

"세토나이의 세. 그런 게 중요한가?"

"아니, 당신 머리가 정상적인지 알고 싶었을 뿐이야."

"비교적 멀쩡해. 그쪽 미인의 이름을 아직 안 물었군."

가와세가 나나미에게 고개를 돌리며 말했다.

"아까 그 일이 꿈이 아니라면 간호사일 거고."

"도미타 나나미예요."

그녀가 작은 소리로 대답했다.

"도미타 씨라……. 궁금한 게 있는데, 제 상태가 어때요? 조금이라도 좋아진 건가?"

"안 그래도 지금 막 체온을 재려던 참이었어요."

"그런가? 체온 정도는 내가 잴 수 있어. 체온계를 줘요."

나나미가 체온계를 내밀자 가와세는 그것을 자신의 겨드랑이에 꽂았다.

"이거 목이 몹시 마르군. 맥주가 마시고 싶어."

"맥주는 단념하시지. 물이라면 여기 있어."

세이야는 옆에 있던 페트병을 집어 들었다.

"맥주가 마시고 싶다니까."

"당신 생각해서 그러는 거야. 빨리 낫고 싶지 않아? 그리고 맥주가 미지근해서 맛도 없어."

"아, 그럴지도 모르겠군. 돔페리뇽도 미지근하니까 맛이 없더라고."

그는 세이야가 내민 페트병을 받아 든 뒤 입을 대고 벌컥벌컥 마셨다.

"사람들이 사라졌을 때 당신은 조직 사무실에 있었다고 했지. 그게 어디지?"

"구단시타였어."

그리고 가와세는 와이셔츠 옷깃을 매만지며 히죽 웃었다.

"그러니까 내 신분은 들통 난 거로군. 조직이라는 말을 쓴 기억이 없는데."

"당신이 전에 뭘 했건 상관없어. 당신 등짝의 화려한 문신도 아무런 힘이 없고. 일단 그런 현실을 받아들여야 해."

그러자 가와세는 페트병을 다 비우고 세이야를 힐끗 올려다봤다.

"당신, 뭐하는 사람이야? 눈에 배짱이 가득한 게 보통 사람은 아닌데."

"쓸데없는 소리. 난 그냥 보통 사람이야. 그리고 이젠 보통 사람이고 야쿠자고도 없어. 나나 당신이나 그저 하나의 인간일 뿐이지. 그건 그렇고, 사무실에서 나온 뒤 지금까지 어디서 뭘 하고 있었지?"

"여기저기 돌아다녔어. 인간이라고는 그림자도 안 보이고, 연락 닿는 데도 없고. 게다가 여기저기서 폭발은 일어나지, 지진에 폭풍우에……. 살아 있다는 생각이 안 들더라고. 그러다 오게 된 곳이 여기야."

"열은 언제부터 났지?"

"그러니까 그게……, 여기 와서 이것저것 먹고 마시는데, 갑자기 기분이 나빠지는 거야. 그 뒤는 잘 생각이 안 나."

가와세는 생각에 잠긴 얼굴로 잠시 가만히 있다가 겨드랑이에서 체온계를 빼내 나나미에게 내밀었다.

"어떤가요?"

세이야가 물었다.

"38.9도예요. 좀 내려가긴 했지만 다시 올라갈 수도 있어요."

"내 참, 이 마당에 감기라니."

가와세는 괴로운 표정으로 자신의 목을 쓰다듬었다. 목이 아픈 모양이었다.

그때 다이치가 그릇이 담긴 쟁반을 들고 들어왔다.

"에미코 씨가 죽을 쒔어요."

"불을 사용했어요?"

나나미가 눈을 동그랗게 떴다.

"가스버너가 있더라고요. 내가 발견했어요. 게다가 매실 장아찌까지."

"알았어. 옮으면 안 되니까 쟁반 거기 두고 빨리 나가는 게 좋겠어."

세이야의 말에 다이치는 고개를 끄덕이며 쟁반을 테이블 위에 올려놓고 레스토랑으로 돌아갔다.

"새로운 얼굴이군."

가와세가 말했다.

"병이 다 나으면 사람들을 소개해 주지. 당신이 우리 쪽 조건을 받아들일 경우의 얘기지만."

그러면서 세이야는 쟁반을 가와세에게 가져다주었다.

가와세가 귀찮다는 표정으로 몸을 일으키며 되물었다.

"조건?"

"어젯밤에도 말했지만, 우린 살아남은 사람들끼리 힘을 모아 살아가고 있어. 원한다면 당신도 받아들일 거야. 단, 그러려면 우리가 정한 규칙을 지켜야 해."

"회비라도 내라는 건가?"

"돈은 필요 없지만 노동력은 제공해야 해. 당신이 가진 지혜를 포함해서."

"나쁜 지혜라면 어느 정도 자신 있지."

"살아남는 데 도움이 된다면 그거라도 대환영이야. 하지만 협력 관계를 무너뜨리거나, 사람들의 안전을 위협하는 행동을 할 경우 즉각 배제할 거야. 그 뒤로는 혼자서 이 혼미한 세상을 살아가야 하겠지."

세이야의 말이 끝날 즈음에는 가와세의 얼굴이 진지하게 변해 있었다. 그는 날카로운 눈초리를 한 채 고개를 끄덕였다.

"알았어. 지극히 정당한 거라 안심이 되는군. 아주 까다로운 조건이 있는 거 아닌가 생각했는데. 한데, 당신들 중에서 누가 대장이야? 역시 당신인가?"

"여기선 상하 관계가 없어. 모든 걸 전원의 의견을 존중해서 결정하지. 당신이 함께 행동하게 되면 당신 의견도 존중할 거야. 대신, 당신도 다른 사람들을 존중해야 해. 예상하고 있겠지만, 당신에 대해서 안 좋은 인상을 받은 사람이 많아. 그런데도 당신을 받아들이기로 한 건 당신의 인간성에 기대를 걸고 있기 때문이야. 뭐 또 궁금한 거 있나?"

가와세의 얼굴에서 팽팽했던 긴장감이 다소 누그러졌다.

"없어."

"우리의 규칙을 지킬 거라고 약속한다면 함께 있어도 좋아. 어떻게 할 텐가?"

"이런 판국에 혼자 살아갈 자신이 없군. 당신들과 함께하겠어."

"규칙에 대해서 약속할 수 있지?"

"그래, 약속하지."

"좋아."

세이야는 쟁반을 가와세 쪽으로 좀 더 가까이 밀었다.

"당신을 환영한다. 이 식사는 우리들의 마음이야."

"고맙지만 식욕이 별로 없어. 마음만 받는 걸로 하지."

"억지로라도 먹어. 우리와 동행하기로 한 이상 1초라도 빨리 병에서 벗어나야지. 우리들에겐 목적지가 있어. 떠나는 걸 미뤄 가며 이 호텔에 있는 건 당신이 나타났기 때문이야. 당신이 발목을 잡고 있다는 사실을 잊지 마."

가와세는 뭔가를 말하려다 그만두고 수저를 들어 죽을 한 숟가락 떠먹더니 이렇게 물었다.

"그런데 말이야, 3월 13일이 무슨 특별한 날이었나?"

"인간들이 사라진 날이잖아."

"그건 나도 알아. 그런 일이 일어날 거라는 사실을 일부에서 알고 있지 않았나 해서 묻는 거야."

"무슨 뜻이야?"

"이상한 소문이 돌았어. 3월 13일에는 절대 밖에 나가지 말라는 거야. 그래서 간부들은 골프도 취소했어. 대지진이 일어난다느니 운석이 떨어진다느니 이런저런 추측이 많았지만 확실한 건 아무도 몰랐어. 나는 그 소문을 무시했는데 이런 일이 벌어지고 보니 마음에 걸려서 말이지."

가와세의 얘기를 들으며 세이야는 주먹을 꽉 움켜쥐었다. P-13 현상이 이른바 어둠의 세계에는 이미 알려져 있었던 것이다. 그럼에도 경찰인 자신들은 아무것도 모르고 있었다.

그 결과, 지금 여기에 있는 것이다.

22

비는 하루 종일 세차게 내렸다. 레스토랑 유리창 너머로 바깥 상황을 살피던 후유키는 고개를 절레절레 저었다. 하늘은 마냥 어두운 빛을 띠고 있어 푸른 하늘이 나타날 조짐이라고는 눈곱만큼도 없었다.

아스카가 다가오더니 곁에 서서 후유키와 같은 모습으로 바깥을 내다봤다. 잠시 후 그녀의 한숨 소리가 들리더니 이렇게 말했다.

"수중 호텔 같아요."

"맞아."

호텔 주변은 완전히 물에 잠겨 땅이라고는 한 조각도 보이지 않았다. 이대로 가면 호텔 바닥이 침수되는 건 시간문제였다.

"비라는 게 원래 이렇게 끝도 없이 오는 거였나? 이러다가 비구름이 다 없어지는 거 아닐까요?"

"비구름은 바다에서 만들어지는 거야. 바닷물이 마르지 않는 한 구름도 없어지지 않아."

"그렇겠죠. 바다를 어떻게 이기겠어요."

그리고 아스카는 손에 들고 있던 걸 후유키에게 건넸다.

"자, 이거요."

토마토 주스 캔이었다. 후유키는 고마워, 하고서 받아 들었다.

"토마토 주스라니, 이게 몇 년 만이야."

그는 캔을 쥐고 흔들었다.

"저도요. 근데 저 원래는 이거 별로 안 좋아했어요."

"그런데 어쩌다 마실 생각이 든 거야?"

"이런 거라도 안 마시면 야채를 전혀 섭취할 수 없으니까요."

아스카는 캔 뚜껑을 따서 꿀꺽꿀꺽 마셨다. 그 표정을 보아하니 그녀의 말대로 싫어하는 게 분명했다.

아스카는 토마토 주스 캔을 호텔 객실에 있는 냉장고에서 가져왔다고 했다. 이것 외에도 맥주와 캔 커피, 생수 같은 것들이 있다고 한다.

후유키도 주스를 마셨다. 시원하지는 않지만 야채 특유의 향기가 혀에 닿자 매우 신선한 느낌이 들었다. 아닌 게 아니라 후유키도 야채 부족을 느끼고 있었다. 즉석식품과 통조림만으로는 야채를 충분히 섭취할 수 없었다.

"신선한 야채나 생선회를 먹을 날이 올까요?"

"식물은 살아 있으니까 야채도 찾을 수 있을 거야."

"생선회는요?"

"글쎄, 생선회는 어려울지 모르지."

아스카는 옆에 있는 의자에 앉으며 머리를 흔들었다.

"바다에서도 물고기가 사라졌겠죠?"

"적어도 초밥 집 수족관에서는 사라졌어."

"믿을 수가 없어요."

아스카는 토마토 주스 캔을 바라봤다.

"내가 토마토 주스를 마시고 있다는 사실만큼이나 믿을 수 없어."

후유키도 그녀 옆에 앉았다.

"우리, 어떻게 되는 걸까. 먹을 것은 점점 떨어져 가고, 살 곳도 없어. 이동 수단도 없고. 아무리 생각해도 절망적인 상황이야."

"그래도 아직은 포기할 수 없어요. 모두가 사라졌지만 죽은 건 아니에요. 분명 어딘가에 있을 거예요. 그리고 그들도 아마 우리를 찾고 있을 거예요."

"그럼 좋겠지만."

"그렇게 어두운 얼굴 하지 마요. 어떻게든 분위기를 끌어올리려고 긍정적인 생각만 하고 있단 말이에요. 제가 전에도 말했지만, 최대의 위기 뒤에 최고의 기회가 온다고요. 저는 그걸 기다리고 있는 거예요."

후유키가 고개를 끄덕이며 빙그레 웃었다.

"그래, 좋은 쪽으로 생각하자."

그는 토마토 주스를 입에 부어 넣으면서, 여고생에게 그런 소리나 듣고 있는 자신이 처량하다는 생각이 들었다.

"그런데요 저 두 사람, 괜찮을까요?"

아스카가 느닷없이 물었다.

"두 사람이라니, 누구?"

"형님과 나나미 씨요. 인플루엔자에 전염되지 않을까요?"

세이야와 나나미는 여전히 라운지에 있었다. 그 남자를 간병하고 있다는 것 외에 자세한 상황은 후유키도 알 수 없었다. 다이치가 식사를 가져갔을 때도 빨리 나가라고만 했다고 한다.

"그랬다면 말을 해 줬겠지. 아마 굉장히 조심하고는 있을 거야."

아스카는 "그렇겠죠."라며 흘러내린 앞머리를 손으로 쓸어 올렸다.

"형님 말인데요, 참 대단해요."

"그래?"

후유키는 속으로 '또 형 칭찬인가' 라고 생각하며 그렇게 대꾸했다.

"본인은 리더가 아니라고 하지만, 아마 그분이 없었다면 우리는 벌써 다 죽었을 거예요. 아니, 어쩌면 이렇게 만날 수도 없었을지 몰라요."

"그야 모르는 일이지."

"이럴 땐 모두를 이끌어 줄 사람이 필요해요. 그분이 그걸 해 주니 정말 잘된 일이죠. 너도나도 자기주장만 하면 아무것도 결정하지 못하고 분위기만 나빠질 거예요. 하지만 그분 덕분에 일단은 이렇게 살아 있는 거라고 생각해요. 그런 분이 학교 선생님이었다면 얼마나 좋았을까."

"본인한테 한번 말해 보지그래? 자기는 교사 같은 거 안 어울린다고 할걸."

"그래요? 역시 경찰관인가?"

아스카는 고개를 갸우뚱하며 콧잔등에 주름을 잡았다.

"그래도 경찰 중에 꽤 높은…… 그 뭐라더라?"

"경찰청 수사 1과 관리관. 계급은 총경."

총경이 어떤 계급인지는 잘 몰랐지만 아스카는 "엄청나네!"라고 감탄했다. 그리고 "후유키 씨는요?" 하고 물었다.

"순경."

그는 퉁명스럽게 대답했다.

"관할 서 말단 형사지."

그러자 아스카는 아무 거리낌 없이 웃음을 터뜨렸다.

"하하, 그랬구나. 세이야 씨만큼 올라가려면 꽤 힘들겠네요."

"올라갈 리가 없지. 저쪽은 엘리트 코스를 밟고 있는 거고 나는 밑바닥 경찰이고. 출발부터 다르다고."

"어떻게 다른데요, 엘리트 코스랑 아닌 거랑?"

"엘리트 코스를 밟는 놈들은 국가 공무원 시험에 붙은 다음 경찰청에 배치된 거야. 우리 같은 사람은 지방 경찰관 채용 시험 출신이고. 한마디로 형은 국가 공무원, 나는 지방 공무원인 거지. 나 같은 놈은 순조롭게 출세해도 지금의 형 계급까지 올라갈 무렵에는 이미 정년이라고."

"와, 그렇게 차이가 나요? 그럼 후유키 씨도 국가 공무원 시험을 치지 그랬어요?"

"참 쉽게도 말하네. 국가 공무원 시험도 여러 가지인데, 그중에서도 제일 어려운 시험을 통과해야 되는 거야. 도쿄 대학을 나왔다거나 하는 놈들만 붙을 수 있다고."

"그럼 형도 도쿄 대학 출신?"

"응."

"와, 대단해!"

아스카의 눈과 입이 동그랗게 열렸다.

"도쿄 대학을 나오고도 경찰이 되는 사람이 있구나. 처음 알았네."

"드물지는 않아. 게다가 형이 경찰관이 된 건 아버지 때문이야. 우리 아버지가 경찰관이었는데 자식들도 당신의 뒤를 잇길 바라셨거든. 머리 좋은 형은 이왕이면 엘리트 코스를 밟기로 결심하고 공부도 열심히 했어."

"그랬구나. 그럼 후유키 씨는 그런 생각 없었어요?"

"나는 말이지,"

그는 잠시 망설이다가 말을 이었다.

"경찰관 따위는 되고 싶지 않았어. 대학에 들어갔을 때도 그런 마음은 전혀 없었고 다른 꿈이 있었어."

"그게 뭔데요?"

"그건……, 아니야. 됐어."

"뭐예요, 답답하게. 거기까지 말했으면 끝까지 해야지."

빨리, 빨리, 하며 아스카가 재촉했다. 후유키는 난감한 얼굴로 코 밑을 비볐다.

"교사, 체육 교사."

"네, 학교 선생님? 진짜요?"

아스카는 깜짝 놀란 표정을 지었다.

"미안. 형이 아니라 내가 교사가 되려고 해서."

그는 빈 캔을 테이블 위에서 굴려 댔다.

"아니, 너무 뜻밖이어서요. 그랬구나……. 하긴, 후유키 씨라고 교사가 되지 말란 법은 없지. 그런데 왜 방향을 바꿨어요? 역시 형이 부러웠나 보죠?"

"그런 게 아니야. 하도 부탁하는 바람에."

"누가요, 아버지?"

"아니, 엄마. 사실 형과 나는 엄마가 달라. 형 엄마는 젊었을 때 돌아가셨고, 내 엄마는 아버지의 두 번째 부인이야. 물론 그렇다고 차별을 받은 건 아니야. 아버지는 엄마를 소중히 여겼고, 형과 나를 비교한다거나 한 적도 없어. 하지만 엄마는 역시 좀 주눅이 들었던 것 같아."

"왜요, 후처라서요?"

"그보단, 내가 좀 부족해서겠지."

후유키는 머리를 긁적거렸다.

"형은 수재여서, 별달리 돈을 들인 적도 없이 자신의 힘만으로 도쿄 대학에 들어가고 국가시험에도 합격했어. 오히려 부모가 신경 쓴 건 나였지. 그런데도 대학에 떨어져서 재수까지 하고도 수업료가 비싼 2류 대학에 들어갔어. 게다가 3학년 때는 낙제까지 하고. 그러니 엄마가 얼마나 난감했겠어. 전처 자식은 엘리트 코스를 달리는데, 자기 피를 물려받은 나는 멍텅구리니까 말이야. 얼굴을 못 들었겠지."

"너무 민감했던 거 아니에요? 남들은 별로 그렇게 생각했을 것 같지 않은데."

"실제로는 어땠는지 모르지만 엄마랑 나는 신경이 쓰였어. 그런 마당에 엄마가 내게 말한 거야. 경찰관이 될 생각 없냐고. 난 그 마음을 알 것 같았어. 아버지가 나도 경찰이 되길 바랐으니 최소한 그 희망이라도 들어 드리고 싶었던 거지. 나는 그 자리에서 알았다고 했어. 경찰관이 되겠다고."

다 듣고 난 아스카는 "그렇구나." 하며 살포시 미소지었다.

"상당히 착한 면도 있네."

그러자 후유키가 얼굴을 살짝 찌푸렸다.

"그래 봤자 형과 엄청나게 차이가 난다는 점은 마찬가진데, 뭐. 에이, 쓸데없이 얘기를 너무 많이 했네. 잊어버려."

"쓸데없지 않아요. 재밌었어. 그리고 이해돼요. 두 분이 만날 티격태격하는 게 분위기가 아주 안 좋았잖아. 이런 상황에서 형제끼리 싸우다니 하고 생각했었어요."

"어제오늘 일이 아니야."

"이제 그만 하지그래요. 우리까지 분위기가 어두워지니까."

아스카는 남은 토마토 주스를 마저 마시고 자리에서 일어섰다. 그리고 고개를 들더니 "어?" 하고 중얼거렸다.

"미오네."

후유키가 돌아보니 미오가 레스토랑 한구석에 무릎을 부둥켜안은 채 쭈그리고 앉아 있었다.

"저 아이, 불쌍해요. 말을 못해서."

"그러는 것도 무리가 아니야. 나도 머리가 돌 지경인데. 그런데 말이지, 저 모녀, 좀 이상하지 않아?"

"나도 그런 생각 했어요. 두 형제 분도 이상하지만 저 모녀는 더 이상해요. 미오가 별로 엄마 곁에 가지 않잖아요. 에미코 씨 태도도 뭔가 이상하고. 진짜 모녀가 맞는지 의심스러울 정도예요."

"설마. 얼굴은 닮았잖아."

"그건 그래."

그때 주방에서 다이치가 나왔다.

"잠깐 와 봐요."

"왜?"

"음식 문제로 상의할 게 있어."

"또 음식 이야기? 너는 오직 그 생각뿐이구나."

주방에 들어가 보니 거대한 조리대 위에 통조림과 진공 팩으로 된 식품이 쌓여 있었다. 그리고 그 옆에 에미코가 서 있었다.

"호텔 안을 다 뒤져서 모은 거야. 먹을 거라곤 이게 전부인 것 같아요."

후유키는 쌓여 있는 것들을 바라봤다. 자그마한 식품점을 차릴 정도의 양이었다. 하지만 12명이 계속 먹어 댈 경우……

"이걸로 얼마나 버틸 수 있을까?"

후유키가 딱히 누구에게랄 것 없이 중얼거렸다.

"게 통조림이나 캐비아만 계속 먹는 건 참을 수 있지만, 블

루베리 잼으로 식사를 할 순 없잖아요."

다이치가 울상을 지었다.

"밥만 있으면 일주일 정도는 버틸 수 있는데……."

에미코의 말에 후유키가 "그런데요? 쌀이 없어요?"라고 물었다.

"쌀은 있는데 밥을 지을 방법이 없어요. 가스버너도 연료가 세 통밖에 안 남았어. 한 끼에 하나를 쓴다면 앞으로 따뜻한 음식을 먹을 기회는 세 번밖에 없어요."

"밥을 못 짓는다는 건 심각한데. 빵은요?"

그러자 다이치가 몸을 뒤로 크게 젖히며 "이렇게 무더운데, 곰팡이가 슬어도 벌써 슬었죠."라고 대답했다.

"그래?"

후유키는 팔짱을 끼었다.

"흠…… 불을 피울 다른 방법이 없을까? 뭘 태운다든가."

"그럼 또 바비큐 장치 같은 걸 만들어야 하는데. 게다가 지난번처럼 숯 같은 게 있는 것도 아니고."

"가구를 부숴서 장작을 만들어 보자고. 다른 사람들에게도 와서 도우라고 하고. 그러고 보니 고미네 씨와 도다 씨가 안 보이네."

"두 사람은 호텔 뒤쪽에서 빗물 모으는 장치를 만들고 있어요."

"빗물을 왜?"

"물이 충분치 않아서요. 밥을 지어도 쌀부터 씻어야 하고."

"그렇구나."

후유키는 자신들이 무인도에 있는 것이나 마찬가지라는 생각이 들었다. 그것도 깨끗한 물이 흐르는 시내도, 과일이 열리는 나무도 없는 섬. 물고기도 잡히지 않고 산토끼도 없다.

그때 아스카가 허둥지둥 부엌으로 달려왔다.

"저기, 큰일 났어요."

"이번엔 또 뭐야?"

"미오가……."

아스카가 말을 채 끝내기도 전에 다들 레스토랑으로 달려갔다. 미오는 아까 봤던 모습 그대로였다. 다만 무릎을 부둥켜안고 무릎 사이에 얼굴을 파묻고 있었다.

"미오!"

에미코가 달려가 딸의 머리를 들어 올렸다. 하지만 미오는 다시 힘없이 축 늘어져 버렸다. 에미코가 아이의 뺨에 손을 갖다 댔다.

"어때요?"

후유키의 물음에 에미코는 절망적인 표정으로 말했다.

"열이 엄청나요."

23

"열만 있어? 다른 증상은?"

라운지 쪽에서 세이야가 큰 소리로 묻자 후유키가 라운지 입구로 다가왔다.

"가끔 기침도 해. 속도 안 좋은 것 같고. 먹은 걸 토했어. 늘 어져서 불러도 대답을 안 해."

세이야는 나나미와 뭔가 얘기를 나눈 뒤 후유키에게서 3미터 정도 떨어진 곳까지 와서 "미오를 이리 데려와."라고 말했다.

"미오를?"

"나와 나나미 씨가 왜 라운지에 있는 것 같아? 미오가 여기 있으면 다른 사람들에게 병을 옮길지도 몰라."

"그럼 미오도 형이 간호하겠다는 거야?"

"그래. 왜, 그것도 불만이야?"

"아니, 불만이라는 게 아니라, 이젠 교대해야 하지 않을까 싶어서. 나나미 씨도 지쳤을 것 같고……."

하지만 세이야는 고개를 저었다.

"나와 나나미 씨 중 누가 발병이라도 했다면 모를까, 그러기 전에는 아무도 이쪽에 와서는 안 돼."

"그렇지만……."

"냉철하게 생각해야 해. 지금 제일 중요한 건 이 이상 환자가 늘어나는 걸 막는 일이야. 간호를 교대로 하다가는 모두 감염될 우려가 있어. 물론 나나 나나미 씨가 지친 건 사실이지만, 그건 다른 사람들도 마찬가지야. 합리적으로 판단해야 해."

후유키는 입을 다물었다. 틀린 말이 아니었기 때문이다. 그러나 그는 한편으로 왜 언제나 자신의 의견은 무시되는지 화가 났다. 그리고 좀 전에 아스카와 나눈 대화가 떠올랐다.

"이해했으면 레스토랑으로 돌아가. 미오는 어떻게 하고 있어?"

"눕혀 놓았어. 엄마가 옆에 붙어 있을 거야."

세이야의 안색이 변했다.

"안 돼. 에미코 씨도 빨리 미오에게서 떨어지라고 해. 에미코 씨가 쓰러지기라도 하면 타격이 크다고. 식사 준비는 둘째 치고 아기를 돌볼 사람이 없잖아. 그 정도도 생각 못해?"

"아무리 그래도 에미코 씨는 미오 엄마잖아."

"우리한테도 중요한 사람이야. 빨리 가 봐. 1분 있다 내가 레스토랑으로 갈 테니, 다들 미오에게서 떨어져 있어. 가까이 가지 말라고. 알겠어?"

"알았어."

후유키가 돌아서서 레스토랑으로 가니 에미코뿐 아니라 아스카와 다이치, 그리고 고미네와 도다까지 미오의 옆에 모여 있었다. 떨어져 있는 사람은 갓난아기를 안고 있는 야마니시뿐이었다.

'위험하긴 위험하군.'

후유키도 그런 생각이 들었다.

그는 사람들에게 세이야의 지시를 전했다. 약간은 반대가 있을 줄 알았는데 의외로 모두들 납득한 듯한 표정으로 미오에게서 떨어졌다. 에미코조차 아무 말 하지 않았다. 하나같이 세이야를 신뢰하고 있다는 걸 절감하지 않을 수 없었다.

잠시 후 세이야가 들어왔다. 그는 모두가 지켜보는 가운데 미오를 안고 나서 에미코를 향해 말했다.

"미오는 저희가 맡겠습니다. 눈을 떼지 않을 테니 걱정 마세요."

그러자 에미코는 "그럼 부탁드려요."라며 머리를 숙였다.

미오를 안고 레스토랑을 나가던 세이야가 다시 뒤를 돌아봤다.

"후유키, 객실에서 깨끗한 수건과 담요를 모아 줘. 최대한 많이."

"알았어."

"그리고,"

세이야가 사람들을 둘러봤다.

"몸에 조금이라도 이상이 있으면 곧바로 알리셔야 합니다. 자신뿐 아니라 우리 모두를 지키기 위해섭니다."

전원이 고개를 끄덕였다. 세이야는 만족스러운 얼굴로 레스토랑을 나갔다.

후유키는 아스카, 다이치와 함께 객실에 있는 수건과 담요를 모으러 나섰다. 엘리베이터가 가동되지 않아 비상계단을 이용할 수밖에 없었다. 더구나 객실은 5층부터 시작이다.

"아이고, 힘들어. 이 호텔은 도대체 몇 층까지 있는 거야?"

다이치가 온 얼굴을 찡그리며 물었다.

"객실은 18층까지."

아스카가 대답했다.

"뭐? 그럼 계단은 무리야."

"지금 그게 문제가 아니야. 마실 게 떨어지면 객실 냉장고에 가서 가져와야 한다고."

"그러기 전에 여기서 빠져나가야 해. 빨리 총리 공관으로 갔으면 좋겠네."

다이치의 불평을 들으며 후유키는 마음이 불안해졌다. 과연 총리 공관에 가면 지금보다 형편이 나아질 것인가. 전혀 알 수 없는 일이다. 식량이 비축되어 있다고는 하지만 그 양이 어느 정도인지 확실치 않았다. 발전 시설이 있다고는 하나 정상적으로 가동될지도 의문이다. 섣불리 이동했다가 쓸데없이 고생만 하게 될 수도 있다. 이 호텔에는 적어도 생존에 필요한 물건이 갖춰져 있다.

하지만 끝없이 이어진 계단에 손전등을 비춰 보면서 후유키는 그런 생각이 착각일 거라고 마음을 고쳐먹었다. 지금은 의식주에 문제가 없지만 그것이 영원할 리 만무하다. 언젠가는 음식물이 바닥나게 될 것이다. 5층도 오르기를 꺼리는 다이치가 끝내는 18층까지 오르게 된다.

후유키는 언젠가 TV에서 본 다큐멘터리를 떠올렸다. 순록이라는, 집단생활을 하는 동물의 생태를 다룬 프로그램이었다. 순록은 봄가을에 먹이를 찾아 먼 거리를 이동한다고 한다. 풀이 무성한 장소에 다다르면 한동안 그곳에 머물다가 다 먹어 치우면 또 이동에 나선다.

그는 자신들이 순록 같다고 생각했다. 아니, 뜯어 먹은 풀은 세월이 지나면 다시 자라지만, 먹어 치운 통조림이나 라면은 다시는 원래의 상태로 돌아오지 않는다. 그렇다면 자신들은 순록보다 한층 혹독한 환경에 놓인 셈이다.

설사 간신히 총리 공관에 도착하고, 그곳에 식량이 풍부하다 해도 그곳이 최종 목적지는 될 수 없다. 그곳의 식량도 머지않아 바닥을 드러낼 것이기 때문이다. 그땐 어떻게 해야 하나. 먹을 것을 찾아 방랑을 계속할 것인가. 그렇게까지 하는 게 과연 무슨 의미가 있을까.

일본 전역을 계속 돌아다닌다면 먹는 문제는 해결될지도 모른다. 몇 년 더 생명이 연장될 수도 있다. 하지만 그렇게 해서 얻는 것이 과연 무엇이란 말인가. 오직 죽지 않고 버티는 것만이 목적인 인생이다.

'최소한 목표라도 있었으면.'

살아남아 뭔가를 얻을 수 있다면 그게 무엇인지 후유키는 알고 싶었다.

오후 6시가 넘어가자 다들 취침 준비를 시작했다. 날이 밝으면 함께 일어나고 해가 지면 함께 잠드는 것이 가장 에너지를 낭비하지 않는 방법이라는 것을 모두가 알게 됐다.

후유키는 레스토랑 바닥에 담요를 깔고 누웠다. 잘 때 옷을 갈아입지 않는 것과 딱딱한 바닥에 누워야 하는 것에는 이제 익숙해졌다. 그래도 구두는 여전히 벗는다. 지금으로서는 자는 것이 최고의 즐거움이다.

그런데 오늘 밤은 좀처럼 잠이 오지 않았다. 앞날에 대한 불안, 그리고 이런저런 불길한 상상이 꼬리에 꼬리를 물고 피어올랐다. 지금까지는 그런 걸 생각할 여유가 없었다. 아니, 생각에 잠길 만한 체력조차 남아 있지 않았다. 한곳에 오래 머물게 된 덕분에 그나마 쓸데없는 생각을 할 여유가 생긴 것이다.

이리저리 뒤척이고 있는데 희미하게 무슨 소리가 들렸다. 뭔가를 끄는 듯한 소리였다. 눈을 뜨고 보니 어둠 속에서 누가 손전등을 들고 걸어가고 있었다.

'화장실에 가는 걸까?'

하지만 생각해 보니 방향이 완전히 반대다.

신경이 쓰인 후유키는 살며시 자리에서 일어났다. 그의 옆에서는 도다와 고미네가 자고 있었다. 그 외의 사람들이 어디서 자는지는 어두워서 보이지 않는다.

신발을 신고 나서, 곁에 두었던 손전등을 집어 들었지만 불을 켜면 사람들이 깰 것 같아 손으로 더듬어 테이블과 의자의 위치를 확인하며 걸어 나갔다.

소리의 주인공은 여전히 다리를 끌듯이 걷고 있었다. 그 발소리와 손전등 불빛에 의지해 뒤를 쫓았다. 아무래도 비상구 쪽으로 가고 있는 듯했다.

상대가 비상구 문을 열고 밖으로 나가려 하는 찰나, 후유키는 자신이 들고 있는 손전등 스위치를 켰다. 빛 속에서 모습을 드러낸 건 야마니시의 등이었다.

놀란 야마니시가 뒤돌아봤다. 눈이 부신 듯 얼굴을 찡그리며 눈을 가늘게 뜨고 있다.

"뭐하시는 겁니까?"

후유키는 손전등 불빛을 아래로 향한 뒤 그에게 다가갔다.

"아, 자넨가. 깨어 있었군."

"어디 가세요? 비는 그쳤지만 아직 물이 빠지지 않았어요."

"응, 알고 있어. 그렇지만…… 밖으로 좀 나가고 싶어서 말이야. 신경 쓰지 말고 자게."

야마니시는 미소를 지었지만 어딘가 부자연스러웠다.

"밖은 위험합니다. 그리고 밤에는 혼자 행동하지 않기로 했잖습니까."

"노인의 변덕이라 여기고 좀 봐주면 안 되겠나?"

하지만, 이라고 말하려던 후유키는 말을 삼켰다. 야마니시가 떨고 있는 것이 보였기 때문이다.

"왜 그러세요. 추우십니까?"

그러면서 후유키가 다가가려 하자 야마니시는 "가까이 오지 말게."라고 소리치더니 이내 멋쩍은 듯 고개를 숙였다.

"아니, 저……, 하여간 그냥 좀 놔두게."

하지만 후유키는 그 말을 무시한 채 야마니시에게 다가가 손을 잡았다. 생각했던 대로였다. 손이 뜨거웠다.

"인플루엔자에 감염되셨군요. 그런데 왜……."

"이보게, 부탁이니 나를 그냥 내버려 두면 안 되겠나? 사람들을 귀찮게 하고 싶지 않아."

"그럴 순 없습니다. 일단 안으로 들어가세요. 여기 있으면 더 악화됩니다."

후유키가 그의 손을 잡아끌려고 했지만 야마니시는 막무가내로 뿌리쳤다.

"제발 가까이 오지 말게. 자네한테 옮으면 큰일이야."

"그럼 안으로 들어가세요. 밖에 나가서 어쩌시겠다는 겁니까?"

야마니시가 아무 말 못하고 서 있는데 뒤에서 "뭐하는 거예요?"라고 묻는 소리가 들렸다.

아스카였다. 후유키가 돌아보자 다시 "왜 그래요?"라고 물었다.

"야마니시 씨가 인플루엔자에 걸렸어."

"네?"

그녀의 눈이 커다래졌다.

"그런데 왜 여기 계세요?"

그러자 후유키가 고개를 저었다.

"몰라. 밖으로 나가시려고 해서 내가 붙잡은 거야."

"두 사람, 부탁이니 모른 척해 줘요. 폐를 끼치고 싶지 않아서 그래."

그리고 야마니시는 무너지듯 털썩 주저앉았다. 깜짝 놀란 후유키와 아스카가 그를 안아 일으켰다.

"가까이 오면 안 돼. 안 된다니까."

야마니시는 두 사람의 손을 뿌리치더니 다시 바닥에 주저앉았다. 그리고 등을 구부린 채 흐느끼기 시작했다.

"왜 그러시는 거죠?"

아스카가 나지막이 물었다.

"지난겨울에 친한 사람이 죽었어. 나와 동갑이었지. 인플루엔자에 걸렸는데, 그게 폐렴으로 악화됐어. 이번 인플루엔자는 무섭다더라고. 노인이 걸리면 살아남지 못해."

"어떻게 그걸 확신해요?"

"난 알아. 지금 이 순간에도 몸이 점점 망가져 가는 걸 느낄 수 있어."

그리고 노인은 기침을 심하게 했다.

"아스카는 저기 가 있어. 내가 모실게."

후유키는 야마니시의 팔을 잡아 자신의 목에 감은 뒤 그를 일으켜 세웠다. 야마니시도 이번에는 저항하지 않았다.
 안으로 들어와 야마니시를 눕혔다.
 아스카가 "세이야 씨에게 알려야겠네."라고 말했다.
 "잠깐."
 야마니시가 손을 들어 아스카를 제지했다.
 "그들은 이미 환자를 둘이나 돌보고 있어. 나까지 부담을 주고 싶지 않아."
 "하지만 할아버지, 이대로는 낫지 않아요."
 "괜찮아, 나는. 살아난들 별 도움도 안 되는데, 뭘. 그럴 바엔 차라리……."
 야마니시는 그 이상 말을 잇지 못했다. 입을 벌린 채 숨만 몰아쉬었다. 본인의 말대로 병세가 빠르게 악화되어 가는 것 같았다.
 후유키는 노인의 의도를 깨달았다. 자신이 인플루엔자에 감염됐다는 사실을 안 그는 호텔에 남아 있으면 다른 사람들이 자신을 돌봐 줘야 한다는 생각에 밖으로 나가기로 결심한 것이다. 물론, 그 결과 병이 악화되고 생명을 잃을 각오도 했을 것이다.
 "어떻게 하죠?"
 아스카가 후유키에게 물었다.
 "일단 담요를 가져올게. 이대로 놔둘 수는 없잖아. 아스카는 여기서 지켜보고 있어."

"알았어요."

후유키는 레스토랑으로 가서 남은 담요를 들고 돌아왔다.

"잠드셨는데 굉장히 괴로워하시는 것 같아요. 열도 더 높아진 것 같고."

아스카가 울 듯한 얼굴로 말했다.

야마니시에게 담요를 덮어 주며 후유키는 생각했다. 형과 상의할까? 하지만 형에게 말한다고 야마니시 씨를 살릴 수 있는 건 아니다. 그렇다고 이대로 놔두면 야마니시는 목숨을 잃을 가능성이 크다.

후유키는 일어서서 건물 밖으로 나왔다. 아직 물에 잠겨 있는 곳도 있지만 나가지 못할 정도는 아니라고 생각됐다.

실내로 돌아온 그가 아스카에게 말했다.

"나, 잠깐 나갔다 올게."

아스카가 눈을 크게 떴다.

"정말? 어쩌려고요?"

"인플루엔자 치료약을 구해야겠어. 이대로 가면 전멸이야."

24

"치료약이 어디 있는데요? 약국에 있나?"

"일반 약국에는 없겠지. 병원이나 처방전을 조제하는 약국에 가야 할 거야. 타미플루라는 약 말이야."

"아, 나도 들은 적 있어요. 그거, 가능하면 먹지 말라고 학교에서 그랬는데."

"10대가 먹으면 부작용으로 인해 일시적으로 정신 착란을 일으킬 가능성이 있기 때문일 거야. 투신 사고가 많이 일어났거든. 하지만 지금 그런 걸 따질 때가 아니야."

그리고 후유키는 출입문 쪽으로 걸음을 옮겼다.

"잠깐만."

아스카가 그를 따라왔다.

"나도 갈래요."

"말도 안 되는 소리 하지 마."

"말이 안 되는 건 후유키 씨도 마찬가지죠. 밤에 혼자 행동하면 안 된다는 규칙, 잊었어요?"

"그건 때와 장소에 따라 다른 거야. 그리고 나가서 금방 병원이나 약국을 찾는다는 보장도 없어. 온통 물에 잠겨 있어서 걸어서 갈 수 있을지 어떨지도 알 수 없고."

"그러니까 혼자 가면 안 되는 거예요. 혼자 가다가 구멍에 빠지기라도 하면 그걸로 끝이라고요. 하지만 내가 같이 있으면 구해 주진 못하더라도 도움을 청하러 이리로 올 수는 있잖아요. 제 말이 틀려요?"

"아니, 알긴 알겠는데······."

"따라가지 못하게 하면 후유키 씨도 못 가요. 형한테 이를 거예요."

후유키가 얼굴을 찡그렸다. 세이야라면 더더욱 나가는 것을 반대할 것이다.

"다 젖을 텐데."

"상관없어요. 그리고 이거, 물에 강해요."

아스카는 자기 바지를 손가락으로 잡아당겼다. 비닐 소재여서 발수성은 있을 것 같았다.

"알았어. 가자."

"아, 잠깐 기다리세요."

아스카는 안으로 들어가 고무장화를 신고 헬멧 2개를 가지고 나왔다.

"재난 시에는 헬멧을 착용한다. 이거 상식이라고요."

그녀는 헬멧 하나를 후유키에게 내밀었다.

"고마워."

후유키가 헬멧을 썼다.

"그리고 이거."

아스카는 품안에서 얇은 책자를 꺼냈다. 소형 지도책이었다.

"파트너로 꽤 쓸 만하지 않아요?"

"그러네. 다시 봤어."

그는 지도를 플래시로 비추며 병원을 찾았다. 그러나 히비야 주변에는 큰 병원이 없었다. 가장 가까운 곳이 쓰키지에 있는 병원이었다. 거리는 약 5킬로미터.

"쓰키지라……."

후유키가 중얼거렸다.

"머네."

"약국은요?"

"이 지도엔 약국까지는 안 나와 있어. 목적지도 없이 찾아 헤맬 수도 없고……."

"휴대 전화만 있으면 단박에 찾을 수 있는데."

"지금 그런 얘기 해 봐야 무슨 소용이야."

"그럼 어떻게 해요?"

"일단 쓰키지로 가는 수밖에. 조제 약국은 병원 근처에 많으니까 어쩌면 가는 도중에 발견할 수도 있어."

두 사람은 호텔을 나섰다. 비는 그쳤지만 우산은 들고 나왔다. 지팡이 대신으로. 손전등으로 앞쪽을 비추고 우산으로 발밑을 확인해 가면서 걸었다. 지면이 군데군데 갈라져 있고 또 어떤 곳은 수십 센티미터까지 솟아오른 곳도 있다. 반대로 깊게 함몰된 곳도 있었다.

한때는 하루미(晴海. '맑은 바다'라는 뜻—옮긴이) 거리라고 불리던 도로가 이제는 어둠에 묻힌 고난의 길로 전락했다.

세이야는 인기척에 눈을 떴다. 펜라이트 빛이 움직이고 있다. 소파에서 잠들어 있는 미오 곁에 나나미가 허리를 구부리고 앉아 있었다. 체온계 눈금을 확인하고 있는 모양이었다.

"어때요?"

"39도예요. 아까부터 다시 조금씩 올라가고 있어요."

나나미는 미오의 이마에 얹힌 수건을 만졌다.

"벌써 다 말랐네."

그녀는 곁에 놓인 세숫대야 물에 수건을 담갔다가 살짝 짠 뒤 다시 미오의 이마에 올려놓았다.

"얼음이 있었으면……. 조금이라도 열이 내려가면 훨씬 편해질 텐데."

미오는 괴로운 표정으로 눈을 감고 있었다. 반쯤 열린 입에서 새어 나오는 숨소리가 가냘팠다.

"한번 찾아보죠."

세이야가 일어섰다.

"찾다니, 뭘요?"

"열을 내릴 만한 거요. 여긴 호텔이니까 투숙객이 갑자기 열이 날 경우를 대비해 갖춰 놓은 게 있을 겁니다. 해열용 시트나 젤 따위."

나나미가 고개를 끄덕였다.

"그런 게 있으면 상당히 도움이 될 거예요. 가와세 씨도 아직 열이 높고 하니까요."

"찾아볼게요."

세이야는 손전등을 들고 라운지를 나섰다. 프런트로 가서 카운터 안쪽으로 통하는 문을 열고 들어가 불빛을 비춰 보았다. 서랍이 줄지어 있었다.

일일이 서랍을 열어 내용물을 확인했다. 그중 하나에서 '의료 세트'라고 쓰인 상자가 나왔다. 안에는 구급상자와 마스크, 거즈, 반창고, 일회용 버너, 보냉제 등이 들어 있었다. 하지만 해열용 시트는 보이지 않았다. 구급상자 안에는 감기약과 위장약뿐이었다.

세이야는 한숨을 쉬고는 다시 한 번 실내를 손전등으로 비춰 봤다. 프런트 안쪽에 문이 있었다. 그것을 열자 복도가 나왔다. 그리고 바로 앞에 비상구가 있었다.

세이야는 별생각 없이 손전등으로 복도 안쪽을 비췄다. 그런데 누군가 쓰러져 있는 모습이 불빛에 드러났다. 깜짝 놀란 그는 황급히 달려갔다.

야마니시였다. 그런데 쓰러진 것이 아니라 누군가 바닥에 눕히고 담요를 덮어 놓은 듯했다.

'왜 이런 곳에 눕혔을까.'

세이야는 야마니시의 어깨를 가볍게 흔들며 그의 이름을 불렀다. 하지만 야마니시는 눈을 뜨지 않았다.

다시 한 번 그의 어깨를 흔들던 세이야는 그의 몸이 뜨겁다는 사실을 알아차렸다.

그는 벌떡 일어나 레스토랑으로 향했다. 안에서 자고 있는 사람들을 손전등으로 하나하나 비춰 보았다.

배를 불룩 내밀고 자고 있는 다이치를 발견하고는 그의 다리를 가볍게 찼다. 다이치는 잠시 꿈틀거리다가 겨우 눈을 떴다.

"아……, 벌써 아침인가?"

"아직 아니야. 후유키는 어디 있지?"

"후유키 씨? 글쎄, 모르겠는데요."

다이치는 눈을 반쯤 감은 채 대답했다.

세이야는 레스토랑을 나와 야마니시에게 돌아갔다. 그리고 다시 한 번 그를 부르며 아까보다 좀 더 세게 그의 몸을 흔들었다.

"야마니시 씨, 야마니시 씨."

야마니시의 주름진 눈꺼풀이 조금씩 열리기 시작했다. 몇 번인가 껌뻑거린 뒤 가늘게 눈을 떴다.

"야마니시 씨, 괜찮으세요?"

야마니시는 소리를 낼 힘도 없는지 천천히 고개만 끄덕였다.

"후유키와 아스카는요? 두 사람 어디 갔나요?"

그러나 야마니시는 대답 대신 낮은 신음 소리만 냈다.

세이야는 비상구 문을 열고 나가 손전등으로 호텔 주위를 비춰 봤다. 여전히 곳곳이 진흙탕이었다. 그 위에 선명하게 남은 발자국이 눈에 띄었다.

"바보 같은 자식."

세이야가 어둠을 향해 내뱉었다.

손전등을 위로 향하자 쓰키지 4가라는 표지판이 불빛에 드러났다. 후유키는 걸음을 멈추고 숨을 몰아쉬었다.

"간신히 여기까지 왔네. 이제 조금만 더 가면 돼."

뒤처져 따라오던 아스카가 "네." 하고 짧게 대답했다. 피로에 전 목소리였다. 여기까지 걸어오는 데 세 시간이나 걸렸으니 당연한 일이었다. 진흙에 발이 빠지기도 하면서 간신히 걸어왔다.

"잠깐 쉴까?"

아스카는 고개를 저었다.

"여기서 쉬면 못 움직일 것 같아요."

"알았어. 그럼 계속 가자. 이제 정말 얼마 안 남았어."

두 사람은 다시 걷기 시작했다.

하루미 거리는 긴자를 관통하는 간선 도로다. 두 사람은 그 길로 쭉 걸어왔다. 그러는 동안 도쿄가 얼마나 처참하게 무너졌는지 확실히 알게 되었다. 스키야바시 교차로는 겹겹이 싸인 자동차들 때문에 지나기가 곤란할 정도였다. 화려했던 쇼핑가는 불탄 빌딩과 건물 잔해만 남은 유령 도시로 변했고 가부키좌는 무너졌다.

여기가 인구가 적은 시골이었다면 이렇게 변화가 크지는 않았을 것이다. 후유키는 다시 한 번 도쿄의 거리가 수많은 인간이 절묘하게 균형을 유지하며 지탱해 온 곳이라는 사실을 절감했다.

다음 교차점에서 왼쪽으로 방향을 틀었다. 신발 밑에서 아드득아드득 유리 바스러지는 소리가 났다.

"조심해. 유리 파편이 널려 있어."

"네."

좀 더 걸어간 후 손전등으로 앞쪽을 이리저리 비춰 보았다. 회색 건물이 보였다. 그 앞에 구급차가 한 대 세워져 있다. 틀림없이 병원이었다.

응급실 출입구를 통해 안으로 들어갔다. 튼튼하게 지어져서인지 지진 피해의 흔적이 없었다.

약 조제실은 1층에 있었다. 후유키는 심호흡을 한 번 하고서 그 안으로 들어갔다. 죽 늘어선 선반 어디에 자신이 찾는 약이 있을지 도무지 짐작이 가지 않았다.

"하나하나 뒤져 보는 수밖에 방법이 없겠어. 아스카와 같이 와서 다행이야. 혼자 왔다면 보통 일이 아니었을 거야."

그 말에 아스카는 미소지으며 고개를 끄덕였다.

"타미플루는 아마 노란색과 흰색이 반반씩 섞인 캡슐일 거예요."

"그걸 어떻게 알지?"

"학교에서 인플루엔자에 관해 교육받을 때 사진을 본 적이 있어요."

"그거참, 유용한 정본데."

후유키는 선반으로 다가갔다. 약이 이름순으로 배열되어 있는 것 같지는 않았다. 선반에 이런저런 기호가 붙어 있었지만 후유키는 그게 무슨 뜻인지 전혀 알 수 없었다. 노란색과 흰색이 섞인 캡슐이라는 것을 단서로 일일이 확인해 보는 수밖에 없을 것 같았다.

"손전등 불빛으로 보니 약의 원래 색이 뭔지 잘 모르겠는데."

후유키가 얼굴을 찡그리며 말했다. 그런데 아스카에게서 대답이 없었다. 의아하게 생각한 후유키가 고개를 돌려 보니 그녀가 주저앉아 있었다.

"아스카! 왜 그래?"

"응……, 아무것도 아니야."

그런데 일어서는 그녀가 고통스러운 표정을 지었다.

"너, 혹시……."

후유키가 다가가 아스카의 이마를 만져 보려 했지만 그녀는 "됐다니까."라며 그의 손을 뿌리쳤다.

"약간 피곤할 뿐이야."

"거짓말."

후유키가 억지로 그녀의 이마에 손을 댔다. 짐작한 대로였다. 열이 꽤 있었다.

그녀는 울 듯한 표정을 지었다.

"나 괜찮아요."

"그런 말 마. 언제부터 안 좋았어?"

"병원에 도착하기 조금 전부터. 괜찮을 거예요. 신경 쓰지 마요."

후유키는 고개를 저으며 그녀의 팔을 잡았다.

"일단 눕자."

그리고 그녀의 등을 떠밀어 조제실 밖에 있는 긴 의자에 눕혔다.

"가능한 한 빨리 타미플루를 찾아야겠군."

후유키는 머리를 몇 번 긁적거린 뒤 "병실에 가서 담요를 가져올게."라고 말했다.

"괜찮아요. 춥지 않아. 그보다 빨리 약을 찾아봐요."

후유키는 입술을 깨물었다.

"그래. 그 수밖에 없겠어."

"죄송해요. 역시 따라오는 게 아니었는데. 이렇게 짐이 될 줄 몰랐어요. 호텔을 나설 때는 아무렇지도 않았는데……."

아스카의 눈에서 눈물이 떨어졌다.

"이제 와서 그런 얘기 하면 뭐해. 그리고 내가 발병할 수도 있었어. 그럴 때 나 혼자 있었다면 그야말로 생명이 위태로웠을 거야."

그러니까 호텔을 떠나는 게 아니었다는 건 후유키도 알고 있다. 하지만 환자가 하나 둘 늘어나는 상황에서 아무것도 안 하고 속수무책으로 있는다는 건 견딜 수 없었다.

후유키는 조제실로 돌아가 다시 타미플루를 찾기 시작했다. 찾으면 우선 아스카부터 먹여야겠다고 생각했다. 정신 착란을 일으킬지도 모르지만, 그때는 자신이 꼭 붙들고 있으면 된다.

그로부터 약 한 시간 뒤, 후유키는 타미플루를 찾아냈다. 여태까지 찾아 헤맨 선반이 아니라 다른 보관고에 들어 있었다.

"찾았다!"

그는 밖으로 나와 아스카를 불렀다.

그녀는 멍한 눈길을 하고 있었지만 입가에 미소를 떠올렸다. 그 입술이 "잘했어요."라고 말하는 것처럼 움직였다.

"증류수 병도 발견했어. 얼른 먹어."

후유키가 타미플루 캡슐을 내밀었다.

아스카는 상반신을 일으켜 캡슐을 입에 넣고 물과 함께 목으로 넘긴 후 도로 누웠다.

"당분간 상태를 보자고. 형이 걱정하시겠지만 하는 수 없어."

아스카는 힘없이 고개를 저었다.

"안 돼요. 간신히 찾아냈는데 빨리 갖고 돌아가요."

"하지만 그 상태로는 무리야."

"응. 나는 못 가요. 그러니까 후유키 씨 혼자 가요."

"무슨 소리야. 그럴 순 없어."

"내 걱정은 마세요. 약을 먹었으니까 여기서 자고 있으면 좋아질 거예요. 좀 나으면 혼자 돌아갈게요. 길도 아니까."

"그럴 수는……."

"부탁이에요."

그리고 아스카는 눈을 감더니 잠꼬대하듯 반복해서 중얼거렸다.

"부탁이에요, 제발……."

25

아기 울음소리에 세이야는 눈을 떴다. 하지만 잠들어 있었던 건 아니다.

호텔 정면 현관으로 나가는 복도에 아기를 안은 에미코가 서 있었다. 그 모습이 뚜렷하게 보인 것은 날이 밝으면서부터다. 시계를 보니 오전 6시를 지나고 있었다.

자리에서 일어나 그녀에게 다가가던 세이야는 몇 미터 앞에서 갑자기 멈춰 섰다. 자신이 인플루엔자에 감염됐을 수도 있다고 생각했기 때문이다. 하지만 그런 염려조차 이제는 무의미한 것인지도 모른다. 미오와 야마니시가 발병한 이상, 이미 전원이 감염됐을 가능성도 있다.

"일찍 일어나셨네요."

그가 뒤에서 말을 걸자 에미코가 흠칫 놀라며 뒤돌아봤다.

"아, 잘 주무셨어요? 아기 울음소리에 잠을 깨셨나 보군요."

아기 등을 가볍게 토닥거리며 에미코가 인사했다.

"아니에요. 아까부터 깨어 있었습니다. 에미코 씨도 좀 주무셨나요?"

에미코가 살포시 웃으며 고개를 저었다.

"별로요."

"그렇군요. 컨디션은 좀 어떠신가요?"

"아직까지는 괜찮아요. 그보다, 아스카가 보이지 않네요."

세이야는 입술을 일그러뜨리며 못마땅한 얼굴을 했다.

"압니다. 아마 후유키와 함께 있을 겁니다."

"후유키 씨도 없나요?"

"밤에 나간 것 같습니다."

"왜요?"

"그건……, 얘기가 좀 깁니다."

어떻게 설명할까 생각하고 있는데 나나미가 왔다.

"후유키 씨는 돌아왔나요?"

"아직입니다. 안 그래도 지금 에미코 씨와 그 얘기를 하고 있던 참입니다."

"도대체 무슨 일이 있었던 거죠?"

에미코가 세이야와 나나미를 번갈아 보며 물었다.

"실은, 야마니시 씨가 감염됐습니다. 인플루엔자에 걸렸어요."

에미코가 헉, 숨을 삼켰다.

"그래서, 괜찮으신가요?"

"비상구 옆에 쓰러져 계신 걸 나나미 씨와 둘이서 소파로 옮겼어요. 솔직히 말해 상당히 심각한 상황입니다."

"야마니시 씨까지······."

에미코는 잠시 눈을 내리떴다가 다시 나나미를 바라봤다.

"저, 미오는 상태가 어떤가요?"

"여전히 열이 높아요. 미오에게 원래 병은 없었나요?"

"특별한 건 없었어요."

"그렇다면 본인의 저항력에 기대를 걸어 보는 수밖에 없겠어요. 수분 보급에 최대한 신경을 쓰고 있어요."

에미코가 어두운 표정을 지었다.

"나나미 씨도 피곤하시죠? 제가 교대해 드릴게요."

그때 세이야가 두 사람의 대화에 끼어들었다.

"말씀은 고맙습니다만 에미코 씨까지 쓰러지면 큰일입니다."

"하지만 저는 아마 인플루엔자에 감염되지 않을 거예요."

"네, 그게 무슨 말씀이죠?"

"작년에 걸린 적이 있어요. 항체가 생겼을 겁니다."

"그렇군요."

세이야는 고개를 끄덕였다.

"그건 좋은 일이네요. 하지만 절대 안 걸린다는 보장은 없습니다. 인플루엔자에도 여러 종류가 있으니까요."

"세이야 씨와 나나미 씨에게만 맡겨 두자니 마음이 무거워요. 미오는 제 딸인데."

"이제 가족이냐 아니냐는 큰 의미가 없습니다. 이 세상에 우리들뿐이니 가족도 타인도 없습니다. 어떻게 하면 함께 살아남을 수 있을지, 오직 그 생각만 해야 합니다."

세이야의 말을 납득했는지는 알 수 없지만 에미코는 말없이 고개를 끄덕였다. 그녀의 손은 아기의 등을 부드럽게 토닥거리고 있었다. 아기는 울음을 멈추고 잠들어 있었다.

"고마워요, 나나미 씨."

"에미코 씨는 아기를 돌봐야 하는 매우 중요한 임무가 있습니다. 그 일에 관한 한 간호사인 나나미 씨도 에미코 씨만큼은 잘할 수 없을 겁니다. 엄마 경험이 있는 사람은 에미코 씨뿐이니까요."

그러나 세이야의 말에 에미코는 시선을 바닥으로 떨어뜨리며 고개를 서었다.

"모르시는 말씀이에요. 저, 전혀 좋은 엄마가 아닙니다."

"무슨 뜻이죠?"

"그러니까……."

에미코는 고개를 잠시 들었다가 다시 시선을 떨어뜨렸다.

"아무것도 아니에요."

"어쨌든 이쪽은 저희에게 맡겨 주세요."

에미코는 천천히 고개를 끄덕였다.

"저, 아스카와 동생 분은요?"

"잘은 모르겠지만 아마 병원이나 약국에 갔을 겁니다. 쓰러져 있던 야마니시 씨에게 담요가 덮여 있었습니다. 두 사람이 그랬을 겁니다. 야마니시 씨가 발병하니까 둘이서 무모한 도박에 나선 거죠."

"도박이라니요?"

"약 말입니다. 인플루엔자 치료약을 찾으러 갔을 겁니다. 후유키가 제안했겠지요. 정말 생각이 짧은 녀석입니다."

"하지만 만약 타미플루를 발견한다면 큰 도움이 될 거예요. 야마니시 씨도 미오한테 감염됐을 테고, 다른 사람들도 잠복기에 있는지도 몰라요."

나나미가 말했다.

"아무리 그래도 한밤중에 나간다는 건 말이 안 됩니다. 최소한 아침까지는 기다렸어야지요. 게다가 왜 아스카까지 데려갑니까. 가려면 혼자나 가지."

"그야 밤에 혼자 나가지 말라는 규칙 때문이겠죠."

"그건 부득이 건물 밖으로 나가야 할 경우라도 혼자서는 안 된다는 의미였습니다. 아무리 둘이서라도 장거리는 안 됩니다."

"그렇지만 혼자보다는 두 사람이 안전할 거라고 생각한 거 아니겠어요?"

나나미가 열심히 후유키를 변호했음에도 세이야는 굳은 표정으로 팔짱을 꼈다.

"이 경우는 그 반대입니다. 그렇게 터무니없는 짓을 굳이 하려면 혼자 가야 했습니다."

"왜죠?"

"위험한 상황이 예상되는 경우엔 당연히 그래야 합니다. 나나미 씨도 지금 말했듯이, 그 두 사람 역시 이미 감염돼 있을지 모른단 말입니다. 약을 찾으러 가는 도중에 발병하지 말라는 보장이 없습니다."

"아……."

나나미와 에미코의 입이 동시에 벌어졌다.

"둘 중 한 사람이 발병할 경우 나머지 한 사람도 행동에 제약을 받게 됩니다. 사실상 한 걸음도 움직일 수 없게 되죠. 그렇게 되면 약을 찾을 수도 없고, 설사 찾는다 해도 여기까지 돌아올 수도 없습니다. 다른 한 사람마저 감염될 우려도 있고요."

두 여자는 거기까지는 생각하지 못했던 듯, 아연한 표정을 지었다.

"하지만 그럴 경우 만약 혼자라면 더 위험한 것 아닌가요? 움직일 수 없으니 누구에게 도움을 청할 수도 없고."

"하지만 한 사람으로 끝납니다."

"뭐가요?"

"우리들이 잃을 사람의 수 말입니다. 두 사람이 가면 위험이 두 배가 되고 잃을 사람의 수도 두 배가 됩니다. 어느 쪽이 나은지는 조금만 생각하면 알 수 있죠."

"잃다니……."

나나미가 어두운 표정을 지었다.

"다른 사람을 위해 목숨을 거는 건 좋은 일입니다. 하지만 항상 최악의 상황을 고려해서 행동해야 합니다. 그렇지 않은 행동은 그릇된 영웅심일 뿐입니다. 동생은 자신의 생명만 걸어야 했습니다. 최악의 상황이 벌어질 경우 남은 사람들의 손실이 최소한에 그치도록 배려하지 않는다면 목숨을 거는 의미도 없습니다."

두 여자가 입을 다물었을 때 세이야의 눈에 뭔가가 들어왔다. 고개를 돌리니 고미네가 서 있었다.

"무슨 일입니까?"

고미네는 세이야를 바라보며 기침을 한 번 하더니 얼굴을 찡그리며 바닥에 주저앉았다.

"고미네 씨!"

소스라치게 놀라며 다가오는 나나미를 고미네가 손을 들어 제지했다.

"가까이 오지 마세요. 걸려 버렸어."

고미네가 숨을 헐떡이며 말했다. 몸에 이상이 생긴 게 분명했다. 세이야는 절망감 속에 천천히 그에게 다가갔다.

"열도 납니까?"

"네……, 상당히 높은 것 같아요."

고미네는 그 자리에 누우려 했다.

"거기 누우면 안 됩니다. 소파로 가시죠."

나나미의 부축을 받아 소파까지 간 고미네는 세이야를 노려봤다.

"그러니까 말했잖아. 저런 야쿠자 따위를 그냥 두니까 이렇게 된 거야. 이대로 가다간 전멸이라고. 어떻게 할 거야?"

"미안해요, 고미네 씨."

에미코가 고개를 숙였다.

"고미네 씨에게 병을 옮긴 건 아마도 미오일 거예요. 그 남자를 거두지 않았더라도 결국 이렇게 됐을 겁니다. 세이야 씨에겐 잘못이 없습니다."

"그럼 미오에게 병을 옮긴 건 누굽니까. 그 야쿠자 아닙니까? 세이야, 당신이 말했잖아요. 우리들의 생존을 위협하는 자는 배제할 거라고. 그렇다면 처음부터 저 남자는 배제했어야 하는 거 아닌가?"

"하지만 병에 걸렸는데 보고만 있을 수는 없잖아요."

나나미가 그를 달래듯 말했다.

"다들 저 야쿠자에게 꽤나 동정적이군."

"그런 게 아니라······."라고 말하던 나나미의 눈길이 세이야의 뒤쪽으로 향했다.

세이야가 돌아보니 가와세가 서 있었다.

"괜찮아?"

"많이 좋아졌어. 목이 말라서 뭐 좀 마시려고."

"아, 그럼 제가 차를 가져올게요."

에미코가 아기를 안은 채 레스토랑으로 들어갔다.

가와세는 고미네를 봤다. 그러자 고미네가 그 눈길을 피했다. 가와세는 흥, 하고 콧방귀를 뀌었다.

"후유키 씨와 아스카가 약을 찾으러 갔어요. 약을 먹으면 금방 좋아지실 거예요. 그때까지만 참아 주세요."

나나미의 말에 고미네는 말없이 고개를 흔들더니 그대로 소파에 누웠다.

에미코가 녹차가 든 페트병을 들고 왔다.

"제가 주겠습니다. 아직은 접근하지 않는 게 좋습니다."

세이야는 페트병을 받아 들고 가와세 쪽으로 갔다.

"이거 마시고 가서 더 쉬어."

페트병을 건네받은 가와세가 에미코를 보며 말했다.

"아기가 있군. 노인도 한 분 누워 계신 것 같고."

"아무 관계 없는 사람들이었는데, 지금은 서로 도우며 살고 있지."

"흠."

가와세는 페트병 뚜껑을 열고 차를 마셨다.

"그 페트병은 당신이 책임지고 관리해. 다른 사람이 마시지 못하도록."

"나도 알아."

그리고 돌아서 라운지 안쪽으로 돌아가던 가와세가 갑자기 걸음을 멈추고 뒤돌아섰다.

"내가 없는 게 좋다면 꺼지라고 확실히 말하라고. 훼방꾼 취급 받으면서까지 같이 있고 싶지는 않으니까."

"물론 그렇게 될 경우에는 곧바로 알려 주지."

가와세는 고미네를 한 번 흘깃 본 뒤 뒤돌아서 나갔다. 그 사이 고미네는 소파에서 잠들어 있었다.

"저는 아침 식사를 준비해야겠어요."

에미코가 말했다.

"저도 돕겠습니다."

"하지만……."

세이야가 가볍게 고개를 좌우로 흔들었다.

"이제 우리 둘이 간호를 전담하는 건 의미가 없을 것 같습니다. 레스토랑에서도 세 사람이나 환자가 발생한 이상, 전원이 발병할 가능성이 있어요. 전원이 일을 분담해서 식사 준비와 간호를 할 수밖에 없습니다. 나나미 씨는 어떻게 생각하세요?"

"저도 그러는 게 좋을 것 같아요."

"그럼 갑시다."

세이야는 나나미와 함께 레스토랑으로 가서 다이치와 도다에게 상황을 설명했다. 고미네의 발병 사실을 알고 있던 두 사람은 다음은 자신들 차례가 아닌지 두려워하고 있었다.

"예전에 전염병 때문에 학교가 폐쇄된 적이 있는데 바로 그다음 날 내가 자리에 드러누웠어요. 이제 안심해도 된다고 생각할 때가 제일 위험하다고요."

그러면서 다이치는 자신의 배를 문질렀다.

"어쩐지 배가 아픈 것 같네."

"동생은 언제 돌아오는 겁니까?"

도다가 물었다.

"모르겠어요. 어디로 갔는지조차 확실치 않습니다."

"찾으러 가야 하지 않을까요?"

"그건 안 됩니다. 찾으러 간 사람마저 도중에 열이 나면 어쩌겠습니까."

"그렇군요."

도다가 머리를 긁적거렸다.

세이야와 에미코는 식사 준비를 시작했다. 환자가 많아서 죽을 많이 끓여야 했다. 물과 쌀은 있지만 연료통은 남은 것이 많지 않았다. 발병하지 않은 사람들은 즉석식품이나 통조림을 차가운 채로 먹어야 했다.

식사 후 세이야는 다이치, 도다와 함께 호텔 현관 앞에 간단한 화덕을 만들기로 했다. 취사는 사활이 걸린 문제가 되어가고 있었다.

"그 두 사람 어디로 간 걸까요. 설마 어디서 죽은 건……."

먼 곳을 바라보며 그렇게 말하던 다이치가 황급히 자기 입을 막았다.

그때 나나미가 그들이 있는 곳으로 다가왔다.

"저, 세이야 씨."

"네."

"가와세 씨가 보이지 않아요. 그리고…… 고미네 씨 구두도 없어요."

"뭐라고요?"

세이야가 두 눈을 휘둥그렇게 떴다.

26

비상구 밖으로 나간 세이야는 지면을 살펴봤다. 생긴 지 얼마 안 된 듯한 발자국이 나 있었다.

"돌아다닐 만큼 체력이 회복되지 않았을 텐데."

나나미가 걱정스러운 표정으로 말했다. 그러자 뒤에서 다이치가 "있기가 거북해서 나간 거 아닐까요? 자기 때문에 사람들이 자꾸 쓰러지는데 책임감을 느끼는 게 당연하죠."라고 말했다.

도다는 흥, 콧방귀를 뀌었다.

"그렇게 기특한 구석이 있는 인간이라면 등에 문신 같은 걸 넣을 리 없어. 상태가 좀 나아진 데다가 자꾸 병자가 늘어나니까 울적해서 산보도 하고 바깥 상황도 살필 겸 나간 거겠지. 걱정할 필요 없어. 돌아오지 않으면 그때 가서 생각하자고. 그보다 작업이나 서두르지. 빨리 화덕을 만들지 않으면 점심은 고사하고 저녁 식사 때도 사용하기 힘들어."

도다는 다이치를 데리고 화덕을 만들러 갔다.

"다른 환자들 상태는요?"

세이야가 나나미에게 물었다.

"별다른 변화 없이 그대로예요."

"야마니시 씨는 어떻습니까?"

나나미는 잠시 아무 말 없이 고개를 숙였다가 세이야를 쳐다봤다.

"별로 안 좋아요. 기침이 심해졌어요. 열도 높고. 아마 심장에 부담이 클 거예요. 합병증마저 걱정되는 상황이죠."

"그렇군요. 힘드시겠지만 상태를 계속 지켜봐 주십시오."

"네, 그럴게요."

세이야는 하늘을 올려다봤다. 후덥지근한 바람이 불고, 더러워진 걸레 같은 구름이 빠르게 움직이고 있다.

"또 비가 오려나······."

화덕을 만드는 작업은 순조롭게 진행됐다. 필요 없어 보이는 목제 가구를 부수어 땔감을 삼았다. 호텔 밖에도 무너진 건물들에서 나온 목재가 많았지만 계속되는 비로 인해 물을 듬뿍 머금고 있어 불을 붙이기엔 적당치 않았다.

"불을 사용할 수 있게 돼서 다행이에요. 하지만 호텔 안에서 불을 피우지 못하는 건 아쉽네."

톡톡 소리 내며 타오르는 불꽃을 보면서 다이치가 말했다.

"그야 어쩔 수 없지. 실내에서 이런 식으로 불을 지폈다간 금세 연기가 꽉 차고 말 거야. 따뜻한 음식을 먹을 수 있게 된 것만도 감사해야지. 차가운 즉석식품은 정말 못 먹겠어."

도다가 쓴웃음을 지었다.

에미코는 서둘러 화덕에 큰 솥을 올리고 페트병에 담겨 있던 물을 부었다. 500밀리리터짜리 병이 하나 둘 비워져 갔다. 그걸 보던 세이야는 '이대로 가다간 음식도 물도 금세 바닥나고 말 거야.'라고 생각했다. 그때는 다시 다른 곳으로 옮겨야 한다. 아픈 사람들이 회복되면 총리 공관으로 갈 생각이지만, 거기까지 가지 못할 경우도 생각해야 한다. 주변에는 다른 큰 호텔들도 있으니 피해가 적은 곳이라면 여기서처럼 며칠은 생활할 수 있을지 모른다.

그러나.

지금 이 세계는 아무리 살아 봐야 어떠한 일도 일어나지 않을 것이다. 그 사실을 알고 있는 사람은 세이야뿐이다. 살아남으려고 애쓰는 사람들을 보며 그는 가슴이 아팠다. 사실대로 말해 줘야 하는 게 아닐지 고민스러웠다.

엄청난 초자연현상을 경험한 이들은 지금 큰 혼란에 빠져 있다. 불안과 공포가 그들의 정신을 갉아먹고 있음에 틀림없다. 그럼에도 그들이 절망 속에서 일어서려고 노력하는 것은 끝까지 살아남으면 무슨 일인가 일어날 것이라고 믿기 때문이다. 자신들이 잃어버린 것을 되찾을 수 있을지 모른다는 가느다란 희망만이 그들을 버티게 해 주고 있다.

그런 그들에게 그런 일 따위는 일어나지 않는다고 가르쳐 줘야 하는 것일까. 아니면 숨기는 것이 올바른 길일까.

천둥소리가 세이야를 현실로 돌아오게 했다. 장작에 불을 지피던 다이치가 짜증스런 표정을 지었다.

"또 폭풍이야?"

그러자 도다가 세이야 쪽으로 고개를 돌리며 말했다.

"야쿠자는 그렇다 치고, 그 두 사람이 걱정일세. 해 지기 전에 돌아오지 않으면 위험한데. 어떻게 하지?"

"기다리는 수밖에요. 찾으러 갈 수는 없습니다. 설사 두 사람에게 무슨 일이 생겼다 해도 우리가 할 수 있는 일은 없어요."

"아무리 그래도, 동생이 걱정되지도 않나?"

"물론 걱정됩니다. 동생뿐 아니라 아스카와 가와세도요. 하지만 지금은 각자 자기 일에 최선을 다하는 것밖에는 방법이 없습니다."

"무슨 말인지는 알겠는데……."

도다는 팔짱을 끼고 불안한 눈길을 하늘로 돌렸다.

냄비의 물이 끓기 시작했다. 에미코가 가다랑어포를 넣자 구수한 냄새가 퍼져 나갔다.

"아, 좋은 냄새!"

다이치가 행복한 표정을 지었다.

오후 들어 하늘이 급속히 어두워졌다. 그러다 마침내 빗방울이 떨어졌고, 얼마 안 가 본격적으로 비바람이 몰아치기 시작했다. 어렵게 만든 화덕이 물에 잠길까 걱정된 세이야와 다이치는 그것을 비닐로 덮었다.

"정말 큰일이야. 이러면 후유키 씨와 아스카가 돌아오기 힘들 텐데."

다이치의 말에 도다는 "그 일은 이제 입에 올리지도 마. 세이야 씨 말마따나 우리가 할 수 있는 일이 없잖아."라고 성난 듯 내뱉었다.

세이야는 환자들의 상태를 보러 호텔 안으로 들어갔다. 고미네가 담요를 머리까지 뒤집어쓴 채 자고 있었다. 그는 구토가 심해 점심을 거의 먹지 못했다. 탈수가 일어나지 않도록 물만 충분히 마셔 둔 상태였다.

에미코는 미오 옆에 앉아 이마에 흐르는 땀을 닦아 주고 있었다.

"미오는 어떤가요?"

"열이 안 내려요. 숨 쉬는 것도 힘들어하고. 어떻게든 해 주고 싶은데."

"마음은 알겠지만 좀 쉬셔야 합니다. 과로하시는 것 같아요. 무리하시면 안 됩니다."

"고맙습니다. 하지만 이렇게라도 하는 게 마음이 편해요."

그녀의 말에 세이야는 고개를 끄덕였다. 엄마로서는 당연한 얘기일 것이다.

"그런데 이 아이 호루라기는 어디 갔을까요?"

에미코가 중얼거렸다.

"호루라기요?"

"목에 걸고 있었는데 안 보여요. 잃어버렸나……."

"만일 없어졌다면 대신할 만한 걸 찾아보죠."

누구보다도 심각한 사람은 야마니시였다. 얼굴이 고통으로 일그러져 있고 말라 버린 입술에서는 낮은 신음 소리가 새어 나오고 있었다. 또 쉴 새 없이 기침을 해 댔는데, 그럴 때마다 경련하듯 몸을 떨었다.

조금 떨어진 곳에 마스크를 쓴 나나미가 앉아 있었다.

"열은?"

그녀는 어두운 표정으로 고개를 저었다.

"전혀 안 내려요. 열 내리는 약을 투여할 수도 있지만, 결과를 장담할 수 없어서."

"역시 타미플루가 필요하군요."

"그것도 오늘 밤까지 복용하지 않으면 효과를 기대할 수 없어요. 발병 후 48시간 내에 먹지 않으면 별 의미가 없거든요. 고미네 씨야 체력이 있으니까 괜찮겠지만, 야마니시 씨와 미오는 걱정이에요. 특히 야마니시 씨는 회복되더라도 후유증이 남을 수 있어요."

세이야는 아무 말도 못하고 그저 고개만 끄덕인 후 돌아섰다.

그런데 등 뒤에서 나나미가 그를 불렀다.

"세이야 씨."

뒤돌아보니 나나미가 심각한 눈빛으로 그를 쳐다보고 있었다.

"저, 그거 더는 못해요."

"그거, 라니요?"

"삭신요. 그걸 사용하는 짓, 더는 절대 못해요."

안락사를 말하는 것이었다. 세이야는 그녀에게 미소를 지어 보였다.

"압니다. 저 역시 다시는 쓰고 싶지 않습니다."

"그렇다면 다행이지만."

세이야는 뒤돌아 그곳을 나오면서 입안에 쓰디쓴 무언가가 퍼져 나가는 것을 느꼈다. 그녀의 말이 아니라도 안락사는 두 번 다시 생각하기 싫었다. 하지만 야마니시가 다시는 일어날 수 없는 상태가 될 경우 그 방법을 외면할 수 있을까. 자기 한 목숨 부지하기도 힘겨운 판이다. 지금 상태로는 먹을 것을 찾아 계속 이동하지 않으면 살아남지 못한다. 일어나지도 못하는 노인을 데리고 다니는 것은 현실적으로 불가능하다.

하지만, 방해가 되는 사람을 차례로 잘라내 버리고 나면 과연 무엇이 남는단 말인가. 마지막에 홀로 남겨진 자는 그렇게 해서 무엇을 얻을 수 있는가.

생각하고 싶지도 않은 일이었다. 하지만 언젠가는 그 문제를 생각해야 할 때가 올 것이다. 그런 상상을 하자 세이야는 절망감에 눈앞이 캄캄했다.

레스토랑에서는 도다가 와인을 마시고 있었다. 이미 한 병을 비우고 두 병째를 따 놓고 있었다. 다이치는 캔 콜라를 마시며 쿠키를 먹고 있다. 이 호텔에서 팔던 쿠키였다.

세이야가 도다 앞에 섰다.

"술은 취침 한 시간 전부터 마시기로 했을 텐데요."

도다는 술잔을 손에 쥔 채 세이야를 빤히 쳐다봤다.

"이 정도쯤이야 어때서 그래. 즐거움이라고는 이것밖에 없는데."

"그러니까 자기 전에 마시는 건 괜찮다고 하지 않았습니까. 하지만 그 전에 취하면 곤란합니다. 언제 무슨 일이 일어날지 알 수 없으니까요."

"괜찮아. 아직 안 취했어."

"아니요. 이제 그만 마시세요."

세이야가 와인이 남아 있는 병을 빼앗았다.

"뭐하는 거야!"

도다는 불쾌한 얼굴로 술 냄새를 뿜었다.

"이미 취하셨습니다."

"안 취했다고 했잖아."

도다가 흔들거리며 일어나더니 세이야에게 달라붙었다.

"그것만 마시고 말 거야."

"규칙이니 지켜 주세요."

세이야가 그를 뿌리쳤다. 그 힘이 너무 셌는지 도다는 균형을 잃고 옆 테이블에 부딪치며 넘어졌다.

"어, 도다 씨!"

세이야가 황급히 다가갔다.

"괜찮으세요?"

하지만 도다는 대답이 없었다. 다쳤으면 큰일이라고 생각하며 재차 그를 불렀다.

"도다 씨!"

그런데 도다가 떨고 있었다. 아니, 울고 있었다. 거칠게 숨을 들이마시는 소리가 들렸다.

"어차피, 죽을 거잖아."

"네?"

"우리들 말이야. 언제까지 이런 짓을 계속해야 하지? 인플루엔자 정도로 이 지경인데. 먹을거리도 언젠가는 떨어질 거고, 아무리 생각해 봐도 살아날 방법이 없어. 어차피 죽어. 다 죽는다고. 그런 마당에 규칙 따위가 무슨 의미가 있어. 하고 싶은 거 마음껏 하고 죽는 게 낫지."

"도다 씨……."

"그러니 술 이리 줘. 마시지 않으면 돌아 버릴 것 같으니까."

"그래도 안 됩니다. 그만 하세요."

세이야가 단호하게 말했을 때였다. 어디선가 귀에 익은 소리가 들렸다.

"호루라기다!"

다이치가 외쳤다.

"미오 호루라기예요. 밖에서 들리는데요."

세이야가 비상구 쪽으로 갔다. 다이치도 그를 따라갔다.

밖에선 여전히 비가 세차게 퍼붓고 있었다. 그 빗소리를 뚫고서 분명히 호루라기 소리가 다가오고 있었다.

이윽고 희미하게 사람 모습이 나타났다. 체격으로 미루어 가와세라는 걸 짐작할 수 있었다. 비옷을 입고서 무릎까지 차오르는 흙탕물을 헤치며 걸어오는 그의 몸에는 로프가 감겨 있었다.

그 로프 끝에 매달려 따라오는 것을 보고 세이야는 깜짝 놀랐다. 후유키가 로프에 끌리듯 걷는 모습으로 나타난 것이다. 후유키의 몸에 감긴 로프는 다시 뒤로 이어졌다. 마지막으로 나타난 것은 아스카였다. 그녀는 서 있는 것조차 힘들어 보였다. 앞서 걷고 있는 두 사람이 끄는 로프에 의지해 가까스로 발을 내디디고 있었다.

세이야와 다이치가 빗속으로 뛰어나가 아스카를 부축했다. 말을 걸었지만 대답이 없었다. 들리기나 하는 건지 알 수 없었다.

"열이 굉장한데."

다이치가 외쳤다.

호텔에 들어와 세 명을 연결하고 있던 로프를 풀었다.

"다이치, 나나미 씨를 불러 줘. 그리고 타월도."

"알았어요."

다이치가 달려갔다.

가와세는 바닥에 큰대 자로 뻗었다. 아스카는 주저앉아 고개를 떨어뜨린 채 움직이지 않았다. 세이야는 납작 엎드려 있는 후유키에게 다가갔다.

"후유키, 대체 어떻게 된 거야. 그렇게 네 멋대로 굴면 어떡해. 이렇게 될 줄 몰랐어?"

"미안."

후유키가 들릴 듯 말 듯 한 소리로 대꾸했다.

"이게 사과한다고 될 일이야? 네가 한 짓은 중대한 규칙 위반이라고. 목숨과 관련된 문제란 말이야."

그때 누군가 세이야의 옷자락을 잡아당겼다. 돌아보니 아스카였다.

"나무라지 말아요. 내 잘못이에요. 내가 따라가겠다고 우겼어요. 그러니까 후유키 씨는 나무라지 마세요."

그러고서 그녀는 바닥에 픽 쓰러졌다.

27

마른 옷으로 갈아입힌 아스카를 라운지 소파로 옮겼다. 나나미가 담요를 덮어 주자 아스카는 눈을 감으며 담요 속으로 파고들었다. 한기를 느끼는 듯 가녀리게 떨고 있었다.

"타미플루를 먹었으니까 이제는 안정을 취하는 도리밖에 없어요."

나나미의 말에 세이야는 고개를 끄덕거렸다.

"다른 환자들에게도 타미플루를 먹여야겠죠?"

"네. 그런데 미오는 약을 먹은 후 반드시 에미코 씨가 옆에 붙어 있어야 해요. 타미플루를 복용한 어린이가 정신 착란을 일으킨 사례가 보고된 적이 있어요."

"그럼 나나미 씨가 그 말씀을 에미코 씨에게 해 주시죠."

"그럴게요."

세이야는 라운지를 나와 레스토랑으로 갔다. 옷을 갈아입은 후유키가 손발을 뻗고 의자에 앉아 있었다.

"기분은 좀 어때?"

"그저 그래."

후유키는 안색이 안 좋은 데다 눈 아래에 기미까지 생겨 있었다. 호텔에 도착한 직후에는 제대로 움직이지도 못했지만 다행히 인플루엔자는 아니었다.

"사건 취조랄까……."

세이야는 의자를 당겨 후유키 옆에 앉았다.

"다시 묻겠는데, 도대체 왜 그런 거야?"

후유키는 지친 표정으로 심호흡을 했다.

"특별한 이유는 없어. 이대로 가면 다 쓰러질 거 같더라고. 뭐라도 해야 한다고 생각했어. 그것뿐이야."

"왜 나하고 의논하지 않았지?"

"의논했으면, 허락했을까? 밤중에 나가도록 놔뒀겠냐고."

"……안 놔뒀겠지. 적어도 날이 밝을 때까진 기다리라고 했을 거야."

"그럼 너무 늦어. 말이지, 형, 야마니시 씨는 말없이 여길 떠나려고 했어. 왠지 알아? 인플루엔자에 감염된 걸 알고, 그대로 있으면 다른 사람들에게 방해가 된다고 생각했던 거야. 그런 야마니시 씨에게 아무것도 해 줄 수 없다는 게 나는 안타깝고 가슴 아팠어. 어떻게든 구해 주고 싶었다고. 인플루엔자 치료약은 발병하자마자 먹지 않으면 별 효과가 없다고 들은 기억이 나서 결심한 거야. 지금 바로 나갈 수밖에 없다고. 아스카가 따라나서게 놔둔 건 잘못이지만."

"아스카는 언제부터 아픈 거야?"

"병원으로 가던 도중에 아프기 시작한 것 같은데, 본인이 밝힌 건 약을 찾고 있을 때였어. 솔직히 초조해서 어쩔 줄 모르겠더라고."

"그래서, 병원에서 상태를 지켜보고 있었어?"

"아니."

후유키는 고개를 저었다.

"타미플루를 찾자마자 곧바로 출발했어."

"아스카가 움직일 수 있었어?"

"아니. 걷기도 힘든 상태였어. 그래서 중간부터는 내가 업었어."

세이야가 한숨을 쉬었다.

"아스카는 병원에 남겨 두고 너 혼자 타미플루를 갖고 돌아올 생각은 안 해 봤어?"

"아스카는 그러라고 했지. 부탁이니 제발 그렇게 하라고. 형이라면 분명 그랬을 거야. 하지만 난 그럴 수 없었어. 그 캄캄한 병원에 열이 펄펄 나는 환자를 남겨 둔다는 거, 나는 할 수 없더라고. 생각해 봐. 먹을 것도 없고, 언제 누가 와서 도와줄지도 알 수 없는 데다 열까지 나. 그런 상황에서 혼자 남게 된다, 아마 나라면 미쳐 버릴걸. 그래서 함께 돌아가자고 했어. 못 걷게 되면 내가 업을 테니."

후유키는 움푹 팬 눈으로 형을 바라봤다.

"형이 무슨 말을 하고 싶은지는 알아. 그러다가 둘 다 쓰러지는 건 무의미한 짓이라는 거지? 아닌 게 아니라 도중에 오도 가도 못하게 되고 말았어. 아스카는 움직일 수도 없게 됐고 나 역시 힘이 빠질 대로 빠져서 그 아이를 업고 걸을 수도 없게 됐지. 게다가 비가 엄청나게 퍼부어서 흙탕물에 발은 빠지지……. 여기서 끝인가 보다 했어. 그 사람이 구하러 오지 않았다면 해 지기 전에 여기 도착하지 못했을 거야. 만일 아스카를 병원에 남겨 두고 나 혼자 돌아왔다면 훨씬 빨리 사람들에게 타미플루를 전하고 지금쯤 아스카를 구하러 갔을 텐데. 하지만 말이지, 나는 그럴 때 형처럼은 못해. 머리로는 알겠는데, 행동이 안 된다고."

후유키가 속상하다는 듯 입술을 깨물고 고개를 떨어뜨렸다. 그의 발치에 눈물이 뚝뚝 떨어졌.

세이야가 말없이 일어섰다.

"형……."

후유키가 얼굴을 들었다.

"됐어. 알았어. 푹 쉬어."

세이야는 레스토랑을 나왔다. 라운지에는 젖은 옷을 갈아입은 가와세가 다리를 쩍 벌리고 앉아 있었다. 그가 입고 있는 건 호텔 직원 유니폼이었다. 갈아입을 옷이 없었던 모양이다.

가와세는 눈을 감고 있다가 세이야가 자신 앞에 선 기색을 느꼈는지 눈을 떴다.

"두 사람을 구하기 위해 나간 건가?"

가와세가 어깨를 으쓱했다.

"그럴 생각까지는 없었어. 그저 당신들 얘기가 귀에 들어오는 바람에."

"우리 얘기?"

"누가 약을 구하러 갔다가 돌아오지 않았다고 하더라고. 신경이 쓰였어. 그래서 어떻게 됐나 보러 나간 거지. 몸도 웬만큼 좋아지고 해서."

"두 사람을 어디서 발견했어?"

"길이 온통 엉망이어서 잘은 모르겠지만 아마도 가부키좌 근처일 거야. 심하게 꺼진 곳이 있었는데 무심코 들여다봤더니 두 사람이 밑에 웅크리고 있더라고. 죽었나 싶어 불러 보니 남자 쪽이 얼굴을 들더군. 기력도 의지도 바닥나 보였어. 그래서 로프를 던져 줬지."

"어떻게 로프를 다 준비했지?"

"스키야바시 교차로에 파출소가 있잖아. 거길 지나면서 챙겨 뒀지. 길이 너무 엉망이라 필요할 것 같았거든. 아마 사건 현장을 막는 데 쓰는 로프였을 거야."

"세 명의 몸을 로프로 묶을 생각은 어떻게 했어?"

그 질문에 가와세는 빙그레 미소지었다.

"그 사람들을 묶어서 끌어 올리고 나서 그대로 끌고 온 것뿐이야. 그 젊은 남자, 참 잘해 내더군. 도중에 몇 번이나 여자애를 부축하고 말이야. 그토록 녹초가 됐는데, 참 대단했어."

"당신도 마찬가지야. 하지만 다음부터는 나갈 때 미리 알려 주면 좋겠군."

"알았어. 이제 좀 자고 싶군. 몸은 다 나았는데 좀 지쳐서 말이지."

"그렇겠지. 푹 자 둬."

그러고서 세이야는 자리를 비켜 줬다.

잠시 후 해가 지고 건물 안이 어두워지자 사람들은 대부분 잠에 빠져 들었다. 그들의 숨소리는 세찬 비바람 소리에 묻혀 들리지 않았다.

세이야는 나나미와 함께 라운지 소파에 앉아 촛불을 바라보고 있었다. 어디서 바람이 들어오는지 불꽃이 조금씩 흔들린다.

"잘못됐는지도 몰라요."

세이야가 중얼거렸다.

"뭐가요?"

"제 사고방식이요. 이런 극한 상황 속에서 살아남으려면 냉정하고 객관적으로 판단해야 한다고 믿었어요. 무슨 일이 일어났을 때 감정에 휘둘리는 행동은 금물이라고 믿었죠. 경찰에서도 그렇게 교육받았고."

"세이야 씨가 틀렸다고 할 사람은 없을 거예요. 그 덕분에 지금까지 살아 있다는 걸 다들 알고 있어요."

"하지만 그런 식으로는 지금까지도 타미플루를 구하지 못했을 겁니다."

세이야는 깍지 낀 두 손을 무릎 위에 올려놓았다.

"야마니시 씨는 증세를 자각하자마자 혼자서 이곳을 떠나려 했다고 합니다. 다른 사람들에게 폐를 끼치고 싶지 않다면서요."

나나미의 양 눈썹 끝이 슬픈 듯이 아래로 처졌다.

"그랬군요."

"제 사고방식으로는 완전 난센스입니다. 아침이 되어 야마니시 씨가 없어졌다는 게 알려지면 모두가 찾으러 돌아다닐 겁니다. 그러다가 뭔가 문제가 발생할 수도 있습니다. 결과적으로 더 폐를 끼치게 되는 셈이죠. 야마니시 씨 같은 분마저 그렇게밖에 생각을 못하다니……."

나나미는 세이야의 말이 이해는 되지만, 병든 노인을 질책하는 것에는 동의할 수 없어 잠자코 있었다.

"하지만 제 동생은 그런 야마니시 씨를 보고 마음이 움직여 불 꺼진 황량한 거리로 뛰쳐나갔어요. 후유키뿐 아니라 아스카도요. 도중에 발병할지 모른다는 생각은 두 사람 다 안중에도 없었어요. 그 결과 약은 찾아냈지만 한 사람은 발병하고 말았죠. 그런데 발병한 쪽이 자신을 놔두고 가라는데도 다른 한 사람은 그렇게 할 수 없다며 병자를 업고 나서는 무모한 행동을 감행했습니다. 결국 두 사람은 꼼짝 못하게 됐는데, 그런 두 사람을 구한 건 아직 병이 다 낫지도 않은 환자였습니다."

세이야는 잠시 말을 멈추고 두세 번 고개를 가로저었다.

"기가 막힐 뿐입니다. 저로서는 이해할 수 없는 행동들이에요. 모두가 이성을 잃고 충동적으로 행동하고 있다고밖에 생각할 수 없었습니다."

"논리가 전부는 아니라고 생각해요. 그게 인간이라는 존재 아닐까요."

그리고 나나미는 머쓱한 듯 고개를 숙였다.

"죄송해요. 너무 주제넘은 말을 했네요."

"아니, 나나미 씨 말이 맞습니다. 그게 인간이에요. 이때까지 저는 생존을 최우선으로 생각해 왔어요. 어떻게 하면 우리 모두 살아남을 수 있을까, 혹은 전원이 생존할 수 없다면 희생을 최소한으로 줄이는 방법은 무엇일까, 그런 생각뿐이었어요. 하지만 산다는 것이 그저 목숨을 보존하기만 하면 되는 것은 아닐 테죠. 어떤 상황에 있건 각자 자신의 인생이 무엇인지 생각해 봐야 할 겁니다."

"인생……."

"그래요, 인생. 후회 없는 인생을 보내려면 자신의 가치관이나 프라이드를 무시하면 안 됩니다. 설사 불합리하다고 생각되더라도 그것이 그 사람의 인생에 소중한 것이라면 다른 사람이 간섭해서는 안 되는 건지도 모릅니다."

세이야는 촛불에서 눈을 떼고 소파에 기댔다. 천장에서 그림자가 일렁인다.

"저는 세이야 씨의 사고방식이 틀렸다고는 생각하지 않아요. 지금은 무엇보다 살아남는 것이 중요해요. 저는 이런 데서 인생을 마감할 생각이 없거든요."

평소와 달리 강한 어조에 세이야가 그녀를 새삼스레 바라보았다.

"세이야 씨가 말했잖아요. 살아남으면 언젠가는 살길이 열릴 거라고. 저는 그 말을 믿어요."

"나나미 씨……."

"그 말, 정말 믿어도 되는 거죠?"

그렇게 묻는 그녀의 눈빛이 진지했다.

"네, 물론입니다."

그때 옆에서 인기척이 났다. 고개를 돌리니 주전자를 든 에미코가 서 있었다.

"방해가…… 됐나요?"

"아닙니다. 그런데 그건?"

"낮에 끓여 둔 녹차예요. 드시겠어요?"

세이야는 나나미의 의사를 묻듯 그녀를 본 뒤 "네, 주세요."라고 대답했다.

에미코가 주전자 뚜껑을 열고 종이컵에 차를 따랐다. 녹차의 향기가 퍼져 나갔다.

"미오는 상태가 어떤가요?"

"약을 먹고 나서 아무래도 좀 편안해진 것 같아요. 그렇게 빨리 효과가 나타날 리 없는데."

"약을 먹어서 본인이 안심한 덕분 아닐까요? 플라세보 효과라는 거죠."

세이야는 그렇게 말하고서 녹차를 한 모금 마신 뒤 깊은 숨을 내쉬었다.

"녹차가 이렇게 맛있다고 생각해 본 적이 없어요."

에미코는 흐뭇한 듯 세이야를 바라보다가 "두 분께 고마워하고 있어요."라며 머리를 숙였다.

"아닙니다. 나나미 씨라면 몰라도 저는 아무것도 한 게 없습니다. 약을 가져온 것도 동생이 제멋대로 한 일이고요. 오히려 감사드릴 사람은 접니다. 에미코 씨의 요리가 얼마나 도움이 되는지……"

그 말에 에미코는 시선을 아래로 떨어뜨리며 말했다.

"저 같은 사람이 무슨……"

"그렇지 않습니다. 에미코 씨 같은 어머니가 있어서 미오는 참 행복하겠어요."

그러자 그녀는 세차게 고개를 저었다.

"말도 안 돼요."

예상외의 강한 부정에 세이야는 당황했다. 에미코도 자신의 목소리에 놀랐는지 얼른 손으로 입을 막았다.

"죄송해요. 큰 소리를 내서."

"아니요, 그건 괜찮은데……."

그러자 에미코는 종이컵을 양손으로 감싸며 말했다.

"저는 좋은 엄마가 못 됩니다. 저 아이를 조금도 행복하게 해 주지 못했어요. 저 애가 저렇게 된 것도 제 탓입니다."

"저렇게, 라면 말을 못하는 것 말인가요? 그럼 이번 사태가 원인이 아니란 말씀입니까?"

세이야의 질문에 에미코는 대답하지 않았다. 그러나 그것은 긍정과 같은 의미였다.

"그렇군요."

"저는 천벌이라고 생각합니다."

에미코가 다시 입을 열었다.

"천벌이라고요?"

"네, 이런 일이 벌어진 거요. 엄마로서 아이를 행복하게 해 주지 못한 벌을 받고 있는 거예요. 그 정도로 저는 형편없는 엄마였으니까요."

그러자 나나미가 말했다.

"그런 식으로 생각하지 마세요. 그럼 저희들도 벌을 받고 있단 말인가요?"

그 말에 에미코는 쓴웃음을 지었다.

"얘기가 그렇게 되네요. 물론 다른 분들도 모두 벌을 받고 있다는 말은 절대 아닙니다."

"지난날의 에미코 씨라면 몰라도, 지금의 에미코 씨는 미오에게 훌륭한 어머니라고 생각합니다. 그건 우리들이 인정하는 사실이니 제발 자책하지 마세요."

"······고맙습니다."

에미코는 입술에 희미하게 미소를 머금은 채 주전자에 남은 차를 세이야의 종이컵에 따랐다.

28

눈을 떠 보니 후유키는 벽에 등을 기댄 채 바닥에 주저앉아 있었다. 등에는 담요가 걸쳐져 있고 온몸이 식은땀으로 흠뻑 젖어 목덜미에 손을 대니 끈적거렸다.

날은 이미 밝은 듯 주위가 환했다. 그는 손으로 얼굴을 비볐다. 머리가 멍하다. 지금 자신이 어디 있는지, 어떤 상황인지 순간적으로 생각나지 않았다. 레스토랑 같은데, 사람은 아무도 없고······.

'맞아, 돌아왔었지.'

후유키는 몸을 일으켰다. 몸이 천근만근이다. 걸음을 내디디려다 조금 휘청거렸다.

레스토랑을 나와 로비로 가 보았다. 현관 밖에서 에미코가 불에 솥을 얹고 있었다. 몽글몽글 연기가 피어오른다.

"안녕하세요."

후유키가 에미코의 등 뒤로 다가가 인사를 건넸다.

"아, 안녕하세요! 피로가 좀 풀렸나요?"

그녀가 웃는 얼굴로 물었다.

"네, 그럭저럭."

"다행이네요."

화덕 건너편에서 다이치가 얼굴을 내밀었다.

"우리가 얼마나 걱정했는데요. 어디 가서 죽은 거 아닌가 하고."

"미안."

"덕분에 우리 아이도 회복될 것 같아요."

에미코는 고맙습니다, 라고 덧붙이며 고개를 숙였다.

"뭘요."

후유키는 손사래를 쳤다.

"그런데 전무님은요?"

"도다 씨요? 유토를 돌보고 있어요. 아이를 안고 이 근처를 산책하던데요."

"네, 도다 씨가요?"

"그분, 딸이 있었대요. 작년에 결혼했는데 아이는 아직 안 생겼나 봐요. 그래서 애기 보는 걸 해 보고 싶었다나요."

"그렇군요."

당연한 거지만, 사람에게는 각자 나름의 인생이 있다는 것을 후유키는 다시 한 번 느꼈다.

그 인생에는 어제까지의 과거가 있고, 오늘이 있고, 내일 이후의 미래가 있다고 믿었다. 절대적이라고 믿었던 그 흐름이 왜 돌연 끊겨 버린 걸까. 이 상황에서 벗어날 방법은 찾지 못한다 해도, 최소한 무슨 일이 일어난 건지는 알고 싶다.

다시 건물 안으로 들어가 라운지 쪽으로 가 봤다. 호텔 제복을 입은 남자가 소파에 다리를 쩍 벌리고 앉아 담배를 피우고 있었다. 셔츠 가슴께를 풀어 헤치고 있어 진짜 호텔맨같이 보이지는 않는다.

"어이."

남자가 말을 걸어왔다.

"좀 어때?"

"나아지고 있어."

이 남자가 구해 줬던 기억이 났다. 지면이 움푹 꺼진 곳으로 미끄러져 떨어지는 바람에 꼼짝 못하고 있었는데 그가 나타나 로프를 던진 것이다. 아무도 오지 않을 거라며 포기하고 있던 터라 마치 기적처럼 느껴졌었다.

그 뒤의 일은 거의 기억나지 않는다. 정신이 나가다시피 한 상태에서 몽유병 환자처럼 그저 다리만 움직이고 있었던 것 같다. 의식이 돌아온 건 호텔에 도착해서였다. 세이야가 이것저것 물어봤던 게 생각난다.

"당신 덕분에 살았어. 신세를 졌군."

그러자 남자는 손가락 사이에 담배를 끼운 채 손을 내저었다.

"상부상조지, 뭐. 앞으로 나도 신세 좀 질 것 같으니까. 이걸로 인사를 대신하자고."

남자는 가와세라고 자신을 소개했다.

"덕분에 약을 갖고 무사히 돌아왔어. 병에 걸린 사람들도 고마워하고 있을 거야."

"약을 구했다니 다행이군."

가와세가 웃었다. 그때였다.

"미안하지만, 그 남자에게 고마워할 생각은 없어."

뒤에서 소리가 들렸다. 돌아보니 파리한 얼굴의 고미네가 서 있었다.

"애당초 이 남자가 없었다면 아무도 인플루엔자 따위에 걸리지 않았을 거 아냐. 약도 필요 없었을 거고. 후유키 씨도 고마워할 필요는 없다고 생각해."

그리고 고미네는 몇 번이나 기침을 하며 자신이 누워 있던 소파로 돌아갔다.

옆으로 고개를 돌린 채 담배를 피우고 있는 가와세의 입술에 엷은 미소가 떠올라 있었다.

"신경 쓸 거 없어. 병에 걸려서 화가 난 거야."

"괜찮아. 저 사람 말이 사실인데, 뭐."

가와세는 바닥에 담배를 버리고 발로 밟아 끈 뒤 일어나 레스토랑 쪽으로 걸어갔다.

후유키는 라운지 구석으로 갔다. 도로 자리에 누운 고미네 옆을 지나 담요를 머리까지 덮어쓴 아스카에게 갔다. 아스카라고 짐작하는 것은 눈에 익은 진흙투성이 장화가 발치에 놓여 있었기 때문이다.

손으로 담요 한쪽 끝을 쥐고 천천히 들쳐 보았다. 아스카의 잠자는 얼굴이 보였다. 하지만 그녀는 금방 눈을 떴다. 눈을 깜빡거리며 그를 노려본다.

"사람 잠자는 얼굴을 들여다보다니, 어떻게 그럴 수 있어요?"

그녀가 쉰 목소리로 말한다.

"기분은 어때?"

아스카는 미간을 찌푸렸다.

"열은 좀 있는 것 같지만 괜찮은 편이에요."

"목은?"

"아파."

그리고 그녀는 담요로 입을 가리며 기침을 했다.

"오늘은 하루 종일 누워 있어."

"그럴 거예요."

후유키가 고개를 끄덕이고 일어서려는데 그녀가 "있잖아."라며 그를 붙잡았다.

"나, 후유키 씨에게 사과해야 할 것 같아요."

"병원에 따라온 거라면 괜찮아."

"그게 아니라……"

"그럼 인플루엔자에 걸린 거? 그것도 별수 없잖아. 네 탓이 아니야. 내가 걸릴 수도 있었어."

아스카는 크게 도리질을 했다.

"그런 것들도 사과해야겠지만, 좀 더 큰 게 있어요."

"뭔데?"

아스카는 담요를 말아 쥐고 고양이처럼 몸을 둥글게 한 다음 입을 열었다.

"병원에서 돌아오다가 우리, 도로 틈새에 빠졌잖아요."

"응. 길이 꺼져 있었지. 미끄러져서 둘 다 빠졌어."

"그때 나, 솔직히 포기했었어요. 이제 끝났다, 여기서 죽는다. 그렇게 생각했어요."

"……정말이야?"

"머리는 멍하지, 몸은 무겁지, 한 걸음도 걸을 수 없을 것 같더라고요. 이런 개미지옥 같은 곳에 떨어졌으니 절대로 빠져나갈 수 없을 거라고 생각했어요. 이제 끝이라고."

"아스카……"

"미안해요. 무슨 일이 있어도 절대로 포기하지 않겠다고 약속했었잖아. 위기 뒤에는 반드시 기회가 온다느니 하며 강한 척한 주제에 한심하죠."

아스카는 담요를 코 밑까지 끌어 올렸다. 그리고 눈을 깜빡이며 후유키를 쳐다봤다.

"나도 큰소리칠 입장은 못 돼."

후유키는 머리를 긁으며 쓴웃음을 지었다.

"겨울 산에서 조난당하면 졸음이 오고 모든 게 귀찮아지잖아. 그때가 그런 느낌이었어. 이제 어떻게 되건 상관없다는 마음이 나한테도 조금은 있었어."

"후유키 씨도 약해질 때가 다 있네요."

"우리 둘 다 위험했지."

"이렇게 다시 아침을 맞다니 꿈만 같아. 살아 있어서 좋아요."

아스카의 말이 마음 깊은 곳에서 나오는 것같이 들렸다. 후유키는 가슴이 뜨거워졌다.

"에미코 씨가 아침을 만들고 있어. 영양을 섭취하고 힘을 내야지."

그리고 후유키는 그 자리를 떴다.

미오 역시 자고 있었다. 열이 있을 때는 새빨갛던 얼굴이 지금은 엷은 분홍색으로 돌아와 있다. 숨소리도 고요했다. 에미코 말대로 이런 상태라면 곧 회복될 것 같았다.

무리해서라도 약을 구하러 가길 잘했다는 생각에 후유키는 내심 기뻤다. 하지만 그런 밝은 기분도 잠시, 나나미가 바닥에 무릎을 꿇고 야마니시의 맥박을 재고 있는데 그 얼굴이 심각했다. 말을 걸기가 꺼려질 정도였다. 야마니시는 끊임없이 밭은기침을 해 댔고, 그때마다 몸이 경련하듯 움찔거렸다.

조금 떨어진 곳에 세이야가 앉아 있었다. 그 역시 표정이 어두웠다.

"상태가 안 좋아?"

"열이 안 내려가. 기침도 안 멈추고. 체력이 많이 소진된 것 같아."

"약은?"

"이미 인플루엔자 차원을 넘어섰어. 나나미 씨 말로는 폐렴으로 악화된 것 같다는데."

"폐렴……."

"나나미 씨가 최선을 다하고 있지만, 결국은 본인의 체력에 달렸어."

"그렇게 안 좋은 상태야? 그때 야마니시 씨를 바닥에 눕혀 놓고 간 게 안 좋았나?"

"그래서는 아닐 거야. 그리고, 다 지난 일 가지고 고민하지 마. 에미코 씨한테 가서 뜨거운 물이나 좀 얻어 와. 야마니시 씨 곁에 놔두게. 습도를 높이는 게 좋대."

"알았어."

에미코는 현관 앞에서 그릇에 스파게티를 담고 있었다. 다이치는 이미 식사 중이었다. 환자용 죽도 완성되어 있었다.

후유키는 냄비에 뜨거운 물을 담아 세이야가 있는 곳으로 가져왔다.

"아침이 다 된 것 같으니까 먹고 와. 야마니시 씨는 내가 보고 있을게."

후유키의 말에 세이야는 고개를 끄덕이며 일어서서 나나미를 봤다.

"갑시다, 나나미 씨. 먹을 수 있을 때 먹어 둬야지요."

"그럴까요."

그렇게 대답하는 그녀의 표정이 여전히 어두웠다.

두 사람이 나간 뒤 후유키는 야마니시 옆에 앉았다. 야마니시는 고통스러운 듯 얼굴을 찡그리고 계속 기침을 했다. 열이 높은데도 얼굴은 백지장처럼 하얗다.

비록 다리를 다치긴 했지만 인플루엔자에 감염되기 전까지 야마니시는 정정했었다. 그의 말은 때로는 모두의 힘을 북돋웠고 때로는 사람들의 의식을 변화시켰다.

특히 후유키는 그가 부인의 안락사를 제안했을 때를 잊을 수 없었다. 고뇌에 찬 결단이었을 텐데 전혀 흐트러진 모습을 보이지 않고 담담하게 자신의 생각을 전했다. 어떤 의미에서는 우리 중 누구보다 그 상황에 대해 냉정했고, 그 결과 전원이 그의 제안을 받아들이게 되었다.

그런 사람을 잃을 수는 없다. 인생을 오래 산 사람에게는 그에 걸맞은 지혜가 있다. 살아남는 데 도움을 줄 지혜가.

깜빡 졸았나 보다. 그를 얕은 잠에서 현실로 불러낸 것은 이상한 소리였다. 그것은 야마니시의 입에서 흘러나오고 있었다. 기침과는 분명 다른 소리였다. 주기적으로 머리가 움직이고 그때마다 숨소리가 들렸다. 안색은 새파랬다.

후유키는 급히 라운지를 나와 로비로 달려갔다. 세이야와 나나미가 그곳에 마주 앉아 스파게티를 먹고 있었다.

"왜 그래?"

세이야가 달려오는 후유키를 보며 물었다.

"야마니시 씨 상태가 이상해."

후유키의 말에 나나미는 말없이 접시를 내려놓고 라운지로 갔다.

야마니시는 입을 반쯤 벌린 채 거의 움직이지 않았다. 나나미가 그 옆에 앉아 큰 소리로 이름을 불렀지만 대답이 없었다.

맥을 짚어 본 나나미가 어두운 표정으로 말했다.

"맥이 약해요."

나나미는 심장 마사지를 시작했다. 그 뒷모습에는 지금까지 볼 수 없었던 절박함이 배어 있었다.

"제가 할 테니 나나미 씨는 맥을 짚으세요."

세이야의 말에 두 사람은 자리를 바꿨다. 어느새 다이치와 에미코도 뒤에 와서 서 있었다. 아스카도 몸을 일으켜 걱정스러운 듯 바라봤다.

모두가 지켜보는 가운데 세이야가 온 힘을 다해 심장 마사지를 하며 야마니시의 이름을 불렀다.

잠시 후, 나나미가 세이야를 향해 고개를 돌렸다. 그 눈을 본 세이야는 마사지를 멈췄다. 나나미는 천천히 고개를 저으며 야마니시의 손목을 놓았다.

말하지 않아도 어떤 상황인지 알 수 있었다. 그러나 후유키는 믿고 싶지 않았다. 소중한 사람과의 이별이 이렇게 쉽게 찾아오리라고는 예상하지 못했다.

에미코가 자세를 무너뜨리며 절규했다. 다이치의 얼굴도 순식간에 눈물범벅이 됐다. 아스카는 소파에 얼굴을 묻었다.

호텔 정원에 화단이 있었다. 꽃이 있던 자리겠지만 지금은 흔적조차 없다. 그곳을 후유키와 다이치가 삽으로 팠다. 물에 잠겼던 곳이라 흙이 부드러웠다. 얼마 지나지 않아 깊이 1미터 정도의 구덩이가 생겼다.

담요에 싸인 야마니시의 사체를 세이야와 나나미가 옮겨 왔다. 두 사람은 조심스럽게 그를 구덩이 속에 넣었다.

"자, 흙을 덮읍시다."

삽 두 개를 사용해 차례로 흙을 뿌렸다. 아직 완전히 회복되지 않은 아스카와 고미네도 참여했다. 그 두 사람은 흙을 뿌린 뒤에도 호텔로 돌아가려 하지 않았다.

후유키는 가와세에게도 삽을 내밀었다.

"내가 해도 괜찮겠어?"

"물론."

가와세는 삽을 받아 들었다. 고미네가 고개를 돌렸다.

마지막으로 후유키와 다이치가 남은 흙을 모두 덮었다. 작업이 다 끝나자 에미코가 그 위에 꽃을 올려놓았다. 호텔 내부를 장식했던 조화였다. 다이치가 야마니시가 지팡이 대신 사용하던 막대기를 꽂았다.

세이야가 합장하자 모두 그를 따라 손을 모았다.

"이게 마지막입니다."

합장을 마친 세이야가 말했다.

"원치 않는 죽음은 이걸로 끝입니다. 무슨 일이 있어도."

29

그 건물 1층이 얼마 전까지 편의점이었다는 사실이 도저히 믿기지 않았다. 유리창이 깨지고, 엄청난 양의 진흙과 건물 파편이 가게 안까지 들어차 있었다. 모든 것이 회색으로 뒤덮여, 어떤 것이 상품인지 눈으로만 봐서는 구별하기 어려웠다. 가게 앞에 진흙 묻은 간판이나마 걸려 있지 않았다면 그냥 지나쳤을 것이 틀림없다.

가게 안으로 들어선 후유키의 발에 뭔가가 밟혔다. 그릇을 밟아 찌그러뜨린 것 같은 느낌이었다. 진흙탕 속에 손을 넣어 주워 올려 보니 알루미늄 용기였다.

"알루미늄 팩에 든 볶음우동이야."

후유키가 뒤에 서 있던 다이치에게 보여 줬다.

"에, 그걸 밟아 버렸어요?"

다이치가 안타까운 표정을 지었다.

"어차피 내용물은 썩었을 텐데, 뭐."

후유키는 그것을 바닥에 버리고 주위를 살펴보기 시작했다.

"자, 먹을 만한 게 어디 있을까."

그는 고무장갑을 낀 손으로 근처를 뒤졌다. 다이치도 한쪽에서 먹을 것을 찾기 시작했다.

"여기 있다, 컵라면."

다이치도 진흙 속에서 그릇 모양의 물건을 주워 올렸다. 그러나 다음 순간, 그는 낙담한 듯 어깨를 늘어뜨렸다.

"제길, 용기가 깨져서 안에 진흙이 들어가 버렸어요."

"그 주변을 찾아봐. 거기가 아마 컵라면 코너일 거야. 깨지지 않은 것이 있을지도 몰라."

둘은 계속해서 진흙 속을 뒤졌다. 인스턴트식품이 계속 올라왔지만 대부분은 조금씩 깨져 있었다. 온전한 것은 채 열 개도 찾지 못했다.

"이렇게 열심히 뒤졌는데 한 끼 분량도 못 찾다니 심각하네."

다이치가 얼굴을 찡그리며 허리를 두드렸다.

"보존이 가능한 식품이 인스턴트만은 아니잖아. 통조림이

나 진공 팩으로 된 것도 있을 거야. 엄살떨지 말고 부지런히 찾아 봐."

다이치는 마지못한 듯 다시 작업을 시작했다. 그리고 잠시 후 "어!" 하고 소리를 질렀다.

"왜?"

"통조림이에요. 러키!"

다이치는 통조림 표면을 손으로 닦아 냈다. 다음 순간, 밝았던 얼굴이 다시 어두워졌다.

"뭐야, 고양이 사료잖아."

그는 통조림을 도로 바닥에 던져 버렸다. 그 모습을 본 후유키의 머리에 어떤 생각이 스쳤다. 하지만 그는 그걸 입 밖에 내지 않고 음식물 수색을 계속했다.

구석에 있는 냉장고는 무사했다. 안에는 페트병 음료수가 온전히 보관돼 있었다.

"이 정도면 당장 마실 건 문제없겠어."

후유키가 냉장고 안을 들여다보며 말했다.

"우선 물만이라도 갖고 가자. 에미코 씨가 좋아할 거야."

"콜라도 괜찮죠?"

다이치가 2리터짜리 페트병을 집으려고 손을 내밀었다.

"콜라는 호텔 객실에 많잖아."

"계단 올라가는 게 얼마나 귀찮은데요."

"배부른 소리 하네. 우리 둘이 들고 갈 수 있는 양이 한정되어 있으니까 물이 최우선이야. 콜라로는 밥도 못 짓고 컵라면도 못 먹잖아."

다이치는 아랫입술을 비죽 내밀며 불만스러운 목소리로 "알았어요."라고 대답했다.

한참을 뒤진 끝에 두 사람은 각종 통조림과 소시지, 치즈 같은 것들을 찾아냈다. 컵라면과 페트병 생수까지 넣자 배낭이 꽤 무거웠다. 두 사람은 그것을 짊어지고 호텔로 향했다.

"꽤 많은 것 같지만 다 함께 먹으면 눈 깜짝할 새에 없어질 거예요. 그땐 또 구하러 와야겠죠?"

다이치가 침울하게 말했다.

"그때까진 모두가 건강해져 있을 거야. 그럼 다른 곳으로 이동해야지."

"그래요? 그럼 다음에 머물 곳에는 음식물이 잔뜩 있었으면 좋겠네."

"총리 공관이라면 비상식량이 꽤 비축돼 있을 거야."

"비상식량이라…… 왠지 그 단어, 느낌이 별로 안 좋네. 그래도 총리가 먹는 거니까 프랑스 음식, 중국 음식, 두루 갖춰져 있겠지."

"재료가 있어도 요리사가 없어. 기대하지 않는 게 좋을걸."

후유키는 장난스럽게 말하고 발길을 재촉했다. 하지만 그의 마음 한구석은 점점 어두워져 가고 있었다.

야마니시가 죽은 지 4일이 지났다. 나머지 환자들은 상태가 꽤 좋아졌지만 체력은 눈에 띄게 떨어져 있었다. 나나미 말로는 인플루엔자 바이러스가 완전히 소멸되려면 앞으로도 2, 3일은 걸릴 것이라고 한다. 그때까지는 이 호텔에 머물러 있어야 한다.

문제는 식량이다. 즉석식품이나 통조림같이 보존성이 높은 식품이 점점 바닥을 드러내고 있었다. 물도 얼마 안 남았다. 그래서 후유키와 다이치가 음식물을 찾으러 나선 것이다.

이번에는 무사히 목적을 달성했다. 그 점은 다행이지만 후유키는 앞으로가 불안했다. 거듭되는 천재지변으로 건물 대부분이 상상 이상의 피해를 입었다. 슈퍼마켓이나 편의점에 있는 식품들은 태반이 먹을 수 없게 되었다고 봐야 한다. 도로가 붕괴되고 이동 수단이라고는 인간의 다리밖에 없는 지금의 상황에서는 행동 범위도 제한적이다.

후유키는 호텔에서 하루에 왕복할 수 있는 거리 내에 과연 식량이 어느 정도 남아 있을까 생각해 보았다. 그러자 먹을 것을 찾아 각자 떠돌아다녀야 하는 날이 눈앞에 다가와 있는 건 아닐까 하는 생각이 들었다.

편의점에서 다이치는 통조림을 고양이 사료라는 이유로 내동댕이쳤었다. 하지만 조만간 그런 행동을 할 수 없는 날이 올지도 모른다. 고양이 사료마저 귀중한 식량으로 간주해야 하는 날이 오는 것은 아닐까. 그렇게 생각하자 후유키는 등골이 서늘해졌다.

호텔에 도착하니 미오를 제외한 전원이 레스토랑에 모여 있었다. 도다, 고미네, 나나미, 아스카는 테이블에 둘러앉아 있고 세이야는 한쪽에 서 있다. 에미코는 아기를 안고 조금 떨어진 의자에 앉아 있고 가와세는 좀 더 멀리 앉아 담배를 피우고 있었다.

"뭐 좀 있었어?"

세이야가 물었다.

"우선 이 정도."

후유키가 배낭을 바닥에 내려놨다.

"수고했다."

"상황이 별로 좋지 않아. 오늘 간 편의점에는 남아 있는 식품이 이게 전부야. 그 밖엔 주스 정도."

후유키는 편의점의 피해 상황을 설명했다. 그런데 사람들이 의외로 별 반응을 나타내지 않는다. 아니, 후유키의 얘기를 듣기 전부터 사람들의 표정이 어쩐지 좋지 않았다.

"그 가게의 피해는 다른 곳과 비교하면 그래도 나은 편이겠지."

도다가 중얼거렸다.

"무슨 뜻입니까?"

후유키가 물었다.

"세이야 씨 얘기를 들으면 알게 될 거야."

도다는 턱으로 세이야를 가리켰다.

"무슨 일 있었어?"

후유키가 묻자 세이야는 착 가라앉은 표정으로 고개를 끄덕였다.

"총리 공관을 어느 길로 갈지 정하려고 이 주위를 둘러봤는데, 지진과 태풍 피해가 상상 이상이야. 길이 대부분 함몰되거나 갈라져서 끊겼고 거기에 엄청난 물이 흘러들고 있어. 물이 빠질 기미도 전혀 보이지 않고."

"길이 엉망진창이라는 건 나도 알아. 타미플루를 찾으러 갈 때 이미 경험했어."

"그때보다 더 안 좋은 것 같아."

멀리서 가와세가 끼어들었다.

"가와세에게도 주변을 둘러보라고 했는데, 계속 땅이 꺼지고 있다는 거야."

"도대체 왜 그런 일이……."

"그건 당연한 일이지."

이번에는 도다가 나섰다.

"매일같이 폭우가 쏟아지는 데다 배수 시스템도 작동하지 않으니까 말이야. 콘크리트 표면은 단단한 것 같지만 그 밑의 지반은 물을 흠뻑 머금은 스펀지 같은 상태라고. 게다가 도쿄 거리는 지하 공간을 효율적으로 활용하느라 콘크리트 아래가 공동화된 곳투성이야. 그런 상태에서 자꾸만 지진이 발생하니까 붕괴되는 게 당연하지."

"남의 일처럼 말씀하시네요. 그거 댁들이 그런 거 아닙니까? 공무원들과 합작해서 도쿄를 그런 식으로 만든 거잖아요."

다이치가 큰 소리로 말하자 도다는 부정하지 못하고 어깨를 움츠렸다.

"이런 상황까지는 예측하지 못했어. 대지진과 태풍이 번갈아 밀어닥친다든가, 배수 시스템이 고장 난 채 방치된다든가, 지면이 갈라지고 함몰되는 상황 말이야."

"도대체 왜 이렇게 된 거지? 마치 왕따당하는 기분이야. 이래도 버틸래? 이래도? 하면서 조금씩 조금씩 곤란한 상황으로 떼밀고 있는 것 같아."

아스카가 독백처럼 중얼거렸다. 후유키는 그 말을 단순한 푸념으로 듣고 말았지만 고미네는 뭔가 깨달은 듯한 얼굴로 아스카를 보며 말했다.

"그거 의외로 정확한 분석일지도 몰라. 보이지 않는 커다란 힘이 이 세계를 파멸로 이끌려고 하는 건지도. 인간이 만든 도시라는 추악한 존재를 세상에서 없애 버리려고 하는 느낌이야."

우울한 목소리로 담담하게 내뱉는 고미네의 말에 모두의 표정이 어두워졌다.

"그게 무슨 바보 같은 소리야! 신의 존재를 믿는 건 자유지만 좀 더 현실적으로 생각할 수 없어?"

도다가 내뱉듯 말했다.

"저는 진지하게 얘기한 겁니다. 그리고 현실적으로 생각하라니, 그럼 기존 개념의 범위에서 지금의 세상을 생각하라는 말입니까? 사람들이 사라졌어요. 현실적이라는 말은 이제 아무 의미가 없습니다."

뜻하지 않게 고미네가 따지고 들자 도다는 매우 놀란 듯했다. 그건 후유키도 마찬가지였다. 고미네가 도다에게 이토록 강하게 반발한 적은 지금까지 한 번도 없었다.

변한 것은 거리만이 아니군, 후유키는 그렇게 생각했다. 사람들 마음도 확실히 변하고 있다.

"지금은 그런 얘기를 할 때가 아닙니다. 그보다 당장 의논해야 할 게 있어요."

세이야가 화제를 돌렸다.

"그게 뭔데?"

후유키가 물었다.

"그야 뻔하잖아. 언제 출발할지 정하는 거지."

그리고 세이야는 사람들을 둘러보며 말했다.

"말씀드렸다시피 상황은 시시각각 변하고 있습니다. 유감스럽게도 나쁜 쪽으로요. 저는 조금이라도 빨리 출발해야 한다고 생각하는데, 여러분은 어떠십니까?"

도다가 제일 먼저 의견을 말했다.

"저도 되도록 빨리 떠나는 게 좋다고 생각합니다. 총리 공관에는 자가발전 시설도 있잖아요. 전기를 사용할 수 있다면 생활도 상당히 달라질 거예요."

"네. 하지만 발전 시설이 무사하다는 보장은 없습니다."

"괜찮을 거예요. 총리 공관은 진도 7 이상의 대지진에도 끄떡없도록 설계됐다고 들었거든요."

동의를 구하려는 듯, 도다가 사람들을 빙 둘러보며 강한 어조로 말했다.

"다른 분의 의견은? 나나미 씨, 어떻게 생각하십니까?"

세이야의 갑작스러운 지명에 나나미는 곤혹스러운 표정을 지었다.

"저요? ······제 생각엔, 인플루엔자에서 회복된 지 얼마 안 된 분들도 있고 하니 지금 바로 이동하는 건 아무래도 무리인 것 같아요."

그리고 나나미는 고미네와 아스카, 가와세를 차례로 바라본 뒤 고개를 숙였다.

"저는 괜찮아요."

아스카가 입을 열었다.

"이제 식욕도 있고 걷는 데도 전혀 문제없으니까요."

"저도 괜찮습니다. 걱정 안 하셔도 됩니다."

고미네도 그렇게 말했다.

나나미는 다시 고개를 들고 주저하며 가와세 쪽으로 시선을 향했다.

"저 남자야 무슨 상관이 있겠어."

고미네가 조그만 소리로 말했다.

"이미 제멋대로 돌아다니고 있는데."

"아니요. 제가 걱정하는 건 미오예요. 그저께까지만 해도 미열이 있었고, 원래도 몸이 별로 튼튼한 아이는 아니더라고요."

"아, 미오 말이군."

고미네는 입을 다물었다.

"적어도 하루 정도는 더 상태를 지켜보는 게 좋을 것 같아요."

그러자 세이야는 전원을 둘러봤다.

"다른 의견은?"

다들 말없이 가만히 있었다.

"그렇다면 모레 아침에 출발하는 걸로 하겠습니다. 내일 하루 동안 떠날 채비를 해 주시기 바랍니다."

모두가 고개를 끄덕였다.

각자 자기 자리로 돌아간 뒤 아스카가 자신의 얼굴에 손부채를 부치면서 후유키에게 말을 걸었다.

"왠지 더워진 것 같지 않아요?"

"그러고 보니 좀 덥네. 하지만 이제 곧 4월이잖아. 이런 날도 있을 수 있지."

"아, 그런가. 벌써 4월이네요. 날짜 감각이 완전 없어져 버렸어."

그건 후유키도 마찬가지였다. 어찌 보면 당연한 일이지만, 요일 같은 걸 의식하지 않게 된 지 오래였다. 그걸 깨닫자 갑자기 정체 모를 불안감이 엄습해 왔다. 자신들이 앞으로 어떻게 될지 모르는 것은 고사하고, 살아가고 있는 현재의 시간마저 놓쳐 버리는 게 아닌가 하는 생각이 들어서였다.

 다음 날은 예정대로 함께 출발 준비를 했다. 음식, 갈아입을 옷, 생활필수품 등을 가능한 한 많이 챙기고 한편으로 그것을 될 수 있는 대로 작은 부피로 정리해야 했다.

 세이야는 사람들에게 "등산한다고 생각하세요. 두 손을 자유롭게 사용하지 못하면 위험합니다. 불가피하게 손으로 드는 가방을 가지고 갈 경우에도 없어지면 절대로 안 되는 물건은 넣지 말고 잃어버려도 큰 문제가 되지 않을 물건만 넣어 주십시오."라고 당부했다.

 매우 타당한 이야기였지만 실천하기는 쉽지 않았다. 앞으로 무엇을 구할 수 있고 무엇을 구할 수 없을지 확실치 않았기 때문이다. 이미 확보한 생필품은 하나도 버리고 싶지 않았다.

 출발하는 날 아침, 공기는 한층 무더워져 있었다. 뜨뜻미지근한 바람이 불어오고, 하늘에는 구름이 천천히 흘러가고 있다. 짐을 메고 호텔 밖으로 나온 사람들은 볼멘소리를 했다.

 "이거 땀으로 범벅이 되겠네."

 다이치는 그러면서 목에 수건을 둘렀다.

 "추운 것보단 낫잖아. 자, 갑시다."

도다가 사람들을 독려했다.

"그럼 출발합니다."

세이야의 선언에 따라 모두가 걸음을 옮기기 시작했다.

그로부터 몇 분 후, 지면이 살짝 흔들렸다.

39

이동은 이만저만 힘든 게 아니었다. 오랜만에 밖으로 나온 사람들은 물론, 몇 차례 다녀 본 경험이 있는 후유키조차 당황스러울 정도로 거리는 처참하게 변해 있었다.

평탄한 길은 어디에도 보이지 않았다. 이들 앞에 펼쳐져 있는 건 오로지 도로의 잔해일 뿐이었다. 어떤 곳은 솟아올라 있고, 어떤 곳은 갈라지거나 꺼져 있었다. 도로 파편은 거대한 장해물로 변해 가는 곳마다 길을 막았다. 그마저도 온통 물에 잠겨 있고 갈라진 틈새로는 물이 불길한 소리를 내며 세차게 흐르고 있었다.

총리 관저까지는 직선거리로 3킬로미터. 길을 따라간다 해도 5킬로미터에 불과한 거리였다. 하지만 고작 그 정도의 거리를 걷는 데도 온갖 고통이 뒤따랐다. 제각기 무거운 짐을 지고 있고 갓난아기와 어린이도 있었다. 허리까지 흙탕물이 차는가 하면 산더미 같은 건물 잔해가 앞을 가로막기도 했다.

후유키는 때때로 방향 감각을 잃었다. 눈에 익숙한 관청가일 텐데, 자신이 어디 있는지 아무리 주위를 둘러봐도 전혀 알 수 없었다. 그럴 때 유일하게 의지할 수 있는 것이 도쿄 타워였다. 먼지와 연기로 희뿌연 공기 저 멀리로 도쿄 타워가 희미하게 눈에 들어왔다.

이번 일이 일어났을 때 후유키가 맨 먼저 한 것이 도쿄 타워에 올라간 일이었다. 망원경으로 거리 여기저기를 살폈고, 그 덕분에 시라키 에미코와 그녀의 딸 미오를 발견했다. 그로부터 며칠이나 지났을까 생각해 봤지만 도무지 알 수 없었다. 시간 감각이 완전히 마비된 것이다.

일행의 맨 뒤쪽에서 걷고 있던 후유키는 자기 앞에서 걷고 있는 도다의 발걸음이 무거워졌다는 걸 느꼈다.

"괜찮으세요?"

그렇게 묻자 도다는 뒤를 돌아보며 얼굴을 찌푸렸다.

"솔직히 말할까? 엄청 힘들어. 실은 좀 전에 발목을 겹질린 것 같아. 한쪽 다리가 힘을 못 쓰니까 허리에 부담이 오네. 5킬로미터 정도면 문제없다고만 생각했지, 이렇게 멀리 돌아갈 줄이야."

그러면서 도다는 수건으로 이마의 땀을 닦아 냈다.

"형, 잠깐 스톱."

후유키가 선두에 선 세이야에게 소리를 질렀다.

그 소리에 전원이 걸음을 멈췄다. 세이야가 뒤를 돌아봤다.

그는 등에 미오를 업고 있다.

후유키가 앞으로 나아갔다.

"도다 씨가 힘들어하는데 잠깐 쉬지. 다른 사람들도 꽤 지친 것 같고."

"조금만 더 가면 비교적 상태가 괜찮은 도로가 나와. 가능하면 빨리 그곳을 통과해야 해. 날씨도 안 좋아지는데."

"거기가 어디쯤인데?"

"저기."

세이야는 남쪽을 가리켰다.

"앞으로 200미터 정도."

"거긴 총리 공관과 완전히 반대 방향이잖아."

"하는 수 없어. 이게 최선이야. 다른 코스는 너무 위험해."

"안전이 중요하니까 더더욱 쉬어야지. 서두른다고 되는 일은 아니라고."

그러자 세이야는 못마땅한 표정을 지으면서도 일행을 향해 "그럼 여기서 잠시 쉬겠습니다. 그 김에 식사도 하죠."라고 말했다.

"살았다!"

다이치가 숨을 크게 내쉬었다. 다른 사람들의 얼굴에도 안도의 빛이 떠올랐다. 다들 상당히 지쳐 있었던 모양이다.

"하지만 여긴 앉기도 힘들어요."

나나미의 말대로였다. 지면뿐 아니라 사방이 진흙으로 덮여 있었다.

"좋은 수가 있어."

갑자기 고미네가 어딘가를 향해 달려갔다. 그 앞쪽에 버스 한 대가 서 있었다. 앞바퀴가 인도에 걸려 있긴 하지만 불이 난 흔적은 없었다.

"고미네 씨!"

세이야가 그를 불렀다.

"휘발유가 새지 않는지 확인해 주세요."

고미네는 알았다는 듯 손을 흔들며 버스 가까이로 가더니 주위를 한 바퀴 빙 돌아본 후 두 손으로 원을 만들어 보였다.

"괜찮은 것 같아."

세이야를 비롯한 일행은 모두 버스로 이동했다.

버스는 겉은 진흙투성이지만 내부는 비교적 깨끗했다. 유리창이 모두 닫혀 있었던 덕분이다. 살짝 기울어져 있긴 했지만 그 점만 빼면 휴게소로서 나무랄 데 없었다.

"버스 좌석이 이렇게 편하다고 느낀 건 생전 처음이야."

아스카의 말투에 진심이 묻어 나왔다.

"이대로 목적지까지 타고 갈 수 있다면 얼마나 좋을까."

"한번 해 볼까? 고장 난 것 같지는 않은데."

운전석에 앉은 다이치가 장난스런 몸짓으로 엔진 키에 손을 내밀었다.

"거기 손대지 마!"

세이야가 다급하게 소리 질렀다.

"휘발유가 주위로 새어 나오지는 않은 모양이지만 어디가 깨져 있을지도 몰라. 만일 불이라도 붙으면 순식간에 폭발한다고. 설사 무사히 엔진이 걸린다 해도 달릴 만한 길도 없고."

"알아요. 그냥 장난쳐 본 거예요."

다이치가 겁에 질린 표정으로 손을 움츠렸다.

출발 전 호텔에서 에미코가 만들어 온 주먹밥이 모두에게 배분됐다.

"생각해 보니 옛날 사람들은 참 대단해."

도다가 말했다.

"변변한 길도 없었을 텐데 하루에 수십 킬로미터씩 이동했잖아. 거기에 비해 우리는 고작 몇 킬로미터 정도 걷는데도 이렇게 힘들어하니 말이야. 한심해."

"옛날 사람들이라도 이렇게 무너지고 솟아난 길은 못 지나가요."

그러면서 세이야는 웃음을 지었다.

"지진이나 태풍 때 꼼짝 못하는 건 지금이나 옛날이나 똑같을 겁니다."

"그렇지, 그건."

도다가 수긍했다.

"옛날 사람은 그럴 때 어떻게 했을까? 길을 가다가 오도 가도 못하게 됐을 때 말이야."

그 말에 모두들 생각에 잠겼다. 맨 먼저 세이야가 입을 열었다.

"기다렸겠죠."

"기다려?"

"상황이 좋아질 때까지 마냥 기다렸겠지요. 또, 그런 상황에 대비해 준비도 했을 테고. 어디서라도 잘 수 있는 테크닉도 있었을 겁니다."

"그렇겠지. 하지만 기다리는 데도 한계가 있었을 텐데. 식량 문제도 있고. 다른 방법은 없었을까?"

"아무리 기다려도 상황이 좋아지지 않을 때는,"

버스 뒤쪽에서 소리가 들려왔다. 가와세였다.

"거기서 그대로 죽어 버리는 거지. 달리 방법이 있었겠어?"

고미네가 혀를 찼다.

"이럴 때 그렇게 재수 없는 말을……"

"재수 없다고, 어째서? 난 그런 얘기를 들은 적이 있어. 옛날 사람들에게는 여행도 목숨을 건 일이었다고. 여행지에서 죽는 일은 다반사고 말이야. 재난이 닥치면 그것이 끝날 때까지 기다리고, 기다려 봐도 어쩔 도리가 없으면 죽는 수밖에 없다, 그런 각오를 하고 길을 떠났던 거야."

"그래서, 뭐야? 우리도 각오해야 된다는 거야?"

"아닌가? 나는 언제라도 죽을 각오가 돼 있는데. 당신들은 그런 각오도 안 했단 말이야? 참 태평한 사람들이군."

가와세의 도발적인 발언에 고미네가 불끈해 일어서려는 걸 도다가 제지했다.

시끄러운 탓인지 후유키 뒷자리에서 아기가 칭얼대자 에미코가 가방에서 젖병을 꺼냈다. 호텔에서 분유를 미리 타 온 듯했다.

"분유가 아직 남아 있습니까?"

후유키가 물었다.

"분유는 있지만 물을 끓일 수 없을까 봐 걱정이에요. 젖병도 소독해야 하는데."

후유키는 아기를 내려다봤다. 유토라는 이름의 아기는 크고 검은 눈을 두리번거리며 분유를 먹고 있었다. 이 세상이 어떻게 됐는지 아무것도 모른 채, 앞날에 대한 두려움도 없이 분유를 먹고 있다. 그 얼굴을 보고 있으려니 마음이 조금은 편안해졌다.

버스 창문에 물방울 부딪치는 소리가 났다. 주위가 상당히 어두워져 있었다.

"또 퍼붓기 시작이야."

다이치가 한심하다는 듯이 말했다. 그러자 아스카는 "다행이지, 뭐. 비가 내리기 전에 피할 곳을 찾았으니."라고 되받았다.

후유키도 같은 생각이었다. 몸이 젖으면 체력 소모가 커진다. 비가 그칠 때까지 여기 머무는 게 좋겠다고 생각했다. 세이야의 말마따나 옛날 사람들처럼 상황이 좋아질 때까지 느긋이 기다리는 수밖에 없다.

하지만 상황은 그렇게 만만한 것이 아니었다.

두 시간이 지나도 비는 계속됐다. 아니, 오히려 점점 더 거세졌다. 물줄기가 창문을 때리며 창틈으로 비가 새어 들기까지 했다.

"아니, 비가 왜 이래. 여태까지 온 것 중 제일 심한 것 같은데."

운전석에 앉은 다이치가 뒤를 돌아보며 말했다.

"저기압이 접근한 거야. 무더웠던 것도 그 때문이고."

도다가 중얼거렸다.

"언제까지 올까요?"

아스카가 후유키에게 물었다. 날씨에 관한 지식이 전혀 없는 후유키는 "글쎄."라며 고개를 갸우뚱했다.

"마음을 느긋하게 먹는 수밖에. 이런 날씨라면 그저 기다리는 것밖에 달리 할 게 없어. 다행히 먹을 것도 있고, 여기라면 춥지도 않으니 하룻밤 정도는 문제없이 지낼 수 있을 거야. 설마 이틀 사흘 계속 내리지야 않겠지."

고미네의 말에 다들 고개를 끄덕였다. 후유키 역시 다른 방법이 떠오르지 않았다. 어찌 됐건 지금은 나갈 수 없다.

승강구에 서서 바깥을 살피던 세이야가 버스 문을 열어 보았다. 그러자 세찬 빗소리와 함께 비가 안으로 들이쳤다. 그는 급히 문을 닫았다.

"야, 엄청난데."

다이치가 비명을 지르듯 말했다.

"도로가 물에 잠기고 있어."

세이야의 표정이 심각했다.

"이것참, 옴짝달싹 못하게 됐군."

고미네가 한숨을 쉬었다.

"문제는 화장실이라고요."

다이치가 빙글빙글 웃었다.

"남자야 어떻게든 되겠지만 여자들은 아무래도 힘들겠네."

"무슨 소리야. 이제 그 정도는 문제도 아니라고."

아스카가 뾰로통한 표정을 지으며 말하자 다이치는 "어떻게 할 건데?"라고 물었다.

"그건 비밀. 한 가지 말해 두겠는데, 이제부터 버스 뒤쪽은 여성 전용 구역으로 하겠어."

"뒷좌석을 화장실로 하려고? 그렇다고 아무 데나 갈기면 안 돼."

"그럴 리 없잖아, 바보야."

"그럼 어떻게 할 건데?"

"비밀이라고 했잖아."

그리고 아스카는 일어나 뒤쪽으로 걸어갔다. 가와세 앞에 선 그녀는 "들으셨죠? 남자 분들은 앞쪽으로 옮겨 주세요."라고 명령하듯 말했다.

턱을 괸 채 눈을 감고 있던 가와세는 아스카를 힐끔 올려다보더니 말없이 짐을 챙겨 들고 앞으로 옮겼다.

"에미코 씨와 나나미 씨는 뒤로 오세요."

아스카의 말에 따라 두 사람이 이동하려고 일어섰을 때였다. 그때까지 내내 승강구 계단을 내려다보고 있던 세이야가 갑자기 소리를 질렀다.

"잠깐 주목해 주세요!"

"왜 그래?"

도다가 물었다. 세이야는 심호흡을 했다.

"지금 바로 여기를 떠납니다. 준비해 주세요."

그의 말에 다들 어안이 벙벙한 듯 아무 말도 못했다. 가장 먼저 반응을 보인 사람은 다이치였다.

"네? 그게 무슨 말이에요?"

"말 그대로야. 버스에서 나간다. 다른 장소를 찾아야 해."

그러자 이번에는 고미네가 입을 열었다.

"왜 그래요, 이 정도면 괜찮은데. 지금 나가 봐야 폭삭 젖기밖에 더하겠어. 서두르고 싶은 마음은 알겠지만 빗줄기가 웬만큼 약해질 때까지만이라도 기다리는 게 낫지 않겠어요? 아까 세이야 씨도 그랬잖아, 옛날 사람들은 기다렸다고."

"옛날 사람들도 기다리는 게 위험하다고 느꼈을 때는 다른 방법을 모색했겠지요."

"위험하다고? 뭐가 말이죠?"

"계단 바로 밑까지 물이 차올라 왔습니다."

"그래도 물이 들어온 건 아니잖아요."

"들어올 가능성이 있습니다."

"설마."

"아무리 비가 많이 내려도 이렇게까지 도로가 물에 잠기는 건 이상합니다. 무슨 일이 있는 겁니다."

"무슨 일이요?"

세이야는 일단 말을 멈췄다가 결심했다는 듯 다시 입을 열었다.

"어딘가 제방이 붕괴됐을 가능성이 있습니다."

"제방이 붕괴됐다고요? 아무리 그렇다고 물이 그렇게 많이 차오를까요?"

"경찰청 자료에서 본 적이 있습니다. 예를 들어 폭우로 아라카와 제방이 붕괴될 경우, 도쿄 도심부 대부분이 침수된답니다. 최대 2미터까지 잠길 수 있다고 돼 있었습니다."

"2미터!"

"아직은 무릎 정도까지밖에 물이 안 찼지만, 만일 제방 붕괴가 원인이라면 수위가 점점 높아질 겁니다. 몇 시간 내에 1미터를 넘길지도 몰라요."

몇 사람이 조그맣게 비명을 질렀다.

"그러면 여기가 고립될 텐데."

"그러니까 출발해야 한다는 겁니다. 탈출이라는 표현이 더 정확하겠지요."

"하지만 지금 이 상황에서 나가기는……. 제방이 붕괴됐는지 확인된 것도 아닌데."

그때였다. 가와세가 갑자기 짐을 들고 일어서더니 말없이 승강구 쪽으로 걸어갔다.

"왜 그래?"

세이야가 물었다.

"출발해야지. 가고 싶지 않다는 사람은 그냥 놔둬. 설득하고 있는 이 순간에도 물은 계속 올라오고 있다고."

가와세는 고미네를 힐끔 본 뒤 문을 열었다.

"나는 이런 데서 익사하고 싶지 않아."

"기다려, 가와세."

세이야의 말을 무시한 채 가와세는 밖으로 뛰어내렸다. 물이 버스 계단 위로 찰랑찰랑 올라왔다.

"나도 갈 거야."

아스카도 승강구 쪽으로 걸어왔다.

"잠깐. 각자 가는 건 위험해. 같이 가야지."

"아무리 얘기해 봐야 미적거리는 사람이 있으니 어쩔 수 없잖아요."

아스카의 말에 모두의 시선이 고미네에게 쏟아졌다. 고미네는 한숨을 크게 쉬고서 자리에서 일어섰다.

31

 전원이 버스에서 내린 것을 확인한 후유키도 승강구 계단에 발을 디뎠다. 그런데 이미 발목이 잠길 만큼 물이 계단 위로 올라와 있었다. 수면 상승 속도가 상상 이상이었다.

 버스에서 밖으로 나가는 순간 비가 온몸을 세차게 때렸다. 순식간에 속옷까지 흠뻑 젖었다.

 "모두 함께 움직입시다. 절대 떨어지지 마세요."

 미오를 등에 업은 세이야가 외쳤다. 그러나 그 말은 빗소리에 묻혀 들리지 않았다.

 물은 후유키의 무릎 위까지 올라왔다. 비교적 키가 큰 그로서도 걷기 어려웠다. 몸집이 작고 체력도 별로 없는 여자들은 고생이 이만저만이 아닐 터였다. 그런데도 그녀들은 묵묵히 앞을 향해 걸었다.

 "저 건물로 들어가죠."

 세이야가 바로 앞쪽에 보이는 건물을 가리켰다.

 "내진 설계가 돼 있는지 확인할 여유는 없습니다. 지금은 물을 피하는 게 우선입니다."

 그 건물까지는 10미터도 채 안 떨어져 있었지만 후유키에게는 끝없이 멀게 느껴졌다. 젖은 옷이 몸에 달라붙고 구두에 물이 차 걸음을 옮기기 힘들었다.

 갑자기 발밑이 휘청 기우는 듯이 느껴졌다. 후유키와 아스카가 서로 얼굴을 마주 봤다.

"지금 이거…… 지진?"

"그런 것 같은데."

"하필 이럴 때."

그때였다. 후유키 바로 앞에서 걷던 에미코가 소리를 지르며 균형을 잃고 쓰러졌다. 후유키가 순간적으로 팔을 뻗어 그녀를 잡았다. 하지만 그 바람에 그녀가 안고 있던 아기가 그녀의 팔을 벗어났다.

풍덩, 소리와 함께 갓난아기가 물속으로 떨어졌다. 에미코가 비명을 질렀다.

다음 순간, 아기는 떨어졌을 때의 자세 그대로 물 위로 떠올랐다. 그리고 떠내려가기 시작했다. 모두 소리를 지르며 아기를 쫓아 뛰었다. 하지만 몸이 마음처럼 움직여 주지 않았다.

아스카가 달려가 간신히 아기를 건져 올렸다.

"괜찮아?"

후유키가 허둥지둥 쫓아가 물었다.

아기가 울기 시작했다. 그리고 숨을 멈출 듯 기침을 해 댔다. 아스카가 아기 얼굴을 찬찬히 살피더니 안도의 한숨을 내쉬었다.

"괜찮은 것 같아요. 다행이야."

후유키가 아기를 받아, 뒤에 와 있던 다이치에게 건넸다.

"건물에 들어갈 때까지 잘 안고 있어."

"알았어요."

다이치가 다시 걸음을 내디디려 할 때였다. 뒤에서 또 조그맣게 비명이 들렸다. 돌아보니 아스카의 몸이 가슴께까지 물에 잠겨 있었다.

"왜 그래?"

"밑에…… 구멍이 있어요."

후유키가 재빨리 손을 뻗어 그녀의 손목을 잡았다. 하지만 그 순간 무언가가 그녀를 확 잡아당겼다.

"아앗, 뭐야."

"구멍에 빨려 들어가고 있어."

아스카의 얼굴에 극도의 공포가 떠올랐다.

후유키는 두 손으로 아스카의 팔을 잡아당겼다. 그러나 그녀를 빨아들이는 물의 압력이 얼마나 센지 아무리 힘을 써도 끌어당겨지지 않았다.

"누구…… 누구 좀 와 줘요!"

그는 있는 힘을 다해 고함을 질렀다.

"어, 큰일 났다!"

다이치의 목소리가 들렸다. 상황을 알아차린 것 같았다.

아스카를 잡은 손이 조금씩 미끄러지기 시작했다. 그녀의 눈이 휘둥그레졌다.

"놓지 마요, 제발."

"걱정 마. 절대 안 놔."

후유키는 어금니를 물고 있는 힘을 다해 버텼다. 하지만 손가락과 팔에서 힘이 점점 빠지는 게 느껴졌다. 더는 버틸 수 없다고 생각했을 때 누군가 팔로 후유키의 허리를 감았다.

"절대 놓으면 안 돼!"

세이야 목소리가 귓전에서 들렸다.

가와세도 달려와 아스카의 다른 한 팔을 잡았다. 셋이서 잡아당기자 그제야 아스카의 몸이 물속에서 빠져나왔다.

"빨리 구멍에서 떨어져. 다시 빨려들지도 모르니까."

세이야가 소리를 질렀다.

후유키는 아스카의 팔을 잡고 있는 힘을 다해 앞으로 나아갔다. 물살이 점점 거세지는 게 느껴졌다.

"후유키, 저것 좀 봐."

아스카가 먼 곳을 가리켰다.

후유키는 자신의 눈을 의심했다. 거대한 파도가 밀려오고 있었다. 높이가 족히 2미터는 돼 보였다.

"빨리…… 빨리 건물 계단으로 올라가!"

세이야가 외쳤다.

다들 비명을 지르며 건물 바깥 계단을 향해 달렸다.

"앗, 짐!"

나나미가 그 자리에 멈춰 섰다. 뒤를 돌아보니 그녀가 갖고 있던 아이스박스가 떠내려가고 있었다.

"내가 갈게요."

후유키가 아이스박스를 쫓아갔다.

"안 돼, 후유키. 그럴 시간 없어."

세이야의 만류에도 불구하고 후유키는 멈추지 않았다. 하지만 아이스박스가 흘러가는 속도는 생각보다 빨랐다. 따라잡는 데 시간이 꽤 걸렸다.

겨우 집어 올려 건물로 돌아가려 했을 때는 파도가 이미 그의 눈앞에 다가와 있었다.

소리 지를 틈조차 없었다. 그의 머리를 파도가 덮쳤다. 그 압도적인 힘에 서서 버틸 수도, 맞서서 헤엄칠 수도 없었다. 그는 아이스박스를 잡은 채 떠내려갔다. 그러는 가운데서도 죽을힘을 다해 헤엄쳤다.

마침내 뭔가에 몸이 닿았다. 가로등 같았다. 눈도 뜨지 못한 채 필사적으로 매달렸다. 물살에 떠 내려온 갖가지 물건이 몸에 부딪쳐 왔다.

죽을지도 모른다, 처음으로 그런 생각이 들었다.

몇 초나 그렇게 있었는지 모른다. 문득 몸이 가벼워졌다. 얼굴에 물방울이 떨어지는 느낌이 들었다. 그는 눈을 떴다.

물 높이가 무릎 정도로 내려가 있었다. 파도가 지나간 것이다.

"빨리 돌아와!"

건물 계단 위에서 세이야가 양팔을 흔들고 있었다. 아스카와 나나미도 함께.

후유키는 심호흡을 한 뒤 건물을 향해 걸어갔다. 아이스박스는 놓치지 않았다. 비는 여전히 세차게 내렸지만 이제 빗방울이 얼굴을 때리는 정도는 신경도 쓰이지 않았다.

"달려!"

세이야가 또다시 소리쳤다.

"또 오고 있어."

깜짝 놀란 후유키가 아까 파도가 몰려왔던 방향으로 고개를 돌리자 먼저와 비슷한 크기의 파도가 보였다.

달렸다. 옷이 흠뻑 젖어 있어 다리가 마음대로 움직여 주질 않았다. 숨도 턱까지 차올랐다.

건물 계단으로 뛰어오른 직후에 격류가 발목을 강타했다. 하마터면 넘어질 뻔했으나 간신히 버텼다.

"괜찮아?"

세이야가 손을 내밀었다.

그 손을 잡고 계단을 올라가며 후유키는 괜찮다고 대답했다.

"쓸데없는 짓 하지 말라고 몇 번이나 말했어."

후유키는 겸연쩍은 얼굴로 아이스박스를 나나미에게 건넸다.

"죄송해요. 저 때문에……."

"이런 상황에서야 어쩔 수 없는 일이지요, 뭐."

다이치가 위로하듯 말했다.

완전히 물에 잠긴 도로에 파도가 연달아 지나갔다.

"대체 어떻게 된 거야. 저 파도는 도대체 뭐냐고."

후유키가 중얼거렸다.

"지진 때문이에요."

옆에서 고미네가 말했다.

"제방이 붕괴돼서 물이 범람한 데다 지진까지 발생해서 대형 파도가 생겨난 겁니다. 말하자면 일종의 쓰나미지요."

"도쿄 중심가에서 쓰나미를 만나게 될 줄이야."

도다가 탄식하듯 내뱉었다.

후유키는 다시 주변을 찬찬히 살펴봤다. 시선이 가는 곳마다 온통 물에 잠겨 있었다. 좀 떨어진 곳은 시야가 흐려 잘 보이지 않았다.

"어떡하지, 형? 이런 상태라면 도저히 이동하기 힘들겠는데."

"우선 이 건물 안을 조사해 보자. 쉴 수 있는 장소를 확보해야 해. 빨리 옷을 갈아입지 않으면 모두 감기에 걸리고 말 거야."

"짐도 다 젖었는데 갈아입을 옷이 어디 있어."

다이치가 볼멘소리를 했다.

그들이 피신한 건물은 여러 회사의 사무실이 입주해 있는 오피스 빌딩이었다. 아쉽게도 음식점은 없었다.

일행은 한 사무실의 직원용 로커에 들어가 옷가지들을 닥치는 대로 꺼내 젖은 몸을 닦았다. 그리고 각자 자신의 몸에 맞는 옷을 골라 갈아입었다.

"헐렁한 남자 옷을 입는 데도 익숙해져 버렸어."

그러면서 아스카가 고른 것은 아래위가 붙은 하늘색 작업복이었다.

옷을 다 갈아입은 뒤 몇 팀으로 나뉘어 건물을 둘러보러 나섰다. 후유키는 아스카와 둘이서 맨 꼭대기 층으로 올라갔다. 그곳은 광고 대리점이었다.

"컴퓨터도 최신식 사무기기도 지금 우리들에겐 아무 쓸모가 없네."

오피스를 둘러본 후유키가 그렇게 중얼거렸다.

"어, 이거 쓸 만한데."

아스카가 밝은 목소리로 외쳤다. 그녀는 큰 종이 상자를 열어 보고 있었다.

"뭐가 들었는데?"

"홍보용품들."

그녀는 휴대 전화 고리를 들어 보였다.

"이런 바보. 그런 게 무슨 소용이야."

"이거 말고도 많단 말이에요. 수건, 티슈, 또 티셔츠도 있고."

그 홍보용품들에는 화려한 색깔로 '충격의 스테이크'라는 글자가 새겨져 있었다. 낮은 가격에 스테이크를 먹을 수 있는 레스토랑 체인이 행사용으로 만든 듯했다. 디자인 한번 괴상망측하다고 생각했지만, 지금 그들로서는 그런 걸 따질 때가 아니었다.

"가져가자."

후유키는 종이 박스를 품에 안았다.

2층에는 여행사 사무실이 있었다. 그곳 고객 라운지를 집합 장소로 정했다.

"3층에는 설계 사무소, 4층에는 세무사 사무실이 있더군요. 서랍과 캐비닛을 다 뒤졌지만 쓸 만한 게 없었습니다. 그래서 우선 이 정도만……"

그러면서 고미네는 종이 백에 넣어 온 것을 바닥에 펼쳐 놓았다. 일회용 손난로, 목캔디, 슬리퍼, 여성용 카디건 등이었다.

"이건 괜찮은데요."

나나미가 일회용 손난로를 집었다.

"목캔디도 사용할 일이 있을 거예요. 혹시 약품 종류는 없던가요?"

"없었어요."

"이런 건 있더군요."

그러면서 도다가 꺼낸 건 위스키 병과 캔 맥주였다.

"어떤 회사건 근무 시간에 몰래 술 마시는 녀석들은 있게 마련이거든."

"안주는요?"

다이치가 물었다.

"땅콩 한 알 없더라고."

"저런……."

다이치는 아쉬운 표정을 지었다.

"그러는 자네는 뭐 좀 찾았어?"

"세제하고 샴푸요."

"그걸로는 배를 채우지 못하지."

"씻고 싶을 때도 있겠죠. 머리도 감고."

"몸이 더럽다고 죽진 않아. 문제는 먹을거리지."

자기도 술밖에 안 찾아온 주제에, 라고 다이치가 혼잣말을 했다.

그때 세이야가 돌아왔다. 손에 든 두 개의 흰 봉투가 불룩했다.

"그건 뭐야? 이왕이면 먹을 거면 좋겠는데."

후유키의 물음에 세이야는 "건강에는 별로겠지만, 찬밥 더운밥 가릴 상황이 아니라서."라며 봉투 하나를 바닥에 쏟았다. 그걸 본 다이치가 환성을 질렀다. 감자 칩이 나왔던 것이다. 그 밖에도 몇 종류의 과자와 초콜릿, 전병 등이 있었다.

나머지 봉투에서는 인스턴트커피와 분유, 녹차 같은 것이 나왔다.

"이런 걸 어디서 찾았어?"

후유키가 물었다.

"각 사무실의 탕비실을 돌아다녔지. 휴식 시간에 먹는 간식인가 봐."

"역시 리더는 리더네. 나 요즘 이런 것 먹고 싶어서 죽는 줄 알았거든요."

그러고서 감자 칩 봉지를 집어 뜯으려던 다이치는 즉시 세이야에게 제지당하고 말았다.

"먹는 건 나중에."

다이치가 "에이." 하며 낙담한 표정을 짓는데 이번에는 가와세가 들어왔다. 상반신에 아무것도 걸치지 않은 상태였다.

"미안하지만 좀 도와줘야겠어."

"왜 그러는데?"

"따라와 봐."

가와세는 계단 쪽으로 향했다. 뒤따라간 후유키가 바닥에 흩어져 있는 걸 보고 눈을 휘둥그렇게 떴다. 컵라면이 잔뜩 있었다.

"이게 어떻게 된 거야?"

"올라오면서 봤거든. 컵라면 자판기."

"자판기? 하지만 1층은……."

후유키는 계단 밑을 내려다봤다. 계단은 중간까지 완전히 물에 잠겨 있었다.

"저 속으로 들어갔단 말이야?"

"잠수는 자신 있거든. 물론 자판기를 때려 부수는 데는 좀 애먹었지만. 자판기 속에 꽤 많이 들어 있었는데, 우물쭈물하는 사이에 떠내려가 버렸어."

뒤따라온 다이치도 "와, 대단해."라며 환성을 질렀다.

그때 세이야가 가와세에게 다가갔다.

"이렇게 위험한 일을 할 거면 미리 의논을 했어야지. 그러기로 했잖아."

"내 걱정은 마. 언제라도 죽을 각오가 돼 있으니까. 앞으로도 위험한 일은 내가 하지."

"왜, 영웅이라도 되고 싶나?"

"뭐라고?"

"당신이 죽을 각오가 돼 있는지 어떤지는 상관없어. 하지만 우리는 당신이 죽으면 곤란해. 당신뿐이 아니야. 누구도 죽어서는 안 돼. 열한 사람 중 한 사람이 죽으면 생존력은 11분의 10으로 줄어든다고. 그걸 잊지 마."

그러고서 세이야는 가 버렸다. 가와세는 벌거벗은 어깨를 으쓱했다.

각자 모아 온 식량이 한군데 모였다. 그걸 잠시 내려다보던 세이야가 입을 열었다.

"이걸로 일주일은 버텨야 합니다. 그렇게 각오하세요."

"일주일?"

다이치가 꽥 소리를 질렀다.

"그건 무리야."

"밖을 한번 봐. 주위가 완전히 물에 잠겼고 비도 계속 내리고 있어. 지진이 발생하면 대형 파도가 습격한다는 건 이미 우리 눈으로 확인했어. 이동도 불가능하고, 먹을 걸 찾으러 갈 수도 없어. 물이 빠질 때까지 기다릴 수밖에 없다고."

"으으……."

다이치는 머리를 쥐어뜯었다. 다들 아무 말도 하지 않았다.

32

탁류가 격렬한 소리를 내며 흐르고 있었다. 일행이 잠시 피난처로 삼았던 버스는 절반 가까이 물에 잠긴 그대로였다. 건너편 건물에서는 정면 현관으로 유입된 물이 다른 창문을 통해 뿜어져 나오고 있었다. 이제 익숙해진 광경이라고는 해도 역시나 괴이한 느낌이 드는 건 어쩔 수 없었다.

물 위에는 다양한 것이 떠다녔다. 하지만 하나같이 흙빛이어서, 빌딩 위에서는 그게 어떤 물건인지 도무지 구분할 수가 없다. 개중에는 음식물이 있을지도 모른다. 방수 포장이 뜯기지 않아 씻어 내기만 하면 먹을 수 있는 게 있을 수도 있다. 하지만 후유키는 그런 상상을 머릿속에서 지워 버렸다. 손에 닿지도 않는 물건을 욕심내 봐야 소용없는 일이다.

"뭐하고 있어?"

아스카가 말을 거는 바람에 그는 퍼뜩 정신을 차렸다.

"아, 미안."

두 사람은 옥외 계단에 있었다. 계단 난간에 비닐우산을 펼쳐 거꾸로 매달아 놓았는데, 거기 모인 빗물을 페트병으로 옮겨 담는 것이 두 사람에게 주어진 일이었다.

"오늘은 비가 별로 안 오네."

작업을 하며 아스카가 말했다.

아닌 게 아니라 우산에 모인 물의 양이 어제까지보다 눈에 띄게 적었다.

"그동안 모아 둔 게 있으니까 오늘은 괜찮지만 앞으로 맑은 날이 계속되면 문제가 좀 있겠는데."

그렇게 말하고 나서 아스카는 저도 모르게 풋, 웃음을 터뜨렸다.

"뭐가 웃겨?"

"내가 생각해도 내 말이 모순돼서요. 비 때문에 여기 갇혀 있는 거니까 맑은 날이 계속되면 좋은 거잖아요."

"맞아, 그러네."

"생각해 보니 예전 세상에서도 그랬던 것 같아요. 비가 반드시 와야 할 때라도 내가 외출하는 날에는 맑았으면 했어요. 인간이란 그렇게 제멋대로인 존재인가 봐요."

"그렇게 제멋대로 말하고 싶어지는 건 그만큼 자연의 힘이 크기 때문 아닌가? 인간이 어찌할 수 없을 정도로 말이야. 그러니 자연과 잘 지내는 도리밖에 없어."

"인간이란 결국 그렇게 살아가는 수밖에 없는 건가……."

아스카는 한숨을 쉬었다.

빗물을 담은 페트병을 들고 두 사람은 여행사 사무실로 돌아왔다. 에미코가 분유 탈 물을 끓이고 있었다. 라이터용 기름을 발견한 덕에 그걸 헝겊에 적셔 불을 붙일 수 있게 된 것이다. 물론 그 정도의 화력으로 식사 준비까지는 할 수 없다. 분유 탈 물을 끓이는 것 외에는 사용이 금지됐다.

아스카가 옆 책상에서 자고 있던 아기를 안았다.

"어, 웃었다! 오늘은 기분이 좋은가 보네. 빗소리가 안 나서 그런가?"

그러고서 아스카는 에미코를 보며 물었다.

"엄마, 분유 남아 있어요?"

언제부턴가 아스카는 에미코를 엄마라고 불렀다.

"분유는 아직 괜찮아. 뜯지 않은 것도 한 통 있고."

"그럼 안 괜찮은 것도 있어요?"

"응, 기저귀. 타월로 대신하고 있어."

"종이 기저귀가 다 떨어졌어요?"

"조금 있었는데 지난번 폭우 때 몽땅 젖어서 못 쓰게 돼 버렸어."

"타월은 충분히 있어요?"

"아직은."

물이 끓자 에미코는 익숙한 솜씨로 젖병에 분유를 넣고 물을 부어 녹인 다음 병째로 물에 담가 식혔다. 그걸 지켜보던 후유키는 의외로 손이 많이 가는 일이라고 생각했다.

"사용한 기저귀는 어디 두시나요?"

후유키가 물었다.

"바깥쪽 화장실에요."

"그걸 빨아서 다시 쓰면 안 되나요? 비누도 있는데."

그러자 아기를 안고 있던 아스카가 얼굴을 찌푸렸다.

"빨아도 마르지 않아요. 비가 계속 오니까."

"방에서 말리면 되잖아."

"햇볕을 쬐어서 소독하지 않으면 균이 번식한다고요."

"그런 거야?"

"더 큰 문제는 세탁할 물이 없다는 거예요. 흙탕물로 빨 수는 없잖아요."

"그렇구나."

후유키가 머리를 긁적였다.

"천이라면 타월 말고도 많이 있으니까 어떻게든 될 거예요."

그러고서 에미코는 젖병을 아스카에게 건넸다.

"좋겠네, 유토는. 분유를 마음껏 먹을 수 있어서. 누나는 어제부터 내내 배가 꼬르륵인데."

아스카는 아기를 어르며 분유를 먹이기 시작했다. 그 모습을 바라보던 후유키의 표정이 저도 모르게 부드러워졌다. 마치 세상이 정상으로 돌아온 것 같은 착각이 들었다.

"다른 사람들은 어디 있나요?"

"글쎄요."

그러면서 에미코는 벽시계를 봤다.

"미오는 좀 전까지 여기 있었어요. 아마 식사 시간이 되면 다들 올 거예요."

시계가 오후 2시를 가리키고 있었다. 아침은 7시, 점심은 12시, 저녁은 오후 5시에 먹기로 되어 있다. 함께 의논해서 결정한 시간이다.

"물어보기가 즐겁기도 하고 두렵기도 한데, 저녁 메뉴는 뭔가요?"

후유키의 질문에 에미코는 쓴웃음을 지으며 대답했다.

"치즈 얹은 크래커요. 전에 있던 호텔에서 가져온 거예요."

"몇 개냐가 문제지요."

"글쎄요…… 1인당 다섯 개 정도?"

"네……."

"그런 불쌍한 표정 짓지 말아요. 엄마 잘못도 아닌데."

아스카가 핀잔을 줬다.

"에미코 씨를 원망하는 게 아니야."

이 빌딩으로 피난 온 지 나흘이 되었다. 처음에 모아 온 음식물은 순식간에 줄어들었다. 어른 10명이 먹어 대니 당연한 일이었다. 가와세가 물속에서 건져 온 컵라면도 어제저녁을 마지막으로 다 떨어졌다. 식량을 구해야 하는데 해결책이 보이지 않았다.

후유키는 긴 의자에 누웠다. 체력을 소모하지 않는 것이 음식물 부족에 대한 유일한 대책이었기 때문이다.

에미코의 말대로 오후 5시가 되자 사람들이 슬슬 모여들었다. 다들 얼굴에 피로와 초조감이 배어 있었다.

크래커와 치즈가 배급됐다.

"이거 가지고 아침까지 버티라니, 너무해."

다이치는 금방이라도 울어 버릴 듯한 얼굴이다.

"내일 아침엔 좀 더 많이 내놓을 테니 오늘은 이걸로 참아 줘요."

에미코가 그를 달랬다.

"먹을 게 얼마나 남았는데요?"

다이치가 묻자 에미코는 "글쎄요."라며 일어서 벽 쪽에 있는 캐비닛을 열었다. 식료품은 모두 그 안에 보관되어 있다.

"다이치 씨는 모르는 편이 나을 것 같네."

"그 정도예요?"

다이치가 어깨를 축 늘어뜨렸다.

에미코는 캐비닛을 잠갔다. 열쇠 관리도 그녀의 업무였다. 그때 도다가 말했다.

"캐비닛이 잠겨 있다는 사실 때문에 더 시장기를 느끼게 될지도 몰라요."

"그럼, 잠그지 말까요?"

에미코가 그렇게 묻자 도다는 "아니, 다 함께 결정한 거니까 그대로 해야겠지요. 괜히 누가 훔쳐 먹지 않나 의심하게 될 수도 있고."라며 발을 뺐다. 그리고 마치 자기 자신을 납득시키려는 듯 고개를 끄덕였다.

무거운 분위기 속에 모두 말없이 크래커와 치즈를 먹었다. 식사를 마치는 데 채 5분도 걸리지 않았다.

"이럴 줄 알았으면 호텔에서 나오지 않는 건데 그랬어."

고미네가 투덜거렸다.

사람들의 시선이 일제히 그에게 쏠렸다.

나나미가 "왜죠?"라고 물었다.

"거긴 아직 먹을 게 남아 있잖아요. 호텔을 떠나는 바람에 꽤 많은 식료품을 포기해야 했어요. 목적지에 비상식량이 있다고 했으니까. 한데 목적지에는 가지도 못하고 폭우로 짐의 절반 이상이 떠내려가서 결국 이런 상황이 됐어요. 그 호텔에 머물러 있었다면 지금보다는 더 나은 생활을 하고 있었을 겁니다."

"호텔을 떠난 것이 잘못이란 말인가요?"

후유키가 묻자 "결과적으로는요. 다들 그렇게 생각하지 않아요?"라며 사람들을 둘러봤다.

"거기엔 콜라도 많았는데."

다이치가 신음하듯 중얼거렸다.

"콜라 따위를 먹고 살 수는 없어."

아스카가 그를 노려봤다.

"다른 음식도 있었어. 지금보다는 인간적인 생활을 할 수 있었다고."

고미네가 그렇게 되받았다.

"아니요. 없었어요."

에미코가 심각한 얼굴로 고개를 저었다.

"제가 식사를 준비해 왔기 때문에 누구보다 잘 알아요. 그곳엔 먹을 게 거의 남아 있지 않았어요."

"아니야. 스파게티랑 밀가루도 남아 있었어요."

"그건 고미네 씨가 잘못 안 거예요. 식료품이 거의 다 떨어졌기 때문에 후유키 씨와 다이치에게 찾아봐 달라고 한 거잖아요. 잊으셨어요?"

"그건 나도 기억해요. 그렇지만 그 호텔에 먹을 게 거의 없었다는 말은 믿을 수 없어요. 그럴 리 없다고."

"그만들 해요. 이제 와서 그래 봐야 무슨 소용이야."

도다가 팔짱을 낀 채 수염이 제멋대로 자라난 턱을 문지르며 두 사람을 말렸다.

"나는 책임 소재를 분명히 해 두자는 겁니다."

"책임? 말도 안 돼. 세이야 씨가 그렇게 여러 번 목숨을 건져 줬는데 어떻게 그런 식으로 얘기하죠? 어처구니가 없네."

아스카가 정색을 하고 대들었다. 그때였다. 구석 쪽 의자에 앉아 있던 가와세가 아아, 하고 큰 소리로 하품을 하며 일어섰다. 그는 기지개를 켜듯 두 팔을 쭉 뻗고 목을 꺾은 뒤 문 쪽으로 걸음을 옮기며 말했다.

"별로 중요한 논의도 아닌 것 같으니까 저는 이만 실례합니다. 졸려서요. 용건이 있으면 부르세요. 3층 설계 사무소에서 눈이나 붙이고 있을 테니까."

그리고 그는 머리를 긁적이며 나갔다.

잠시 어색한 분위기가 흘렀다. 그러자 세이야도 일어서서 방을 나가려고 했다.

"잠깐만, 형. 한마디 해야 하는 거 아니야?"

후유키가 형을 쳐다봤다.

"뭘?"

"고미네 씨 의문에 대답해 줘야 하는 거 아니냐고. 호텔에 그대로 남아 있지 않은 게 불만이라잖아."

그러자 세이야는 의외라는 표정을 지으며 고미네 쪽을 돌아봤다.

"그런 건가요?"

"아니 뭐, 꼭 불만이라는 게 아니라······."

고미네는 세이야의 시선을 피했다.

세이야는 사람들을 둘러봤다.

"지금 제 머릿속에는 어떻게 하면 이 상황을 벗어날 수 있을까 하는 것뿐입니다. 그리고 첫날 말씀드린 대로 일주일간, 즉 앞으로 사흘 정도는 여기 머무를 수밖에 없습니다. 그 후에 탈출할지 아니면 더 머물기 위한 방책을 강구할지 결정할 겁니다. 저와 다른 의견이 있다면 부담 없이 얘기해 주세요. 우리의 미래를 위한 아이디어라면 환영입니다."

아무도 입을 열지 않았다. 그걸 확인하듯 사람들을 둘러본 뒤 세이야는 "4층에 있겠습니다."라며 방을 나갔다.

남은 사람들도 어색한 분위기를 피해 하나 둘 느릿느릿 일어서기 시작했다.

후유키의 잠자리는 맨 꼭대기 층인 광고 대리점에 있었다. 그는 2인용 소파에 누워 담요를 덮었다. 몸은 피곤했지만 잠이 오지 않았다. 속이 빈 탓이다.

몇 번을 뒤척이다가 그는 결국 소파에서 일어나 플래시를 집어 들었다. 그리고 계단으로 나와 여전히 물 흐르는 소리가 들리는 도로를 내려다봤다. 그런데 아래쪽에서 빛이 움직이는 게 보였다. 자세히 보니 손전등을 든 아스카였다. 아래층은 여자들이 사용하고 있었다.

"아스카, 잠이 안 와?"

"후유키 씨도요?"

"그렇지, 뭐."

후유키는 계단을 내려갔다.

"내일 일을 생각하면 우울해져요."

"글쎄 말이야. 물이 어느 정도 빠져야 먹을 걸 찾으러 갈 수 있을 텐데."

"수위가 좀처럼 안 내려가네요."

"오늘은 비가 거의 안 왔으니까 꽤 줄었을 거야. 가서 확인해 볼까?"

두 사람은 발소리를 죽이며 계단을 내려갔다. 물소리가 점점 커졌다. 2층까지 내려간 후유키는 걸음을 멈췄다.

"안 되겠어. 아직 허리 높이까지는 차 있는 것 같아. 비가 더 오지 않으면 내일쯤은 움직일 수 있을지도 모르겠어."

"비가 오지 않기를 기도할 수밖에 없겠네요."

두 사람은 다시 계단을 올라가기 시작했다. 그런데 복도 안쪽으로 눈길을 돌린 아스카가 "어?" 하고 소리를 냈다.

"왜 그래?"

"여행사 사무실에 누가 있는 것 같아요. 빛이 움직였어."

"에미코 씨 아닐까? 분유를 타나 보지."

"그럴 리 없어요. 내가 방에서 나올 때는 아기랑 자고 있었는걸."

"그래?"

후유키는 몇 초간 생각하더니 여행사 사무실 쪽으로 발길을 돌렸다. 정말로 안에서 불빛이 새어 나오고 있었다. 유리창으로 사무실 안을 들여다봤다. 검은 그림자가 움직이고 있었.

후유키가 플래시를 비추며 "누구야?"라고 소리쳤다.

깜짝 놀란 그림자의 주인공이 뒤를 돌아봤다.

플래시에 비친 것은 다이치의 놀란 얼굴이었다. 그의 입술 언저리가 하얬다. 그리고 손에는 분유통이 들려 있었다.

33

시곗바늘이 오전 6시 40분을 가리키고 있다. 이렇게 이른 시간에 눈을 뜨는 것도 이제는 다들 습관이 되었다.

전원이 여행사 사무실에 둥그렇게 둘러앉아 있었다. 그 한가운데에 다이치가 있다.

"어떻게 이런 짓을……."

고미네가 캐비닛 문을 바라보며 말했다. 식료품을 보관하는 캐비닛의 문이 크게 뒤틀려 있었다. 억지로 비틀어 열려고 한 것 같았다.

"요는 이런 거지?"

도다가 입을 열었다.

"밤중에 너무 배가 고파서 뭐라도 훔쳐 먹으려고 여기 왔다. 그런데 캐비닛은 문이 열리지 않아서 하는 수 없이 애기 분유에 손을 댔다."

다이치 옆에 서 있던 아스카가 허리에 손을 얹은 채 고개를 끄덕였다.

"네, 새 분유 깡통을 뜯어서 계량스푼으로…… 몇 순가락이라고?"

아스카가 발끝으로 다이치의 엉덩이를 찔렀다.

"일곱 순가락."

다이치가 기어 들어가는 목소리로 대답했다.

"일곱 순가락이래요."

"맙소사."

도다가 어처구니없다는 듯 헛웃음을 웃었다.

"결식아동의 밥 훔쳐 먹기야 뭐야."

"죄송해요. 한 순가락만 먹고 그만두려 했는데 멈출 수가 없었어요."

다이치는 거북이처럼 목을 움츠렸다.

"물 없이 잘도 먹었구먼."

도다가 마치 감탄스럽다는 듯 말했다.

"지금 그런 얘기 하실 때예요?"

아스카가 눈을 부라렸다.

"엄마는 이 일에 대해서 어떻게 생각해요?"

갑자기 질문을 받은 에미코는 당혹스런 표정을 지었다. 하지만 잠시 후 그녀는 고개를 숙인 채 자신의 의견을 말했다.

"유토는 우리들과 달리 먹을 게 분유밖에 없어요. 그렇게 소중한 분유를 훔쳐 먹는다는 건 누가 뭐래도 심한 행동이었다고 생각합니다. 해서는 안 되는 일이죠."

"그렇죠? 그래서 저도 후유키 씨와 상의해서 여러분께 알린 거예요."

"그리고 결과적으로는 피해를 입은 게 분유뿐이지만, 만약 캐비닛이 열렸다면 다른 음식에도 손을 댔을 거야. 그건 그냥 넘길 수 없지."

고미네가 그렇게 말하자 도다도 팔짱을 끼며 거들었다.

"문제는 문제야. 신뢰 관계에 영향을 미칠 테니. 캐비닛에 자물쇠를 달자는 얘기에 나도 반대했는데, 설마 이런 일이 일어날 줄은 몰랐어."

"죄송해요. 정말로 다시는 이런 짓 안 할게요."

다이치가 꾸벅꾸벅 머리를 조아렸다.

"사과해서 해결될 일이 아니야."

아스카가 다이치를 내려다보며 말했다.

"이제 그만 하면 안 될까요? 다이치 군도 반성하고 있는 것 같은데."

구원의 손길을 내민 건 나나미였다.

"그동안 다이치 군은 우리들을 위해서 수고를 많이 했어요. 이번 한 번 정도는 너그럽게 봐줘도 될 것 같은데요."

"아닙니다. 그냥 넘어갈 일은 아니죠."

고미네가 반박했다.

"아까 다이치 얘기 못 들으셨어요? 한 숟가락만 먹으려고 했는데 도저히 참을 수 없어서 일곱 숟가락이나 먹었다잖아요. 아스카에게 들키지 않았다면 계속 먹었을 수도 있다고요. 아니, 분명히 그랬을 거야. 그냥 놔뒀으면 한 통 다 먹었을 수도 있어."

"그건 아니에요."

다이치가 울상을 지었다.

"그걸 어떻게 보장하지? 안됐지만 자네 말은 진정성이 느껴지지 않아. 그리고 말이야, 내가 너무한다고 생각할지도 모르지만, 만일 이 캐비닛 문을 여는 데 성공했다면 어땠을까? 다른 사람들은 오늘부터 굶어야 했을지도 모른다고. 사과한다고 그냥 넘어갈 일은 아니지."

"그럼 어떻게 해야 하나요. 사과하는 것 말고 할 수 있는 게 없지 않나요?"

나나미도 지지 않고 다이치를 감싸려 했다.

"다시는 이런 일을 하지 않겠다는 걸 우리에게 증명해 보여야지요."

고미네가 차갑게 내뱉었다.

"소용없어. 손버릇이 나쁜 인간은 절대 고쳐지지 않는다고. 전에 우리 회사 경리부에 공금에 손을 댄 녀석이 있었어. 잘려서 다른 회사로 갔는데 거기서도 또 그런 짓을 했더군. 결국은 감옥에 갔지. 마약 같은 거야. 언젠가는 똑같은 일을 또 저지른다고."

도다가 냉담한 목소리로 말했다. 그러자 다이치가 고미네를 향해 앉더니 두 손을 바닥에 짚고 머리를 조아렸다.

"두 번 다시 이런 일 없을 거예요. 잘못했습니다. 용서해 주세요."

"나한테 그래 봐야……."

고미네가 조소하듯 뺨을 일그러뜨리며 고개를 저었다.

그러자 다이치는 그 자리에서 몸을 돌려 가며 한 사람 한 사람에게 "죄송합니다, 잘못했습니다."라고 머리를 조아리며 말했다. 그때였다. 가와세가 갑자기 자리를 박차고 일어서더니 그대로 아무 말 없이 출입구 쪽으로 갔다. 후유키가 그의 어깨를 잡았다.

"왜 그래. 어디 가려고?"

"어차피 먹을 게 나올 것 같지도 않으니까 위에 올라가서 잠이나 자려고."

"그럼 안 되지. 보다시피 함께 의논 중인데."

"의논? 이게?"

"왜, 맘에 안 드나?"

후유키가 가와세를 노려봤다.

"그래요. 이건 의논하는 게 아니에요."

나나미가 나섰다.

"다 같이 다이치를 왕따시키려는 데 불과하다고요."

"잘못했으면 책임을 지는 게 당연하죠."

아스카가 입을 뾰족하게 내밀었다.

"당신도 그렇게 생각하나? 다이치가 왕따당하고 있다고?"

후유키가 가와세를 보며 물었다.

"글쎄."

가와세는 어깨를 으쓱했다.

"왕따든 뭐든 상관없어. 그래서 기분이 풀린다면 말이야. 난 어차피 다 소용없는 짓이라고 생각하지만."

"소용없다고?"

"그래, 소용없어. 결국은 아무도 믿을 수 없다는 거 아니야. 그런 건 이미 옛날에 깨달았다고. 그래서 그 녀석을 나무랄 생각도 없고 어떻게 하겠다는 생각도 없어. 굳이 말하자면 저 뚱보 녀석은 음식을 훔쳐 먹은 전과가 있다는 걸 기억해 둘 뿐이지. 그리고 절대 믿지 않는 거야. 그걸로 충분하다고. 그러니까 나는 이 사건에서 손을 떼겠어. 더는 볼일이 없다고. 그래서 자러 가는 거야."

가와세의 어깨를 잡고 있던 후유키의 손이 힘없이 흘러내렸다.

"그럼 식사 때 불러."

가와세가 걸어 나가는 걸 후유키는 말없이 지켜봤다. 그러고 나서 그는 세이야를 봤다. 그가 아무 말도 하지 않고 있다는 걸 그제야 깨달았다.

"형은 어떻게 생각해?"

모두의 시선이 세이야에게 쏠렸다. 다들 그가 무슨 생각을 하는지 알고 싶어 했다.

"기본적으로는 저 녀석과 같은 생각이야."

"저 녀석?"

"가와세. 나도 다이치를 나무랄 생각이 없어."

"왜죠?"

아스카의 목소리에 날이 서 있었다.

"분유를 훔쳤잖아요. 그런데 왜 아무 말 하지 않는 건가요? 피해자는 갓난아기이니까 세이야 씨와는 아무 상관 없다는 건가요?"

"그렇게는 말하지 않았어."

"그럼요?"

"전에도 말했지만, 예전 세상의 선악 개념은 이제 통하지 않아. 뭐가 선이고 악인지, 우리들 스스로 결정하자고 했잖아."

"다이치가 한 짓이 악이 아니라는 건가요? 아기가 먹을 걸 훔쳤는데도요?"

"그럼 묻겠는데, 분유를 먹지 못해 아기가 굶어 죽는 것과 다이치가 영양실조로 쓰러지는 것, 둘 중에 뭐가 우리를 더 힘들게 할까?"

아스카가 눈을 동그랗게 떴다.

"그렇게 극단적으로 얘기할 일은 아니잖아요. 분유를 먹지 못한다고 다이치가 쓰러지나요?"

"그건 모르는 일이지. 아스카도 모르고 나도 몰라. 배가 고파서 얼마나 괴로웠는지는 다이치 자신만이 알 거야. 분유를 먹은 덕분에 힘을 내서 더 열심히 일해 준다면 꼭 잘못했다고 할 수만은 없지."

"그건 아니지. 아무리 그렇더라도 우리들에게 동의를 얻어야 하는 거야."

도다가 반박했다.

"그럴 여유가 없었다면요? 혹은 동의를 얻을 가능성이 없어 보여 자신의 판단에 따랐다면요?"

"그건 안 되죠. 용서할 수 없는 일입니다."

고미네가 말했다.

"왜죠?"

"왜냐하면 질서가 무너지기 때문이죠. 먹을 것을 놓고 다툼이 벌어지게 돼요."

"그것까지 각오했다면, 그렇게 될 걸 예상하면서도 분유를 훔쳐 먹어야 할 정도로 절박했다면, 그리고 그 행위를 그의 생존을 우선시한다는 관점에서 본다면 악이 아니라 선 아닐까요?"

그러자 아스카가 "다이치 입장에서야 그렇겠지만 우리로선 피해예요. 큰 죄악이라고요."라고 말했다.

아스카의 말에 세이야가 표정을 누그러뜨렸다.

"내가 말하고 싶은 게 바로 그거야. 다이치 입장에서는 선이지만 다른 사람들에게는 악이다. 다 합해 11명이니까 10 대

1. 하지만 소수파라고 해서 무시해서는 안 된다는 거지. 11분의 1이라는 건 결코 낮은 비율이 아니니까."

그리고 세이야는 일어서서 사람들을 둘러봤다.

"사람이 11명이라고 하니까 잘 와 닿지 않는 모양인데요, 11개 국가가 있다고 가정해 봅시다. 세계가 11개 국가로 구성되어 있다고요. 상호 공존을 위해 국가 간 협정을 체결합니다. 그중에는 다른 나라의 것을 빼앗으면 안 된다는 규칙도 있다고 합시다. 그런데 어느 국가의 왕이 고민합니다. 그 나라는 가난하고 식량도 부족하기 때문입니다. 그래서 왕은 결단을 내립니다. 이웃 나라를 침략해 식량을 빼앗아 오기로 한 겁니다. 덕분에 국민은 굶주림에서 벗어날 수 있었습니다. 이 왕의 결단이 과연 선일까요, 악일까요?"

세이야가 아스카를 보며 다시 물었다.

"어떻게 생각하지?"

"그건 안 돼요. 자기 나라 국민은 구했지만 다른 나라에 피해를 준 거니까 역시 악이라고 생각해요."

"하지만 그 나라 국민들의 입장에서는 그 왕이 영웅 아닐까?"

"그건 그럴지 모르지만, 그런 짓을 했다간 다른 나라들로부터 외면당하죠. 모두를 적으로 만들게 된다고요."

"왕은 그것까지 각오했을지 모르지. 전쟁을 치르더라도 굶어 죽어 가는 국민을 구할 것인가, 아니면 국민이 굶어 죽는 것을 빤히 보면서 다른 나라들과의 우호 관계를 지킬 것인가. 어느 게 선이고 악인가. 그러니까 말이지, 다이치의 사정은 다이치밖에 알 수 없는 거야. 우리는 그의 행동을 보고 앞으로 그를 어떻게 대할지 각자 판단할 수밖에 없어."

거기까지 듣고서야 비로소 후유키는 세이야가 다이치를 비호하는 게 아니라는 것을 알아차렸다. 뿐만 아니라 그는 다이치를 내칠 가능성마저 내비치고 있었다.

다이치 역시 그걸 눈치챘는지 새파랗게 질린 얼굴로 세이야를 올려다봤다.

"다시는 그런 짓 하지 않을게요. 제발 부탁이니 내쫓지 마세요. 부탁드립니다. 부탁드립니다."

"그렇게 고개 숙일 일이 아니야. 용서하느냐 마느냐의 얘기가 아니라고. 그런다고 신용이 회복되는 것도 아니고."

세이야의 음성은 고미네나 아스카가 다이치를 질책할 때보다 훨씬 차갑게 들렸다.

사람들이 마른침을 삼켰다.

"내 의견은 이상이야."

그리고 세이야는 후유키를 바라봤다.

"한 나라가 다른 나라를 재판할 수 있는 법률 같은 게 존재하지 않듯이 여기엔 법률이 없어. 그러니 재판을 한다는 것도 무의미하고. 내 말이 틀려?"

"그럼 다이치에게 아무런 처벌도 하지 않겠다는 거야?"

"그런 건 아무 의미가 없다고 말했잖아. 몇 번이나 말해야 알겠어?"

그러고서 세이야는 사람들을 한 번 죽 둘러본 뒤 에미코에게 말했다.

"슬슬 식사 준비를 해야 하지 않을까요? 곧 7시가 되는데."

"어, 그렇군요."

에미코가 일어섰다.

"그리고,"

세이야가 덧붙였다.

"캐비닛에 자물쇠를 채우는 건 이제 그만둡시다. 훔치고 싶은 사람은 훔치면 됩니다."

"알겠어요."

에미코가 낮은 소리로 대답했다. 반대하는 사람은 아무도 없었다.

다이치가 고개를 숙인 채 엉엉 울기 시작했다.

다시 이틀이 지났다. 햇빛에 눈을 뜬 후유키는 평소처럼 계단으로 가서 길을 내려다보다가 자신도 모르게 소리를 질렀다. 물이 거의 빠져 있었다.

곧장 세이야에게 알렸다. 세이야는 망원경으로 먼 곳까지 상태를 확인한 뒤 천천히 고개를 끄덕였다.

"식사 후에 출발 준비를 하자."

"옛."

후유키는 거수경례를 했다.

이날 아침 식사는 스파게티와 수프였다. 며칠 만에 먹는 이 호사스러운 음식은 예정보다 출발이 앞당겨진 덕분이었다. 든든히 먹어 체력을 비축해 두라는 세이야의 지시가 있었다.

"하늘을 보니 오늘은 비가 오지 않을 것 같습니다. 문제는 지진인데, 그건 예측할 방법이 없습니다. 일어나지 않기를 기도할 수밖에요."

세이야의 말에 도다는 "물이 빠졌다고 안심해선 안 돼. 너무 오랫동안 광범위하게 침수됐기 때문에 지면 바로 아랫부분은 물을 잔뜩 머금은 스펀지라고 봐야 해. 그것도 불량 스펀지. 여기저기 공동이 있고 지면 자체가 꺼져 있는 곳도 있을 텐데, 그런 곳에 빠지면 살아나기 힘들어. 협박이 아니라고."

"서둘지 말고 침착하게 갑시다. 천천히 걸어도 오후에는 총리 공관에 도착할 수 있을 테니까요."

세이야가 사람들을 독려했다.

오전 9시가 조금 지나서 전원이 계단으로 내려왔다. 거리에는 물웅덩이가 꽤 남아 있었지만 걷기에는 큰 문제가 없어 보였다.

"아기는 제가 안을게요."

다이치가 에미코를 보며 말했다.

"그래? 괜찮을까?"

"짐도 별로 없잖아요."

아기는 천에 감싸여 있었다. 다이치는 천 양쪽 끝을 묶어 목에 걸었다.

"그 정도는 해야겠지. 분유도 훔쳐 먹고 했으니."

도다가 이죽거렸다.

"자, 그럼 출발합니다."

세이야의 신호에 따라 그들은 젖은 도로로 발을 내디뎠다.

34

홍수가 남긴 상처는 상상 이상이었다. 도로 곳곳이 꺼지거나 솟아올라 있었다. 평평해 보이는 곳도 무수한 균열이 그물코처럼 나 있어 발을 디딜 때마다 물이 스며 나왔다. 자연히 일행의 걸음걸이는 굉장히 느릴 수밖에 없었다. 각자 지팡이가 될 만한 것을 손에 들고 지면을 두드려 가며 걸었다. 그래도 언제 어디가 함몰될지 알 수 없는 상황이었다.

"큰 지진이 또 한 번 오면 이번에는 끝장이야."

땅바닥을 살피면서 도다가 말했다.

"도로가 완전히 붕괴된다는 건가요?"

후유키의 질문에 그는 "도로뿐만이 아니야. 이미 건물들의 기초가 상당한 타격을 입었을 거야. 극단적으로 말하자면 건물들이 갑자기 무너지기 시작한대도 이상할 게 없지."라고 대답했다.

"겁주지 마세요."

"겁주는 게 아니야. 사실을 말하는 거지. 이런 상황까지 염두에 두고 지어진 건물은 하나도 없어."

출발해서 두 시간 정도 지났을 때 마침내 눈에 익은 건물이 오른편에 나타났다. 특허청이었다. 그 모퉁이를 오른쪽으로 돌아 곧장 가면 총리 공관이 나온다.

"아이고, 이제야 여기까지 왔군."

도다가 가쁜 숨을 몰아쉬었다.

하지만 그 모퉁이를 돌자마자 일행은 발이 땅에 붙은 듯 멈춰 설 수밖에 없었다. 눈앞에 펼쳐진 광경은 정말이지 현기증이 날 지경이었다.

엄청난 수의 망가진 자동차들이 뒤엉켜 도로를 완전히 막고 있었다. 대형 트럭, 승용차, 버스 할 것 없이 갖가지 차량이 부딪친 채 겹겹이 쌓여 지나갈 틈은커녕 넘어가기조차 곤란해 보였다.

후유키는 세상이 정상적이었을 때를 떠올렸다. 이 교차로는 원래 교통량이 엄청난 곳이었다. 사람들이 사라진 순간 주인 잃은 자동차들은 폭주와 충돌을 거듭해 후유키 일행의 갈 길을 막는 벽을 만든 것이다.

"여기까지 왔는데 또 돌아가야 하나."

고미네의 한탄에 아무도 동조하거나 위로의 말을 하지 않았다. 이제 이런 일에는 이골이 난 듯했다. 세이야가 방향을 바꾸자 모두들 묵묵히 그를 따를 뿐이었다.

다메이케 교차로 부근까지 왔을 때에야 길을 건널 만한 곳이 나타났다. 부서진 자동차들 사이를 누비듯 빠져나간 후 세이야가 사람들을 향해 돌아섰다.

"여기서 잠시 쉬었다 가죠."

"여기서요? 조금만 더 가면 되는데……. 계속 가는 게 낫지 않을까요?"

아스카의 의견에 고미네도 "내 생각도 그래. 지진이 오기 전에 얼른 가자고."라고 말했다.

"아니요, 여기까지 한 번도 쉬지 않고 와서 모두들 상당히 피곤할 겁니다. 물론 목적지가 멀지 않았지만, 경사가 급한 길이라 쉬어 가는 게 좋겠습니다. 또 하나, 총리 공관에 어떤 식료품이 얼마나 있을지 불투명하기 때문에 일단 배를 채워 두는 편이 나을 겁니다."

"그럴지도 모르겠군."

도다가 말했다.

"나무타기도 올라갈 때보다 내려와 땅을 딛기 직전이 제일 위험하다는 얘기가 있어. 무리하지 말고 여기서 한 호흡 쉬어 가는 것도 나쁘지 않아. 문제는 어디서 쉬느냐 하는 건데."

"저기가 어떨까요."

세이야가 가리킨 곳은 음식점이 몇 개 들어서 있는 빌딩이었다.

다이치가 즉시 그곳을 향해 뛰어갔다.

"저 녀석은 정말이지……."

그러면서 도다가 웃자 모두들 표정을 누그러뜨리고 한바탕 웃었다.

빌딩 3층에는 서양식 선술집 체인점이 있었다. 그 가게를 택한 사람은 다이치였다. 이런 곳은 보존 식품을 많이 사용한다는 것이 그 이유였다. 아닌 게 아니라 다이치의 말대로였다. 카레, 미트소스뿐 아니라 야채수프와 비프스튜까지 있었다. 햄버거도 진공 팩 상태로 보관되어 있었다.

"이거, 데워 먹으면 좋겠는데. 가스도 있것다."

그러면서 다이치는 햄버거를 바라봤다.

이 가게 주방은 가스통을 사용하고 있어서 고장만 나지 않았다면 화덕을 사용해도 될 것 같았다.

"다이치, 제발 부탁이니 불이 들어오는가 시험해 볼까, 따위의 말은 하지 말라고. 가스 손잡이를 돌리는 순간 펑, 하고 날아가고 싶지 않으니까."

고미네가 다이치의 속마음을 읽기라도 한 듯 선수를 치고 나섰다.

"그래. 큰 지진 뒤에 점검도 하지 않고 가스를 사용하는 건 자살 행위야."

세이야가 말했다.

다이치는 실망한 표정으로 햄버거를 먹기 시작했다.

"보존 식품을 데우지 않고 먹는 것에는 익숙하지만, 밥이나 빵 없이 먹는 건 괴롭구먼."

소시지를 씹으며 고미네가 푸념했다.

"선술집에 들어와서 맥주를 안 마시기도 처음이야. 그야말로 넘칠 만큼 있는데 말이지."

도다가 매우 아쉬운 듯 말했다.

"조금만 더 참아 주세요. 아마 총리 공관에도 맥주가 있을 겁니다."

세이야가 그렇게 그를 달랬다.

"알아요. 불만이라는 게 아니라, 그저 첫 경험이란 얘기지."

아스카와 나나미는 화이트 아스파라거스에 드레싱을 뿌려 먹고 있었다. 아스파라거스 캔을 찾아낸 것이다.

"샐러드라니, 이게 얼마 만이야. 정말 맛있어."

아스카는 행복한 듯 손가락으로 브이 자를 만들었다.

에미코는 출발 전에 타 가지고 온 분유를 아기에게 먹였고 미오는 푸딩을 먹었다. 가와세는 정어리 통조림을 크래커에 얹어 먹었다.

이렇게들 즐거워하는 표정을 오랜만에 본다고 후유키는 생각했다. 제한된 식사에 폐쇄된 공간에서 며칠씩 지내다 보면 그 어떤 사람이라도 이상하게 변한다. 비록 차가운 음식이지만 마음껏 먹을 수 있다는 사실이 사람들의 마음을 따뜻하게 해 주는 것 같았다.

식사로 한 시간 정도를 보낸 후 다시 출발했다. 다들 식사 전에 비해 표정이 한결 밝았다. 발걸음마저 가벼웠다.

"도착하면 총리 의자에 한번 앉아 보자고."

도다가 마치 기대가 된다는 듯 말했다.

"저…… 전부터 궁금했었는데요."

아스카가 조그만 소리로 후유키에게 속삭였다.

"뭐가?"

"총리 공관이라는 게 대체 뭐예요?"

앞에서 걷던 고미네가 그 소리를 듣고서 풋, 웃음을 터뜨리며 돌아봤다.

"그것도 모르면서 따라왔어?"

"모르는 걸 어떡해요. 총리가 사는 집이에요?"

"총리의 집무실과 사는 데가 같은 부지 안에 있는 곳이야."

"그렇구나. 직장이 가까운 건 좋지만 너무 붙어 있는 건 좀 그러네. 일에서 해방된다는 느낌이 없을 거 아냐."

"당연하지."

고미네가 다시 돌아봤다.

"총리는 한 나라의 최고 지도자인데 일에서 해방되면 곤란하지."

"맞아. 죽어라 혹사시켜야 되는 거야."

도다가 킥킥거렸다.

후유키는 일행이 주고받는 말을 들으면서 그들의 발걸음뿐 아니라 입도 가벼워졌다고 생각했다. 곧 목적지에 도착한다고 생각하니 마음이 흥분되는 모양이었다.

"자, 이곳만 오르면 총리 공관입니다."

세이야가 말했다.

"야, 힘내자!"

다이치가 소리를 지르더니 갑자기 달리기 시작했다. 다음 순간, 그의 발밑이 꺼져 버렸다.

그것은 무너졌다거나 갈라졌다는 말로 표현할 수 있는 것이 아니었다. 다이치가 서 있던 자리가 쑥 들어가더니 마치 두꺼운 천이 찢어지듯 양쪽으로 좍 벌어졌다.

균열은 눈 깜짝할 사이에 후유키의 발밑까지 도달했다. 소리 지를 틈조차 없었다. 정신을 차려 보니 그는 도로에 납작 엎드려 있었다. 게다가 길이 미끄럼틀처럼 기울어져 버렸다. 주위를 둘러본 후유키는 그 자리에 얼어붙었다.

함몰된 도로의 한가운데에 자신이 있었다. 뿐만 아니라 고미네와 아스카, 도다도 함께였다. 그리고 미끄럼틀처럼 기울어진 도로의 맨 끝에 다이치가 있었다. 그 뒤로는 급류가 흐르고 있고 어디선가 소름 끼치는 굉음이 들려왔다.

"어서 올라와!"

위에서 세이야의 목소리가 들렸다. 그는 다행히 떨어지지는 않은 것 같았다.

로프가 날아왔다. 가와세가 갖고 있던 로프였다. 그 끝을 잡고 아스카, 고미네, 도다가 차례로 올라갔다.

후유키는 로프를 잡고서 다이치를 내려다봤다. 다이치는 오른손 하나로 도로의 갈라진 부분을 움켜잡고 떨어지지 않으려고 혼신의 힘을 다하고 있었다. 왼손을 사용할 수 없는 것은 그 손으로 아기를 안고 있기 때문이었다.

"다이치, 힘을 내! 지금 내려갈게."

후유키가 로프를 잡고 내려갔다. 그 순간 물보라가 얼굴에 튀었다. 물이 빠졌다고 생각했으나 사실은 도로 밑에 엄청난 격류가 숨어 있었던 것이다.

거의 다이치에게 닿으려는 순간 로프가 더 이상 늘어나지 않았다. 후유키는 위를 향해 소리쳤다.

"로프를 좀 더 내려!"

다음 순간 세이야의 상반신이 나타났다. 그는 로프를 몸에 감고 몸을 바깥쪽으로 최대한 내밀었다. 누군가 그의 다리를 잡고 있는 것 같았다.

덕분에 로프가 조금 길어졌다. 다이치의 몸에 손이 닿을 듯했다.

"다이치, 왼손을 내밀어."

"안 돼. 그럼 아기가 떨어져."

후유키는 입술을 깨물며 세이야를 쳐다봤다. 로프를 좀 더 늘어뜨려야 하는데, 그 이상은 무리임이 분명했다.

"후유키, 아기 먼저."

다이치는 천에 싸인 아기를 왼손에 올린 다음 팔을 천천히 뻗었다. 아무리 어린 아기라도 몸무게가 10킬로그램은 나갈 터였다. 대단한 힘이었다.

후유키도 있는 힘을 다해 팔을 뻗어 아기가 감싸인 천을 낚아챘다. 아기가 떨어지지 않은 것을 확인하고 다이치를 향해 고개를 끄덕이며 "잘했어."라고 말했다.

그는 한 손으로 아기를 안은 뒤 로프에 의지해 경사진 길을 올라갔다. 나나미가 양손을 뻗어 왔다. 후유키는 그녀의 손에 아기를 넘겼다.

"이번엔 내가 할게."

가와세가 소리쳤다.

"아니, 그럴 시간이 없어."

후유키는 다시 로프를 잡고 내려갔다.

다이치는 두 손으로 도로를 붙잡고 매달려 있었다. 하반신은 완전히 물에 잠긴 상태였다. 세차게 흐르는 물이 자꾸 그를 끌어들이려 하고 있었다.

"다이치, 팔! 빨리!"

후유키가 고함쳤다.

다이치가 고개를 들었다. 그 얼굴이 몹시 창백했다. 물에 잠겨 있는 데다 좀 전에 아기를 넘겨주느라 힘을 다 써 버린 탓이었다.

다이치의 입술이 움직였다. "안 되겠어."라고 말하는 것처럼 보였다. 눈에 절망감이 짙게 배어 있었다.

"정신 차려. 한쪽 팔만 뻗으면 돼. 끌어당길 테니까."

다이치는 오른손으로 바닥을 잡은 채 천천히 왼손을 올렸다. 후유키 쪽에서도 팔을 뻗었다. 두 손의 간격이 몇 센티미터로 좁아졌다.

그때 무언가가 다이치의 얼굴을 때렸다. "엇." 하며 그의 몸이 뒤로 젖혀졌다. 동시에 바닥을 붙들고 있던 다이치의 오른손이 떨어졌다. 다이치의 놀란 얼굴이 후유키를 향했다. 눈이 휘둥그랬다. 그의 뺨에 피가 흐르고 있었다. 돌에 맞은 것 같았다.

다이치는 두 손을 뒤로 휘휘 저었다. 그 모습이 후유키의 눈에는 마치 느린 동영상처럼 보였다. 시간이 천천히 흐르는 느낌이었다.

자신에게 무슨 일이 일어났는지 이해할 수 없다는 듯, 다이치는 무구한 표정을 한 채 물속으로 빨려 들어갔다. 마지막 순간까지 눈을 둥그렇게 뜨고 입을 벌리고 있었다.

그가 사라지고 난 자리에는 깊고 검은 어둠만 남았다. 그 어둠을 향해 물이 콸콸 흘러들었다.

"다이치!"

후유키는 절규했다. 목이 쉴 정도로 소리쳤다. 그 소리에 섞여 비명과 고함이 들렸다. 위에서 내려다보고 있는 사람들이 지르는 소리였다.

후유키가 위를 올려다봤다.

"로프를 던져 줘. 여기서 늘어뜨려 볼게!"

그러나 위에서 내려다보던 세이야는 고개를 저었다.

"올라와."

"하지만……."

"로프를 던지면 너도 못 올라와."

"하지만 다이치가……."

"알아. 어서 올라와. 제발 시키는 대로 해."

후유키가 어금니를 깨물었다. 다이치가 사라진 깊은 어둠을 다시 한 번 응시한 뒤 위로 올라가기 시작했다.

눈물이 흘러내렸다. 그리고 아무리 억누르려 해도 입에서 소리가 새어 나왔다.

빨간 화살표가 떠올랐다. 다이치와 만날 수 있었던 건 그가 거리에 화살표를 그려 놓은 덕분이었다. 그 화살표가 가리키는 곳에서 그는 초밥을 먹고 있었다.

어떤 상황에서도 그는 사람들을 편안하게 해 줬다. 그런 다이치를 구해 내지 못하고 그냥 죽게 내버려 두다니.

위로 올라온 후유키는 세이야와 눈이 마주쳤다. 그 역시 눈이 충혈되어 있었다. 굳은 표정에 관자놀이에는 핏줄이 솟아올라 있다.

"지켜 주지 못했어."

후유키가 중얼거렸다.

"알아. 다 보고 있었어."

"도대체 왜 이러는 거야. 왜, 왜 이런 일이 벌어지는 거냐고!"

후유키는 땅바닥에 털썩 주저앉았다. 나나미와 아스카도 흐느끼고 있었다. 에미코와 미오도 마찬가지였다. 고미네, 도다, 가와세 모두 고개를 푹 숙이고 있었다.

"그게 이 세상의 법칙인지도 모르지."

세이야가 비탄에 잠긴 목소리로 말했다.

"법칙?"

"지금 이 세계는 패러독스의 이치를 보완하기 위해 만들어진 거야. 그러니 인간은 소멸하는 편이 나아. 우주를 위해서는."

35

총리 공관은 손상된 곳이 없어 보였다. 내진 구조가 효과를 발휘한 덕분이기도 하겠지만, 무엇보다 높은 곳에 있어 침수 피해를 입지 않은 덕이 컸다.

"대단하네. 유리 한 장 깨지지 않았어."

에미코는 커다란 창문이 있는 벽면을 올려다봤다.

"국토 교통성, 이라기보다 옛 건설성이 자랑하던 건물이었으니까. 발전 설비도 무사하면 좋겠는데."

도다의 말에 고미네는 "이 정도면 괜찮을 것 같아요. 태양 전지라는 것은 의외로 튼튼한 데다 연료 전지 설비도 갖춰져 있다고 들었습니다."라고 말한 뒤 에미코를 바라보며 "전기 조리 기구도 있을 겁니다. 오랜만에 따뜻한 음식을 먹을 수 있겠어요."라고 덧붙였다.

하지만 그의 말에 반응하는 사람은 없었다. 그도 그럴 것이, '먹는다'는 말을 들으면 다이치가 떠올랐기 때문이다. 아니, 그런 단어를 듣지 않아도 그들의 머릿속은 다이치에 대한 생각으로 가득한 상태였다. 그가 깊은 구멍으로 빨려 들어간 것이 불과 몇 분 전 일이었다. 아스카와 나나미는 여전히 눈이 빨갰고, 세이야의 등에 업힌 미오의 얼굴에도 눈물 자국이 남아 있었다.

세이야가 재촉하지 않았다면 아마 아직도 다들 그 자리를 떠나지 못했을 것이다. 후유키 역시 일어설 힘조차 없었다. 그럼에도 총리 공관으로 향했던 것은 세이야의 의미 있는 한마디 때문이었다.

"지금 이 세계는 패러독스의 이치를 보완하기 위해 만들어진 거야."

그게 무슨 뜻인지 묻는 후유키에게 세이야는 고개를 저었다.

"지금은 말할 수 없어. 도착하면 설명해 주지."

후유키는 왜 도착해야 설명할 수 있냐고 물었다.

"나 역시 그곳에서 그런 사실을 알았기 때문이야. 모든 비밀이 거기에 있어. 내가 총리 공관으로 가자고 한 것은 살아남기 위해서만이 아니야. 진실을 알리려면 관저로 가야 한다고 판단했기 때문이지. 숨길까 생각도 해 봤지만, 그래서는 안 된다는 결론을 내렸어."

세이야는 그 이상 자세한 얘기를 해 주지 않았다. 제대로 설명할 자신도 없고, 설명한들 믿어 주지도 않을 것이라면서.

후유키는 다이치의 죽음이라는 커다란 비극을 겪은 직후라서 이런 불합리한 사태가 왜 일어나는지 알고 싶은 마음이 한층 강해져 있었다. 다른 사람들도 후유키와 같은 마음인 듯, 세이야의 지시에 따라 무거운 발걸음을 묵묵히 총리 공관으로 옮겼던 것이다.

"자, 안으로 들어갑시다."

세이야가 앞장서 입구로 향했다.

"생활하는 데는 주거 시설 쪽이 낫지 않을까요? 그쪽도 비상사태에 대비해 지어졌을 테니까요."

고미네가 물었다.

"맞습니다. 그래서 앞으로는 공관 내의 주거 시설에서 생활할 겁니다. 하지만 그 전에 설명해야 할 것이 있습니다. 아까 말씀드린 겁니다."

세이야가 그렇게 설명하자 후유키는 "지금 우리가 있는 이 세상의 비밀을 알려 주려는 겁니다."라고 덧붙였다.

"자, 그럼 갑시다."

이번에는 후유키가 앞장섰다.

현관홀에 들어서자 놀랍게도 조명이 켜져 있었다. 너도나도 탄성을 질렀다.

"전기 불빛이 이렇게 아름다울 줄이야."

나나미가 감개무량한 듯 말했다.

도다는 홀 내부를 둘러보며 "이제야 인간다운 삶을 살게 됐어. 게다가 호화롭기까지. 이 정도면 대지진이 와도 꿈쩍 않겠어."라고 감탄했다.

고미네는 엘리베이터 버튼을 눌렀다. 하지만 문은 열리지 않았다.

"아하, 지진 때문에 안전장치가 작동했군. 해제하면 다시 움직일 거야."

"엘리베이터를 이용할 필요는 없습니다. 지하로 갈 거니까요. 따라오세요."

그리고 세이야가 계단을 가리키자 후유키를 비롯한 일행은 그를 따라 움직이기 시작했다.

지하로 내려가 비상등이 켜져 있는 복도를 지났다. 질 좋은 카펫 덕분에 발소리가 거의 나지 않았다.

세이야가 멈춰 선 곳은 '관계자 외 출입 금지'라는 경고문이 붙은 문 앞이었다.

"이 안에 모든 비밀이 있습니다."

그는 문을 열었다. 실내는 캄캄했다. 벽에 붙은 스위치를 올리자 하얀 빛이 방 안 가득 퍼졌다.

그곳은 회의실인 듯했다. 좁고 긴 책상이 나란히 있고, 구석에 대형 액정 모니터가 놓여 있었다.

"뭐지, 여긴?"

후유키가 중얼거렸다.

세이야가 책상 위에 놓인 책자를 집어 후유키에게 건넸다.

"P-13 현상 대책 본부야."

그가 보여 준 책자의 표지에는 'P-13 현상 대책 매뉴얼'이라고 쓰여 있었다.

"P-13 현상이라는 게 뭐야?"

후유키의 질문에 세이야는 침통한 표정으로 사람들을 둘러봤다.

"우선 여러분도 이걸 읽어 보세요. 책상 위에 있습니다. 총리가 읽었던 책자입니다."

맨 먼저 고미네가 다가와 의자를 당겨 책상 앞에 앉았다. 도다를 비롯한 나머지 사람들도 책상으로 다가왔다.

"너도 읽어 봐. 그러고 나서 설명하지."

후유키는 아스카 옆에 앉았다. 그녀가 앉은 자리는 오쓰키 총리의 자리인 듯했다.

책자를 펼쳤다. 난해한 단어가 줄줄이 나열돼 있었다. 그 의미를 이해하기 위해서 같은 곳을 몇 번이나 읽어야 했다.

결국 3월 13일 오후 1시 13분 13초에 무슨 일인가 일어난다는 것을 정부 관리들은 알고 있었다, 는 사실 정도는 후유키도 이해할 수 있었다. 총리는 정부 각 부처에 다양한 대책을 지시했던 모양이다. 경찰청에는 '경찰을 위험한 임무에 투입하지 말라'는 지시가 내려져 있었다.

문제는 그 '무슨 일'인데, 후유키는 그것이 설명된 부분을 이해할 수 없었다. 쓰여진 용어들의 의미조차 파악하기 힘들었다.

"뭐야, 이거. 전혀 모르겠는데요."

아스카가 옆에서 말했다.

"블랙홀, 시간 도약……. SF에 나오는 용어들 같은데 대체 무슨 뜻이죠?"

그러자 나나미와 에미코도 포기했다는 듯 고개를 저었다.

가와세는 소책자를 집어 던지고 손가락으로 두 눈을 눌러 댔다.

"솔직히 나도 잘 모르겠어. 이게 도대체 무슨 내용이야?"

후유키가 세이야에게 물었다.

세이야는 진지한 표정으로 숙독하고 있는 고미네를 봤다.

"고미네 씨, 무슨 내용인지 아시겠어요?"

고미네가 고개를 들었다.

"조금은요. 요약하면 블랙홀의 영향으로 엄청나게 거대한 에너지파가 지구를 덮친다, 그런 내용 같군요."

"네, 그렇습니다."

"그리고, 그 영향이라는 것이 13초의 시간 도약이라는 겁니다."

"시간 도약, 그게 뭐지?"

도다가 물었다.

"말 그대로예요. 시간을 건너뛰는 거죠. 오후 1시 13분 13초로부터 13초를 건너뛴다는 겁니다."

"어떻게 그런 일이 있을 수 있어?"

"가능하다고 여기 적혀 있습니다."

"잠깐. 그건 이상해."

후유키가 이의를 제기했다.

"편의점 방범 카메라로 확인했잖아. 사람들이 사라진 시간은 1시 13분 13초가 맞지만 그 후로도 시간은 평소처럼 흘러갔어. 13분 13초 다음은 13분 14초였다고. 만약 13초를 건너뛰었다면 13분 13초 다음에는 13분 26초가 돼야 하잖아."

"그게 그렇지 않은가 봐."

"그럼 어떻게 되는 건데?"

"나도 완전히 이해한 건 아니야. 책에 나와 있는 걸 내 나름대로 해석한 것뿐이지."

"그거라도 설명 좀 해 봐."

"알았어."

세이야는 주위를 둘러봤다. 떨어져 있는 비닐 끈 하나가 그의 눈에 들어왔다.

"이 끈을 시간의 흐름이라 칩시다. 그리고 여기가 문제의 3월 13일 오후 1시 13분 13초."

세이야는 끈의 가운데 부분에 매직으로 표시했다. 그리고 그곳에서 5센티미터쯤 떨어진 곳에 또 한 점을 표시했다.

"두 번째 표시한 곳이 그 13초 후입니다. 보통대로라면 오후 1시 13분 26초가 되겠지요. 여기까지는 이해하시겠습니까?"

그의 손을 주시하고 있던 사람들이 모두 고개를 끄덕였다.

"아, 혹시 가위 없을까요? 그리고 셀로판테이프도 있으면 좋겠는데."

"가위는 여기 있어요. 셀로판테이프는 없지만 이걸로도 된다면……."

나나미가 가위와 반창고를 내밀었다.

세이야는 끈을 쭉 폈다.

"아무 일도 일어나지 않는다면 시간의 흐름은 이 직선의 끈 위를 이동하겠죠. 그런데 P-13 현상이 일어난다면 어떻게 될까요. 우선 현상이 발생하기 전까지는 아무 이상이 없을 겁니다. 정상적으로 시간이 흘러갑니다. 그러다가 오후 1시 13분 13초에 그 순간이 찾아오게 됩니다."

그는 사인펜으로 표시한 첫 번째 부분을 손가락으로 집었다.

"그리고 여기부터 13초 후까지가 사라지는 시간입니다."

후유키는 답답하다는 듯 고개를 저었다.

"도대체 무슨 말을 하려는 거야?"

"이 시점에서는 일단 시간이 평소처럼 흘러갑니다."

세이야는 끈 위에서 손가락을 미끄러뜨렸다. 그리고 두 번째 표시한 지점에서 멈췄다.

"여기서 13분 26초가 됩니다."

그는 가위로 그곳을 절단했다. 잘린 끈이 바닥에 떨어졌다.

"이 순간, 지나간 13초가 소실됩니다."

세이야는 첫 번째 표시한 부분도 가위로 잘랐다. 또 몇 센티미터의 끈이 떨어졌다.

세이야는 먼저 떨어진 끈을 주워, 한쪽 손에 남아 있던 끈과 반창고로 연결했다.

"13초의 시간 도약이란 이런 겁니다. 13초와 26초 사이의 시간이 완전히 누락돼 버리는 겁니다."

"그러니까 내가 말한 대로잖아. 갑자기 13초 후의 세계가 시작되는 거."

"그게 아니야. 오후 1시 13분 26초의 세계가 13초 전으로 타임 슬립 했다고 생각해야 해."

"타임 슬립?"

"물질적인 것과 정신적인 것을 포함해 이 세상에 존재하는 모든 것이 13초 전으로 돌아간 겁니다. 시계도 13초만큼 바늘이 되돌아갑니다. 빛도, 전자파도, 그 외에 보이지 않는 에너지도, 모든 것이 13초 전으로 돌아갑니다. 인간의 기억도 마찬가집니다."

세이야는 거기까지 설명한 후 숨을 한 번 크게 쉬고 후유키를 봤다.

"이 세상에 존재하는 모든 것이 다 같이 13초 전으로 돌아가는 것이니까, 실질적으로는 아무 일도 일어나지 않은 것과 마찬가지야."

그러자 도다가 큰 소리로 외쳤다.

"말도 안 돼. 아무 일도 일어나지 않다니. 일어났잖아, 우리 외의 인간들이 모두 사라지는 일이. 그건 어떻게 설명할 건데?"

세이야는 침통한 표정을 지으며 시선을 떨어뜨렸다. 뭔가를 망설이는 듯했다. 후유키는 그걸 느낄 수 있었다. 세이야는 도다의 질문에 대답을 못하는 것이 아니라 대답하고 싶지 않은 것이다.

"형, 대답해 봐."

세이야가 천천히 고개를 들었다. 입술을 깨물며 고민하는 표정이었다.

후유키는 형의 어깨를 잡고 흔들었다.

"뭘 망설여? 다 말해 준다고 했잖아."

그때였다. 고미네가 "아악!" 하고 고함을 질렀다. 그는 책자를 읽고 있었다.

"왜 그러나?"

도다가 물었다.

"이 책의 마지막 부분……."

고미네의 목소리가 떨렸다.

후유키는 책자를 집어 마지막 부분을 펼쳤다. 거기에는 'P-13 현상에 의해 발생할 것으로 예상되는 문제'라는 소제목이 있었다.

그는 초조한 마음을 억누르며 내용을 훑었다. 여전히 이해하기 힘든 단어가 나열돼 있었다. 그런데 어느 문장 하나가 그의 눈을 붙들었다.

'가장 큰 문제는 P-13 현상 발생 시에 존재하고 있던 것이 13초 후에도 반드시 존재한다는 보장이 없다는 것이다. 존재하지 않는 것은 시간 도약의 대상이 되지 않기 때문에, 13초 전과 수학적으로 일치하지 않게 된다. 그럴 경우 수학적 모순(패러독스)을 피하기 위해 모종의 현상이 일어날 것으로 예측된다. 다만 소립자 차원에서 일어나는 패러독스의 영향은 거의 무시할 수 있다. 소립자는 수학적 연속성 속에 존재하고 있기 때문이다. 가장 경계해야 할 것은 수학적 연속성이 없는 것이 13초 사이에 소실됐을 경우다. 독일의 한느 아이젠 박사

는 그러한 것들의 대표적 예로 동물의 지성을 제시했다.'

후유키는 그 부분을 몇 번이고 되풀이해 읽었다. '동물의 지성'이라는 말에 심하게 동요되었다.

"혹시 이걸 말하는 거야?"

그는 세이야를 보며 계속했다.

"다이치가 죽었을 때 형이 말했지, 지금 우리가 있는 이 세상은 패러독스의 이치를 보완하기 위해 만들어졌다고. 그게 이걸 말하는 거야?"

세이야는 심호흡을 했다. 그리고 한동안 눈을 깜박거리다가 천천히 고개를 끄덕였다.

"그래, 이 문서에 근거해서 한 말이야."

"그렇다면 그런 현상이 일어났다고 해서 왜 우리들만 이런 세계에 남겨져야 하는 거지?"

그때였다. 쾅, 하는 소리가 들렸다. 모두들 놀라 쳐다보니 나나미가 일어서 있었다. 그 바람에 의자가 넘어진 것이다.

그녀의 눈이 공포에 질려 있다.

"나, 알았어. 어려운 건 이해할 수 없지만, 내 몸에 무슨 일이 일어났는지는 알았어. 왜 여기 있는지도."

"나도야. 그런 거였어."

고미네가 머리를 감싸 쥐었다.

"뭡니까. 뭘 알았다는 겁니까?"

후유키는 두 사람을 번갈아 보다가 세이야에게 다가가 그의 어깨를 잡고 흔들었다.

"어서 말해. 형은 알고 있잖아."

이윽고 세이야가 입을 열었다.

"동물의 지성이라는 것은 동물이 살아 있다는 의미야. 즉, 지성의 소실이란 동물이 죽는 걸 의미하지. 문제의 13초 사이에 죽은 동물은 원래의 시간으로 되돌아갈 수 없어."

"잠깐. 그러면 혹시 우리들은……."

"그래."

세이야는 후유키의 눈을 똑바로 바라봤다.

"우리들은 죽은 존재야. 원래의 세계에서는."

36

어떤 광경 하나가 후유키의 뇌리에 되살아났다.

총소리에 뒤를 돌아보니 세이야의 가슴이 붉은 피로 물들어 있었다. 형은 마치 느린 화면처럼 천천히 쓰러졌다.

'그래, 그때…….'

세이야는 살해당했던 것이다. 분명히 봤는데 여태까지 그의 기억 속 한구석으로 밀려나 있었다. 살아 있는 세이야를 봤기 때문에 모든 것이 자신의 착각이었다고 스스로 믿어 버린 것이다.

"역시 형은…… 그때 죽은 건가."

후유키의 목소리가 떨렸다.

"총에 맞은 기억이 나. 그런데도 왜 내가 죽지 않았는지 이상하다고 생각했었어. 게다가 주변 사람들이 모조리 사라져 버리는 바람에 생각을 온통 거기에 빼앗겼어."

"설마 그런 일이……."

"나 역시 믿기지 않아. 솔직히 지금도 반신반의야. 하지만 이 이야기를 받아들이지 않으면 지금 우리가 처한 상황을 설명할 수 없어."

후유키가 고개를 저었다.

"말도 안 돼. 어떻게 그런 일이 있을 수 있어. 그럼 여기는 사후 세계라는 거야? 저세상이란 말이냐고."

"어떤 의미에선 그래."

세이야의 목소리는 냉철했다.

"하지만 수학적으로는 그렇지 않아. 우리는 분명 죽었지만 우리가 죽은 그 과거가 P-13 현상에 의해 사라져 버렸어. 즉, 죽지도 않았지만 미래로 갈 수도 없는 존재가 된 거지. 그런 패러독스를 해소하기 위해서 이 세계가 만들어진 거야."

후유키는 비틀거리며 쓰러지려는 자신을 지탱하기 위해 손으로 책상을 짚었다.

"믿을 수 없어."

그렇게 중얼거리면서도 그는 자신이 이 터무니없는 얘기를 서서히 받아들이고 있다는 것을 느꼈다. 그 이유는 바로 자신도 살해당한 기억이 있었기 때문이다.

오픈카 뒷부분에 매달려 있었다. 운전하던 남자가 돌아봤다. 남자는 총을 가지고 있었다. 총구가 자신을 향해 불을 뿜었다.

"그때 내가 죽은 건가."

"내가 죽고 나서 총에 맞았어?"

후유키는 고개를 끄덕였다.

"오픈카를 운전하던 남자가 나를 향해 총을 쐈어. 어디에 맞았는지는 모르겠지만."

그러자 세이야는 자신의 가슴에 손을 갖다 댔다.

"나는 분명히 가슴에 맞았어. 그렇지?"

"응."

"그렇게 된 거였군."

조금 떨어진 의자에 앉아 책자를 들여다보던 가와세가 크게 기지개를 켰다.

"그렇다면 나도 죽은 거겠어. 맞아. 그러고 보니 사무실에서 장기를 두고 있는데 갑자기 큰 소리가 나면서 누가 들어온 것 같아. 아마도 다른 조직 놈들이겠지. 흠…… 그렇게 된 거로군. 총을 맞은 거야. 거참."

그는 머리를 긁적거렸다. 엄청난 충격을 받았을 텐데도 가와세의 말투는 어딘지 모르게 여유로웠다. 강한 척하는 건지, 아니면 충격이 너무 커서 실감하지 못하는 것인지 구분이 안 됐다.

"제 옆에 철제 빔이 떨어져 있었어요."

나나미가 불쑥 말을 꺼냈다.

"길을 걷고 있는데 정신을 차려 보니 발치에 철제 빔이 있더군요. 그때 다이치 군도 제 근처에 있었는데 비슷한 얘기를 했어요. 철제 빔이 갑자기 나타났다고."

그녀는 앉은 채 두 손에 얼굴을 묻었다.

"생각났어요. 그 옆에 빌딩 공사장이 있었어요. 매일 크레인으로 철제 빔들을 운반했지요. 그중 하나가 떨어진 거로군요. 그러니까 저와 다이치 군이 그 밑에 깔려서……."

그녀는 흐느껴 울기 시작했다.

"나는 그런 기억이 없는데."

아스카는 고개를 저었다.

"난 그저 걷고 있었어요. 아무것도 안 하고. 그러니 죽었을 리 없어요. 얘기가 이상하잖아. 나는 죽은 게 아니라니까요."

마치 주문을 외우는 듯한 말투였다.

도다가 일어서 고미네 곁으로 갔다.

"자네는 그 당시 일, 기억나나?"

그때까지 머리를 부둥켜안고 있던 고미네가 천천히 고개를 들었다.

"그게 잘……."

"그래? 난 지금 확실히 기억났어. 자네가 휴대 전화로 통화하고 있었어. 핸들을 한 손으로 잡고. 상대와 통화하면서도 상당한 속도로 달렸어. 난 속으로 위험하다고 생각했지. 그러다가 자네는 교차로에서 신호를 못 봤어. 빨간불인데 그대로 가려고 하더군."

고미네가 눈을 커다랗게 떴다.

"그럴 리가……."

"확실해. 내가 이 두 눈으로 똑똑히 봤어. 분명 신호를 무시했다고. 그때 옆에서 트럭이 돌진해 왔지. 트럭이 경적을 울리던 것, 기억 안 나나?"

고미네의 눈동자의 초점이 흐려졌다. 당시의 기억을 떠올리고 있는 듯했다. 이윽고 뭔가 생각난 듯 뺨을 움찔했다.

"어때, 생각났어? 트럭에 받히려는 찰나 갑자기 핸들을 틀었지?"

고미네가 손을 입가에 갖다 대며 눈을 껌벅였다.

"그러고 보니 그런 것 같기도……."

"이게 지금 남의 얘기야?"

도다가 고미네의 멱살을 잡았다.

"차가 인도로 돌진했어. 몇 사람이나 치고서 벽에 처박혔다고. 그 일을 나는 기억하고 있어!"

그 순간 아스카가 벌떡 일어섰다. 그녀는 험악한 표정으로 두 사람을 노려봤다.

"잠깐만. 어떻게 됐다고? 나, 그 차 근처에 있었어. 그래서 어쨌다고? 당신들이 사람을 치었다고? 그것도 몇 사람이나? 그럼 뭐야, 나도 치인 거야? 치어 죽은 거야?"

그녀의 뺨이 점점 붉어졌다. 충혈된 두 눈에서 눈물이 흘러내렸다.

"나뿐만이 아니야. 야마니시 할아버지와 할머니도 당신네 차에 깔려 죽은 거군. 세상에, 어떻게 그럴 수가……."

"원망하려거든 이 녀석을 원망하라고."

도다가 고미네를 밀쳐 냈다.

"나도 이 녀석 때문에 죽은 거야. 이 멍청한 자식 때문에!"

고미네가 의자에서 굴러 떨어졌다. 신음하며 일어선 그의 입술에서 피가 흘렀다.

"어서 사과해!"

도다가 그를 노려봤다.

"그게 다 제 탓인가요?"

고미네도 눈을 치뜨고 과거의 상사를 노려봤다.

"뭐야? 운전은 네가 했잖아. 네가 한눈을 파는 바람에 이런 일이 벌어졌잖아."

"전화로 길을 물어보라고 한 건 당신 아니었습니까? 나는 일단 차를 세우고 전화를 걸려고 했는데, 늦었으니 그냥 걸라고 한 사람은 누구였죠? 전화만 안 걸었으면 저도 한눈팔 일이 없었다고요."

"자신이 무능한 건 젖혀 놓고 지금 책임을 내게 떠넘기려는 거야? 남들은 통화하면서도 운전만 잘하더구먼."

"그게 사실이라면 도로교통법에서 금지하지도 않았겠지요. 애초에 당신이 전화를 걸었으면 문제도 없었을 겁니다. 더구나 당신이 약속 시간을 착각해서 근무 시간에 이발소에 가는 바람에 출발 시간이 늦어졌잖아요. 그런데 왜 제가 사과 전화를 해야 합니까. 운전 중에 휴대 전화를 사용하면 안 된다는 법이 엄연히 있는데 그걸 무시하면서까지 왜 내가 당신 대신 사과해야 하냐고요. 그게 말이 돼?"

"그럼 그때 말하지 그랬어."

"어떻게 얘기합니까!"

고미네는 얼굴을 일그러뜨리며 옆에 있던 의자를 걷어찼다.

"당신은 회사 간부고 난 평사원인데, 만일 당신이 직접 하라고 했다면 어땠겠어요. 있는 대로 열을 내며 난리 치지 않았겠어요? 평사원 주제에 건방지다고. 평사원이 지금 간부 말을 거역하는 거냐고. 운전하라면 운전하고, 전화 걸라면 불법이든 뭐든 전화 거는 거라고. 그랬을 거라는 사실, 당신이 더 잘 알잖아!"

"너 이 자식, 말 그따위로 할래?"

"왜, 안 돼? 이제 당신은 상사도 아무것도 아니야. 도움 안 되는 늙은이일 뿐이라고. 당신이야말로 듣는 사람 생각을 해야지. 여기서 살아남고 싶으면 젊은 사람에게 잘 보이는 법을 배우라고."

그리고 고미네는 도다의 어깨를 확 밀쳤다.

"이 자식이……."

도다가 달려들면서 두 사람은 뒤엉켜 싸우기 시작했다. 그 모습을 본 세이야가 달려와 두 사람을 뜯어말렸다. 후유키도 고미네의 양팔을 뒤에서 붙잡았다.

"두 분 다 흥분을 가라앉히세요. 이런 일로 싸우면 뭐합니까?"

그러자 도다가 외쳤다.

"이런 일? 이 자식 때문에 목숨을 잃었는데 그냥 넘어가라는 거야?"

"당신에게도 책임이 있다니까. 아직도 모르겠어? 당신이야말로 바보 멍청이야. 죽어 버려."

고미네도 후유키에게 잡힌 채 소리를 질렀다.

"그만들 둬!"

아스카가 고함쳤다.

"당신들이 싸워 봤자 바뀌는 건 아무것도 없어. 누가 잘못했는지 결론이 난들 뭐가 달라지겠어. 내가 다시 살아나나? 그렇지 않잖아. 그러니까 쓸데없는 짓들 그만둬. 그럴 힘이 있으면 우선 내게 사과해. 무릎을 꿇으라고. 적어도 나는 아무 책임이 없어. 내 말이 틀려?"

날뛰던 고미네에게서 힘이 빠지는 걸 느낄 수 있었다. 후유키가 팔을 놓자 그대로 바닥에 주저앉았다. 도다도 고개를 떨어뜨리며 의자에 앉았다.

아스카만은 그대로 선 채 고개를 숙이고 몸을 떨고 있었다. 그녀의 눈에서 떨어진 눈물이 발끝을 적셨다.

세이야가 그녀의 어깨에 손을 얹었다.

"자, 앉지."

아스카는 고개를 살짝 끄덕인 뒤 의자에 앉더니 그대로 책상에 얼굴을 묻었다.

세이야가 사람들을 둘러봤다.

"그렇습니다. 우리는 모두 이전 세계에서는 죽었습니다. 아니, 실제로는 죽지도 못한 모순된 존재로서 이런 곳에 남았습니다. 그러나 중요한 것은 여기서는 분명히 살아 있다는 것입니다. 야마니시 씨 부부와 다이치 군의 죽음은 환상이 아니라 분명한 사실입니다. 그러므로 지금 여기에 있는 생명을 소중히 해야 합니다. 이 세계에서 어떻게 살아가야 할지를 생각해야 합니다."

그 말의 울림이 채 사라지기도 전에 도다가 "그건 무리야." 라고 힘없이 내뱉었다.

"지금까지 죽어라 버텨 온 건 혹시라도 원래 세상으로 돌아갈 수 있지 않을까 하는 기대가 있었기 때문이야. 그런 희망이 사라진 마당에 대체 무슨 낙으로 살라고……."

"그건 우리들 스스로 찾아낼 수밖에 없습니다."

세이야가 그렇게 말하자 도다는 다시 한 번 "무리야."라고 되풀이했다.

침묵이 회의실을 감쌌다. 공기 청정기 소리가 들리고 있지만, 그럼에도 공기는 무겁기만 했다.

솔직히 말하면 후유키도 도다와 같은 마음이었다. 앞으로 상황이 좋아질 가능성은 전혀 없었다. 혹시 새로운 '사망자'와 만날지는 모르겠지만 그래 봐야 그 수가 얼마 안 될 것이다. 또 만난다 해도 그들 역시 해결책이 없기는 마찬가지일 것이다. 즉, 지금과 같은 상황 속에서 살다가 삶을 마쳐야 하는 것이다.

아기가 칭얼거렸다. 울음을 터뜨리려는 아기를 에미코가 안고 달랬다.

"그럼 이 아이도 죽은 건가요?"

나나미가 힘없는 목소리로 물었다.

모두의 시선이 아기에게 쏠렸다.

아기를 안고 그 조그만 등을 토닥이던 에미코의 손길이 우뚝 멈췄다. 그녀가 고개를 들었다.

"그래요. 이 아기도 죽었어요. 엄마한테…… 죽임을 당했어요."

모두가 일제히 숨을 멈췄다. 후유키의 입에서 "설마."라는 소리가 새어 나왔다.

"사실이에요. 이 아기가 발견된 방에 유서가 있었어요."

"유서?"

"살아갈 희망을 찾을 수 없어서 아기와 함께 죽기로 했다는 내용이었어요. 엄마는 싱글 맘으로, 상대 남자에게 부인이 있었대요. 그 남자에게 버림받아 자포자기한 모양이에요."

"그럼 문제의 13초 사이에 이 아기를 죽였단 말인가요?"

세이야가 물었다.

"아마 그럴 거예요."

에미코의 대답에 도다는 후, 긴 한숨을 내쉬었다.

"그런 일로 엄마가 아이를 죽이다니."

그러자 에미코가 살짝 미소를 지었다. 하지만 그 눈에는 뭐라고 형용할 수 없는 슬픈 빛이 어렸다.

"죽일 수 있답니다. 아이를 죽이는 어리석은 엄마도 세상에는 있어요. ……제가 바로 그랬습니다."

에미코는 아기를 살며시 내려놓고 회의실 구석에서 무릎을 끌어안고 있는 미오에게 다가갔다. 미오는 감정이 읽히지 않는 눈으로 엄마를 올려다봤다. 그런 딸을 에미코가 끌어안았다.

"그날 저는 이 아이를 안고 빌딩 옥상에서 뛰어내렸습니다. 돈이 없어 살기 힘들다는 이유만으로 이 아이의 생명을 빼앗았습니다. 이 아이가 말을 못하게 된 건 그때부터였습니다. 사실 저는 짐작하고 있었어요. 이곳이 사후 세계가 아닐까 하고요. 그리고 제가 한 짓을 생각하면 이런 곳에 있는 게 당연하다고 여겼습니다. 저는 지옥에 떨어져도 할 말이 없는 인간입니다."

37

방 한가운데 큰대 자로 누워 뒹굴면 다다미 냄새가 났다. 마치 오랜 여행 끝에 집에 돌아온 느낌이었다. 원래 살던 곳은 서양식 원룸이긴 했지만.

등에 닿는 다다미의 감촉이 부드럽다. 눈을 감으면 스르르 잠이 올 것 같다.

후유키는 천장을 올려다봤다. 재질은 노송나무겠지. 나뭇결이 아름답다.

그들은 총리 공관 내의 주거 시설에 자리 잡았다. 내부 상황은 이미 확인했다. 기대했던 대로 발전 설비에는 문제가 없어서 절전하면 생활에 지장이 없을 것 같았다. 물과 식량은 한 달 정도 지내기에 충분한 양이 비축되어 있었다.

문제는 앞으로 어떻게 할 것인가였다. 이곳을 거점 삼아 여생을 보낼 것인지, 아니면 다른 길을 찾을 것인지 결정해야 한다.

하지만 후유키는 지금은 그런 걸 생각하고 싶지 않았다. 예전 세계에는 자신이 존재하지 않으며 그곳의 친구나 지인과 만날 일도 없다고 생각하면 그저 허무할 뿐이었다.

누군가 방으로 들어오는 기척이 났다. 천장을 올려다보고 있는 후유키의 눈앞에 아스카의 얼굴이 나타났다.

"낮잠?"

"아니, 그냥 멍하니 있는 거야. 왜?"

"밥 먹으래요."

"그래."

후유키는 일어나 앉아 다시 한 번 실내를 둘러봤다. 이 방은 외국 귀빈을 모시는 데 사용했던 일본식 방인 듯하다. 툇마루 앞쪽으로 멋지게 가꾼 정원이 있다.

"좋은 방이네요, 여기."

아스카가 옆에 앉았다. 샴푸 향기가 은은히 풍겨 온다. 샤워를 했나 보다.

"세상에 이런 곳에 사는 사람도 있더군."

후유키의 말에 아스카가 풋, 하고 웃었다.

"왜, 이상해?"

"지금 여기 사는 사람이 어디 있어요? 그리고 지금 우리한테 이 세상이란 게 뭔데?"

후유키가 어깨를 으쓱했다.

"글쎄다. 밥이나 먹으러 가자."

식당에 들어서니 이미 다들 식사를 하고 있었다. 크림 스튜에 감자 샐러드, 닭튀김이 오늘의 메뉴다.

"와, 굉장히 호화롭네."

후유키가 자리에 앉으며 말했다.

"절약하지 않아도 되나?"

"세이야 씨가 첫날만큼은 거하게 먹자고 했어요."

에미코가 후유키와 아스카에게 음식을 가져다주며 대답했다.

"이 정도 가지고 거하다고 하자니 살짝 켕기지만."

"아닙니다. 어제까지만 해도 꿈도 못 꿀 일이지요. 감사합니다."

맥주를 마시던 도다가 불콰한 얼굴로 그렇게 말했다.

후유키는 닭튀김을 입에 넣었다. 바삭한 식감이 감동적이다. 지금은 쓸데없는 생각을 버리고 식사를 즐기자.

"왜 그러세요. 컨디션이 안 좋아요?"

세이야가 나나미에게 물었다. 그녀는 접시에 거의 손을 대지 않은 채였다.

"그게 아니라 왠지 식욕이 없어서……."

그리고 나나미는 물잔을 비우더니 자리에서 일어섰다.

"저, 나중에 먹을게요. 에미코 씨, 부엌에 비닐 랩 있지요?"

"됐어요. 제가 알아서 할게요."

"아, 아니에요."

나나미는 싱크대에 접시를 가져다 놓고 마무리한 후 그길로 식당을 나갔다.

"난 저 기분 알 것 같아."

도다가 말했다.

"식욕이 없는 것도 당연하지. 오히려 이렇게 아귀아귀 먹고 있는 우리들이 이상한지도 몰라. 믿기지 않는 일들이 너무 많아 신경이 마비된 걸 거야."

그러면서 그는 닭튀김을 입에 넣고 맥주를 들이부었다.

테이블 맨 끝 좌석에서는 가와세가 두툼한 서류를 읽고 있었다. 때로 볼펜으로 뭔가를 적어 넣기도 했다.

"가와세 씨, 그거 뭐야?"

후유키가 묻자 가와세는 볼펜을 놓으며 "할 일이 없어서 공부하고 있어."라고 대답했다.

"공부? 무슨?"

그러자 가와세가 표지를 보여 줬다.

"P-13 현상과 수학적 불연속성에 관한 연구 보고서. 제목이 길지?"

"흥, 지금 와서 뭐하러……."

도다가 옆에서 코웃음을 쳤다.

"어렵지 않아?"

"어려워. 반도 모르겠어. 하지만 수긍이 가는 내용도 있어. 예를 들어 나무나 꽃이 사라지지 않은 이유라든지."

"그래?"

"그동안 내내 궁금했어. 사람뿐 아니라 개나 고양이, 물고기까지 동물이란 동물은 모두 사라졌는데 벚꽃이나 풀들은 사라지지 않았거든. 동물은 사라졌는데 왜 식물은 사라지지 않았을까 하고 생각했었지. 둘 다 같은 생물인데 말이야."

"정말 그러네."

아스카가 접시에서 얼굴을 들었다.

"그것참, 이상하네."

"그렇지?"

가와세가 기쁘다는 표정을 지었다.

"그래서, 이유를 알아냈어요?"

"음, 나름대로."

가와세는 서류를 펼쳤다.

"어려운 말로 하자면, 식물에는 수학적 연속성이 있지만, 동물에는 그게 없다는 거야. 좀 알기 쉽게 말하자면 어떤 식물이 나중에 어떻게 될지는 예측할 수 있지만 동물의 경우 예측할 수 없다는 거야."

"무슨 말인지 모르겠어요."

"그러니까, 꽃은 자기 멋대로 움직이지 못하잖아. 비나 바람에 흔들리기는 하지만, 그런 자연에 의한 외적인 힘은 수학적으로 계산할 수 있는 거야. 또 꽃잎이 열리거나 반대로 시들거나 하는 것도 그 식물에 입력돼 있는 프로그램에 의한 거니까 수학적으로 예측할 수 있어. 하지만 동물은 그게 안 돼. 예를 들어 강아지가 다음 순간 뭘 할지는 아무도 예상할 수 없지? 신이라도 불가능해. 그런 걸 수학적 불연속성이라고 하는 것 같아."

가와세의 해석이 얼마나 정확한지는 알 수 없지만 후유키는 어렴풋이 이해할 수 있었다. 아스카도 고개를 끄덕였다.

"그런데 재미있는 건, 동물에 대한 정의야."

가와세가 서류를 보며 말을 이었다.

"예를 들어 인간의 경우, 어디서부터 어디까지가 인간이라고 생각해?"

질문의 의미를 이해하지 못한 후유키는 고개를 갸우뚱했다. 그러자 아스카가 대답했다.

"그거야 몸 전체 아니겠어요?"

"전체라면 어디서부터 어디까지?"

"발끝부터 머리끝까지. 어쨌든 전부."

"그럼 머리카락은?"

"물론 포함되지."

"빠진 머리카락은?"

"그건 아니죠. 몸에서 떨어진 거니까."

"손톱은?"

"들어가."

"하지만 네일아트로 붙인 손톱은 안 들어가겠지?"

"그야 그렇죠. 만든 거잖아."

"그럼 피지는? 피부 표면에 묻어 있는 지방 말이야."

"그건……."

아스카도 고개를 갸우뚱댔다.

"아닐걸요. 몸에서 이미 나온 건 신체의 일부라고 할 수 없어요."

"그럼 똥은? 아직 나오지 않고 배 속에 들어 있는 건?"

그러자 아스카가 얼굴을 찌푸렸다.

"나 식사 중이거든요."

"그럼 다쳐서 피를 흘린다고 하자. 어디부터 어디까지가 인간의 일부고, 어디부터가 아닐까?"

그 질문에 아스카는 입을 다물었다. 그리고 도움을 구하듯 후유키를 쳐다봤다.

"가와세 씨는 정답을 알아?"

후유키가 물었다.

"안다기보다, 여기 적혀 있어. 그대로 읽어 볼게. 음…… 그래, 여기다. '이 경우 인간이라는 것은 그 지성의 영향을 받아 수학적 연속성이 보장되지 않는 부분을 포함한다.' 어때, 무슨 뜻인지 알겠어?"

"전혀요."

아스카가 입술을 뾰족하게 내밀었다.

"말했잖아, 미래에 어떻게 될지 예측할 수 없는 게 수학적 불연속이라고. 예를 들어 내가 이렇게 포크를 쥐고 있다고 하자."

가와세는 테이블 위에 있던 포크를 손에 들었다.

"이 포크가 테이블 위에 놓여 있다면 아무런 변화도 일어나지 않겠지. 하지만 내가 이렇게 쥐고 있으면 이 녀석이 다음 순간 어떻게 될지 아무도 예측할 수 없어. 그렇지?"

아스카가 고개를 끄덕이다가 "어?" 하며 눈을 크게 떴다.

"그럼 그 포크도 인간의 일부가 된다는 말인가요?"

"간단히 말하자면 그런 거지."

"에이, 그건 말이 안 되지. 그러면 신체에 닿아 있는 건 전부 인간의 일부가 된다는 얘기잖아. 공기도 그렇고. 간접적으론 모든 게 닿아 있는데."

"생각보다 머리가 좋은데. 맞아. 나도 그 점이 마음에 걸렸어. 그런데 거기에 대한 설명도 여기 나와 있어. 내가 아까부터 '다음 순간'이라는 말을 썼잖아? 중요한 건 바로 그거야. 이 포크는 금속이라서 딱딱하지만, 이걸 고무처럼 부드러운 물질이라고 생각해 봐. 내가 이 고무 포크를 휘두른다면 포크가 내 뜻대로 움직일까?"

아스카는 잠시 생각한 다음 "아니요."라고 대답했다.

"왜지?"

"그야, 고무는 흐물흐물하니까 그렇죠. 휘둘러도 뒤늦게 움직일 것 같아요."

그러자 가와세가 포크를 놓고 손가락을 탁 튕겼다.

"바로 그거야! 내 의사보다 조금 늦어지는 거야. 즉 내 마음대로 되지 않는 거지. 그 부분은 인간의 일부가 아니라는 얘기야. 그래서 '다음 순간'이라는 단어를 쓴 거고. 여기서 말하는 '순간'이란 극히 짧은 시간을 의미해. 물리적으로는 빛의 속도와 관계가 있는 듯한데, 그쪽은 어려워서 잘 모르겠어. 하여간, 인간의 지성으로 그 짧은 시간에서도 관리할 수 있는 부분까지를 여기서는 인간에 포함시키는 거야. 예를 들어 입고 있는 양복 같은 건 인간의 일부로 치는 것 같아."

"아, 그런 거군."

후유키가 감탄스러운 듯 말했다.

"우리들이 옷을 입고 있는 이유도, 또 사라진 사람들이 옷을 입은 채 사라진 이유도 그거였어."

"옷이 인간의 일부가 아니었다면 여자 분들이 상당히 요염한 모습으로 나타났을 거야."

가와세가 아스카를 보며 히죽거렸다.

"치, 야한 상상이나 하고……. 그런데 말이죠, 그럼 지금처럼 의자에 앉아 있으면 어떻게 되나요? 이 의자의 어디서부터 어디까지가 인간의 일부가 되는 거죠?"

"그건 재질이라든가 접촉 방식에 따라 달라지는 것 같아. 포크를 한 번 더 예로 들면, 이렇게 작고 딱딱한 경우는 포크 전체가 인간의 일부가 되지만, 고무 같은 물질은 손에 쥐고 있는 부분만 해당하는 거지."

"그래?"

갑자기 세이야가 대화에 끼어들었다.

"그래서 자동차 시트가 엉덩이 모양으로 움푹 파이고 핸들 표면은 손에 잡히는 부분이 사라졌던 거군. 편의점 바구니 중에도 그런 게 있었어. 수학적으로는 인간의 일부로 간주됐던 거야."

그러자 후유키도 편의점에서의 기억이 되살아났다.

"자, 어때. 그런대로 도움이 되지?"

가와세가 서류를 내려놓으며 말했다.

"내가 이해할 수 있는 건 여기까지야. 나머지는 무슨 말인지 모르겠어."

"그래도 대단해. 나라면 거기까지도 읽지 못했을 거야."

후유키가 중얼거렸다.

"이래 봬도 나, 어린 시절에 SF 마니아였다고. 아시모프라든가……"

"엥? 안 어울려."

그러면서도 아스카는 감동한 눈빛으로 가와세를 봤다.

그 순간 고미네가 큰 소리를 내며 일어났다.

"그럼 뭐해. 이제 와서 그런 걸 알아낸들 무슨 소용이냐고. 여기서 벗어나지 않는 한 변하는 건 아무것도 없는데."

"그건 그래."

가와세가 말을 받았다.

"하지만 나는 싫은 거야. 아무것도 모른 채 죽어 가는 게. 물론 이미 죽은 몸이긴 하지만. 어쨌든 나는 무슨 일이 일어났는지 알고 싶었어. 거슬린다면 앞으로 이런 얘긴 안 하지."

"아니, 뭐 그럴 것까지야. 마음껏 하라고."

그러면서 고미네는 식당 밖으로 나갔다.

그날 밤 후유키는 오랜만에 요 위에 누웠다. 각자 마음에 드는 방에서 쉬기로 했는데, 이 방을 사용하기로 한 사람은 후유키와 세이야, 도다, 세 사람이었다. 고미네와 가와세는 어디서 자는지 알 수 없었다. 여자들과 아기는 다른 일본식 방에 있는 듯했다.

도다의 코 고는 소리가 들렸다. 그 때문은 아니지만 후유키는 통 잠이 오지 않았다. 7시가 넘은 시각. 평소라면 이미 잠들어 있을 시간이다. 가혹한 상황 속에서 자는 나날이 계속돼 온 탓에 오히려 부드러운 이불이 신경을 건드리는 건지도 몰랐다.

세이야도 아직 잠자리에 들지 않았다. 이부자리를 깐 뒤 밖으로 나갔는데 아직 돌아오지 않았다.

후유키는 이불에서 빠져나와 옷을 입고 방 밖으로 나왔다.

거실 문틈으로 불빛이 새어 나오고 있었다. 들여다보니 세이야가 소파에 앉아 스카치를 마시고 있다.

"잠이 안 와?"

후유키가 말을 걸자 세이야가 조금 놀란 몸짓으로 고개를 돌려 쳐다봤다.

"아니. 혼자서 생각할 게 좀 있어서."

"그럼 내가 있으면 방해되겠네."

"아니야. 너도 한잔 할래?"

"그럴까."

세이야가 선반에서 바카라 잔을 가져와 후유키 앞에 놓고 스카치를 따랐다.

38

"고마워."

후유키는 스카치 잔을 한 손에 들고 실내를 둘러봤다.

"조용하네. 이렇게 조용하고 휑하니 넓은 방에서 총리는 무슨 생각들을 했을까?"

그러자 세이야는 훗, 하고 너털웃음을 웃었다.

"총리가 이 방에 혼자 있은 적은 없었을 거야. 손님이 왔을 때 사용하는 방이니까."

"아, 그렇겠군."

"총리 집무실은 따로 있어. 연설 원고 같은 건 거기서 쓴다더군."

"원고는 비서가 쓰는 거 아니야?"

"그런 총리도 있지만, 오쓰키 총리는 직접 쓴대. 특히 중요한 사안에 관해서는 반드시."

후유키는 TV에서만 봤던 오쓰키 총리의 얼굴을 떠올렸다. 화면발이 잘 받는 데다 국민이 환영할 만한 퍼포먼스에 능한 덕분에 지지율을 유지하고 있다는 야유를 종종 받는 정치인이었다.

"총리는 물론이고 장관이나 관료들도 P-13 현상에 관해 알고 있었나 봐."

후유키가 다시 그 얘기를 꺼냈다.

"그러니까 총리 공관 회의실에 대책 본부가 마련된 거지."

"그런데 왜 국민에게는 알리지 않았을까?"

"그 이유가 책자에 나와 있잖아. 시간 도약은 일어나지만, 그로 인해 변하는 건 아무것도 없다고. 그러니까 혼란을 막기 위해 극비에 부친 거겠지. 일부 고위 관료들만 알았을 거야. 아, 그러고 보니 가와세가 폭력 조직 간부들도 알고 있었다고 했지? 가까이 지내는 관료에게 들었겠지."

"총리 등등은 그 13초 사이에 사람이 죽으면 곤란한 일이 생긴다는 걸 알고 있었어. 그런데도 숨겼던 거야."

그러자 세이야는 스카치를 입에 머금은 채 입술을 씰룩했다.

"일국의 수장으로서는 당연한 조치 아닐까? 섣불리 발표했다가는 분명 혼란이 일어나게 될 테니까. 그로 인해 피해가 발생할 우려도 있고."

"그 13초 사이에 죽는 인간은 생각도 안 하고?"

"생각했기 때문에 여러 조치를 취한 거야. 예를 들면 방위성과 경찰청에 그 13초 동안만은 부하들을 위험한 임무에 투입하지 말라고 지시했어. 우리 서에도 그런 지시가 전달됐고."

후유키가 얼굴을 들어 형을 바라봤다.

"그럼 그런 지시를 듣고도 범인 체포에 나선 거야?"

"구체적인 사정은 몰랐으니까. 아마 형사 부장도 몰랐을 거야. 이유도 설명해 주지 않고 단지 '위험한 임무를 중단하라'는 지시만 내리니 눈앞에 있는 범인을 바라보고만 있을 수는 없었어."

"만약 구체적인 사정을 알았다면? 죽으면 패러독스가 발생해서 터무니없는 세계로 날아간다는 걸 알았더라도 범인 체포에 뛰어들었을까?"

그 질문에 전 경찰청 관리관은 대답을 망설였다. 고개를 갸우뚱하고 미간을 찌푸리더니 이윽고 입을 열었다.

"그건, 지금으로서는 잘 모르겠어. 그런 초자연적인 얘기를 과연 믿었을지. 어쩌면 무시하고 끝내는 체포하러 나섰을지도 몰라. 이래 봬도 공을 세우겠다는 마음은 남들만큼 있거든. 결과적으로는 살해당해서 여기 있겠지. 사전에 알았건 몰랐건 마찬가지였을 거야."

후유키는 잔을 테이블에 내려놓고 양손을 무릎에 댄 채 등을 쭉 뻗었다.

"형의 판단은 틀리지 않았어. 형은 부하를 위험에 빠뜨리는 짓은 절대 안 하잖아. 물론 자신도 확실하게 지키고. 그러면서도 범인을 체포할 수 있는 계획을 세웠을 거야."

"그래서?"

"형이 여기 있는 건,"

후유키는 숨을 크게 들이마셨다가 내쉬었다.

"내 탓이야. 형도 그렇게 생각하지?"

"그게 무슨 말이야?"

"그렇잖아. 내가 멋대로 그놈들 차에 뛰어올라 형 앞에 나타났으니 형으로서는 나서지 않을 수 없었을 거야. 총도 그래서 맞았고."

"그 얘기는 됐어."

"되긴 뭐가 돼? 내가 쓸데없는 짓만 하지 않았더라도 형이 이렇게 되진 않았어. 내가 죽은 거야 자업자득이지만 형은……"

"그만 됐다고 했잖아."

세이야가 인상을 썼다.

"이제 와서 그래 봐야 무슨 소용이야. 뭐가 해결되냐고."

"해결되는 건 없지만…… 너무 미안해서."

"미안하면 어쩔 건데. 뭘 해 줄 건데? 나를 예전 세계로 되돌려 놓을 수 있어?"

세이야의 말에 후유키는 고개를 떨어뜨렸다.

"없지? 그럼 쓸데없이 참회하는 흉내 따위 그만둬. 네 반성의 말 같은 거 듣고 싶지도 않고, 네 마음이 가벼워지든 말든 관심 없으니까. 그런 거 고민할 여유가 있으면 앞으로 어떻게 할지나 궁리해. 우리에게 주어진 건 미래뿐이야. 과거는 사라졌다고."

세이야의 음성이 방 안의 공기를 흔들었다. 동시에 후유키의 마음도 요동쳤다. 새삼 자신의 어리석음을 통감할 수밖에 없었다. 사람의 생명을 소중히 여기라고 어려서부터 늘 들어 왔지만, 그 의미를 조금도 이해하지 못했었다는 걸 깨달았다.

세이야가 길게 숨을 내쉬는 소리에 고개를 든 후유키는 형이 의외로 평온한 표정을 짓고 있는 데 놀랐다.

"솔직히 말하면 나는 다른 사람들처럼 비관하지 않아. 이런 상황에 빠져서 당황한 건 사실이지만, 그래도 어떤 의미에선 행운이었다고 생각해."

"행운이라고?"

"생각해 봐. 우리들은 죽었어. 지금 이렇게 형제끼리 술을 마시거나 대화를 나눌 수 없는 일이라고. 그런데 어때, 우리들은 살아 있지? P-13 현상 덕분에 이렇게 살아 있다고. 이게 행운이 아니고 뭐겠어. 이 세계가 가혹한 건 사실이지만, 결코 사후 세계는 아니야. 지옥도 아니고. 여기는 우리들이 미래를 움켜쥘 수 있는 곳이야. 안 그래?"

말을 이어 가는 세이야의 얼굴을 바라보던 후유키는 저도 모르게 웃고 말았다.

"형은 참 대단해. 나는 죽었다 깨어도 그렇게 생각하진 못하겠어."

"대단한 게 아니야. 다만, 후회하는 게 싫을 뿐이지."

그게 대단하다는 거야, 후유키는 그렇게 말하려다 입을 다물었다.

술잔을 다 비운 후유키는 자리에서 일어섰다.

"자려고?"

"응. 형은?"

"난 조금 더 마시고. 생각할 게 많아."

알았어, 라고 말하고 후유키가 문을 향해 걸어가는데 밖에서 빠른 걸음으로 걷는 소리가 들렸다. 문을 열자 에미코가 바로 앞에서 걸어가고 있었다.

"무슨 일 있어요?"

"아, 마침 잘됐네. 나나미 씨가 아직 안 돌아왔어요."

에미코가 숨을 몰아쉬며 말했다.

"돌아오지 않다니요?"

"방을 나가기에 화장실 가나 보다 했어요. 그런데 그 전에 아이스박스를 열어 보았던 게 아무래도 마음에 걸려서 확인해 보니까 주사기가 없어졌더라고요. 분명 5개가 있었는데 4개밖에 안 남아서……."

"나간 지 얼마나 됐죠?"

어느새 그들에게 다가온 세이야가 후유키 뒤에서 물었다.

"20분 정도요. 아스카와 둘이서 찾아보고 있었어요."

"저희도 한번 찾아보죠."

후유키의 말에 세이야는 "아니, 여기는 에미코 씨에게 맡기고, 너는 나랑 갈 데가 있어."라고 말했다.

"어디?"

"나나미 씨가 전에도 한 번 없어진 적 있잖아. 갔다면 거기야."

"전에 근무했던 병원?"

"그래. 아직 멀리는 못 갔을 거야. 빨리 가자."

"알았어."

두 사람은 함께 밖으로 나왔다. 그들 앞에는 캄캄한 어둠이 펼쳐져 있었다. 그 너머로는 황량한 폐허. 원형을 찾아볼 수 없는 도로는 죽음으로 떨어지는 구멍이 어디에 숨어 있는지 알 수 없다.

달려가고 싶은 충동을 억누르고 신중하게 발밑을 확인하며 걸었다. 우선 황거를 목표로 했다. 황거를 오른쪽에 두고 우치보리 길을 따라 북쪽으로 가는 것이 나나미가 일하던 병원으로 가는 가장 쉬운 경로였기 때문이다.

"병원에 그녀의 애인이 있었던 것 같아."

걸으면서 세이야가 말했다.

"의사였나 보더라고."

"그래서 병원으로……."

"삶의 희망을 잃어버리는 가장 큰 원인은 사랑을 잃는 거지."

후유키는 손전등으로 전방을 비추면서 고개를 끄덕였다. 동감이었다.

우치보리 길까지는 얼마 걸리지 않았다. 총리 공관 주변에는 차량이 별로 없었고 지진이나 홍수 피해도 적었기 때문이다. 하지만 도내에서 교통량이 손꼽히게 많은 우치보리 길은 예상대로 수많은 자동차가 서로 겹치다시피 이어져 있었다. 그런 데다 폭우에 떠 내려온 것들까지 쌓여 길을 건너기가 만만찮아 보였다.

두 사람은 우치보리 길을 건너지 않고 곧장 북쪽으로 향했다. 마침내 앞쪽에 무언가 반짝이는 것이 보였다.

"형, 저기 좀 봐."

"응, 그래."

세이야도 그것을 이미 본 듯, 별로 놀라는 기색이 없었다.

나나미가 서 있는 곳은 한조몬 부근이었다. 거기서 신주쿠 방면으로 가는 길이 서쪽으로 이어져 있었지만, 그 길 역시 차들로 막혀 있어 건너지 못하고 있었던 것이다.

"나나미 씨!"

세이야가 큰 소리로 그녀를 불렀다. 그녀는 손전등을 세이야 쪽으로 향하며 멍한 표정을 지었다.

두 사람이 다가가자 그녀는 손전등을 내던지고 주머니에서 서둘러 뭔가를 꺼냈다. 뭘 하려는 건지 자세히는 보이지 않았다.

두 사람은 더 가까이 갔다.

"다가오지 마세요."

나나미가 소리쳤다.

세이야가 그녀를 향해 불빛을 비췄다. 그녀는 한쪽 소매를 걷어 올리고 다른 한 손으로는 주사기를 쥐고 있었다. 약은 아마도 삭신일 것이다.

"나나미 씨, 돌아갑시다."

세이야가 달래듯 말했다.

"왜."

나나미가 괴로운 듯 얼굴을 찡그렸다.

"왜 따라온 거죠?"

"당신이 걱정돼서요. 당연하잖아요. 지금까지도 누가 없어지면 찾아다녔습니다. 어디로 갔을지 짚이는 경우에는 쫓아갔고요."

"절 좀 내버려 두세요."

"그럴 순 없습니다. 당신은 소중한 동료니까요."

나나미는 고개를 저었다.

"이제 동료가 아니어도 상관없어요. 절 잊어 주세요. 저 같은 거 없어진들 상관없잖아요. 제가 할 수 있는 일은 다른 사람도 할 수 있어요. 부탁이에요. 제발 절 내버려 두세요."

"간호사 역할을 대신할 수는 있어도 당신을 대신할 수 있는 사람은 아무도 없습니다. 당신은 세상에서 단 한 사람뿐이에요."

"그럼 저는 어떡하나요. 다른 사람들을 위해 살아가야 하나요? 살아 봐야 아무 희망이 없는데도요? 그이와 두 번 다시 만날 수 없는데도요? 세이야 씨가 전에 말했었죠. 살아남으면 길이 열릴 거라고. 갑자기 사라졌으니 갑자기 나타날 수도 있다고. 하지만 이제 그런 일은 있을 수 없게 됐어요. 그런데 왜 제가 살아야 하죠? 왜 죽으면 안 되죠?"

그 비통한 절규에 후유키는 가슴이 조여드는 것만 같았다. 나나미의 말마따나 이런 상황에서는 오히려 계속 살아가라는 것이 잔혹한 말일지도 모른다.

"죽지 말라고 한 적은 없어요."

예상치 못한 세이야의 말에 나나미가 놀라 눈을 크게 떴다. 후유키 역시 저도 모르게 형의 옆얼굴을 쳐다봤다.

"개인적으로는 자살에 반대하지만, 그걸 당신에게 강요할 생각은 없습니다. 여기서는 기존 관념을 모두 버려야 하니까요. 그러니 이건 명령이 아닙니다. 단지 제 부탁일 뿐이죠. 부디 저희와 함께 살아 달라고 부탁드리는 겁니다."

주사기를 쥔 채 나나미는 슬픈 표정으로 고개를 옆으로 기울였다.

"뭘 위해서요? 이대로 살다 보면 무슨 좋은 일이라도 있을까요?"

"그건 모르겠습니다. 하지만 확실히 말할 수 있는 건, 지금 당신이 죽으면 우리들은 분명 슬픔에 빠질 거라는 사실입니다. 당신이 죽어서 좋을 일은 하나도 없다고 단언할 수 있습니다. 그러니 우리를 슬프게 하지 마세요."

"저 같은 게 없어진다고······."

"저는 슬픕니다."

세이야가 힘주어 말했다.

"당신을 잃고 싶지 않습니다. 연인을 잃은 당신처럼 절망적인 기분에 빠지고 싶지 않습니다."

그러자 나나미는 흐느껴 울기 시작했다.

"어떻게 그런······. 너무해요. 세이야 씨, 너무······."

"부탁드립니다."

세이야가 그녀를 향해 고개를 숙였다.

"조금만 더 힘을 내세요. 당신에겐 죽을 권리가 있습니다. 언제라도 죽을 수 있습니다. 하지만 지금은 죽지 마십시오. 저를 위해서라도 제발 죽지 마세요."

세이야의 말에는 나나미에 대한 강한 애정이 담겨 있었다. 그것이 연애 감정인지 아닌지 후유키는 알 수 없었다. 하지만 단순히 나나미의 자살을 막기 위해서 하는 말만은 아니라는 것이 세이야의 온몸에서 뿜어져 나오는 열기로 인해 느껴져졌다.

나나미가 고개를 숙였다. 주사기를 쥔 손이 축 늘어졌다.

세이야가 천천히 그녀에게 다가섰다. 그리고 오른손을 내밀며 "그거 제게 주세요."라고 말했다.

"너무해요."

나나미가 흐느끼며 주사기를 그에게 건넸다.

39

눈을 뜨자 후유키는 정원 쪽으로 난 장지문을 열었다. 유리창 너머로 보이는 광경은 어제 아침과 다름없었다. 하늘은 회색이고, 비도 계속 내리고 있다. 나무의 녹색이 비에 젖어 더욱 짙어지고 등롱은 검게 빛나고 있었다.

"오늘도 비군."

뒤에서 소리가 나길래 돌아보니 가와세가 러닝셔츠 차림으로 칫솔을 문 채 들어오고 있었다.

"나흘째 계속이야. 대체 언제까지 내리려는지."

후유키의 말에 가와세가 옆으로 와서 하늘을 올려다봤다.

"글쎄, 하느님만 알겠지. 어쨌든 참 잘도 오네. 이대로 가면 낮은 지대는 또 홍수가 나겠어."

가볍게 한 말이었지만 홍수라는 단어를 들으니 후유키는 마음이 어두워졌다. 다이치가 탁류에 휩쓸리던 광경이 아직도 뇌리에서 떠나지 않았기 때문이다.

식당에 들어가 보니 더 안쪽에 있는 주방을 오가는 에미코의 모습이 보였다. 잠시 후 미오가 손에 접시 몇 개를 들고 나와 테이블 위에 늘어놓기 시작했다. 후유키를 본 미오는 꾸벅 머리를 숙였다. 미오가 이런 반응을 보인 것은 처음이었다.

"잘 잤니?"

후유키가 말을 걸자 미오는 입 끝을 살짝 움직이더니 다시 부엌으로 들어갔다. 그 아이 나름의 미소일 거라고 후유키는 해석했다.

거실에서는 세이야가 커피 잔을 옆에 놓고 지도를 펼쳐 보고 있었다.

"뭘 보는 거야?"

"도쿄 지역의 표고. 이렇게 보니 여기도 그다지 높은 지대는 아니네."

"표고를 왜 보는데?"

후유키가 맞은편에 앉으며 물었다.

"비 때문에. 아마 낮은 지대는 이미 침수가 시작됐을 거야."

그리고 세이야는 창밖을 내다봤다.

"여기도 언젠가는 물이 차지 않을까?"

후유키가 물었다.

"그야 모르지. 하지만 준비는 해 두는 게 좋아."

"무슨 준비? 식량도 있고 발전 설비도 있고, 여긴 완벽하잖아."

"완벽이란 게 뭔데? 여기서 영원히 생활할 수 있다는 의미야?"

"영원히는 아니더라도 당분간은 괜찮지 않을까?"

"당분간이 얼마 동안인데? 비축된 식량은 기껏해야 한 달치라고."

"한 달만 버틸 수 있어도 되는 거 아니야?"

그러자 세이야는 테이블에 팔을 얹더니 턱을 괴고 후유키를 쳐다봤다.

"그 한 달 뒤에도 물이 빠지지 않으면 어떻게 할 건데? 비가 그친다는 보장도 없는데, 흙탕물 속을 헤엄쳐 가겠다고?"

"그건……, 그런 것까지 걱정하다가는 한이 없지."

"그러니 그때 가서 될 대로 되라 이거야?"

후유키는 입을 다물어 버렸다. 세이야가 그런 그의 얼굴을 손가락으로 가리켰다.

"현실을 알려 줄까? 물이 빠지지 않으면 우린 여기 갇히는 거야. 물론 구조대도 오지 않아. 식량이 바닥나면 굶어 죽을 수밖에 없어. 다 죽는다고!"

그러자 후유키가 숨을 삼키며 물었다.

"여기서도 또 탈출할 생각이야?"

"필요하다면."

"하지만 이미 침수가 시작됐어. 어디로 어떻게 탈출할 건데?"

"그걸 생각하고 있는 참이야."

그러고서 세이야는 후유키의 뒤쪽을 봤다.

"안녕."

그 소리에 후유키도 뒤를 돌아봤다. 운동복 차림의 아스카가 들어오고 있었다.

"나나미 씨는 좀 어때?"

세이야의 질문에 아스카는 어깨를 으쓱하고는 "별다른 변화 없어요."라고 대답했다.

"여전히 기운을 못 차린 거야?"

"침대에 누워서 아침밥도 안 먹겠대요."

"어제 저녁도 안 먹었잖아. 가서 말 좀 붙여 보지그래."

후유키가 형을 보며 그렇게 말하자 세이야는 미간에 주름을 세운 채 뭔가를 골똘히 생각했다.

"형!"

"무슨 말? 억지로라도 밥 먹고 기운 내라고 명령이라도 하라는 거야? 나나미 씨는 지금 삶의 목적을 잃고 괴로워하고 있어. 그런데도 죽음을 택하지 않았다는 거, 그것만으로도 대단한 거라고."

"하지만 저런 상태라면 언제 다시 나쁜 마음을 먹을지 몰라요."

아스카가 말했다.

"그렇다고 달라붙어 감시할 수도 없잖아. 어떻게 해서든 자기 힘으로 극복하는 수밖에."

"그거, 보통 사람들한테는 힘들어요. 누구나 세이야 씨처럼 강한 게 아니거든요. 나도 솔직히 죽고 싶을 때가 있었으니까."

"뭐?"

후유키가 깜짝 놀라 아스카를 쳐다봤다. 그러자 그녀는 얼굴을 찡그리며 손을 내저었다.

"아, 미안. 이상한 소리를 해 버렸네. 죽을 생각 같은 거 없으니까 안심하시라고요."

그녀는 머리를 긁적거리며 식당으로 갔다.

아침 식사 준비가 다 되었을 무렵 가와세와 도다가 나타났다. 도다는 다리를 약간 휘청거렸다. 후유키 옆을 지날 때 술 냄새가 풍겼다.

"고마운 일이야. 이렇게 매일 아침 꼬박꼬박 식사할 수 있다는 거. 초등학교 이후 처음이야."

가와세가 자리에 앉으며 중얼거렸다. 접시엔 햄과 오믈렛, 샐러드가 놓여 있었다.

하지만 도다는 자리에 앉지 않고 곧장 부엌으로 들어갔다. 냉장고 문을 여닫는 소리가 들리는가 싶더니 양손에 맥주 캔을 들고 와서 테이블 맨 끝에 앉았다. 그리고 캔을 따서 몇 모금 꿀꺽꿀꺽 마신 뒤 큰 소리로 트림을 했다.

"도다 씨."

세이야가 그를 불렀다.

"과음하시는 거 아닙니까?"

그러자 도다는 초점 잃은 눈동자로 세이야를 바라봤다.

"왜, 안 되나?"

"술은 가능하면 자기 전에만 드시라고 부탁드렸는데요."

"흥, 그거야 여기 오기 전의 얘기지. 언제 위험이 닥칠지 모르니까 밤이 오기 전에는 취하지 말라는 거 아니야. 하지만 이젠 아무 문제 없잖아. 먹을 것도 충분하고, 이불 덮고 잘 수도 있고. 맥주 정도는 맘대로 마시게 해 줘야지."

"적당히 마시는 건 좋지만, 도다 씨는 분명 과음 수준입니다. 그러다 몸이 망가집니다."

도다는 히죽 웃었다.

"그래서, 몸이 망가지면 어떻게 되는데? 건강하다고 무슨 좋은 일이라도 생기나? 전혀 없다고. 오래 살아 봐야 좋은 일 하나도 없다니까. 고생만 할 뿐이지. 그러니까 살아 있는 동안에는 나 좋을 대로 할 거야. 마시고 싶은 만큼 마시고, 취하고 싶으면 취하고, 그러다가 죽어 버리는 게 내 소원이야. 나는 오히려 당신들이 이상해. 이런 마당에 어떻게 맨 정신으로 사는지."

그러고서 그는 또 맥주를 마셨다.

세이야는 포기한 듯 입을 다물고 식사를 계속했다. 후유키 건너편에 앉은 가와세가 빙글거리며 오믈렛을 먹었다.

그들이 식사를 마칠 무렵에야 고미네가 나타났다. 그는 잠옷 차림이었다. 흐리멍덩한 눈빛으로 잠시 테이블을 바라보다가 자리에 앉았다.

"커피요."

"네."

일어서려는 에미코를 세이야가 막았다.

"커피는 많이 준비돼 있습니다. 직접 갖다 드세요. 에미코 씨는 어디까지나 호의로 식사를 만들어 주는 겁니다. 우리들의 가정부나 고미네 씨의 아내가 아니란 말입니다."

고미네가 세이야를 노려보다가 귀찮다는 표정을 지으며 일어나서 부엌으로 갔다.

세이야가 자리에서 일어나 사람들을 둘러봤다.

"잠깐 드릴 말씀이 있습니다."

"아이고, 오랜만에 경찰 나리가 말씀하시는군."

농담하는 가와세를 힐끗 본 후 세이야는 입을 열었다.

"다름이 아니라, 앞으로의 계획을 말씀드리려고 합니다. 좀 전에 후유키와도 이야기했지만, 이런 식으로 비가 계속 내리면 이 주변이 침수될 가능성이 큽니다. 저지대가 강처럼 변할 수 있다는 건 모두들 잘 아실 겁니다. 그런데 이곳에 머물 수 있는 시간은 식량 사정으로 보아 앞으로 한 달 정도입니다.

그래서 그 대책을 함께 생각해 보자는 겁니다."

"대책이라면 뭐가 있지?"

가와세가 진지한 표정으로 물었다.

"주변이 완전히 물에 잠겨 버리기 전에 좀 더 안전한 곳으로 옮기자는 게 형의 의견이야."

후유키가 대답했다.

"여기보다 안전한 곳이 어디 있다고."

"주변이 침수된 상태에서 물이 빠지지 않으면 끝장이야."

이번에는 세이야가 말했다.

"그럼 여기서 또 나가요? 겨우 안정됐나 했더니."

아스카도 얼굴을 일그러뜨렸다.

"반대."

손에 커피를 든 고미네가 부엌에서 나오며 말했다.

"이제 그만. 더는 움직이고 싶지 않아."

"나도."

그러면서 도다가 두 번째 맥주 캔을 땄다.

"한 달이나 남았으면 그걸로 족해. 그때까지 느긋하게 내키는 대로 살면 되는 거야. 여기서 죽을 수밖에 없다면 죽는 거지. 어차피 한 번 죽은 몸 아닌가. 고생고생해서 목숨을 건져 봤자 큰 의미가 없다고."

"살아남으면 빛이 보일 수도 있습니다."

세이야의 말에 도다는 코웃음을 쳤다.

"빛, 무슨 빛? 죽은 사람들뿐인 이 세계에 도대체 무슨 빛이 비친다는 거야? 당신은 언제나 그런 무책임한 말을 하지. 이젠 그 수법에 안 넘어가."

"형이 언제 무책임한 소리를 했다고 그러십니까?"

후유키가 정색하고 대들었다.

"그럼 아니야? 기대만 잔뜩 부풀려 놓고, 결국은 다 빗나갔어. 아무것도 몰라서 그랬다면 또 몰라, 다 알고 있었잖아. 여긴 죽은 자들의 세계고 원래의 세계로 돌아갈 수 없다는 거. 그걸 숨기고 우리들을 이리저리 조종해 왔어. 단지 노동력이 필요하다는 이유로 말이지."

후유키가 고개를 가로저었다.

"그렇지 않아요. 그 정도는 당신도 알잖아. 형은 당신들이 살아남길 바란 거야. 살아갈 희망을 잃게 하고 싶지 않았던 거라고."

"하지만 결국 희망은 없었어. 갖은 고생 끝에 도착한 곳이 결국 여기야. 이런 거라면 좀 더 빨리 가르쳐 줬어야지. 그랬다면 이렇게 고생하면서까지 살아남으려고 하지 않았다고."

"일찌감치 죽어 버리는 편이 나았단 말인가요?"

"그래. 그게 나았어. 깨끗이 죽어 버렸다면 얼마나 편했을까."

도다는 남은 캔 맥주를 단숨에 들이켰다.

가와세가 말없이 부엌에 들어가더니 식칼을 들고 나왔다.

그리고 곧장 도다에게 가서 그의 멱살을 움켜줬다.

"왜, 왜 이래?"

도다가 겁에 질려 소리쳤다.

"죽고 싶다니까 죽여 주려고. 진작 죽었으면 좋았을 거라고 했지? 그럼 나한테 감사해야겠네. 나도 말이지, 한번은 사람을 죽여 보고 싶었어. 그런데 유감스럽게도 예전 세상에서는 기회가 없더라고. 자, 그 손 좀 치우지. 가슴을 푹 찔러 줄 테니. 아니면 목이 나을까? 목을 확 잘라 줄까? 어느 쪽이야?"

가와세는 도다의 얼굴 앞에서 식칼을 휘둘러 댔다.

에미코가 비명을 지르며 미오를 끌어안았다.

"가와세!"

세이야가 소리쳤다. 도다는 소리조차 못 내고 벌벌 떨고 있었다. 그걸 보고 있던 가와세가 도다를 냅다 밀쳤다.

"뭐야, 죽고 싶네 어쩌네 주절대더니 결국은 살고 싶은 거야? 그럼 쓸데없는 트집은 잡지 말라고."

"주, 주…… 죽는 때는…… 내 스스로 결정할 거야."

도다가 심하게 말을 더듬었다.

"그래? 그럼 결정되면 알려 줘. 단칼에 찔러 줄게. 잘못하면 죽는 데 실패할 수도 있으니까 나한테 부탁하는 편이 나을 거야."

그때였다. 여전히 식칼 끝을 도다에게 겨누고 있는 가와세에게 고미네가 말없이 다가갔다.

"당신은 뭐야. 할 말 있어?"

"날 찔러 줘. 사람 죽이고 싶다며? 그러니까 찌르라고. 도망가지도 않고 저항하지도 않을 테니까. 그 대신 가능하면 고통 없이 보내 줘."

"당신 지금 제정신이야?"

"그래, 제정신이야. 저 사람처럼 입만 놀리는 게 아니라고. 죽여 주면 고맙겠어."

고미네의 얼굴에는 표정이 없었다. 텅 빈 눈을 가와세 쪽으로 향하고 있을 뿐이었다.

"자, 빨리 찔러. 왜, 사람 죽이는 건 역시 두려운가?"

가와세가 얼굴을 한쪽으로 일그러뜨리며 웃었다.

"당신 지금 날 협박하는 거야? 내 말해 두겠는데, 사람을 죽인 적은 없지만 찌른 적은 많아. 급소를 노리느냐 피하느냐 정도의 차이는 별것도 아니라고."

"그러니까 해 보라고!"

고미네가 셔츠 단추를 풀어 앙상한 가슴을 드러냈다. 그러자 가와세가 입술을 일그러뜨리더니 식칼을 고쳐 쥐었다.

"재밌겠군. 한번 해 보지."

가와세가 고미네의 가슴을 향해 식칼을 겨눈 순간, 어느새 다가와 있던 세이야가 그의 팔을 잡았다.

"그만둬, 가와세."

"놔, 이거!"

"이건 아무한테도 도움이 안 돼. 당신이 단순 무식한 인간이라는 걸 증명할 뿐이야."

세이야의 말에 잠시 생각하던 가와세는 조금 후 자세를 풀며 "알았어."라고 대답했다. 세이야가 그의 손에서 식칼을 거뒀다.

고미네는 여전히 차가운 눈빛을 하고서 셔츠 단추를 잠근 뒤 식당 밖으로 나가다가 갑자기 뒤돌아서 시선을 세이야에게 향했다.

"당신이 말했지요, 어떤 일이 선인지 악인지 앞으로 우리 스스로 결정해야 한다고. 그러니까 사람을 죽이는 게 선인지 악인지도 아직은 결정되지 않았어요. 이제 내가 그걸 가르쳐 드리지. 죽기를 원하는 인간에게는 분명 선이오."

49

승패는 이미 갈렸지만 게임은 계속됐다. 흰 말을 쥔 아스카가 단 하나 남은 빈칸으로 손을 뻗었다. 말을 놓은 후 그녀의 가느다란 손가락은 검은 말을 차례차례 뒤집었다. 다 뒤집고 나서 그녀는 고개를 들었다. 그 얼굴이 무표정했다.

"세어 볼래요?"

"그럴 필요 없어. 내가 졌어."

후유키가 아랫입술을 내밀고 말을 정리하기 시작했다.

"1승 3패라. 아스카, 의외로 세네."

"나, 친구들과 오셀로 해서 이긴 적 별로 없는데."

"요령을 잘 모르겠어. 한판 더 할까?"

"아니요. 그만 할래요."

아스카는 소파에 기대며 옆에 놓아두었던 주스를 마셨다.

후유키는 오셀로 판과 말을 상자에 집어넣었다. 거실 수납장에 들어 있던 것이었다. 총리 가족이 즐기던 오락이었을 것이다.

"저기요, 이런 생활, 언제까지 계속될까요?"

"글쎄."

후유키는 고개를 갸우뚱했다.

"형님은 조만간 여기를 떠나야 한다고 생각하시는 것 같던데, 후유키 씨는 어떻게 생각하세요?"

"형이 그랬다면 그럴 수밖에 없는 거 아니겠어?"

그 말에 아스카의 눈초리가 올라갔다.

"뭐 그래, 자기 주관도 없어요? 뭐든 형이 하자는 대로 하는 거예요?"

"그게 아니라, 형의 말을 이해할 수 있다는 거야."

"그럼 그렇게 말했어야지. 방금 말투는 형이 오른쪽으로 가자면 오른쪽으로 가고 왼쪽으로 가자면 왼쪽으로 가겠다는 것 같잖아요."

"그게 아니라니까. 형에게 거역한 적도 많이 있어. 아스카도 알잖아."

"전엔 그랬는데, 요즘은 어쩐지 시키는 대로 하는 느낌이라고요. 상황이 어려워지니까 앞으로는 형이 다 결정해 주길 바라는 거 아니에요?"

"아니야."

고개를 세게 흔들던 후유키는 잠시 그 움직임을 멈췄다가 천천히 고개를 끄덕였다.

"아니, 사실은 그런 구석이 있는지도 모르지. 나는 형처럼 머리가 좋지 않아서 죽느냐 사느냐 하는 순간에 앞일을 내다볼 자신이 없어. 형은 머리도 좋고 냉철해서 형에게 판단을 맡기면 틀림없다는 생각이 드는 것도 사실이야. 하지만 모든 걸 형에게 의지하겠다고 생각하는 건 아니야. 내 나름대로 판단하겠다는 생각은 있어. 단, 형에게 거역하기가 어렵긴 해."

"왜죠?"

"형을 이런 곳에 끌어들인 게 나니까. 내가 바보 같은 짓을 해서 형을 죽게 만들었거든."

그는 이전 세상에서 일어났던 일을 아스카에게 얘기해 줬다. 그녀는 미간에 주름을 잡고, 때때로 고개를 끄덕이며 들었다.

"그랬구나. 같은 사건을 담당하게 돼서 함께 범인 체포에 나선 거였군요."

후유키는 고개를 저었다.

"아니야. 저쪽은 본청, 이쪽은 관할 서. 그리고 나는 체포 조에 포함되지도 못했어. 내 멋대로 나선 거지. 게다가 멍청하게 구는 바람에 형의 작전을 망쳤어. 그 바람에 우리 둘 다 범인들의 총에 맞은 거야. 정말이지 내 자신이 너무 한심해."

"후유키 씨가 그러는 건 이해하겠지만, 이제 와서 자책한들 무슨 소용이 있겠어요. 형도 별로 마음에 두는 것 같지 않던데요."

"형이 어떻게 생각하는지는 상관없어. 내가 나 자신을 용서하지 못하는 거야. 그래서 형에게 아무 말도 못하는 거고. 형이 하는 일에 불평할 자격이 있나 싶어서."

"불평하는 게 아니라 의견을 말하는 거죠. 후유키 씨 나름의 의견을. 형도 인간인데 항상 옳은 길만을 선택할 수는 없는 것 아니겠어요? 그럴 때 다른 사람이 의견을 말하지 않으면 그야말로 전멸이라고요. 우린 다 죽는 거예요. 지난 일은 잊어버리고, 내일부터 어떻게 할지 생각해 보자고요."

열변을 토하는 아스카의 얼굴을 보며 후유키가 쓴웃음을 지었다.

"뭐예요, 그 표정은. 내 말이 이상해요?"

아스카가 입술을 뾰족 내밀었다.

"그게 아니라, 너도 형 못지않게 강하다는 생각이 들어서. 그게 젊음이라는 걸까?"

후유키의 말에 아스카는 웃음을 터뜨렸다.

"뭐예요. 나랑 열 살도 차이 나지 않으면서."

"나뿐만 아니라 다른 사람들도 아스카의 강인함을 반만이라도 닮는다면……. 다들 삶의 의욕을 잃었잖아, 나나미 씨, 고미네 씨, 그리고 도다 씨까지."

"어서 기운을 회복해야 할 텐데."

아스카가 그렇게 중얼거리는데 입구 쪽에서 소리가 났다. 그리고 문이 조금 열렸다. 누군가가 안을 들여다보고 있었다.

"누구시죠?"

후유키가 일어서서 문을 활짝 열었다. 작은 비명 소리에 이어 나나미가 모습을 드러냈다.

"나나미 씨, 왜 그러세요?"

안색이 창백했다. 스웨터 지퍼를 목까지 끌어 올리고 손으로 목 부분을 움켜쥐고 있는 그녀는 떨고 있었다.

아스카도 그녀에게 다가갔다.

"왜 그래요. 무슨 일 있어요?"

그러자 나나미가 입술을 살짝 움직이며 쉰 목소리로 뭐라고 말을 했다. 얼핏 들으니 '방'이라고 하는 것 같았다.

"방? 방이 왜요?"

"자고 있는데…… 누군가…… 방에."

무슨 일인지 대충 짐작이 갔다. 후유키는 그 즉시 2층에 있는 나나미의 방으로 뛰어 올라갔다. 열려 있는 문틈으로 방

안을 살피던 그는 그만 흠칫 놀랐다. 누군가 침대에 앉아 있었던 것이다. 그가 누군지는 앙상하게 드러난 그의 벌거벗은 등이 말해 주고 있었다.

"고미네 씨, 당신 도대체 뭘……."

후유키가 그에게 다가갔다. 고미네는 고개를 숙이고 있었다.

"뭐라고 말 좀 해 봐요, 고미네 씨."

고미네는 팬티 차림이었다. 그는 "도대체 왜 그러는 거야."라고 중얼거렸다.

"뭐라고요?"

"왜 도망쳐? 뭐 어때서. 이 정도야 별것도 아니잖아."

염불 외우듯 나직이 말했다.

"당신, 나나미 씨한테 무슨 짓을 한 거야? 하긴, 설명 안 해도 대충 짐작은 가는군."

그러자 고미네가 고개를 들어 후유키를 바라봤다. 그 눈빛이 완전히 죽어 있었다. 생기라고는 조금도 느껴지지 않았다.

"안 되는 건가? 이제부터는 살아 봐야 의미도 없는데 섹스 정도는 해도 상관없잖아. 그쪽이나 나나 이미 죽은 몸인데 거부하는 이유가 대체 뭐야? 뭘 해 달라는 게 아니야. 그저 가만히 있어 주면 된다고. 내가 다 알아서 하고 뒤처리도 할 거니까. 그런데 왜 안 된다는 거야. 그 여자, 자살하고 싶어 하잖아. 살아 봤자 희망이 없다고, 자기 몸 따위 어떻게 돼도 상관

없다고. 그러니 도망칠 필요 없잖아?"

그때 아스카가 방 안으로 들어와 고미네에게 성큼성큼 다가오면서 이렇게 말했다.

"어떤 세상에서건 그런 건 서로의 동의가 없으면 안 되는 거야. 법률 이전의 문제라고. 말이 돼? 머리가 어떻게 된 거 아니야?"

고미네가 풋, 웃음을 터뜨렸다.

"너희들은 좋겠어. 상대가 있으니."

"상대라니, 무슨 소리야?"

"시치미 뗄 거 없어. 다 알고 있으니까. 너희들 사귀고 있지? 늘 붙어 다니잖아. 이미 셀 수 없이 했겠지. 좋겠어. 여고생과 하다니. 그러니 아무리 힘들어도 용기가 나겠지."

후유키는 당황한 나머지 자신도 모르게 아스카를 바라봤다. 그녀는 곧바로 눈을 피했다.

"당신, 무슨 소리 하는 거야. 우린 아무 사이도 아니야."

"그래, 말 같지도 않은 소리 하지 마."

아스카도 날 선 소리로 반박했다.

고미네는 천천히 두 사람의 얼굴을 번갈아 봤다.

"아직 안 했나? 그래도 언젠가 하겠지. 아, 부러워라."

"뭐야, 제멋대로 상상이나 하고. 지금 그런 얘기 할 때가 아니잖아. 자신이 무슨 짓을 했는지나 알아?"

"물론 알지. 하고 싶은 일을 하려고 했을 뿐이야. 그게 뭐가 나빠? 섹스하고 싶어도 상대가 없는 사람은 이렇게라도 해야 하는 거 아닌가? 아니면 네가 해 주겠다는 거야?"

"시끄러워!"

아스카가 소리를 꽥 질렀다. 그때 복도에서 발소리가 들리더니 세이야가 들어왔다.

"웬 소란이야?"

"이 인간이 나나미 씨를 강간하려고 했어요."

아스카의 대답을 들은 순간 세이야의 뺨에 경련이 이는 것을 후유키는 보았다. 역시 세이야는 나나미를 진심으로 좋아하고 있는 것이 틀림없다.

"미수에 그친 거야?"

"아마도요. 후유키 씨와 거실에서 얘기를 나누고 있는데, 나나미 씨가 오더니 누군가 방에 침입했다고 하더라고요."

"나나미 씨는?"

"아직 거실에 있어요."

"가서 상태를 좀 지켜봐. 혼자 놔두면 안 돼."

"하지만……."

"빨리!"

세이야의 채근에 아스카가 방을 나섰다. 세이야의 눈은 고미네를 뚫어지게 바라보고 있었다. 고미네가 고개를 툭 떨어뜨렸다.

"후유키, 사람들을 식당으로 집합시켜."

식당의 긴 테이블에 일곱 명의 남녀가 앉았다. 고미네는 벽 쪽에 놓인 의자에 따로 앉아 있었다. 운동복 바지에 와이셔츠 차림의 그는 감정 없는 공허한 눈으로 바닥을 내려다보고 있었다.

"절대 용서할 수 없어요. 분유를 훔쳐 먹은 다이치와는 비교도 안 돼. 강간범이라고요, 저 인간은. 저런 인간과는 절대 같이 살 수 없어요."

아스카가 숨도 쉬지 않고 소리쳤다.

나나미는 아스카와 에미코 사이에 끼이듯 앉아 고개를 숙이고 있었다.

"자, 자, 그렇게 흥분하지 말고 침착하게 얘기합시다."

세이야가 진정시키려는 듯 오른손을 흔들었다.

"어떻게 냉정할 수가 있어요. 혹시 남자들은 저 인간 편인 건가요? 그 마음을 이해한다고 말하고 싶은 거예요?"

아스카가 벌떡 일어서서 말했다.

"그럴 리 없잖아. 일단 진정해."

후유키의 말에 아스카는 뾰루퉁한 얼굴을 한 채 자리에 앉았다. 그러자 가와세가 팔짱을 끼고서 의미심장한 미소를 지었다. 그런 그를 아스카가 노려봤다.

"왜요, 뭐가 웃기는데? 내 말이 이상해요?"

"이상한 소리를 한 건 이 아저씨야."

가와세가 후유키를 보며 또 히죽 웃었다.

후유키는 눈썹 끝을 추켜세우며 "내가?"라고 물었다.

"그렇잖아. 고미네 편이야 아니겠지만 마음은 이해하는 거 아니야? 나는 알 것 같거든. 하고 싶어, 솔직히. 지금 당장이라도. 참고 있을 뿐이지. 당신도 그렇지 않아?"

후유키는 어금니를 꽉 물었다. 분노가 끓어오르지만 말이 나오지 않는다.

"그게 인간이야."

가와세가 진지한 표정을 하고서 나지막한 소리로 말했다.

"이왕 이야기 나눌 거, 본심을 꺼내 놓자고. 체면 차려 봐야 무슨 의미가 있겠어."

아무 말도 못하고 있는 후유키를 아스카가 사나운 눈초리로 쏘아봤다.

"정말 그런 거야?"

후유키는 고개를 저었다.

"나는 강간 따위는 하고 싶지 않아."

"그런 말이 아니야."

가와세가 얼굴을 찌푸렸다.

"나도 강간하고 싶다는 건 아니라고. 허락해 준다면 하고 싶다는 거지. 그건 어떤 남자도 마찬가지야. 본능이니 어쩔 도리가 없지."

"갑자기 왜 말을 바꾸고 그래요."

"학생도 남자가 그런 동물이란 걸 전혀 몰랐던 건 아니잖아. 새삼스럽게 순진한 척하진 말자고. 그리고 말이야, 저 강간한 놈을 어떻게 처리하느냐가 문제가 아니야. 그보다 남자의 본능이라는 성가신 녀석을 어떻게 하느냐가 큰 문제라고."

"그건 우리들과는 아무 관계 없어요. 남자들 문제니까 남자들이 해결하면 되잖아요. 하여간 우리 여자들에게 피해가 오는 건……."

"거참, 시끄럽네."

가와세가 갑자기 인상을 쓰며 으름장을 놓았다.

"무슨 말인지 알겠으니까 가만히 좀 있지그래. 어른들이 얘기하고 있잖아."

아스카는 놀라 두 눈을 크게 떴지만 입은 다물었다.

세이야는 아무 말 없이 눈을 감고 있다가 모두의 시선이 자신에게 집중된 것을 느낀 듯 눈을 떴다.

"우선 분명히 해 둘 게 있습니다. 모이시라고 한 건 고미네 씨를 규탄하기 위해서가 아닙니다. 앞으로 우리들이 어떻게 살아가야 할지 생각해 볼 좋은 기회 같아서입니다. 우리들의 장래에 관해 이야기를 나눠 보고 싶습니다."

그때까지 조용히 맥주만 마시던 도다가 킥킥 웃기 시작했다.

"장래? 그런 게 어디 있어, 세상이 끝났는데."

그러자 세이야가 자리에서 일어서 사람들을 둘러보며 이야기를 계속했다.

"우리들이 이전 세계를 잃어버린 건 사실입니다. 하지만 살아 있습니다. 그건 엄연한 사실입니다. 이런 상황에서 장래를 생각할 때, 우리가 해야 할 일은 하나밖에 없습니다. 새로운 세계를 만드는 겁니다."

41

"그게 무슨 뜻이야? 새로운 세계라니."

후유키가 물었다.

"우리들의 힘으로 만들어 가는 세상이지. 과거는 잊고 제로에서 다시 시작하는 거야. 그저 살아남기만 하는 게 아니라 인생을 제대로 누릴 수 있는 삶의 방식을 다 함께 찾아 나가는 거."

"이 와중에 무슨 수로 인생을 누린다는 건가? 남은 식량 덕에 가까스로 목숨을 부지하고 있는 형편인데."

도다의 말투가 조금 취한 듯했다.

"바로 그런 생활에서 벗어나자는 겁니다. 지금 이대로라면 우리는 이전 세상의 잉여물로 살아갈 수밖에 없습니다. 머지않아 식량을 구하기 위해 방랑하는 존재로 전락하겠죠. 그렇게 되지 않기 위해서 우리 나름의 세계를 만들어 가려고 하는 겁니다."

"그러니까, 어떻게?"

후유키가 물었다.

세이야가 심호흡을 한 뒤 사람들을 둘러봤다.

"문명의 이기에 둘러싸여 있던 시절은 잊어야 합니다. 식량을 찾아 헤매는 생활에서 벗어나려면 우리 손으로 식량을 만들어 내는 도리밖에 없습니다. 쌀이나 빵, 야채, 모두를 말입니다."

그러자 맥주를 마시던 도다가 사레들린 것처럼 캑캑거렸다.

"농사꾼이 되자는 거야?"

세이야는 고개를 저었다.

"생업을 말하는 게 아닙니다. 살아가기 위해 필요한 일을 하자는 것뿐입니다. 옛날 사람들은 너 나 할 것 없이 작물을 재배했습니다. 그리고 그런 생활 방식에 회의를 품어 본 적조차 없습니다. 어려운 일이 아닙니다. 인간 본연의 삶의 방식으로 돌아가자는 겁니다."

"그게 가능할까?"

후유키가 중얼거렸다.

"가능하다고 봐. 내가 제로에서 시작하자고 했지만 실제로 그 정도는 아니야. 도시를 벗어나면 이전 세상의 누군가가 경작하던 밭이 있을 거고, 거기에는 작물이 자라고 있을 거야. 식물은 P-13 현상의 영향을 받지 않았을 테니까 말이지. 우리들은 그 논밭을 이어받기만 하면 되는 거야. 물론 농사일이 쉽지는 않겠지만 그 노하우를 기록한 책을 찾기는 어렵지 않을 거야. 모두가 힘을 합쳐 배우면서 한 걸음 한 걸음 기술을 습득해 나가면 돼. 반드시 잘될 거야."

세이야의 목소리가 열기를 더해 갔다.

사람들은 침묵에 빠졌다. 저마다 세이야의 제안에 대해 생각해 보고 있었다. 후유키도 자신이 농사짓는 모습을 상상했다. 구체적으로 뭘 어떻게 해야 할지는 잘 모르겠지만, 이 절망적인 세상으로 보내진 이후 처음으로 긍정적인 생각을 하는 것 같은 느낌이었다.

"저기요."

아스카가 손을 들었다.

"뭐지?"

"세이야 씨 말씀은 잘 알겠어요. 저도 그런 식으로 살아갈 수밖에 없는 거 아닌가 생각해요. 하지만 그것과 저 사람이 한 짓이 무슨 관계가 있나요?"

아스카는 손가락으로 고미네를 가리켰다.

"다 함께 힘을 합하려 하는데 저런 사람이 있으면 곤란한 거 아닌가요? 힘을 합할 마음이 안 든다고요."

그러자 세이야는 고미네를 힐끗 보고 나서 다시 아스카에게 시선을 돌렸다.

"새로운 세상을 만들어 가는 건 단지 농사를 짓는 데 그치는 게 아니야. 우리 스스로 여러 가지 방침도 정해야 해. 여긴 나라도 공무원도 없으니 모든 걸 우리 스스로 결정해야 하고. 말하자면 우리는 하나의 마을이지. 이 마을을 존속시키기 위해 전원이 지혜를 짜내야만 해."

"그래서요?"

아스카가 고개를 갸우뚱거렸다.

"마을 사람들이 생각해야 할 것은 자신의 문제만이 아니야. 아니, 때로는 자신의 일보다 마을의 발전을 우선으로 해야 해. 마을을 발전시킨다는 것은 즉 인구를 늘리고 다음 세대가 안심하고 살 수 있는 시스템을 만드는 거고."

세이야의 말에 다시 모두가 침묵에 빠졌다. 하지만 좀 전과는 다른 침묵이었다. 모두가 그의 입에서 나온 하나의 단어에 당황했던 것이다.

"인구를 늘린다고?"

후유키가 물었다.

"그거 혹시……"

그러자 도다가 흥, 코웃음을 친 후 이렇게 말했다.

"아기를 만드는 거지. 당연하지 않아? 근데 당신, 머리가 좋은 줄 알았더니만 그렇지도 않군. 이 몇 안 되는 사람으로 어떻게 자식을 늘리나? 여자가 미오를 포함시켜도 네 명뿐인데. 부부 네 쌍을 만들어 자식을 낳는다 해도 후대로 내려가다 보면 혈연끼리 결혼할 수밖에 없는 상황에 처하게 된다고."

"그런 문제가 있는 건 사실입니다. 하지만 혈연관계가 있는 사람들이 결혼하는 상황이 올 때까지는 상당한 시간이 있습니다. 그때까지 모종의 해결책을 발견할 수도 있고 우리 이외의 다른 인간들과 만나게 될 수도 있습니다. 또 하나, 여자 네 명으로 반드시 부부를 네 쌍밖에 만들지 못하는 것은 아닙니다."

후유키는 자신의 귀를 의심했다.

"뭐라고?"

"잠깐만요. 그게 무슨 말이에요?"

아스카가 반문했다.

"결혼했다가도 이혼하고 나서 재혼할 가능성이 있다는 건가요? 그렇다면 모르지만, 설마 여자들이 남자 여러 명을 상대하라는 건 아니겠죠?"

"아니, 바로 그거야."

침묵하고 있던 에미코가 처음으로 입을 열었다.

"세이야 씨는 인구 증가를 최우선시한다고 했으니까 당연히 여자들은 가능한 한 아이를 많이 낳아야 하겠죠. 단, 상대 남성이 한 명이라면 유전자가 편중되기 때문에 여러 남성과 아이를 낳을 필요가 있다는 거예요."

"말도 안 돼. 진짜 그런 뜻이에요?"

아스카가 눈을 휘둥그렇게 뜨고 세이야를 바라보았다. 세이야는 괴로운 듯 입술을 깨물며 시선을 아래로 떨어뜨렸다.

"미래를 위해서야. 괴롭긴 하겠지만, 서로의 애정을 확인하기 위한 섹스가 아니라 인류 존속에 불가결한 생식 행위를 하는 거라고 이해해 주면 안 될까?"

"농담하지 마세요."

아스카가 두 손으로 테이블을 내리쳤다.

"하고 싶은 말이 뭔지 이제야 알겠네. 그러니까 저 강간범을 봐주자는 거로군요. 미래를 위해서 남자는 언제든지 여자와 섹스할 수 있도록 하자는 거야. 강간이건 뭐건 가능하도록 하자는 거라고."

"강간을 인정하자는 게 아니야. 그건 별개의 문제지. 다만 섹스에 관한 해석이 과거의 세계와는······."

"됐어요!"

아스카가 소리쳤다.

"어디 마음대로 해 보시죠. 다른 사람의 마음을 헤아리는 사람인 줄 알았더니만 실망이네요. 사람들의 마음을 짓밟으면서 발전해 봐야 무슨 의미가 있을까요. 엄마, 나나미 씨, 우리 가요. 도저히 들어 줄 수가 없네."

아스카는 나나미의 팔을 잡아 일으켜 세웠다. 그리고 그녀를 식당 출입문까지 끌고 갔다. 세이야 옆을 지날 때 나나미는 그를 힐끗 쳐다봤다. 그는 여전히 고개를 숙이고 있었다.

두 사람을 뒤따라 나가던 에미코가 문을 나서기 전에 뒤돌아서서 말했다.

"세이야 씨가 나쁜 사람이라고 생각하지는 않습니다. 우리 모두를…… 인간의 장래를 생각해서 쓰라린 마음을 억누르며 말씀드렸을 거예요. 어쩌면, 아니 분명 옳은 말씀을 했을 거라고 생각합니다. 하지만 저 역시 납득은 가지 않습니다. 그런 방법은 무리라고 생각합니다. 저 같은 아줌마가 반론해봐야 웃기는 일이겠지만요."

에미코는 억지로 웃음을 지어 보인 뒤 살짝 고개 숙여 인사하고 식당을 나갔다.

여자들이 나가자 무거운 공기가 실내를 감쌌다. 세이야는 의자에 앉아 양손에 얼굴을 묻었다.

"거참."

가와세가 한숨을 쉬었다.

"골치 아프게 됐구먼. 하지만 말이야, 아스카가 화내는 것도 무리는 아니야. 창녀도 아니고, 느닷없이 좋아하지도 않는 남자랑 하라는데 네 그러겠습니다, 할 여자가 있겠어?"

"허, 댁 같은 양반이 그런 얘기를 하다니."

도다가 믿기지 않는다는 투로 말했다.

"당신, 젊은 여자들을 빚으로 옭아매서 결국에는 포주에게 팔아넘기거나 그러지 않았어? 본인의 의사는 무시하고 말이지."

그러나 가와세는 얼굴색 하나 변하지 않았다.

"물론 내 동료 중에 그런 짓을 한 놈도 있어. 하지만 그건 돈을 벌기 위해서지 성욕을 채우기 위해서가 아니야. 그리고 내 얘기는, 여자들에게 억지로 창녀 노릇을 시켜 봐야 아무 소용이 없다는 거야."

"창녀 노릇을 하라는 게 아니야."

세이야가 낮은 소리로 말했다.

"인류의 존속을 위해 중요한 역할을 해 달라는 거야. 말하자면 이브지. '아담과 이브'의 이브. 우리 남자들의 성욕을 처리해 달라는 게 아니야."

"경찰 아저씨, 이런 상황에서 그렇게 고상하고 어려운 얘기를 해 봐야 아무도 이해 못해. 자기가 앞으로 어떻게 될지도 모르는데 인류의 미래 따위를 생각할 여유가 있겠어?"

"그래도 언젠가는 생각해야 해."

"글쎄, 지금은 무리라니까. 누구나 당신처럼 침착하고 냉철하게 생각할 수 있는 게 아니야. 그보다 좀 더 알기 쉬운 규칙을 만드는 게 낫지 않을까?"

"알기 쉬운 규칙?"

"여자들이 납득할 수 있는 규칙이지. 좀 더 쉽게 말하자면 교환 조건 같은 걸 제시하는 거야. 여자들도 남자들의 도움을 받지 않고서는 살아가기 힘들다는 걸 알고 있어. 그걸 내세워서 교섭하면 어떨까 하는 얘기지."

"교섭이라고?"

"그래. 상부상조하는 관계를 만드는 거야. 저쪽은 생활이 보장되고, 이쪽은 남자의 본능 문제를 해결할 수 있고. 만만세지, 뭐."

"그건 안 돼."

세이야가 고개를 치켜들고 가와세를 노려봤다.

"그들의 존엄성에 상처를 입히는 짓은 용서 못해."

그러자 가와세가 의아하다는 듯한 표정을 지으며 양손을 옆으로 벌렸다.

"왜? 여자들에게 연애 감정 없는 섹스를 해 달라고 한 건 당신이잖아. 그런데 당신이 내건 조건은 인류의 미래 어쩌고 하는 뜬구름 잡는 얘기였어. 그걸로는 이해가 안 될 테니 생활 보장을 조건으로 내세우자는 거야. 당신의 제안과 내 제안이 대체 뭐가 다른데?"

"전혀 달라."

세이야는 고개를 저었다.

"나는 교환 조건 따위는 내놓지 않았어. 인류의 존속을 위해 힘을 빌려 달라고 부탁했을 뿐이야. 우리 남자들이 그들에게 안전한 생활을 제공해 준다 해도 그 대가를 요구해서는 안 돼. 그들은 창녀가 아니라고. 조건을 내세운다는 건 그들에게 몸을 팔라고 얘기하는 것과 마찬가지야. 그런 모욕은 없어."

"그건 생각하기 나름 아닐까. 결국 하고자 하는 건 똑같잖아."

"똑같지 않아. 그런 제안에는 결단코 반대야."

세이야가 단호하게 나가자 가와세는 입을 다물었다. 그리고 잠시 후 머리를 긁적이며 일어섰다.

"내가 머리가 나쁜가? 경찰 아저씨 말, 이해가 안 돼. 그럼 당신 하고 싶은 대로 하든지. 제발 인류의 미래를 생각해 달라고 여자들에게 빌어. 여자들이 고개를 끄덕여 줄 것 같지는 않지만."

가와세는 발소리를 쿵쿵거리며 식당을 나갔다.

도다도 어색한 표정을 지으며 일어섰다.

"어려운 문제군."

마치 남의 말 하듯 하며 그 역시 출구로 갔다.

세이야는 턱을 괴며 한숨을 쉬었다. 그 모습이 후유키에게는 몹시 피곤해 보였다.

"형이 한 말, 나는 이해할 것 같아. 에미코 씨도 말했지만 그게 옳은 거 아닐까 싶어."

"하지만 여자들이 받아들이기엔 무리라는 거지?"

"그건 어쩔 수 없을 거야. 불과 얼마 전까지는 보통 사람이었으니까. 평범하게 울고 웃으며 살아왔어. 그런 사람들에게 갑자기 인류의 미래를 생각하라니 무리일 수밖에. 자신의 일만 생각하기에도 힘에 부칠 텐데 말이지."

그럴 줄 알았다는 듯 세이야는 얼굴을 찡그리며 양손 손가락 끝으로 눈두덩을 눌렀다.

그때 덜거덕, 소리를 내며 고미네가 의자에서 일어섰다.

"저……, 저는 어떻게 할까요?"

후유키와 세이야가 서로 얼굴을 마주 봤다. 세이야는 짜증 난다는 듯 입술을 일그러뜨렸다. 그러자 고미네는 "저도 모르게 무심코 그만……, 제가 어떻게 됐었나 봅니다. 다시는 이런 일 없을 거예요. 믿어 주세요. 그리고 제발 함께 있도록 해 주세요. 부탁입니다."라며 고개를 꾸벅거렸다.

"저희에게 그러실 일이 아닙니다. 지금까지 오간 얘기를 들으셨으니 아시겠지만, 고미네 씨의 행동으로 여자들이 크게 상처받았습니다. 당신을 받아들일지 어떨지 결정할 권리는 여자들에게 있습니다."

그러자 고미네가 또다시 꾸벅 머리를 숙였다. 그제야 자신이 얼마나 어리석은 짓을 했는지 깨달은 모양이었다.

"그럼 사과하고 오겠습니다. 무릎을 꿇는 게 좋겠지요?"

세이야는 대답하지 않았다.

"그래도 조금은 안심이 됩니다. 다들 마찬가지였군요."

고미네의 말에 세이야는 그게 무슨 뜻이냐는 듯 눈썹을 찡그렸다.

"마찬가지라니요?"

"그러니까…… 남녀가 같은 장소에 살고 있으니 아무래도 생각나지 않겠습니까? 섹스 말이에요. 게다가 여자들은 젊지……."

다음 순간 세이야가 벌떡 일어나 고미네의 멱살을 잡았다. 그리고 벽으로 와락 밀어붙인 뒤 멱살 쥔 손을 한껏 위로 끌어 올렸다. 까치발을 하고 선 고미네의 얼굴이 새파래졌다.

"형!"

"당신이 무슨 짓을 했는지 알기나 해? 내가 당신을 죽이지 않는 건, 이 세상에 인간이 열 명밖에 없기 때문이야. 당신 같은 인간의 유전자조차 귀중하다고 생각하기 때문이라고. 만약 당신 유전자가 나와 똑같아서 희소성이 없었다면 한 치도 망설이지 않고 죽였을 거야."

고미네가 겁에 질린 표정으로 끄덕였다.

"만일 다시 한 번 그런 짓을 했다가는 용서받지 못할 줄 알아. 그런 인간의 유전자는 처음부터 없었던 걸로 간주하겠어. 잘 기억해 둬!"

"……알겠습니다."

고미네가 기어 들어가는 목소리로 대답하자 세이야는 그제야 손을 놓았다. 고미네는 그 자리에 주저앉았다.

그때였다. 후유키는 어디선가 굉음이 울리는 것을 느꼈다.

뭐지, 라고 생각한 순간 바닥이 격렬히 요동치기 시작했다.

42

제대로 서 있을 수조차 없었다. 뭔가 잡으려 했을 때 후유키는 이미 바닥에 쓰러져 있었다. 거대한 만찬 테이블이 미끄러져 벽에 부딪쳤다. 샹들리에가 이리저리 흔들리고, 선반 위에 있던 물건들이 계속 떨어졌다.

내진 대책이 완벽한 총리 공관임에도 삐걱거리는 소리가 엄청나게 크게 울렸다. 마치 건물 전체가 비명을 내지르는 것 같았다. 세이야가 "머리를 보호해."라고 외쳤지만, 그 소리도 굉음에 묻혀 버렸다.

후유키는 지진의 규모가 심상치 않다고 생각했다. 지금까지 여러 번 지진이 발생했지만 그들이 총리 공관으로 왔을 당시에는 건물에 이렇다 할 피해가 없었다. 하지만 이번 지진으로 내진 건축물 역시 위험에 노출되어 있기는 마찬가지라는 사실을 알게 되었다. 지금까지 겪은 것 중 최대 규모였다.

후유키는 바닥을 굴러다녔다. 자신의 의지대로 움직일 수가 없었다. 신의 손바닥 위에서 희롱당하는 느낌이었다.

이윽고 흔들림이 멈췄다. 1분도 채 되지 않는 시간이었지만 그동안이 몹시도 길게 느껴졌다. 후유키는 흔들림이 멈춘 뒤에도 곧바로 움직이지 않았다. 머리가 혼란스럽고, 평형감각을 찾을 수 없었다. 자신이 무엇을 보고 무엇을 듣고 있는지 판단이 서지 않았다.

"괜찮아?"

세이야의 목소리가 들렸다. 후유키는 천천히 상반신을 일으켰다. 주위를 둘러보고 자신이 부엌까지 굴러 와 있다는 걸 알아차렸다.

세이야는 만찬 테이블 아래에, 고미네는 벽 쪽에 엎드려 있었다.

"다친 데는 없어?"

세이야가 다시 물었다.

"응. 다친 데는 별로 없는 것 같아."

그리고 후유키는 머리를 흔들어 봤다. 여전히 현기증이 났다.

"부엌을 좀 살펴봐. 가스레인지하고 가전제품의 상태를 확인해. 스위치는 절대 건드리지 말고 눈으로만 봐."

"알았어."

후유키는 벽을 붙잡고 일어섰다. 롤러코스터에서 막 내렸을 때처럼 다리가 후들거렸다.

다행히 조리 기구에는 별 이상이 없는 것 같았다. 그걸 확인하고 부엌에서 나오니 세이야는 식당 바닥에 앉아 있었다. 그의 앞에 에어컨의 리모컨과 거기서 나온 건전지들이 나뒹굴고 있다.

"뭐하는 거야?"

후유키가 물었다.

"이것 좀 봐."

세이야는 손에 쥐고 있던 건전지를 바닥에 놓았다. 세 개의 전지가 천천히 구르기 시작하더니 벽에 부딪치고서야 멈췄다.

"알겠어?"

"바닥이 기울어진 것 같군."

"그래. 지반이 탄탄하고 내진 설계까지 된 총리 공관이 이 지경이니 다른 곳들은 피해가 이만저만이 아닐 거야. 여태까지 지진과 태풍을 간신히 견뎌 낸 건물들도 이번에는 무너졌을 가능성이 커."

"이제 다른 건물은 생각할 필요 없잖아. 우리가 사용할 일도 없을 텐데."

"건물 얘기가 아니야. 그 정도로 피해가 심하다면 거리나 도로 상황이 한층 더 나빠졌을 거라는 얘기지. 여기 올 때 기억 나지? 그때보다 이동하는 게 더 힘들어질지도 몰라."

"여기저기서 도로 함몰이 일어났을 겁니다. 이제 과거의 지도는 소용도 없겠어요."

고미네도 그렇게 말했다.

"우선 관저 내의 피해 상황을 확인해 봐야겠어. 고미네 씨, 좀 도와주시죠."

"아, 네."

좀 전까지 세이야의 우격다짐을 받던 고미네는 몸을 움츠린 자세 그대로 고개를 끄덕였다. 주저주저하고는 있지만, 삶에 대한 희망을 잃어버린 듯했던 좀 전의 모습은 이미 사라지고 없었다. 아니, 오히려 삶에 대한 집착이 한층 더 강해진 느낌이었다. 새로운 세상을 만들기 위해서는 여자들에게 이브의 역할을 요구해야 한다는 무거운 문제에 부딪치다 보니 자신의 왜소함을 실감한 건지도 몰랐다. 혹은 지진이라는 압도적인 자연의 힘을 체험함으로써 죽음에 대한 공포가 되살아났는지도 모른다. 아마도 양쪽 모두일 거라고 후유키는 생각했다. 자기 자신도 그랬으니까.

"후유키, 너는 가서 다른 사람들이 어떤 상태인지 살펴봐. 그리고 모두 거실로 오라고 해."

"알았어."

후유키가 그렇게 대답하고 식당을 나와 계단으로 향하는데 가와세가 반대편에서 오고 있었다.

"지독하게 흔들리더군."

"피해 상황을 알아보러 가는 중이야. 아무 일 없었어?"

"내 쪽은 별일 없었어. 선반에 있던 물건이 떨어져 깨진 정도."

"도다 씨가 괜찮은지 가서 봐 줘. 이상 없으면 데리고 거실로 와."

그리고 후유키는 서둘러 계단을 올라갔다.

2층 복도에 아스카가 나와 있었다.

"괜찮아? 다친 데 없어?"

"괜찮아요. 미오하고 아기도 무사."

"그래? 그럼 거실로 가 있어."

하지만 아스카는 대답이 없었다. 입을 다문 채 고개를 숙였다.

"뭐야, 왜 그래?"

그러자 그녀는 얼굴을 들어 후유키를 똑바로 쳐다봤다.

"미안하지만 우린 그냥 여기 있을래요. 남자들 있는 곳엔 안 갈 거야."

"왜지?"

"아까 한 얘기 그새 잊어버렸어요? 우리들은 이제부터 될 수 있는 대로 남자들에게 의지하지 않고 살기로 했어요. 의지하면 그 대가로 섹스를 요구할지도 모르니까요. 약점을 보여주지 않기로 했어요."

"지금 그런 얘기 할 때가 아니야. 이번 지진으로 주위 상황이 어떻게 됐는지도 모르는 마당에."

"어차피 다 무너진 거 좀 더 무너진들 무슨 차이가 있겠어요. 지금 우리 여자들에게는 그보다 더 중요한 게 있다고요. 그러니까 미안하지만 거긴 안 갈 거예요."

"아스카……."

"오해는 하지 마세요. 남자들을 적대시하겠다는 건 아니에요. 하지만 이제 남자들이 시키는 대로 하지는 않기로 했어요. 앞으로 어떻게 할지는 우리끼리 생각하고 결정할 거예요."

아스카는 방문을 열고서 "미안."이라고 다시 한 번 말하더니 문을 쾅 닫고 안으로 들어갔다.

다음 순간 바닥이 내려앉는 듯한 충격이 왔다. 후유키는 엉겁결에 그 자리에 주저앉았다. 격렬한 흔들림이 10초 정도 계속됐다. 여진인 듯했다. 방 안에서 여자들의 비명 소리가 새어 나왔다.

"괜찮아?"

후유키가 방문에 대고 소리쳤다.

문이 열리고 아스카가 얼굴을 내밀었다.

"괜찮아요. 걱정 마세요."

"부탁이야. 같이 가자. 여자들만 놔두고 갈 수 없어."

"그건 우리가 판단할게요. 돌아가세요."

아스카는 후유키의 다음 말을 기다리지 않고 문을 닫았다.

후유키는 한숨을 푹 내쉬고 계단을 내려갔다. 그사이에 다시 건물이 살짝 흔들렸다.

세이야는 이미 거실로 돌아와 있었다. 도다도 취한 모습으로 소파에 앉아 있었다.

후유키는 아스카가 한 말을 남자들에게 전했다. 가와세가 머리를 긁적이며 쓴웃음을 지었다.

"거참, 완전히 신용을 잃었네. 하기야 덮치려는 놈이 있었으니 무리도 아니지."

고미네는 어깨를 움츠린 채 아무 말 못했다.

"어떡하지?"

후유키가 세이야에게 물었다.

"일단 오늘은 그냥 놔둬. 밖이 캄캄해졌으니 모여 봤자 할 수 있는 일도 없어."

"그럼 내일 아침에는?"

"일단 이 주변이 어떻게 됐는지 조사해 봐야지. 모든 건 그 후에."

"여자들을 저대로 둬도 괜찮겠어?"

"내가 내일 한 번 더 얘기해 볼게."

"뭐라고 하려고? 이브가 돼 달라고? 그건 안 돼. 절대 냉정하게 듣지 않을걸."

"상황이 이러니 여자들이 이해해 줘야 해. 무엇을 위해 살아야 할지, 앞으로 어떤 길을 걸을 것인지, 그게 결정되지 않으면 도저히 이 위기 상황에서 벗어날 수 없어."

"글쎄, 지금은 화해가 우선일 것 같은데."

"형식적인 화해는 의미가 없어. 마음을 움직일 수도 없고. 지금 우린 인류가 멸망하느냐 마느냐 하는 갈림길에 서 있는 거야."

"인류라니, 거창하네."

"그래? 그럼 묻겠는데, 여기 있는 사람들이 다 죽은 뒤에도 이 세상에 인류가 남아 있으리라고 보장할 수 있어? 나는 못해."

갑자기 도다가 일어섰다. 그 바람에 테이블에 놓여 있던 맥주 캔이 굴러 떨어졌다.

"무거워, 너무 무거워. 그런 얘기 듣고 싶지 않다고. 거기까지 생각 안 해도 되는 거 아닌가? 가능하면…… 그래, 무인도에 떨어졌다고 생각하자고. 죽으면 그만이야. 그럼 되는 거지 뭘 그래."

"그저 먹고 자고, 음식이 떨어지면 굶어 죽고, 그런 인생으로 족하단 말입니까?"

"그걸로 만족해. 나는 만족한다고. 그러니까 제발 부담 좀 주지 마."

도다는 흔들거리는 걸음걸이로 거실을 나갔다.

잠시 침묵이 흐른 후 가와세도 일어났다.

"나도 자러 가야겠어. 무슨 일 있으면 불러."

그리고 그는 문 앞에 서서 뒤돌아보며 덧붙였다.

"아, 맞다. 여기 영어 하는 사람 있어?"

"영어는 왜?"

후유키가 물었다.

"P-13 현상에 관한 자료 말인데, 뒤쪽에 영어가 나오더라고. 보충 자료 같은데 뭐가 뭔지 알 수가 있어야지. 번역 좀 해 줬으면 해서."

"영어는 좀 알지만, 그런 자료라면 꽤 어렵지 않을까? 과학 기술 용어가 많이 나올 텐데. 고미네 씨, 영어 좀 합니까?"

그러자 고미네가 흠칫하며 얼굴을 들었다.

"잘은 못하지만 자료를 읽는 정도라면……."

"그럼 같이 가서 번역 좀 해 주쇼."

가와세가 고미네를 향해 손짓했다.

"지금 바로요?"

"이런 일은 서두르는 게 좋지. 혹시 다른 볼일이 있으신가?"

"아니, 그렇지는……."

"그럼 바로 갑시다. 내용이 신경 쓰여 죽겠어."

고미네는 당황스런 표정으로 일어나 가와세를 따라 거실을 나갔다.

세이야는 팔짱을 끼고 소파에 깊이 파묻혔다.

"너는 안 쉴 거야?"

"형은?"

"나는 여기 좀 더 있을 거야. 생각할 게 있어."

"여자들 문제?"

"그것도 있고."

"형, 형의 생각이 틀린 것 같지는 않아. 하지만 일에는 순서가 있잖아."

세이야는 무슨 뜻이냐는 듯 고개를 삐딱하게 기울였다.

"순서?"

"이 집단을 발전시키려면 아이를 낳아야겠지. 그 논리는 이해해. 하지만 말이야, 아무리 그렇다고 해도 갑자기 여러 남자를 상대하라고 하는 건 무리야. 우선은 본인의 의사를 존중해서 좋아하는 상대를 고르게 하는 게 낫지 않을까?"

"너, 아스카 얘기야? 아스카는 분명 너를 선택하겠지."

"그런 게 아니라…… 아니."

후유키는 잠시 호흡을 가다듬은 뒤 고개를 끄덕였다.

"그것도 있어. 솔직히 말하면, 나 그 아이가 좋으니까."

"너답지 않게 솔직히 인정하는군."

"하지만 나만 그런 거 아니잖아. 나나미 씨도 형을 좋아할 걸. 형도 나나미 씨 좋지? 그녀가 자살하려고 했을 때 형이 '당신을 잃고 싶지 않다'고 했잖아."

세이야는 잠시 눈을 내리뜨고 단어를 신중히 고르는 표정을 짓다가 천천히 입을 열었다.

"내가 잃고 싶지 않은 건 그녀뿐만이 아니야. 여기 있는 모든 사람, 아니 어딘가에 있을지도 모를 인간 모두를 잃고 싶지 않아. 그때 한 말은 그런 뜻이야."

"그럼 나나미 씨에 대해 아무런 감정이 없단 말이야? 솔직히 말해 봐."

그러자 세이야는 천장을 올려다보며 심호흡을 했다.

"그런 생각은 안 하려고 해. 사랑이라는 감정을 품으면 독차지하고 싶은 욕심이 생겨. 지금 너처럼. 그건 새 세상을 만든다는 목표를 위해서는 결코 도움이 되지 않아."

후유키는 형을 바라보며 고개를 절레절레 흔들었다.

"형은 어떻게 그럴 수 있지? 좋아한다는 건 그런 게 아니잖아. 형은 자신의 감정을 속이고 있다고."

"그럴지도 모르지. 하지만 그럴 필요가 있을 때도 있어."

"나는 그렇게 못해. 내가 좋아하는 여자를 다른 남자가 안는 다는 건 상상도 하기 싫다고. 그걸 참아야 한다면 차라리 이대로 인류가 멸망해 버리는 게 나아."

"그런 생각이 지난 세상에서는 선으로 여겨졌지. 하지만 여기선 모든 걸 백지로 돌려야 해. 물론 그걸 강요할 생각은 없어. 너한테도, 여자들에게도."

그리고 세이야는 덧붙였다.

"하지만 이해를 얻기 위한 노력은 계속할 거야. 지금으로서는 그게 내 사명이라고 생각하니까."

"사명……"

"사명 없는 인생은 허무하니까."

세이야는 일어서서 창밖을 바라봤다.

"기분 나쁜 바람이 부네. 또 폭풍우가 오려나."

그리고 다시 바닥이 흔들렸다.

43

결국 후유키는 세이야와 함께 거실에서 아침을 맞았다. 여진이 쉴 새 없이 찾아왔고, 그 탓에 긴장을 늦출 수 없었기 때문이다. 방으로 돌아갔다 해도 느긋하게 잘 수는 없었을 것이다.

세이야가 나갈 채비를 하는 것을 보고 후유키가 어디 가느냐고 물었다.

"주변을 좀 살펴보고 올게. 여기가 무사하다고 다른 곳도 괜찮으리라는 보장이 없으니까."

"나도 갈게."

후유키가 일어섰다.

총리 공관을 나서는데 현관문이 삐거덕거렸다. 게다가 잘 닫히지도 않는다.

"문이 뻑뻑하네."

"집이 기울었으니 당연한 일이지. 문제는 다른 건물들이야."

두 사람은 집무실 쪽으로 이동했다. 그쪽도 별다른 이상은 없어 보였다. 서쪽 출입구로 걸어가던 도중 세이야가 갑자기 걸음을 멈추고 하늘을 올려다봤다.

"왜 그래?"

"구름의 움직임이 빨라졌어. 아무래도 또 퍼부을 것 같아."

"계절에 걸맞지 않은 태풍이 계속 되풀이되는군. 지진도 그렇고. 대체 어떻게 된 일이지?"

"글쎄. 어쩌면 우주가 우리를 멸망시키려고 그러는지도 모르지."

"우주가? 다이치가 죽었을 때도 형은 똑같은 얘기를 했어."

"원래 우리는 있으면 안 되는 존재니까. 시간과 공간으로서는 우리가 방해물이거든."

"하지만 시간과 공간에 의사가 있는 건 아니잖아."

"물론이지. 그렇지만 시간과 공간이 정신과 연동되어 있다면? 존재해서는 안 되는 곳에 지성이 존재할 경우 그것을 소멸시키기 위해 시간과 공간이 움직인다, 그런 법칙이 있을지도 모르지."

"그거 진심으로 하는 말이야?"

"그럼, 진심이지. 그렇게라도 생각하지 않으면 어떻게 이런 이상 기후와 지각 변동을 이해할 수 있겠어."

그리고 세이야는 돌아서 후유키를 보았다.

"하지만 포기하자는 건 아니야. 어떤 법칙이 있건 나는 살아남을 작정이야. 다른 사람들도 살아남게 할 거고. 나는 지금 이 세상에서 생명이 탄생한다는 건 기적이라고 생각해. 원래 이 우주는 시간과 공간에만 지배돼야 해. 그런데 생명이 탄생함으로써 수학적으로는 설명할 수 없는 지성이라는 것이 생겨났어. 그건 시간과 공간으로서는 당치도 않은 오산이었어. 그렇다면 지금 여기서 다시 한 번 오산하도록 하는 것도 가능하지 않을까? 난 그걸 기대하는 거야."

열변을 토하는 형의 얼굴을 보며 후유키는 빙그레 미소를 지었다.

"왜, 내 말이 이상해?"

"아니. 이상해서가 아니고, 형이 포기하는 건 도대체 어느 때일까 싶어서."

"말했잖아. 나는 포기 안 해."

그렇게 말하고 세이야는 다시 걸음을 옮기기 시작했다.

거리로 나온 순간 두 사람은 우뚝 멈춰 서고 말았다. 그들은 눈앞의 광경에 할 말을 잃었다. 도로가 완전히 사라져 버렸던 것이다.

소토보리 거리라고 불리던 드넓은 도로가 완전히 함몰돼 있었다. 그리고 그곳에 갈 곳 없는 빗물이 흘러들어 진흙의 강을 이루고 있었다.

"이 밑으로 지하철 긴자선이 다니고 있었어. 그래서 함몰된 건가? 하여간 지진의 힘이 엄청나네."

"여기가 함몰됐다는 건……."

겨우 입을 연 후유키가 말끝을 흐렸다. 그의 의도를 알아챈 듯 세이야가 고개를 끄덕거렸다.

"그래, 지하철이 지나는 곳은 전멸이라고 봐야겠지. 그리고 도쿄의 지하는 지하철이 지나지 않는 곳이 거의 없어."

두 사람은 함몰된 도로변으로 걸었다. 긴자선과 교차하는 남북선 위의 도로도 붕괴돼 있긴 마찬가지였다. 남북선은 다시 지요다선과 교차한다. 총리 공관은 이 3개의 지하철 노선으로 둘러싸여 있다.

"이런 곳에 계속 있을 수는 없어."

세이야가 결론을 내리듯 말했다.

"도시는 도로가 있기 때문에 편리한 거야. 도로가 없어지면 그보다 더 이동하기 불편한 곳도 없어. 고립되기 쉽고 아무 데도 갈 수 없게 되지."

"그러니까, 탈출하자는 거야?"

"그 수밖에 없어. 이 상태에서 다시 폭우가 쏟아지면 완전히 발이 묶여 버릴 거야."

두 사람은 총리 공관으로 돌아왔다. 식당에 들어서니 여자 세 명이 통조림과 진공 팩 음식을 테이블 위에 늘어놓는 참이었다.

"뭐하는 거야?"

후유키가 아스카에게 물었다.

"식량이 얼마나 남았는지 확인하는 거예요. 무한정 있는 게 아니니까 양을 파악해 두려고."

"그렇구나. 그래야겠지."

"양이 파악되면 각자의 몫을 알 수 있잖아요. 그게 각자의 재산이 되는 거죠."

"재산?"

후유키가 아스카를 바라봤다.

"그게 무슨 말이지?"

"말 그대로예요. 자신의 몫을 확실히 모르면 불안하잖아요. 어디부터 어디까지를 공유하고, 어디서부터는 개인의 것으로 할지 이참에 정하려고요."

그러자 세이야가 입을 열었다.

"지금 개인 재산 따위를 생각할 때가 아니야. 모두 공유해야 해. 식량도 도구도 옷도."

"몸도요?"

아스카가 세이야를 노려봤다.

"섹스도 공유하고 싶은 거죠?"

세이야는 한숨을 쉬었다.

"그런 거야? 그래서 개인 재산에 신경을 쓰기 시작한 거로군."

"그게 무슨 말이지?"

후유키가 형에게 물었다.

"여자들은 반드시 우리들과 운명을 같이하지는 않을 거라는 의사 표시를 하고 있는 거야. 여차하면 각자의 길을 갈 수도 있다는 거지. 그래서 식량과 재산을 미리 분배하는 거야."

"여자들끼리 이런 세상을 살아갈 수 있다고 생각하다니……."

그러자 아스카가 고개를 살래살래 흔들었다.

"살아남는 것만이 목적은 아니에요. 이건 자존심의 문제라고요. 확실히 해 두고 싶은 건, 우리는 아이를 낳는 도구가 아니라는 사실."

"그렇게 생각하는 사람, 아무도 없어."

"아니요, 세이야 씨는 그렇게 생각하고 있어요. 그렇지 않다면 어떻게 좋아하지도 않는 남자의 아이를 낳으라고 할 수 있겠어요."

"도구로 생각한 적 없어."

세이야가 나직이 말했다.

"이브가 돼 달라고 부탁한 것뿐이지."

"그게 그거죠. 결국 요구하는 내용은 같잖아요."

아스카가 비웃듯 한쪽 입술 끝을 올리며 어깨를 으쓱거렸다.

"어쨌든 각자의 몫을 확실히 해 두는 건 중요하다고 생각해요. 식량이 필요하면 시키는 대로 하라고 나올지도 모르니까요."

"그럴 리가 있겠어?"

후유키가 인상을 찌푸렸다.

"후유키 씨야 그러지 않겠지만."

옆에서는 나나미와 에미코가 말없이 작업을 계속했다. 모든 식량을 10등분하는 듯했다. 미오는 물론 아기까지 한 사람으로 계산하는 걸 보면 그녀들의 의지가 어떤지 알 만했다.

"한 가지 해 둘 말이 있어요."

세이야가 그들에게 한 발 다가섰다.

"개인이란 개념은 버려야 합니다. 왜냐하면 여기서는 혼자 살 수 없으니까요. 열 명이 힘을 합해야 겨우 살 수 있어요. 그걸 알아야 합니다."

그러자 아스카가 "살아남는 것만이 중요한 게 아니라니까요."라고 쏘아붙였다.

세이야는 한숨을 내쉬었다.

"자존심이 그렇게 중요한가? 그럼, 유토는? 아기는 스스로는 살아갈 수 없어. 유토를 살리려면 우리가 살아남아야 해. 자신의 프라이드와 생명을 저울질하는 건 좋다고 쳐. 하지만 다른 사람의 생명을 저울에 올릴 자격은 누구에게도 없어. 안 그래?"

그리고 세이야는 나나미를 보며 말했다.

"당장 이브가 돼 달라고 하는 건 아닙니다. 오해하지 마세요. 다만 저는 인류를 멸망시키고 싶지 않을 뿐입니다. 유토가 어른이 됐을 때 자기 주변에 동료가 아무도 없는 상황을 피하고 싶은 거예요."

"그건 무리예요."

나나미가 처음으로 입을 열었다.

"네?"

"그런 건 무리라고요. 유토가 어른이 되는 것 말이에요. 그렇잖아요, 그 전에 모두 죽어 버릴 텐데. 이런 세상에 살아 있을 리 없잖아요."

"나는 절대로 여러분을 죽게 내버려 두지 않을 겁니다."

"절대로, 라고요? 어떻게 장담할 수 있죠? 야마니시 씨 부부와 다이치도 죽었어요. 당신은 아무것도 할 수 없었고."

나나미의 뜻하지 않은 반격에 세이야는 허를 찔린 듯 기가 죽은 표정을 지었다. 형의 그런 모습을 처음 본 후유키는 가슴이 아렸다.

"죄송해요."

나나미가 작은 소리로 사과했다.

"세이야 씨를 책망하다니, 말도 안 되죠. 세이야 씨는 잘못한 적도 없고, 모두를 위해 있는 힘을 다해……."

그녀는 눈시울이 점점 붉어졌다. 그걸 감추려는 듯 그녀는 고개를 숙이더니 그대로 밖으로 나가 버렸다.

그런 나나미와 교대하듯 도다가 들어왔다. 얼굴은 여전히 불그스레했다.

"무슨 일이야?"

무거운 분위기를 눈치챈 그가 후유키에게 물었다.

"여기를 떠나야 합니다."

세이야가 대신 대답했다.

"응? 떠나다니, 그게 무슨 말이야?"

도다의 눈이 휘둥그레졌다.

"이 공관을 나가야 합니다. 동생과 둘이서 주변 상황을 살피고 왔습니다. 지진이 거듭되다 보니 도로 대부분이 통행 불능 상태입니다. 이대로 여기 있다가는 탈출할 수도 없게 될 겁니다. 그러기 전에 좀 더 넓은 땅이 있는 곳으로 이동하자는 겁니다."

그러자 도다가 짜증 난다는 듯 인상을 썼다.

"시골에 가서 마을을 만들자는 건가? 아직도 그걸 진지하게 생각하고 있는 거야?"

"말씀드렸을 텐데요. 그것밖에 우리들이 살아남을 방법이 없다고."

도다는 도리질을 하면서 의자에 몸을 걸쳤다.

"난 됐어. 더는 그런 얘기에 맞장구칠 수 없어. 나는 여기 남을 거야."

"못 알아들으셨어요? 여기 있으면 미래가 없다고요."

"상관없다니까. 자네는 젊으니까 삶에 대해 집착이 있겠지만, 나는 그렇지 않다고. 장수한다 해도 얼마 못 살아. 정년 퇴직하면 매일 좋아하는 일을 하면서 살려고 했지만, 그게 불가능하다면 언제 죽어도 상관없어. 하니, 떠날 거면 자네들이나 떠나. 나는 여기 남을 거야."

"도다 씨……."

세이야가 곤혹스러운 표정을 지었다.

"그거 잘됐네요."

아스카가 말했다.

"우리 지금 남은 식량을 나누고 있으니까 도다 아저씨 몫은 직접 관리해 줬으면 해요."

"잠깐. 그런 걸 멋대로 정하면 어떡해."

후유키가 아스카에게 말했다.

"왜요? 도다 씨도 음식이 필요할 거 아니에요. 혹시 도다 씨

몫까지 전부 가져가겠다는 건 아니죠?"

"그런 게 아니야."

"그렇다면 시비 걸지 마세요. 나는 도다 씨의 당연한 권리를 지켜 주려는 것뿐이니까. 도다씨뿐 아니라 개별 행동을 취하고 싶은 사람이 또 있을지 모르니까 역시 식량은 배분하는 게 좋겠어요."

"그건 안 돼."

세이야가 단호하게 말했다.

"개별 행동은 안 돼. 도다 씨, 심정은 이해하겠지만 부디 저희와 함께 행동해 주세요. 부탁입니다."

"정말 알 수가 없군. 도대체 왜 그래? 나 같은 노인이 같이 있어 봐야 무슨 이득이 있다고."

그 말에 세이야는 고개를 저었다.

"야마니시 씨도 같은 말을 했던 기억이 납니다. 하지만 불필요한 사람이란 없습니다. 한 사람보다 두 사람, 두 사람보다 세 사람이 있는 편이 생존 능력이 향상됩니다. 우리들은 열 명에 불과합니다. 뿔뿔이 흩어져 행동하면 금세 전멸할 겁니다."

"글쎄, 나는 그래도 상관없다니까."

"그렇다 해도 저는 허락할 수 없습니다."

세이야가 그렇게 말한 직후였다. 불길한 미래를 암시하기라도 하는 듯 묵직한 천둥소리가 울렸다. 후유키는 창밖을 내다봤다. 날이 밝았는데도 바깥은 어두컴컴했다. 잠시 후 빗방울이 떨어지기 시작했다.

"또 폭우가 올 것 같네."

에미코가 중얼거렸다.

"도로 상황으로 볼 때, 지난번 침수됐을 때같이 비가 내린다면 이곳은 완전히 고립됩니다."

그때였다. 뚜벅뚜벅 발소리가 들리더니 거칠게 문이 열리고 가와세가 들어왔다. 뒤에는 고미네도 있었다.

"다들 계시는군. 잘됐어."

왠지 가와세는 흥분한 듯했다.

"무슨 일이야?"

세이야가 물었다.

"그 영어, 번역했어. 물론 내가 한 건 아니지만."

그러면서 가와세는 엄지손가락으로 뒤에 있는 고미네를 가리켰다.

"뭔가 알아낸 거야?"

이번에는 후유키가 물었다.

"알아낸 정도가 아니야. 엄청난 내용이 적혀 있었어."

가와세는 몸을 돌려 고미네를 보았다.

"당신이 설명해."

"한마디로…… 다시 한 번 일어납니다."

"다시 한 번? 뭐가?"

후유키가 물었다.

고미네는 한껏 숨을 들이마신 뒤 다시 입을 열었다.

"P-13 현상 말이에요. 최초의 현상으로부터 36일 후라고 합니다."

44

후유키는 자신의 귀를 의심했다. 다른 사람들도 엄청난 충격에 휩싸였다.

가와세가 히죽거렸다.

"다들 놀랐지? 나도 처음 들었을 때 엄청 놀랐다고. 그래서 고미네에게 몇 번이나 확인했어. 진짜냐고."

"틀림없습니까, 다시 한 번 P-13 현상이 일어난다는 게?"

후유키의 질문에 고미네가 진지한 표정으로 끄덕였다.

"그런 것 같습니다. 별로 어려운 영어가 아니었어요. 그리고 모르는 단어는 모두 사전을 찾아 확인했습니다. 3월 13일로부터 36일째 되는 날인 4월 18일 오후 1시 13분 13초에, 그 현상을 일으켰던 에너지파가 다시 지구를 에워싼다고 되어 있습니다. 일종의 반동 같은 것이라고 표현돼 있습니다."

"반동……."

후유키는 이미지를 떠올려 보려고 애썼지만 아무것도 생각나지 않았다. 애초에 P-13 현상 자체도 이해를 못했으니 당연한 일이었다.

"그게 다시 일어나면 어떻게 되는데요?"

아스카가 물었다.

"기본적으로는 첫 번째 P-13 현상과 같다고 해. 수학적으로는 시공의 도약이 일어나지만 실제로는 아무 변화도 없다는 거지."

"그럼 그렇게 흥분할 일도 아니잖아."

"아니, 그렇게 생각하나?"

가와세는 의외라는 듯 눈을 커다랗게 떴다.

"물론 아무것도 안 한다면 변화도 없겠지. 하지만 우린 이미 P-13 현상의 사용법을 알고 있잖아."

"사용법이라니, 무슨 뜻이야?"

후유키가 물었다.

"뻔한 거 아니야. 다음번 P-13 현상이 일어나는 13초 동안 우리들이 죽어 버리면 되는 거지."

"뭐라고?"

"지난번 P-13 현상 때 우리가 문제의 13초 사이에 죽었잖아. 그래서 이런 세상에 있는 거고. 그렇다면 다시 한 번 똑같은 일을 벌이면 어떨까 하는 얘기야."

"그 타이밍에 맞춰 죽는다면 원래 세상으로 돌아갈 수 있다?"

"그렇지!"

가와세가 딱, 하고 손가락을 튕겼다.

후유키는 헉, 숨을 삼켰다. 원래 세상으로 돌아가다니, 그건 이미 포기한 일 아닌가.

그때였다. 세이야가 "잘 모르면서 함부로 말하지 마."라고 날 선 목소리로 말했다.

"왜 그래. 좋은 소식이잖아."

"뭐가 좋은 소식이야. 마음을 어지럽히는 상상에 지나지 않아. 그렇게 해서 원래 세상으로 돌아갈 수 있다고 어떻게 단언할 수 있지?"

"단언한 적 없어. 가능성이 있다고 했을 뿐이야."

그러자 세이야는 고개를 흔들었다.

"있을 수 없는 일이야."

그 말에 가와세는 눈썹을 치켜세웠다.

"남한테는 단언하지 말라면서, 당신은 '말도 안 돼' 한마디면 다야?"

"근거가 있어서 하는 얘기야. 가령 P-13 현상이 다시 한 번 일어난다고 해. 그 타이밍에 죽으면 분명 병행 세계로 옮겨 갈 수 있을지도 몰라. 하지만 그곳은 지금 이 세계에서 병행 이동한 세계지 우리가 살았던 원래의 세계는 아니야. 지진과 폭풍우로 온통 파괴돼 있고 우리들 외에 아무도 없다는 점은 마찬가지라고."

세이야의 말에는 후유키도 동의하지 않을 수 없었다. 지난번과 같은 일이 일어난다면, 지금의 세계를 원점으로 한 병행 세계로 이동하는 데 지나지 않을 것이다.

"그런데 그게 그렇지 않단 말이야. 당신이 말한 내용은 나하고 고미네도 생각해 봤어. 말했잖아, 이래 봬도 SF 마니아였다고. 불만을 제기하기 전에 고미네 얘기부터 들어 봐."

그러자 세이야가 고미네를 바라보며 "무슨 얘기죠?"라고 물었다.

고미네가 침을 꿀꺽 삼켰다.

"처음에 말씀드렸다시피, 다음에 올 P-13 현상은 일종의 반동입니다. 수학적으로는 첫 번째 현상의 역현상이라고 표현한답니다. 따라서 처음에 일어난 현상에 의해 발생한 뒤틀림을 해소하는 방향으로 시간과 공간이 작용한다는 겁니다."

"뒤틀림을 해소한다고요?"

세이야가 고개를 갸웃했다.

"아시는 바와 같이 최초의 P-13 현상은 13초간의 시간 도약이었습니다. 그로 인해 13초의 역사가 소멸된 겁니다. 그리고 그 소멸에 의해 시공에 뒤틀림이 발생했습니다. 다음에 일어날 P-13 현상은 그 뒤틀림을 보정하는 것이랍니다."

"보정이라니, 어떤 식으로 말이죠?"

"문제는 그겁니다."

고미네는 곤혹스러운 표정을 지었다.

"그게 자세히 나와 있지 않습니다. P-13 현상으로 인한 수학적 모순을 회피하기 위해 어떤 현상이 일어날지 학자들은 애초부터 전혀 몰랐습니다. 죽은 자들이 이런 지옥 같은 병행 세계로 밀려난다는 것을 그들은 예상하지 못한 거죠. 단지 그 13초 동안 죽어서는 안 된다는 사실만 알았을 뿐입니다."

세이야가 고미네를 매서운 눈으로 노려봤다.

"그러니까 다음 P-13 현상 때 죽는다 해도 원래의 세계로 돌아간다는 보장은 없는 거 아닙니까."

"돌아가지 못한다는 보장도 없지."

가와세가 팔짱을 낀 채 말했다.

"적어도 지난번 P-13 현상과 다음번 P-13 현상이 별개이고 수학적으로 상반되는 것이라는 점은 학자들이 보장했어. 그렇다면 지난번과 반대 현상이 일어날 거라고 기대해도 좋은 것 아닌가?"

"섣부른 기대는 사람들을 혼란스럽게 할 뿐이에요. 그런 것에 목숨을 걸라는 겁니까."

가와세는 과장된 몸짓으로 몸을 뒤로 젖혔다.

"목숨 걸라고 한 적 없어. 싫으면 안 하면 되잖아. 마음대로 하라고. 나는 걸어 볼 생각이지만 말이야."

"진심이에요?"

"물론이지. 여기서 살아 봤자 원래의 세계로 되돌아갈 가능성은 전혀 없어. 제로라고. 그렇다면 조금이라도 가능성이 있는 쪽에 걸겠다는 거지."

"그냥 죽는 걸로 끝날 수도 있습니다."

"그럴지도 모르지. 그래도 나는 후회 안 해."

그리고 가와세는 입술을 일그러뜨리며 웃었다.

"이미 죽은 몸인데 후회고 뭐고가 어딨어."

세이야는 고개를 저으며 고미네에게 시선을 돌렸다.

"같은 생각입니까?"

고미네는 천천히 고개를 끄덕였다.

"설사 원래의 세계로 돌아가지 못한다 하더라도 지금보다 상황이 나쁠 거라고는 생각하지 않아요. 지금의 세상에서는 살아갈 자신이 없습니다. 어차피 죽는 거라면 비록 확률이 낮더라도 돌아갈 가능성에 걸겠습니다."

세이야가 답답하다는 듯 책상을 두드렸다.

"잘못된 생각입니다. 지금 이렇게 살아 있으니 그 생명을 소중히 여겨야 합니다."

"소중히 여기지 않는다는 게 아니야."

가와세가 반박했다.

"엄청난 승부수를 던지는 일이라는 것도 알고."

세이야가 숨을 크게 내뿜으며 허리에 손을 얹었다. 설득할 말을 찾고 있는 듯했다.

그때 아스카가 주저하는 표정으로 물었다.

"그거……, 어디서 죽어도 상관없어요?"

후유키가 깜짝 놀라 그녀를 바라봤다.

"아스카……."

그녀는 후유키의 시선을 느끼는 듯했으나 그와 눈을 마주치려고 하지 않았다. 그리고 어색한 표정으로 고미네를 보며 계속 물었다.

"지난번 죽을 때와 같은 장소에 있어야 한다거나, 그런 규칙이 있나요?"

고미네는 고개를 저었다.

"자세한 건 아무것도 몰라. 어쩌면 모종의 규칙이 있을지도 모르지. 그 규칙을 지키지 않으면 어떻게 될지 지금으로서는 알 수 없어."

"아스카."

세이야가 타이르는 듯한 말투로 그녀를 불렀다.

"그런 말도 안 되는 생각은 하시 마."

하지만 그녀는 대답하지 않고 고개를 숙였다. 가와세의 제안에 마음을 빼앗긴 게 분명했다.

"일리가 있어."

도다가 나지막이 중얼거렸다.

"어차피 죽을 거라면 한번 승부를 걸어 보는 것도 나쁘지 않겠어."

"전무도 그렇게 생각하지?"

가와세가 기쁜 표정을 지었다.

"그럼 세 명은 결정했군. 다른 여성 분들은 어떻게 할 건가? 여고생과 함께라면 꽤 용기가 생길 텐데."

"그만 좀 해."

세이야가 날카롭게 외쳤다.

"그건 목숨을 거는 게 아니라 그냥 내던지는 거라고. 왜 지금 이 세계에서의 삶을 포기하려 하지? 물론 고난의 연속이었던 건 사실이야. 하지만 어떻게든 버텨 왔잖아. 앞으로도 반드시 살아갈 길이 있을 거야. 자포자기하지 마. 냉정해지라고."

"자포자기한 적 없어."

가와세가 나직이 말했다.

"내 나름대로 이것저것 생각한 끝에 내린 결론이야. 나는 말이지, 그저 살아 있기만 하면 된다는 식의 사고방식, 좋아하지 않아. 그런 인생으로 만족했다면 애초에 야쿠자가 되지도 않았을 거야."

"사는 보람을 원한다면 지금 이 세계에서도 찾을 수 있어."

"인구를 늘리는 거? 당신은 그걸로 만족하겠지. 하지만 나는 달라. 이 기회를 놓치면 죽을 때까지 후회할걸. 그때 왜 승부를 걸지 못했나 두고두고 후회할 거야. 나는 그게 죽는 거보다 싫다고."

가와세의 반론에 세이야는 할 말을 잃었다. 한동안 침묵이 흘렀다. 그러자 갑자기 바깥에서 나는 소리가 귀에 들어오기 시작했다. 빗소리였다. 그것도 매우 격렬한.

"오늘이 며칠이죠?"

아스카가 불쑥 물었다.

"4월 11일. 제2의 P-13 현상까지 딱 일주일 남았어."

고미네가 시계를 보며 대답했다.

"일주일……. 그럼 서두를 필요는 없겠군요."

그 말에 후유키가 깜짝 놀라 물었다.

"그럼 여기 남겠다는 거야? 탈출하지 않고?"

"탈출할 이유가 없잖아요. 앞으로 일주일만 살아 있으면 되는데."

"아, 그렇구나."

도다가 박수를 쳤다.

"먹을 것도 있고, 얼어 죽을 걱정 안 해도 되고. 남은 일주일 동안 여기서 하고 싶은 거 하면서 지내면 되는 거야. 그거 참 좋네."

말을 끝내기가 무섭게 그는 부엌으로 갔다. 캔 맥주가 목적일 것이다.

"정말로 할 생각이야?"

후유키가 아스카에게 물었다.

"일주일 뒤에 자살할 거냐고."

그녀는 대답을 망설이는 듯 고개를 살짝 기울였다.

"아직 뭐라고 말하기 힘들어요. 무섭기도 하고, 해 보고 싶은 생각도 있고. 후유키 씨는 그런 생각 전혀 안 해요?"

"나는……."

후유키는 말문이 막혔다. 힐끗 세이야의 표정을 살폈다.

"나 때문에 할 말을 못하는 모양이군. 자리를 비켜 줄 테니까 둘이서 진지하게 얘기해 봐. 하지만 이 말만은 해 두지. 자신의 생명이 자신만의 것이라는 생각은 착각이야. 거듭 말하지만, 사람 수가 줄어들수록 남은 사람들의 생존도 어려워져. 예를 들어 갓난아기인 유토는 다른 사람 없이는 살아갈 수 없어. 또 자신의 의지로 죽음을 선택할 수도 없어. 그렇다고 그 아이를 죽일 권리 또한 누구에게도 없지. 즉, 유토는 지금 이 세계에 남을 수밖에 없어. 유토 한 사람을 방치하지 않기 위해서라도 나는 여기 남을 거야. 도망가거나 하지 않아."

그리고 세이야는 거실을 나갔다. 후유키는 아무 말도 못하고서 그 모습을 그저 지켜보기만 했다.

가와세가 어깨를 으쓱하며 말했다.

"당신 형은 피가 너무 뜨거워."

"나, 유토 생각을 미처 못 했어."

아스카가 말했다.

"맞는 말이야. 우리가 모두 사라지면 유토는 살아남지 못해."

"다 같이 죽으면 되잖아. 어렵게 생각할 필요 없다고. 아기도 어차피 여기서는 오래 살지 못해."

한 손에 맥주 캔을 든 도다가 그렇게 말하자 후유키는 "그렇다고 우리에게 그 아기를 죽일 권리가 있는 건 아니잖습니까?"라고 반문했다.

"죽이자는 게 아니야. 데려가는 거지. 다른 세상으로 말이야."

도다 대신 가와세가 대답했다.

"하지만 정말로 갈 수 있을지 어떨지는 모르잖아. 간다고 해도 거기가 여기보다 나으리라는 보장이 없어. 자기가 내린 결정 때문에 자신이 피해 보는 거야 별수 없지만 아기는 누가 어떻게 책임질 건데?"

"책임 같은 건 신경 안 써도 되는 거 아닐까? 그때 일은 그때 가서 생각하면 돼."

"하지만 형은 책임지려는 거야. 어떻게 될지도 모르는데 유토를 죽음으로 내모는 건 무책임하다고 생각하는 거라고. 그 점엔 나도 동감이고."

"그럼 별수 없네. 당신들은 당신들 내키는 대로 해. 나는 P-13 현상을 이용해서 이번 세상과 작별할 거니까."

그렇게 말하고 가와세는 거실을 나갔다. 고미네와 도다도 그를 따라 나갔다.

후유키가 아스카 쪽으로 의자를 당겨 앉았다.

"일이 어렵게 됐어. 다들 생각이 제각각이야."

"후유키 씨는 어떻게 생각하는데요? 역시 형이 옳은가요?"

"형이 틀리지는 않았다고 생각해. 이런 상황에서 아기까지 생각하다니 과연 대단한 것 같아. 하지만 가와세의 생각도 이해가 돼. 아니, 솔직히 말하자면 나 역시 도박을 하고 싶기도 해. 원래의 세계로 돌아갈 수 있다면 돌아가고 싶어. 지금 이 세계에서는 살아갈 자신도 없고."

"후유키 씨나 나나 평범한 인간이군요."

"그렇지, 뭐. 하지만 가와세는 그렇다 치고 도다 씨나 고미네 씨까지 정말 죽을까? 무섭지 않나."

"글쎄요. 막상 그때가 되면 겁도 나겠죠."

아스카는 힘없이 웃다가 에미코를 바라봤다.

"엄마는 어떻게 할 거예요?"

에미코가 얼굴을 들었다. 그 표정이 몹시 침울해 보였다.

"나는······."

거기까지 말하고서 그녀는 입을 다물었다. 그리고 입구 쪽으로 고개를 돌렸다. 미오가 들어오고 있었다.

"미오, 아침 아직 안 먹었구나."

에미코가 딸에게 다정한 목소리로 말을 걸었다.

"다 되면 부를 테니까 방에서 좀 더 놀고 있어."

미오는 고개를 끄덕이고 복도로 나갔다.

"미오가 전에 비해 많이 밝아졌어요."

후유키가 말했다.

"제가 속마음을 털어놓은 다음부터예요. 그걸로 저 아이도 고통에서 해방된 것 같아요."

에미코는 손으로 두 볼을 감쌌다.

"건물 옥상에서 뛰어내리던 일이 아직도 기억에 생생해요. 저 아이가 내 얼굴을 뚫어져라 보고 있었어요. 무섭다기보다 깜짝 놀랐겠지요. 그리고 아마도 몹시 슬펐을 거예요. 당연하죠. 엄마한테 살해당하다니, 꿈에도 생각하지 못했던 일 아니겠어요?"

그녀는 두 손을 눈두덩 위로 가져가 지그시 눌렀다.

"저 아이에게 또다시 그런 경험을 시킨다는 건 무리예요. 원래의 세계로 돌아갈 수 있을지 모르니 같이 죽자고는 절대로 말할 수 없어요."

45

비는 갈수록 세차게 내렸다. 아무리 기다려도 하늘은 검은빛 일색일 뿐 푸른 하늘을 보여 줄 기미가 조금도 안 보였다. 기분 나쁜 여진은 여전히 때때로 대지를 흔들었다.

세이야는 거실에서 브랜디 잔을 기울이고 있었다. 그의 머릿속은 어떻게 해야 안전한 주거를 확보할 수 있을까 하는 생각으로 가득했다.

총리 공관에 이대로 계속 머문다는 것은 곧 죽음을 의미한다고까지 생각됐다. 침수되더라도 금방 물이 빠져 준다면 문제가 없다. 하지만 그러리라는 보장이 없었다. 남은 식량은 아무리 넉넉잡아도 한 달을 넘기기 힘들었다. 그게 다 떨어질 때까지 물이 빠지지 않으면 더는 살아남을 방법이 없다.

하지만 현재 상황에서는 아무도 그의 제안을 받아들일 것 같지 않았다. 여기까지 오는 데도 말할 수 없는 어려움을 겪었다. 또다시 진흙투성이가 되어 건물 잔해 사이를 이리저리 헤매고 다닐 기력이 더는 남아 있지 않을 것이다.

사람들이 가와세의 가설에 혹하는 것도 당연했다. 세이야 자신도 예전 세상으로 돌아가고 싶은 마음이 간절했다.

하지만 아무리 생각해 봐도 그렇게 좋은 결과를 얻을 수 있을 것 같지 않았다. 이전 세상에서 자신들은 죽은 존재다. 그래서 여기 있는 것이다. 그런 자신들이 과연 원래의 세계로 돌아갈 수 있을까. 그건 시간과 공간에 또다시 새로운 패러독스를 생겨나게 하는 일 아닌가.

세이야는 고개를 흔들고서 브랜디를 입안에 부었다.

아무리 설득한들 원래의 세계로 귀환할 수 있을지 모른다는 꿈을 포기시키기는 어려울 것 같았다. 가와세와 고미네, 도다는 지금 이 세계에서의 죽음을 두려워하지 않는다.

브랜디를 목 뒤로 꿀꺽 넘겼을 때, 입구 쪽에서 소리가 났다. 고개를 돌리니 나나미가 문을 열고 서 있었다.

'여기 또 한 사람, 죽음을 동경하는 여자가 있다.'

그녀를 본 순간 세이야의 머릿속에는 그런 생각이 떠올랐다.

"어쩐 일이시죠?"

나나미가 머뭇거리며 다가왔다.

"아스카한테 들었어요. 저……, 예전 세상으로 돌아갈 수 있을지도 모른다고……."

"근거 없는 얘깁니다. 가와세와 고미네가 초자연현상을 편리할 대로 해석해 상상을 부풀린 것일 뿐입니다."

"그래도 무언가 일어날 가능성은 있는 거죠? 그 순간에 죽으면요."

"그 무언가가 행복을 가져다준다는 보장은 없습니다."

나나미가 소파 옆으로 다가오며 "앉아도 되나요?"라고 물었다.

"물론입니다. 앉으세요."

그녀는 스웨터 차림이었다. 요 며칠 사이 한층 더 야윈 것처럼 보였다. 뺨이 홀쭉해지고 턱도 뾰족해졌다.

"그렇게 말씀하시는 걸 보니 세이야 씨는 아무것도 하지 않을 작정이시군요. P-13 현상이 다시 일어난다 해도."

"그렇습니다. 전에 그 현상이 일어났을 때, 상사의 명령대로 아무것도 하지 않았더라면 지금 이 세상에 오는 일도 없었을 겁니다. 이번에야말로 그 지시를 따르려 합니다."

"그래요. 하지만 가와세 씨나 고미네 씨는 자살할 생각인 거죠?"

세이야가 한숨을 내쉬었다.

"어떡하면 그들을 설득할 수 있을지 골머리를 썩이는 중입니다."

"막을 작정이신가요?"

"그게 제 의무라고 생각합니다. 나나미 씨가 자살하려는 것을 막은 것처럼요. 그들이 하려는 행동은 자살 그 이상도 이하도 아닙니다. 그런데도 그들은 그것이 좋은 선택지라고 착각하고 있습니다. 문제가 심각해요."

세이야는 브랜디를 한 모금 마신 뒤 나나미의 얼굴을 봤다.

"나나미 씨도 그들과 행동을 함께할 겁니까?"

'그렇다'고 바로 대답할 줄 알았던 그녀가 의외로 뜸을 들였다.

"모르겠어요. 분명 저는 지금까지 줄곧 죽고 싶다고 생각해 왔어요. 그건 지금 이 세계에 절망했기 때문이에요. 살아 봐야 희망이 없다고 생각했죠. 그리고 그런 생각은 지금도 변함이 없어요. 그래서 다른 세계에서 살기 위해 자살하는 것도, 뭐랄까, 잘 와 닿지 않아요. 저는 더 살고 싶지가 않으니까요."

"원래의 세계로 돌아갈 수 있다 해도 말입니까?"

그러자 나나미는 세이야의 얼굴을 가만히 들여다봤다.

"세이야 씨는 돌아갈 수 없다고 생각하시는 거죠?"

"저는 그렇게 편리한 일은 일어나지 않는다고 봅니다."

"그래요. 저도 그렇게 생각해요. 어쩐지 지금보다 훨씬 살고 싶지 않은 세계로 가게 될 것 같아 겁이 나요."

그녀는 잠시 눈을 감았다 떴다.

"게다가, 그곳에는 세이야 씨가 없잖아요."

그녀의 애정 어린 눈빛에 세이야는 일순 마음이 술렁거리는 것을 느꼈다. 하지만 얼굴에 그런 감정이 드러나는 것을 억누르며 고개를 살짝 끄덕였다.

"저는 무모한 도박을 할 생각이 없습니다."

"그럼 저도 하지 않겠어요. 원래의 세계로 돌아가지 못할 뿐 아니라 그 사람들밖에 없다면……, 그런 생각만으로도 두려워요."

그제야 세이야는 그녀의 의도를 이해했다. 그녀는 세이야가 자살을 실행할 작정이라면 자신도 목숨을 걸겠다고 말하고 있는 것이다. 그와 운명을 함께하겠다는 고백이었다.

"그러면, 정확히 절반입니다."

"절반이라니, 뭐가요?"

"열 명의 절반인 다섯 명이 무모한 도박을 하지 않겠다고 선언한 겁니다. 아니, 정확히 말하면 자살을 선언한 건 세 사람뿐이고, 나머지 두 명은 우리들이 책임을 져야 합니다. 에미코 씨는 두 번 다시 미오와 함께 죽지 않겠다고 했습니다. 유토는 제가 반드시 지킬 겁니다. 거기에 당신까지 포함하면 다섯 명입니다."

"후유키 씨는요?"

"망설이고 있습니다. 아마 아스카도 그럴 겁니다."

"그럴 거예요. 가와세 씨 등의 계획을 우리에게 말해 줄 때도 아스카 자신은 아직 어떻게 할지 결정하지 못한 것 같았어요."

"아마 그 두 사람은 같은 결론을 내릴 겁니다. 어떤 결론일지는 모르겠지만. 하지만 그걸 기다릴 여유가 없어요. 지금이라도 당장 출발 준비를 해야 합니다."

세이야의 말에 나나미는 허를 찔린 듯 눈을 크게 떴다.

"출발이라고요? 어디로요?"

"아직은 결정하지 못했지만 될 수 있으면 높은 지대가 좋을 것 같습니다. 도쿄를 떠나야 합니다. 북쪽으로 가면 겨울이 힘들 테니 역시 서쪽으로……"

세이야가 갑자기 말을 멈췄다. 나나미가 어두운 표정으로 고개를 숙였기 때문이다.

"왜 그러세요. 어디 안 좋은 데라도?"

그러자 그녀는 고개를 흔들며 "그 얘긴 됐어요."라고 말했다.

"됐다니, 무슨 뜻이죠?"

"저는 그 다섯 명에 넣지 마세요. 다섯 명이 아니라 네 명이에요. 저, 가와세 씨 등과 행동을 함께할 생각은 없지만, 그렇다고 지금 이 세계에서 계속 살고 싶지도 않아요."

"나나미 씨……."

"죄송해요. 제가 세이야 씨에게 괜한 기대감을 준 것 같네요."

그녀는 일어서서 문 쪽으로 걸어갔다. 그리고 거실을 나서기 전에 뒤돌아보며 "저를 그냥 내버려 두고 가세요. 어차피 도움이 되지도 못할 테니까요."라고 말했다.

그녀가 다시 고개를 숙이고 방에서 나가는 모습을 바라보던 세이야도 결국 고개를 푹 숙였다.

오셀로 판을 사이에 두고 앉았지만 두 사람 다 말을 놓지 않고 멀뚱히 있었다. 후유키가 풋, 웃음을 터뜨렸다.

"오셀로 따위 할 기분이 아니지?"

"후유키 씨기 하자고 했잖아요."

아스카가 입을 내밀었다.

"기분 전환이라도 하려고 그랬지. 머릿속이 하도 복잡해서."

"아직 결심이 안 선 거군요."

후유키가 고개를 끄덕였다.

"죽음을 선택할지 말지 결정할 때가 오게 될 줄은 꿈에도 몰랐어. 아스카는 결정했어?"

"아직요. 솔직히 말하면 엄두가 안 나요."

아스카가 어깨를 움츠렸다.

"처음 그 얘기를 들었을 때는 해 보겠다고 생각했어요. 어차피 이대로는 오래 살 수도 없을 것 같으니까. 하지만 막상 실행할 걸 생각하니 역시 죽는 게 두렵더라고요. 그대로 죽어 버리는 게 아닌가 싶기도 하고."

"동감이야. 나도 죽고 싶지는 않아. 이런 세계에서도 열심히 살다 보면 뭔가 좋은 일이 있을지 모른다는 생각도 들어."

"그럼, 그만둘까요?"

후유키가 팔짱을 끼고 신음 소리를 냈다.

"하지만, 또 원래의 세계로 돌아갈 수 있을지도 모른다고 생각하면 미련이 생겨. 만일 가와세 일행이 성공한다면 분명 후회하겠지."

"맞아요. P-13 현상은 두 번 다시 오지 않을 테니까요."

"찬스는 딱 한 번뿐이라는 건데……."

"만일 성공한다면 가와세 씨 일행은 어떻게 될까요?"

"그럼 원래의 세계로 돌아가겠지."

"그게 아니라 지금 이 세계에서는 어떻게 되냐고요. 그 사람들의 몸이 우리 눈앞에서 휙, 사라지는 걸까요?"

아스카의 질문의 의미를 이해한 후유키는 고개를 옆으로 기울였다.

"그럴지도 모르지. 지난번 P-13 현상 때 우리 주위 사람들이 사라진 것처럼 그렇게 사라지는 게 아닐까?"

그러자 아스카는 뭔가 석연치 않다는 표정을 지었다.

"그때는 주위 사람들이 사라진 게 아니라 우리가 그 사람들이 없는 세계로 밀려난 거잖아요. 좀 다르죠."

"아, 그렇군. 그럼 예전 세계에서는 사람들에게 우리가 어떻게 보였을까? 사라졌을까, 아니면……."

잠시 생각하던 후유키가 머리를 긁적였다.

"에이, 모르겠다."

"그럼 똑똑히 지켜보라고. 어떻게 되는지."

뒤에서 목소리가 들려 돌아보니 입구에 가와세가 서 있었다.

"내가 방해됐나?"

"아니, 별로. 술 찾으러 온 거야?"

"술이라면 방에도 있어. 실은 좀 곤란한 문제가 있어서 상담하러 왔어."

가와세는 안으로 들어와 소파에 앉았다.

"당신이 나한테 상담을 하러 오다니, 별일이군."

그러자 가와세가 쓴웃음을 지었다.

"일생일대의 승부수를 띄우려니 여러모로 신중해지네. 실수하면 아웃이잖아."

"뭔데?"

"시계."

"시계?"

후유키와 아스카가 서로 마주 봤다.

"4월 18일 오후 1시 13분 13초에 두 번째 P-13 현상이 일어난다는 건 알지? 그런데 큰 문제를 하나 발견했어. 그 시간을 정확히 알려 줄 시계가 없다는 거."

"아……."

후유키의 입에서 저도 모르게 그런 소리가 새어 나왔다. 가와세는 입술을 일그러뜨렸다.

"물론 시계는 있어. 총리 공관에 전파시계라는 게 있더라고. 하지만 그게 정확하다는 보장이 없어. 고미네가 그러는데, 지금은 시각을 나타내는 전파가 나오지 않는대. 송신국이 파괴됐기 때문이겠지. 전파가 나오지 않으면 전파시계도 쿼츠 시계나 마찬가지야."

"그러니까 지금 상태로는 P-13 현상이 일어나는 타이밍을 알 수 없다는 거군."

"TV도 없고, 전화 시보 서비스도 없고, 믿을 만한 표준 전파도 없는 상황이야. 지금이 몇 시 몇 분인지 정확하게 알 방법이 없어."

"그렇겠군."

후유키는 가와세의 말을 들으면서, 시각이란 결국 사람들이 만들어 낸 것에 지나지 않는다는 사실을 새삼 느꼈다. 전 세계의 시계가 망가져 버린다면 시각이라는 것도 없어지고 마는 것이다.

"우린 시각이라는 존재를 잃어버렸군."

후유키가 혼잣말처럼 내뱉었다.

"그럼, 어떻게 해야 되죠?"

아스카가 물었다.

"없는 건 어쩔 수 없고, 있는 걸로 사용해야지. 쿼츠 시계나 마찬가지가 돼 버렸다 해도 역시 제일 정확한 건 전파시계야. 마지막으로 전파를 수신한 것이 언제인지는 모르겠지만, 그 시점에서는 1초의 오차도 없었을 거야. 문제는 그로부터 시간이 얼마만큼 경과했고, 얼마나 오차가 발생했느냐 하는 거야. 고미네 말로는 쿼츠 시계는 한 달에 10초 안팎의 오차가 생긴대. 이 오차는 상당한 거야. 자칫하면 잘못된 시간에 죽게 되는 거지. 그래서……"

가와세는 입술에 침을 묻히고 검지를 세워 들었다.

"평균치를 취하기로 했어."

"평균치?"

"가능하면 전파시계를 많이 모으는 거야. 그것들이 나타내는 시각의 평균을 현재 시각으로 보는 거지. 어때, 괜찮을 것 같지?"

후유키는 시계들이 죽 늘어서 있는 광경을 상상했다.

"괜찮은 것 같긴 한데, 글쎄 어떨지."

"다른 방법이 없는 이상 그렇게 해 보는 수밖에. 그래서 말인데, 좀 도와줘."

"설마 나한테 시계를 모아 달라는 건 아니겠지?"

후유키의 반문에 가와세는 손가락을 딱, 튕겼다.

"정답! 가능하면 많이 모아 줘. 대여섯 개로는 안심할 수 없어. 스무 개 이상이 목표야."

"지금 있는 건 몇 갠데?"

"두 개."

가와세는 손가락 2개를 펴 보였다.

"원래는 하나 더 있었는데, 전파가 잡히는지 확인하는 과정에서 고미네가 그걸 리셋해 버렸어."

"나머지 두 개는 시각이 달라?"

"응. 5초 정도 차이 나."

후유키가 고개를 저었다.

"그럼 현재 시각을 전혀 알 수 없는 거 아냐."

"그렇다니까. 그래서 시계를 모아야 해."

"하지만 우린 아직 어떻게 할지 결정하지 않았단 말이에요."

아스카가 말했다.

"P-13 현상 때 자살하지 않을 거면 정확한 시각 따위는 몰라도 되거든요."

그러자 가와세가 그녀를 쳐다보며 빙긋 웃었다.

"도와주지 않아도 상관없어. 하지만 나중에 자살하기로 결심한다 해도 시각을 안 가르쳐 줄 거야. 시계를 모으는 데 협력한 사람만 시각을 알 권리가 있어. 그게 우리가 정한 규칙이야."

46

 계단을 올라가던 도중 다시 살짝 흔들리는 게 느껴졌다. 후유키는 걸음을 멈추고, 뒤에서 따라오고 있는 아스카를 돌아봤다. 그녀는 불안한 표정이면서도 '괜찮아요'라고 하듯 고개를 끄덕였다.
 "자주 흔들리네요. 건물이 약해서 그런 것 같지는 않은데."
 "그건 아닐 거야. 어쩐지 흔들리는 간격이 좁아지고 있는 느낌이야."
 "또 대지진이 오려는 걸까요?"
 "그럴지도 모르지."
 두 사람은 총리 공관 안을 돌아다니고 있었다. 최상층인 5층에 이르자 후유키는 손전등으로 복도를 비춰 보았다. 발전 설비가 작동을 멈춘 탓에 비상등은 꺼져 있었다.
 관방 장관실이라는 표지가 보였다. 후유키는 문을 열고 안으로 들어갔다. 퀴퀴한 냄새가 났다.
 집기라고는 책상과 간단한 응접세트뿐인 매우 수수한 방이었다. 후유키는 TV에 자주 모습을 드러내던 관방 장관의 얼굴을 떠올렸다. 전형적인 공무원 타입인 그는 회견 전 여기서

기자들에게 연막을 치기 위한 원고를 쓰고 있었을 것이다.

책상 위에 작은 탁상시계가 놓여 있었다. 후유키는 그것을 집어 들었다.

"어때?"

아스카가 물었다.

"됐어, 전파시계야."

"러키."

그 방의 시계는 그게 다였다. 책상 서랍도 열어 봤지만 수확은 없었다.

관방 장관실 옆방은 관방 부장관실이다. 거기도 뒤져 봤지만 일반 쿼츠 시계밖에 없었다.

"자, 이번엔 저기."

후유키가 가리킨 곳은 총리 집무실이었다.

문을 열자 정면에 커다란 테이블이 있고, 그걸 둘러싸듯 소파가 놓여 있었다.

방 한구석에는 중후한 책상이 있는데, 그걸 바라보던 후유키는 움찔하고 말았다. 책상 의자에 세이야가 앉아 있었기 때문이다.

"형, 여기는 무슨 일로……."

"너희들이야말로 뭐하러 왔어?"

"우리는…… 시계 찾으러 왔어."

"시계?"

"전파시계."

후유키가 가와세와 나눈 얘기를 들려주는 동안 세이야는 차가운 표정으로 듣고 있었다.

"그래? 정확한 시각이라는 걸 두고 거래하자는 거군. 역시 야쿠자 출신이야. 그래서, 너희들도 자살 쪽으로 마음을 굳힌 거야?"

"아직. 일단 정확한 시각을 파악해 두는 것도 나쁘지 않다고 생각했어."

세이야는 눈을 치켜뜨고 후유키를 바라봤다.

"시각이라는 건 결국은 인간이 만들어 낸 것에 지나지 않아. 옛날 사람들은 달의 모양이나 태양의 움직임으로 날짜와 시간을 파악했어. 생활하는 데는 그걸로 충분했던 거지."

"형은 새로운 세상을 만든다는 꿈을 아직도 버리지 않았어?"

"버릴 이유가 없지. 목숨이 붙어 있는 한 나는 목표를 지킬 거야."

"P-13 현상이 다시 일어나고 나면 가와세 등은 사라져 버릴 거야. 그리고 남은 몇 안 되는 사람들로 뭘 할 수 있겠어."

"하늘은 스스로 돕는 자를 돕는 법이야."

"뭐라고?"

"행운을 얻고 싶으면 먼저 자신이 할 수 있는 최대한의 노력을 해야 한다는 말이야. 그런 뒤에 나는 그 결과를 받아들일 거야. 그 종착역이 결국 죽음이라면 어쩔 수 없겠지. 그러기 전에는 포기하지 않아. 나는 삶에 대한 집착을 버릴 수 없어."

"가와세 등도 삶에 집착하기는 마찬가지야."

그러자 세이야가 고개를 저었다.

"그런 걸 집착이라고 할 수는 없어. 그들이 얻으려는 건 리셋에 불과해."

"리셋?"

"P-13 현상을 이용하면 다시 새로운 병행 세계가 탄생할지도 몰라. 하지만 죽은 인간은 그곳으로 이동할 수 없다는 사실을 잊으면 안 돼. 우리가 예전 세계에서 이곳으로 옮겨 왔다고 생각할지 모르지만, 사실은 그렇지 않아. 이 세계가 태어나는 것과 동시에 우리들도 만들어진 거라고. 시공은 모순이 생겨나지 않도록 하기 위해 병행 세계를 만드는 거야. 그렇다면 지금 여기 있는 우리들이 원래 세계로 돌아가는 일 따위는 절대 있을 수 없어. 만일 그렇게 된다면, 훨씬 복잡한 모순이 생겨나기 때문이지."

"그래서 어떻게 된다는 거야?"

"이번 P-13 현상이 일어날 때 죽으면 그 인물과 완전히 똑같은 모습을 한 인간이 어딘가 있을 병행 세계에 생겨날지도 몰라. 하지만 그 인간은 여기서 자살한 인간과 동일 인물은 아닐 거야. 누가 뭐래도 원래의 인간은 죽는 거야. 그 사실은 절대 바뀌지 않아."

세이야의 얘기를 듣고 후유키는 비로소 눈이 뜨이는 듯했다. 형의 말이 맞을 것 같았다. 자신들이 병행 세계로 이동하는 것은 아닐 것이다.

"이리 좀 와 봐."

세이야가 일어서며 말했다. 그리고 창가에 가서 선 그는 창턱에 놓여 있던 망원경을 집어 후유키에게 건넸다.

"여기 서서 거리를 한번 봐. 도쿄 거리가 어떻게 됐는지 네 눈으로 직접 확인해."

형의 말에 따라 창가에 서서 망원경을 들여다본 후유키는 아연할 수밖에 없었다. 창밖에 펼쳐진 광활한 풍경은 한 가지 색으로 통일돼 있었다.

짙은 회색.

그림 그릴 때 물감이 묻은 붓을 계속 물통에서 씻으면 결국 물 색깔은 하나로 통일된다. 바로 그런 짙은 회색이었다. 게다가 비까지 세차게 퍼붓고 있어 거리는 뭐가 뭔지 잘 분간되지 않았다.

후유키는 망원경을 눈에 바짝 대고 초점을 맞췄다. 맨 먼저 눈에 들어온 것은 흙탕물에 잠긴 신호등이었다. 전에는 도로였던 곳을 탁류가 세차게 흘렀고, 그 흐름으로 인해 곳곳이 소용돌이치고 있었다.

"침수가 심각하네……."

후유키가 중얼거렸다.

"그러게 말이야. 조사해 봤더니 지금으로서는 탈출할 수 있는 루트가 하나뿐이더라고. 그리고 앞으로 50센티미터만 수위가 높아져도 탈출은 불가능해."

"아무리 비가 많이 와도 그렇지, 어떻게 이렇게까지……."

"지진 때문이야. 지반이 내려앉았거든. 심지어 2미터 가까이 침하된 곳도 있어. 폭우가 계속된 데다가 지면이 내려앉았으니 침수되는 게 당연하지."

"그렇구나."

"그게 뭘 의미하는지 알아?"

"글쎄……."

"다들 비가 그치면 금방 물이 빠질 거라고 기대하는 모양인데, 그럴 가능성은 아주 낮아. 이대로 지반 침하가 계속될 경우 해발 고도가 제로가 될 수도 있어. 그럼 물이 빠지기 전에 식량이 다 떨어질 거야."

"설마 그러기야 하겠어."

"그런 일이 일어나지 않을 거라고 낙관하는 근거가 뭐지?"

후유키는 대답을 못했다. 근거 같은 건 전혀 없었다.

"살고 싶으면 지금 당장이라도 이곳을 탈출해야 해. 물론 나도 그렇게 할 거고. 에미코 씨도 이미 준비를 시작했어. 미오와 유토도 데려갈 거야. 더는 지체할 시간이 없어."

"하지만 날씨가 이런데."

"앞으로 좋아질 가능성이 있다면 기다려도 좋겠지. 그렇지만 기대하기 어려워."

"그럼 나나미 씨는?"

세이야의 얼굴이 어두워졌다.

"어떻게 해서든 데려가야지. 삶의 의욕을 잃은 마당에 우리들까지 사라지면 자살할지도 몰라."

그리고 세이야는 후유키와 아스카의 얼굴을 번갈아 바라보며 말했다.

"제발 너희들도 내가 시키는 대로 해. 함께 이곳을 빠져나가야 해. 안 그러면 죽어. 이건 충고가 아니라 내 부탁이라고 생각해. 다시 말하지만, 너희들이 함께 가느냐 안 가느냐에 따라 우리의 생존율이 달라져."

후유키는 아스카에게 시선을 돌렸다. 그녀는 눈을 감고 있었다. 잠시 후 후유키가 입을 열었다.

"하루만 생각할 시간을 줘."

그러자 세이야는 언짢은 표정으로 고개를 저었다.

"그 하루 때문에 사태가 얼마나 더 악화될지 예측할 수조차 없기 때문에 이렇게 서두르는 거야."

"그럼 내일 아침까지만. 그 이상은 기다리게 하지 않을게."

세이야는 어쩔 수 없다는 듯 한숨을 내쉬었다.

"좋아. 출발은 내일 아침이야. 그 이상은 늦출 수 없어. 같이 갈 생각이 있으면 그때까지 준비해 둬."

"알았어."

후유키에게 받은 전파시계를 다른 시계들과 나란히 놓고 가와세는 만족스럽게 웃었다.

"이제 여섯 개군. 가장 빠른 시계와 가장 늦은 시계의 차이가 대략 20초야. 그 20초 사이에 정확한 시각이 놓여 있다고 생각하면 대체로 맞겠어."

"시계를 모으면 모을수록 오차의 폭이 커지고 있어. 그런데도 평균치만 내면 문제가 없다고 생각하는 거야?"

후유키가 물었다.

"문제가 없는 건 아니야. 하지만 다른 방법이 없잖아."

"궁금한 게 있는데."

"뭔데?"

"어떻게 죽을 작정이야?"

그러자 가와세가 히죽 웃었다.

"역시 그게 신경 쓰이나?"

"알고 있겠지만, 13초 사이에 목숨을 끊어야 해."

"그래. 실낱같은 숨이라도 붙어 있으면 실패지. 그러니까 즉사해야 해. 그렇다면 칼 같은 건 안 되겠지. 목을 자르면 즉사하겠지만 그건 단두대가 없어서 안 되고. 그래서 준비한 게 있지."

가와세가 꺼낸 건 기분 나쁜 검은빛을 띤 권총이었다.

"어디서 그런 걸?"

"어디겠어. 여기서 시계를 찾다가 발견했어. 총알도 들어 있다고. 시험 삼아 발사도 해 봤지. 이놈을 이렇게 하고……."

가와세는 총구를 입에 무는 시늉을 했다.

"방아쇠만 당기면 돼. 백 퍼센트 즉사야."

"도다 씨와 고미네 씨도 같은 방법인가요?"

두 사람은 대답이 없었다.

"다른 방법을 찾아보라고 했어. 내가 죽은 뒤에 하려면 시간이 모자랄지 모르거든. 총을 사용해 본 적도 없는 사람들이라서. 확실한 방법은 많아. 가장 빠른 건 뛰어내리는 거지. 관저 옥상에서 뛰어내리면 틀림없이 즉사할 수 있어."

그제야 후유키는 고미네와 도다가 어두운 표정을 짓고 있는 이유를 알 것 같았다.

"마음을 바꿀 생각은 전혀 없으세요?"

후유키가 고미네와 도다를 보며 물었다.

"말씀드렸다시피, 여기서 다른 세계로 가는 게 아닙니다. 이 세계에서 죽으면 여기서의 인생은 그걸로 끝납니다. 다른 세계에 당신들과 똑같이 생긴 인간이 나타날지는 모르지만, 그게 지금의 여러분들은 아니에요. 그래도 괜찮습니까?"

"우리도 그 점을 생각해 보지 않은 건 아닙니다. 그래도 결론은 하나예요. 그러니 이제 저희를 가만 놔두세요."

그때 가와세가 입을 열었다.

"그러니까 당신은 아직도 망설이고 있다는 거군. 그래서 이미 결단을 내린 사람에게 이러쿵저러쿵 시비를 거는 거 아니야. 안 그래?"

후유키는 가와세의 얼굴을 노려보았다. 하지만 곧 시선을 돌렸다.

"그럴지도 모르지."

후유키가 순순히 인정하자 가와세는 의외라는 듯한 표정을 지었다.

가와세 일행이 방에서 나가자 후유키는 식당으로 갔다. 아스카가 혼자서 앉아 차를 마시고 있었다.

"차 드릴까요?"

"아니. 난 됐어."

후유키는 그녀의 맞은편에 앉았다.

"결심이 섰어?"

그녀는 고개를 끄덕였다.

"나 안 가요. 형, 안 따라간다고요. 가와세 일행과 행동을 함께할 거예요."

"P-13 현상 때 죽겠다는 거야?"

"응."

그녀가 힘없이 대답했다.

"새로운 세상을 만든다는 거, 내겐 무리예요. 이브가 될 자신도 없고. 솔직히 지쳤어요. 미안."

"나한테 사과할 필요는 없어."

"후유키 씨는 결정했어요?"

"아니, 아직. 하지만 일단 출발 준비는 해 두기로 했어."

아스카가 눈을 감고 두 손으로 찻잔을 감쌌다.

"사실 후유키 씨가 형과 함께 간다면 나도 따라갈까 생각해 보기도 했어요. 이브가 될 자신은 없지만 후유키 씨와 함께라면 버텨 낼 수 있지 않을까 하고요. 하지만 그렇게 만만한 게 아닐 거예요. 세이야 씨가 생각하는 새로운 세상을 만든다는 건 엄청나게 힘든 일일 거예요. 그래서 후유키 씨를 좋아하기는 하지만, 그냥 도망가 버리기로 했어요."

아스카의 음성이 떨렸다. 테이블 위로 눈물이 떨어졌다.

후유키는 가슴이 두근거렸다. 안절부절못하던 그는 자리에서 일어나 테이블 반대편으로 갔다. 아스카의 어깨에 손을 얹자 그녀가 그 손을 잡았다.

"미안해요…… 미안해요."

그녀는 그 말을 반복했다.

"괜찮아. 원하는 대로 해. 형의 생각은 이상론일 뿐이야. 무엇이 옳은지는 아무도 몰라. 이런 세상에서는 더더욱. 무엇이 선인지 악인지조차 알 수 없는 세상이니 마음 가는 대로 행동하는 게 당연해."

"고마워요."

아스카가 얼굴을 들었다. 온통 눈물범벅이었다.

"우리, 다시는 못 만나겠죠?"

"내가 형과 같이 간다면 그렇게 되겠지."

그리고 후유키는 말했다.

"하지만 안 갈 거야. 방금 결심했어. 아스카가 어렵게 고백했으니 나도 내 마음을 솔직히 말할게. 너를 여기 두고 떠날 수는 없어. 나도 남겠어."

아스카가 고개를 저었다.

"그러면 안 돼요. 나 때문에 후유키 씨까지 못 가게 할 수는 없어요."

"그렇지 않아. 내가 결정한 거야."

후유키가 아스카의 손을 잡았다.

47

아직 미지근한 바람이 불고는 있지만 비는 그쳤다. 하지만 그것도 잠시뿐일 거라고 생각했다. 날이 밝아 오는데 서쪽 하늘에는 거무칙칙한 구름이 펼쳐져 있었다.

세이야는 귀빈실 창문으로 바깥을 살펴보고 있었다. 그의 뒤에는 커다란 배낭을 비롯해 여러 개의 가방이 놓여 있다. 그 속에는 대부분 식량이 들어 있다. 새로 정착할 땅을 찾을 때까지 며칠이 걸릴지 모르니 일단은 넣을 수 있는 데까지 최대한 채워 넣었다.

"세이야 씨."

뒤에서 목소리가 들렸다. 돌아보니 입구에 에미코가 서 있다.

"나나미 씨를 데려왔어요."

"아, 잘하셨어요. 들어오시라고 하세요."

나나미가 에미코에게 떠밀리다시피 방으로 들어왔다. 그녀는 고개를 숙이고 그의 얼굴을 보지 않으려고 했다.

"그럼 저는 잠시."

에미코가 자리를 비켜 줬다.

세이야는 문이 닫히기를 기다렸다가 나나미에게 말했다.

"이제 출발할 겁니다. 여기 있으면 위험해요. 제발 저희와 같이 갑시다."

"전에도 말씀드렸잖아요. 저, 살고 싶지 않아요. 억지로 목숨을 부지해 봤자 좋은 일이라고는 하나도 없다고요."

"그건 모르는 겁니다. 살아 보지 않고는 몰라요. 포기하시면 안 됩니다."

나나미는 고개를 저었다.

"저 같은 거 신경 쓰지 마세요. 걸림돌만 될 뿐이니까."

"그렇지 않습니다. 솔직히 말해, 나나미 씨가 없으면 저희들은 곤란합니다. 유토나 미오는 나나미 씨가 지켜 주지 않으면 살아남기 힘들어요. 당신의 도움이 필요합니다. 부디 저희들의 힘이 되어 주세요."

세이야가 고개를 숙이고 "부탁드립니다."라고 덧붙였다.

"제발 이러지 마세요."

"제 마음을 좀 알아주세요."

"후유키 씨나 아스카도 있잖아요."

"그 두 사람이 저와 같이 갈지도 아직은 모릅니다. 만일 가지 않을 경우 에미코 씨 혼자서 큰 부담을 지게 됩니다. 그런 상황은 피해야 하지 않겠습니까."

"후유키 씨가 가지 않는다면 제가 간다 해도 다섯 명밖에 안 돼요. 게다가 그중 두 명은 갓난아기와 어린이고요. 과연 생존이 가능할까요?"

"모르겠습니다. 하지만 만약 같이 가 주신다면 어떻게 해서든 여러분을 지켜 드리겠습니다. 제 목숨을 걸고서라도."

나나미가 괴로운 듯 얼굴을 찡그리며 고개를 저었다.

"그 소수의 사람으로는 살아가기 힘들어요. 머지않아 모두 죽을 거예요. 그게 대체 무슨 의미가 있나요?"

"그건 어느 세계에서도 마찬가지입니다. 살아 있는 생물은 언젠가는 죽습니다. 중요한 것은 어떻게 사느냐가 아닐까요. 삶의 의미를 깨달으려면 그저 열심히 살아 보는 수밖에 없습니다."

"저는 이제 사는 의미 따위 어떻게 되건 상관없습니다. 유토나 미오에겐 미안한 말이지만요."

"유토나 미오뿐만이 아닙니다. 저도 나나미 씨가 필요해요.

당신이 있어 준다면 제가 가진 것 이상의 능력을 발휘할 수 있을 것 같습니다."

나나미는 곤혹감과 고민이 뒤섞인 표정을 지었다.

"아무리 그러셔도 저는……."

"혹시 나나미 씨가 가와세나 고미네 씨처럼 P-13 현상이 일어나는 동안 자살할 생각이라면 이렇게 설득하지도 않았을 겁니다. 어느 쪽이 정답일지는 저도 모르니까요. 하지만 그게 아니라 단지 죽음을 기다리는 거라면 우리들과 함께 가 주세요. 그 생명을 제게 맡겨 주십시오."

나나미의 눈동자에 망설이는 빛이 떠올랐다.

"어느 쪽을 선택하건, 죽음이 곁에 있다는 사실에는 변함이 없습니다. 그렇다면 누군가와 함께 있는 편이 낫지 않겠습니까? 저는 나나미 씨와 함께 있고 싶습니다. 혼자 죽고 싶지 않아요."

나나미의 어깨에서 힘이 빠지는 것이 느껴졌다.

"저 같은 여자라도…… 괜찮으시겠어요?"

"당신이 아니면 안 됩니다."

나나미가 천천히 눈을 감았다. 그러고서 잠시 있더니 이윽고 입을 열었다.

"그럼 조금만 더…… 살아 볼까요."

"그렇게 해 주세요. 고맙습니다."

세이야가 그렇게 말하자 나나미는 눈을 떴다. 얼굴에 희미한 웃음이 어려 있었다.

"세이야 씨 때문에 결단을 내리기 힘드네요. 빨리 편해지고 싶은데."

"당신을 죽게 할 수는 없습니다."

세이야가 그렇게 말한 순간이었다. 휘청, 바닥이 움직였다. 나나미가 비명을 지르며 세이야에게 기댔다. 그녀의 몸을 지탱하기 위해 세이야는 바닥에 발을 단단히 딛고 비텼다. 방 안 여기저기서 삐걱거리는 소리가 들렸다.

잠시 후 흔들림이 좀 가라앉자 나나미가 "죄송해요."라며 후유키에게서 떨어졌다.

"어서 준비하세요. 움직이기 편하고 튼튼한 옷으로 갈아입기만 하면 됩니다. 식량과 생필품은 모두 준비해 놨으니까요."

"알겠어요."

아침인데도 바깥은 컴컴했다. 더러운 솜 같은 구름이 공중에서 소용돌이치고 있다.

후유키는 총리 공관 앞에 서서 세이야 일행과 마주 보고 있었다. 세이야 옆에는 에미코와 나나미도 있었다. 세이야는 커다란 배낭을 등에 지고 양손에 가방을 들었다. 에미코는 미오의 손을 잡고 있고 나나미는 유토를 등에 업었다.

"형, 미안해. 그렇게 됐어."

후유키의 말에 세이야가 고개를 끄덕였다.

"하는 수 없지. 좀 더 얘기해 보고 싶지만 시간이 없어."

"그래, 알아."

후유키도 고개를 끄덕였다.

"고미네 씨도 그랬어. 내진 건물도 한계에 다다랐다고. 또 한 번 큰 지진이 오면 어떻게 될지 장담할 수 없다더군. 이 세계에 계속 살려면 가능한 한 빨리 다른 장소로 옮겨야 한다고 했어."

"다음 P-13 현상까지,"

세이야가 자신의 손목시계를 내려다봤다.

"앞으로 이틀 정도 남았네. 끝까지 지켜보고 싶지만 그럴 수가 없어."

"죄송해요."

후유키 옆에 있던 아스카가 말했다.

"이렇게 될 줄 알았으면 좀 더 빨리 말씀드릴걸. 그랬다면 벌써 떠나셨을 텐데."

세이야가 머리를 흔들었다.

"그런 것까지 신경 쓸 필요는 없어. 그보다 어떻게든 앞으로 이틀을 잘 버텨야 해. P-13 현상이 일어나기 전에 목숨을 잃으면 모든 것이 수포로 돌아가니까."

"물론이야. 명심할게."

후유키가 대답했다.

"정확한 시각은 파악할 수 있을 것 같아?"

"가와세 방식대로 할 거야. 시계를 열 개 정도 모았거든."

고개를 끄덕이던 세이야는 갑자기 생각났다는 듯 자신의 시계를 풀었다.

"이것도 가지고 있어. 알겠지만 나는 범인을 체포하기 전에 반드시 시계를 맞춰. 시보를 듣고 초침까지 맞춘 거니까 상당히 정확할 거야. 도움이 될지도 몰라."

"형은 시계 없어도 돼?"

그러자 세이야는 웃으며 "이 세계에서 살아갈 우리에게 시각 따윈 필요 없어."라고 대답했다.

"알았어."

후유키는 시계를 받아 자신의 손목에 찼다.

"그럼 우린 간다."

그러자 후유키는 형의 얼굴을 한 번 바라본 뒤 그 뒤에 있는 나나미와 에미코에게 차례로 시선을 옮겼다. 그들은 불안과 공포를 숨기려 하지 않았다. 무엇이 기다리고 있을지 모르는 여행에 나서는 것이니 당연했다. 더구나 그들이 편히 걸을 수 있는 길이란 존재하지 않을 것이고 그들을 맞아 줄 숙소도 없다. 가도 가도 정글 같은 폐허뿐일 것이다.

후유키는 문득 그들의 눈에 지금 자신들이 어떻게 비칠 것인지 생각해 봤다. 일어날지 어떨지도 모르는 불확실한 기적을 기대하며 이 세계에서의 생을 포기하려는 자란 역시 미련하게 보이지 않을까.

"왜 그래?"

세이야가 물었다.

"아니야, 아무것도. 형, 건강해. 조심하고."

"너도."

이제 영원히 만날 수 없음에도 불구하고 후유키에게 감상적인 생각은 없었다. 그럴 여유가 없다는 사실을 스스로 너무나 잘 알기 때문이었다.

세이야가 뒤돌아서 걸음을 옮기기 시작했다. 두 여성과 미오도 그를 따랐다. 그들 앞에 놓인, 가혹하기 그지없을 여정을 상상하면 그들의 걸음걸이가 너무나 약해 보였다.

그들의 모습이 보이지 않게 됐을 때 후유키와 아스카는 총리 공관으로 돌아왔다. 현관문이 열려 있었다. 건물이 심하게 기울어 있어 문이 닫히지 않는 것이다. 이 문만 그런 것이 아니라 공관 내 곳곳이 비틀려 있었다.

가와세, 도다, 고미네, 세 사람은 식당에 있었다. 도다는 아침인데도 맥주를 마시고 있다. 마치 취한 여세를 몰아 자살을 시도하려는 사람 같았다.

가와세와 고미네는 테이블 위에 늘어놓은 시계들을 들여다보고 있었다.

"다 떠났나?"

가와세가 물었다.

"응."

"여자와 아이들을 데리고 이 파괴된 세계에서 살겠다는 건가. 정말 저 경찰 나리께는 고개가 숙여져."

"형은 형대로 우리를 이해할 수 없을 거야."

"그렇겠지. 뭐, 양쪽 다 목숨을 건다는 점에서는 마찬가지야. 어, 그 시곈 뭐야?"

가와세가 눈을 번득이며 후유키의 손목을 바라봤다.

"형이 줬어. 하지만 전파시계는 아니야."

"그러면 도움은 안 되겠네. 언제 시간을 맞췄는지 모르지?"

"아니. P-13 현상이 일어나기 직전인 건 확실해. 초침까지 맞췄다고 했어."

"그래? 잠깐 보여 줘."

후유키가 손목에서 시계를 풀어 건네자 가와세는 그것을 흥미로운 듯 들여다봤다. 그리고 테이블 위의 다른 시계들과 비교하던 그는 갑자기 얼굴을 찡그렸다.

"뭐야, 차이가 엄청 나는데."

"뭐? 그럴 리가 없는데."

"아니야. 이거 보라고. 다른 시계들보다 1분가량 늦어."

후유키가 다른 시계들을 확인해 보니 가와세의 말대로 세이야의 시계보다 1분 가까이 빠른 시각을 가리키고 있었다.

"이상하네. 왜 그러지?"

"이상할 게 뭐 있어. 경찰 나리가 잘못 맞춘 거지."

"형이 그런 실수를 할 리 없어. 그런 사람이 아니라고."

"그게 아니면 시계가 고장 났거나. 어느 쪽이든 못 쓰는 건 마찬가지야."

그때 고미네가 다가와 세이야의 시계를 집어 들었다.

"아니, 설마······."

"뭐야, 왜 그래?"

그러나 고미네는 대답하지 않았다. 뭔가 망설이는 빛이 역력했다.

"이봐!"

가와세가 화난 투로 채근하고 나서야 고미네가 천천히 입을 열었다.

"이 시계가······ 정확할 수도 있어."

"뭐, 그게 무슨 말이야?"

"전파시계가 일반 시계보다 훨씬 정확한 건 사실이지만, 그건 표준 전파를 정기적으로 수신해서 정확한 시간으로 맞추기 때문이야. 만일 표준 전파 자체에 문제가 생기면 그걸 수신하는 전파시계도 당연히 틀린 시각을 표시하게 되지."

"전파에 문제가 생긴다고? 그런 일이 왜 일어나는데?"

"그야 전파 송신국에 뭔가 문제가 생기면 그럴 수 있지. 이 세계에서는 무슨 일이 일어나도 이상할 게 없어. 송신국이 정지하기 직전까지 정확히 표준 전파를 발신했다는 보장이 없어."

고미네의 설명을 들은 가와세가 짜증 난다는 듯 혀를 찼다.

"그렇게 의심하기 시작하면 끝이 없다고. 경찰 나리의 구식 시계 하나를 믿을 거야, 아니면 최신 전파시계 열 개를 믿을 거야?"

고미네는 고개를 저었다.

"표준 전파에 문제가 생길 경우 전파시계는 모두 동시에 틀리게 돼. 열 개든 백 개든 마찬가지야."

그러자 가와세가 고미네의 손에서 시계를 빼앗아 후유키에게 들이밀었다.

"이거 당신이 갖고 있어. 우리한테는 보여 주지도 말라고. 방해만 되니까. 스스로 목숨을 끊으려는 마당에 이런 걸로 마음을 혼란시켜서야 되겠어?"

후유키가 시계를 받아 들자 가와세는 손가락으로 고미네를 가리키며 말했다.

"시각은 전파시계로 정한다. 그렇게 결정할 테니 다른 말은 마."

고미네는 파랗게 질린 표정으로 두 차례 고개를 끄덕였다.

그 순간, 밑에서 뭔가 솟아오르는 듯한 충격이 전해졌다. 실제로도 후유키의 몸이 공중에 붕 떴다가 바닥으로 떨어졌다.

정신을 차린 후유키의 눈에 천장에서 격렬하게 흔들리는 샹들리에가 들어왔다. 그리고 어디선가 둔중한 충격음이 단속적으로 들렸다. 방 안에서는 목재들이 서로 마찰하는 소리가 났다.

"위험해!"

고미네가 소리쳤다.

"어서 피해. 무너진다!"

후유키는 아스카의 손을 잡았다. 문으로 나가려 했지만 흔들림이 너무 심해 몸을 가눌 수조차 없었다. 두 사람은 기다시피 해서 대리석 테이블 밑으로 들어갔다.

다음 순간, 굉음과 함께 세상이 기울었다. 후유키는 아스카를 끌어안았다.

48

충격이 온몸에 전해졌다. 마치 격렬히 두드려 대는 커다란 북 안에 있는 느낌이었다. 후유키의 몸이 아스카를 껴안은 그대로 수도 없이 튀어 올랐다. 그는 테이블 밑을 벗어나지 않으려고 온 힘을 다해 버텼다.

눈을 감고 입을 닫은 후유키는 몇 번이나 들려오는 굉음에 귀까지 들리지 않게 되자 마치 모든 감각이 마비된 것처럼 느껴져 시간이 얼마나 흘렀는지조차 알지 못하는 상태가 되어 버렸다.

이대로 죽을지도 모른다. 인간이 알 수 없는 초월적인 존재가 우리를 소멸시키려 한다, 후유키는 그런 생각마저 들었다.

거의 모든 감각이 정지된 가운데 맨 먼저 되살아난 것은 후각이었다. 콧속을 가득 채운 먼지 냄새 속에서 그는 어렴풋이 달콤한 향기를 느꼈다. 샴푸 향이었다.

이어 자신의 뺨에 아스카의 머리카락이 닿아 있는 느낌이 되살아났다. 동시에 그녀의 체온이 느껴졌다.

"아스카!"

그는 갈라진 목소리로 그녀를 불렀다.

"괜찮아?"

그녀의 머리가 앞뒤로 살짝 움직였다. 끄덕이고 있는 것 같았다.

후유키는 눈을 떴다. 하지만 사방이 캄캄해서 아무것도 보이지 않았다.

몸을 일으키려던 그는 깜짝 놀라 몸이 굳어 버리는 것 같았다. 무언가가 몸 주위를 에워싸듯 하고 있어 전혀 움직일 수 없었기 때문이다.

"왜 그래요?"

아스카가 물었다.

후유키는 대답하지 않고, 있는 힘을 다해 옆에 있는 것들을 밀쳐 내려 애썼지만 그것들은 꿈쩍도 하지 않았다.

"후유키!"

"갇혀 버렸어."

"뭐?"

"건물이 무너졌나 봐. 천장이나 벽에 깔린 것 같아. 대리석 테이블 밑에 있지 않았다면 아마 우리 둘 다 으스러졌을 거야."

"그럼 어떻게 해요?"

후유키는 대답할 말이 떠오르지 않았다. 뭔가 대책을 말해 주고 싶은데, 아무 생각도 나지 않았다.

"우리, 여기서 빠져나갈 수 없는 거예요?"

"그렇진 않을 거야."

"움직일 수도 없는데?"

후유키가 초조한 듯 입술을 핥았다. 그리고 큰 소리로 가와세를 불렀다. 그 소리에 아스카가 놀란 듯 몸을 움찔했다.

"아, 미안. 조금만 참아."

"응. 난 괜찮아요."

후유키는 다시 가와세와 도다, 고미네의 이름을 차례로 불렀다. 그러나 아무도 대답하지 않았다. 세 사람 모두 무너진 건물에 묻혀 버린 건지도 몰랐다.

"대답이 없네……. 여긴 소방서도 경찰서도 병원도 없으니까 아무도 와 주지 않겠죠?"

아스카의 말에 후유키는 "아직 포기하긴 일러."라고 대답하고 다시 한 번 혼신의 힘을 다해 주위에 있는 것들을 움직여 보려 했다. 하지만 체력마저 떨어져 있는 상태라 힘을 쓸 수 없었다.

"괜찮아요. 무리하지 마. 나 아직 포기한 거 아니에요."

"……무슨 뜻이지?"

"혹시 시계 볼 수 있어요? 어두워서 안 보이겠죠?"

"아니, 보일지도 몰라."

후유키는 아스카의 목에 양팔을 두른 자세 그대로 왼쪽 손목에 찬 시계의 버튼을 눌렀다. 그러자 희미하게 빛이 들어오면서 문자판이 밝아졌다. 바늘이 8시 45분을 가리키고 있었다. 물론 오전일 것이다.

아스카에게 그 사실을 알려 주자 그녀는 다행이라며 "시각만 알면 우리가 이긴 거예요."라고 말했다.

"왜지?"

"그야 다음 P-13 현상까지 기다리면 되니까 그렇죠. 배는 고프겠지만 이틀 정도는 견딜 수 있지 않겠어요?"

그제야 후유키는 그녀가 무슨 말을 하는 건지 알아차렸다.

"이 상태로 P-13 현상을 맞이하자고?"

"다른 방법이 없잖아요. 이대로 움직이지 못하면 결국 죽을 수밖에 없어요. 하지만 우린 원래부터 죽으려 했었잖아요. 조금 일찍 죽는다고 생각하죠, 뭐."

아스카의 말에 후유키는 한숨을 쉬었다.

"그러네. 이 자세로 P-13 현상을 맞는다고 문제 될 건 없지. 이런 상황에서 그런 생각을 다 하다니 대단해. 아스카는 정말 강한 것 같아."

그러자 아스카는 그의 팔 안에서 고개를 저었다.

"강한 게 아니에요. 그러니까 세이야 씨와 함께 가지도 못했죠. 죽는 건 도망치는 거예요. 하지만 죽는 것마저 두려워하고 싶지는 않아요. 더구나 후유키와 함께 있으니 말이에요."

"그렇구나. 그럼 나도 그렇게 생각할게."

후유키는 아스카를 안은 팔에 힘을 줬다.

"하지만 문제가 없는 건 아니에요."

"시계 말이지? 이 시계가 전파시계보다 1분이나 늦어서 어떻게 해야 할지 모르겠어."

"그것도 문제지만, 그보다 더 큰 문제가 있어요."

"뭐지?"

"방법. 죽는 방법요. 이런 자세로 어떻게 죽죠?"

후유키는 말문이 막혔다. 심각한 문제였다. 몇 가지 방법이 머릿속을 스쳤지만, 나름대로 모두 문제가 있었다.

"그건 천천히 생각해 보자. 시간이 있으니까."

후유키의 말에 아스카는 밝은 목소리로 "그래요."라고 대답했다.

어둠 속에서 두 사람은 서로 껴안은 채 그저 시간이 흘러가기만을 기다렸다. 서로의 추억을 들려주고, 감상을 말하고, 때로는 함께 웃었다. 후유키는 문득, 이 세계에 온 이래 처음으로 마음의 평온함을 느끼고 있다는 생각이 들었다. 같은 자세로 계속 있다 보니 몸은 고통스러웠지만 정신적으로는 조금도 피곤하지 않았다.

그는 가끔 시간을 확인했다. 시간의 흐름이 빠르게 느껴질 때도, 느리게 느껴질 때도 있었다. 한시라도 빨리 이 상태를 벗어나고 싶을 때는 느리게 느껴지다가도 자살에 따르는 여러 가지 문제점이 떠오르면 결단의 순간을 늦추고 싶다는 마음이 커졌다.

"있잖아요, 목을 힘껏 조르면 즉사할까?"

"아니. 질식사하기까지는 어느 정도 시간이 걸려."

"어느 정도요?"

"그건 딱 잘라 말하기 힘들어. 1분일 수도 있고, 30초일 수도 있어."

"그럼 P-13 현상이 일어나기 조금 전부터 목을 조르기 시작해서…… 아, 안 되겠구나."

"그래. 그건 안 돼."

후유키는 비통한 감정을 간신히 억누르며 그렇게 말했다. 아스카는 후유키가 자신의 목을 조르는 방법을 생각하고 있었던 것이다.

"역시 즉사할 수 있는 방법을……."

아스카가 거기까지 말하고는 "앗, 차가워."라며 소스라치게 놀라는 듯한 소리를 냈다.

그 의미를 후유키는 금방 깨달았다.

"물이야. 물이 들어오고 있어."

"왜요? 여기 왜 물이 들어오는 거죠?"

"확실치는 않지만, 좀 전의 지진으로 대규모의 지반 침하가 일어났는지도 몰라."

"그럼 이 물은 안 빠지겠네요? 점점 차오른다는 거죠?"

"그건 아직 몰라."

수위가 점점 높아지는 것이 어둠 속에서도 확실히 느껴졌다. 이대로 가면 후유키보다 키가 작은 아스카의 머리가 먼저 물에 잠기고 말 것이다. 그리고 후유키 자신도 결국 잠기게 될 것이다.

두 사람은 필사적으로 몸을 움직였다. 어떻게 해서든 일어서지 못하면 두 사람은 익사하고 만다.

후유키는 그녀를 안아 올려 조금이라도 물에 잠기는 걸 늦추려고 안간힘을 썼다. 하지만 물이 차오르는 속도가 그런 노력을 수포로 돌렸다. 물이 그녀의 귀 높이까지 올라왔다.

"우리, 더는 안 될 것 같아요."

아스카가 가느다란 목소리로 말했다.

"P-13 현상이 일어날 때까지 못 버틸 것 같아요. 죽으면 끝인데."

"아직 몰라."

"이제 됐어요. 나, 포기했어. 그래서 부탁인데, 키스해 줘요. 후유키와 작별 인사 하고 싶어."

후유키가 대답을 못하자 그녀는 다시 "부탁이야."라고 애원하듯 말했다.

이제 정말 끝이라고 생각한 후유키가 몸을 움직여 아스카에게 입 맞추려 한 순간, 여태까지 전혀 보이지 않았던 그녀의 얼굴이 어둠 속에 떠올랐다. 어디선가 빛이 스며 들어온 것이다.

그때였다.

"후유키!"

그를 부르는 소리가 들렸다. 후유키는 그것이 환청이라고 생각했다. 그런데 곧이어 아스카를 부르는 소리도 들렸다. 틀림없는 세이야의 목소리였다.

"형!"

후유키도 외쳤다.

"여기야, 형. 도와줘!"

그는 계속 소리 질렀다. 그러는 사이에도 물은 계속 올라왔고 이제 아스카는 입만 간신히 수면 위로 내밀고 있었다.

"이 아래다!"

세이야의 목소리가 들렸다.

"이 기둥을 치워. 발밑을 조심하고!"

아무래도 세이야는 혼자가 아닌 것 같았다. 어떤 사정이 있어 돌아온 듯했다.

뭔가 무너지는 듯한 큰 소리가 들리고, 후유키와 아스카를 덮고 있던 것들이 벗겨졌다. 동시에 그는 머리에 비가 쏟아지는 것을 느꼈다.

"후유키, 괜찮아?"

소리가 들리는 쪽으로 고개를 돌리니 세이야가 서 있었다. 그의 옷이 온통 진흙투성이였다. 나나미와 고미네의 모습도 보였다.

후유키가 거의 쓰러지다시피 한 아스카를 일으켜 앉혔다. 다행히 그녀는 별로 물을 먹지 않은 것 같았다. 몇 번 기침을 하더니 울음을 터뜨리며 후유키에게 매달렸다.

"이제 괜찮아."

아스카를 달래고 나서 후유키는 세이야를 보았다.

"형, 어떻게 된 거야?"

세이야는 고개를 절레절레 흔들었다.

"너무 늦었어."

"늦다니?"

"일어서서 주위를 한번 봐."

후유키는 천천히 무릎을 세우고 일어섰다. 오랜 시간 동안 한 자세로 있었더니 관절을 움직이자 통증이 왔다.

겨우 일어서 주위를 둘러본 후유키는 할 말을 잃었다. 눈앞에 펼쳐진 광경은 그의 상상을 초월하는 것이었다. 도시가 완전히 물에 잠기기 직전이었다. 대부분의 건물이 무너졌거나 기울어 있었다. 곳곳에서 파도가 밀려오고 물보라가 일었다.

"내 판단 착오야. 탈출을 너무 늦게 했어. 이제 다른 곳으로 옮길 방법이 없어."

"그래서 돌아온 거야?"

"그럴 수밖에 없었어. 그런데 총리 공관이 무너져 있어서 너무나 놀랐어. 가와세와 고미네는 바로 발견했는데, 너희들이 보이지 않더라고. 도다 씨도 그렇게 되고 해서 어느 정도 각오를 했어."

"도다 씨가 어떻게 됐는데?"

그러자 고미네와 나나미가 고개를 숙였다. 세이야가 잠시 뜸을 들였다가 대답했다.

"죽었어. 무너진 천장에 깔려서."

후유키는 숨을 헉 들이쉬었다. 술에 취한 도다의 불그레한 얼굴이 떠올랐다.

아스카가 또다시 흐느끼기 시작했다.

다른 사람들은 공관 안에 피난해 있다고 했다. 가와세도 구조됐지만 다리가 부러졌다고 한다.

이 건물 역시 과연 언제까지 버텨 줄지 알 수 없었다. 3층까지는 이미 물이 차 있었다. 아홉 명은 4층 응접실에 모였다.

"이렇게 되면 이제 선택의 여지가 없는 거 아닐까? P-13 현상이 일어나길 기다려 죽음을 선택하는 길밖에."

후유키의 말에 나나미와 에미코를 포함해 몇 사람이 말없이 고개를 끄덕였다. 세이야는 말없이 창밖을 내다보고 있었다.

"지금 몇 시죠?"

고미네가 후유키에게 물었다.

"오후 3시 조금 지났습니다. P-13까지 앞으로 22시간."

그러자 아스카가 한숨을 내쉬었다.

"아직도 그렇게 많이 남았나……."

그 말은 모두의 심경을 대변하는 것이었다. 후유키 자신도 어서 시간이 지나가길 바라고 있었다.

그때 또다시 건물이 격렬하게 흔들렸다. 벽과 기둥에서 삐걱거리는 소리가 들리자 여자들이 비명을 질렀다.

흔들림이 심해지자 모두가 바닥에 엎드렸다. 가와세는 소파에서 굴러 떨어지며 신음 소리를 냈다.

잠시 후 진동이 멈췄다. 건물은 간신히 붕괴를 면했다.

"이 건물이 무너지면 우리도 끝이야."

고미네가 중얼거렸다.

그때 창밖을 내다보던 세이야가 "모두 위층으로 올라가!"라고 소리쳤다.

"거대한 파도가 오고 있어. 물이 여기까지 올라올 것 같아."

세이야의 뒤에 서 있던 후유키도 그 파도를 봤다. 거리를 뒤덮은 흙빛 수면이 거대하게 팽창된 채 다가오고 있었다. 그 높이가 작은 건물을 집어삼킬 정도였다.

전원이 휘청대는 발길로 계단으로 향했다. 세이야는 가와세를 부축해 데려가려고 했다.

"괜찮아요. 경찰 나리. 나는 내버려 둬. 내가 알아서 할게."

"걷지도 못하면서 강한 척하지 마. 후유키, 좀 도와줘."

후유키는 세이야와 함께 가와세를 부축해 계단을 올랐다. 위층에 도착하는 순간 건물이 크게 흔들렸다. 파도가 건물을 때린 것이다.

계단 아래에서 물기둥이 치밀어 올랐다. 물은 격렬한 기세로 후유키의 발 아래까지 밀려왔다.

"다들 무사해?"

계단을 오른 세이야가 외쳤다.

"나나미 씨! 나나미 씨가 안 보여요."

아스카가 절규했다.

49

계단을 내려가려는 후유키의 어깨를 세이야가 뒤에서 잡았다.

"어쩌려고?"

"몰라서 물어? 나나미 씨를 찾아야지. 좀 전의 파도에 휩쓸려 간 거라고."

"내가 가. 너는 사람들을 대피시켜."

"그렇지만……."

"파도가 또 올 거야. 그리고 수영이라면 너보다 내가 더 잘해."

세이야는 학생 시절 수영부였다. 게다가 인명 구조원 자격증까지 있다. 후유키는 할 말이 없었다.

웃옷을 벗고 계단을 내려가던 세이야가 도중에 멈춰 서더니 후유키를 돌아봤다.

"사람들을 잘 부탁해. 절대 타협하지 마. 하늘은 스스로 돕는 자를 돕는다고 했어. 살려고 애쓰지 않는 사람에게 기적은 일어나지 않아."

"알았어."

후유키가 큰 소리로 대답하자 세이야는 고개를 끄덕이고서 계단을 달려 내려갔다. 그 모습을 눈으로 좇던 후유키는 세이야가 보이지 않게 되자 사람들을 향해 돌아섰다.

"모두 총리 집무실로 갑니다. 서두르세요."

그 말이 끝나자마자 다시 건물 전체가 크게 흔들렸다. 그리고 세이야가 말한 것처럼 높은 파도가 연달아 건물로 들이쳤다.

사람들이 모두 집무실로 대피한 것을 확인한 뒤 마지막으로 후유키가 들어서려 할 때였다. 등 뒤에서 굉음과 함께 물보라가 몰아쳤다. 마치 거센 파도가 바위에 부딪쳐 부서지는 모습과 흡사했다.

계단 아래를 보니 물이 콸콸 소리를 내며 흘러든다. 그 수위가 계단 중간까지 올라와 있었다.

"형! 어디 있어? 나나미 씨!"

그러나 그들은 대답이 없고, 대신 물소리에 섞여 삐걱거리는 마찰음이 들려왔다. 마치 건물이 비명을 지르는 것만 같았다.

그때 "후유키!" 하고 부르는 소리가 들렸다. 세이야의 목소리였다.

잠시 후 아래층 복도 구석에서 세이야가 나타났다. 물이 목까지 차 간신히 머리만 내밀고 있다. 그의 한쪽 팔에 안겨 끌려오고 있는 나나미의 모습도 보였다. 그녀는 기절한 것 같았다.

"괜찮아, 형?"

"다리를 다쳐서 움직이기 힘들어. 내 배낭 속에 로프가 있으니까 찾아서 던져 줘."

"알았어."

후유키는 급히 총리 집무실로 달려갔다. 세이야의 배낭을 뒤져 로프를 찾아냈다. 언제였던가. 후유키와 아스카를 구출할 때 가와세가 사용했던 로프였다.

"어떻게 됐어요, 세이야 씨?"

아스카가 물었다.

"무사해. 로프로 끌어당길 거야."

후유키는 그렇게 대답하고서 로프를 들고 집무실을 나가 계단 아래로 내려갔다. 물은 좀 전보다 더 높아져 있었다.

후유키는 물 위에 로프를 살짝 놓았다. 물의 흐름을 타고 로프의 한쪽 끝이 세이야가 있는 곳까지 흘러갔다. 로프 끝을 잡은 세이야는 그것을 나나미의 몸에 감은 다음 단단히 묶었다.

"됐어. 끌어당겨."

후유키는 천천히 로프를 손으로 끌어당겼다. 물의 흐름이 세서 힘이 꽤 들었다. 어느새 곁에 와 있던 아스카와 고미네도 함께 로프를 당겼다.

이윽고 나나미의 몸이 후유키의 손에 닿았다.

"빨리 방으로 데려가서 인공호흡과 심장 마사지를 해. 서둘러!"

고미네가 나나미를 안고 계단을 올라갔다.

후유키는 다시 로프를 던졌다. 세이야는 아까부터 거의 움직이지 않고 있었다. 내색은 안 하지만 다리를 크게 다친 것 같았다.

세이야가 로프를 잡은 것을 확인한 후유키가 그것을 끌어당기기 시작했다.

"다리, 부러진 거야?"

"그런 것 같아. 수영엔 자신 있는데, 이 꼴이라니."

세이야가 자학적으로 말한 순간 폭발음 비슷한 것이 들리고 건물이 흔들리기 시작했다. 그 흔들림은 서서히 커져 마침내는 서 있기조차 힘들 정도가 됐다.

물이 심하게 요동쳤다. 바닥에 구멍이 뚫리기라도 한 것처럼 물은 계단 아래를 향해 급격히 빠져나갔고, 세이야의 몸도 그와 함께 딸려 갔다. 후유키는 간신히 로프를 쥐고 있었다. 아스카도 함께 당겼지만, 세이야를 자신들 쪽으로 끌어당기기엔 역부족이었다.

"아스카, 내 몸에 로프를 감아 줘. 풀리지 않게 잘 묶어."

"알았어요."

아스카는 후유키의 말대로 그의 허리에 로프를 감았다. 하지만 다음 순간 믿을 수 없는 일이 벌어졌다. 꽝, 하는 소리와 함께 천장의 일부가 무너져 후유키와 세이야를 연결하고 있는 로프 위로 떨어졌다.

후유키는 이를 악물고 있는 힘을 다해 버텼다. 하지만 역부족이었다. 로프는 후유키마저 물속으로 끌어들이려 하고 있었다.

그때, 후유키와 세이야의 눈이 마주쳤다.

'이제 그만.'

형의 눈이 동생에게 그렇게 말하고 있었다.

'그만 할 수 없어.'

후유키는 눈으로 그렇게 답했다.

엄청난 힘이 로프에 가해졌다. 후유키의 몸이 물속에 내동댕이쳐졌다. 이제 끝이라고 생각한 찰나, 로프를 당기던 힘이 갑자기 사라졌다. 그는 있는 힘을 다해 발버둥 치며 계단으로 올라갔다.

간신히 계단에 올라선 후유키는 로프를 잡아당겼다. 하지만 그 끝을 잡고 있어야 할 세이야의 모습은 보이지 않고 빈 로프만 딸려 나왔다.

"형!"

절규했지만 세이야는 대답이 없었다.

물은 급격히 줄어들고 있었다. 후유키는 계단을 내려갔다. 무너진 건물의 잔해 더미 옆에 세이야가 쓰러져 있었다. 그의 몸통에는 건축 자재로 보이는 납작한 판자의 모서리가 박혀 있었다. 거의 몸을 관통한 것 같았다.

"형......"

후유키는 무릎을 꿇고 앉아 세이야를 안아 올렸다.

세이야가 희미하게 눈을 떴다. 얼굴이 창백했다. 그가 들릴 듯 말 듯 한 소리로 뭐라고 중얼거렸다. 동생에게 뭔가 선해 줄 말이 있는 듯했다. 하지만 그것은 미처 소리가 되어 나오지 못했다. 그의 호흡이 꺼져 가고 있었다.

검은 구름이 하늘을 뒤덮었다. 햇빛이 구름에 가로막혀, 과거 도쿄라 불렸던 도시의 잔해는 어둠 속에 가라앉아 있었다. 때때로 구름은 기분 나쁜 소리를 내며 번쩍거렸다. 번개가 치는 것이다. 오직 그 순간만 도시는 처참한 모습을 드러냈다.

건물은 여전히 흔들리고 있었다. 지진 때문인지, 혹은 파도에 부딪쳐서인지, 그것도 아니라면 자신들의 착각인지 이제는 아무도 알 수 없게 되었다.

후유키는 세이야가 준 손목시계를 봤다.

"오전 5시가 넘었습니다."

그가 뒤를 돌아보며 말했다.

"앞으로 여덟 시간이군."

고미네가 한숨을 쉬었다.

"정말 시간 안 가네."

그 말에 맞장구치는 사람은 아무도 없었다. 그럴 힘조차 없는 것이다.

다리가 부러진 가와세는 축 늘어져 있었다. 나나미는 인공호흡과 심장 마사지 끝에 호흡을 되찾았지만 몸을 움직일 수 없는 상태였다. 게다가 그녀는 세이야가 그렇게 된 걸 알고 엄청난 충격을 받았다. 지금까지 모성 본능으로 미오와 유토를 지켜 왔던 에미코 역시 육체적, 정신적으로 피폐해 있었다. 아스카조차 무릎을 끌어안고 앉은 채 전혀 움직이려 하지 않았다.

지금 그들을 지탱해 주고 있는 건 다시 한 번 찾아올 P-13 현상뿐이었다.

그때까지 버티면 죽어도 된다, 아니, 그때 죽어야 한다, 모두들 그렇게 생각했다.

'참 아이러니컬하군.'

후유키는 생각했다. 죽을 때가 결정되었다는 사실만이 그들을 살게 해 주는 힘이 되고 있다고.

총리가 사용하던 의자에 앉아 후유키는 눈을 감았다. 세이야의 마지막 모습이 잔상처럼 떠올랐다.

슬프긴 하지만 상실감은 없었다. 이 잔혹한 세계에서는 살아 있는 것이 오히려 기적이고 죽는 편이 당연하다고 생각되기 때문일지 모른다. 혹은 조만간 자신도 같은 운명에 처할 것을 알기 때문에 그저 형이 몇 시간 먼저 죽은 것이라고 무의식중에 생각하는지도 몰랐다.

갑자기 지축이 울리는 듯한 소리가 들렸다. 후유키는 눈을 뜨고 의자에서 일어났다. 아스카도 동시에 고개를 들었다.

"이번엔 또 뭐지?"

후유키는 창밖으로 시선을 돌렸다. 다음 순간, 폭발음과 함께 강렬한 빛이 눈으로 날아들었다. 벼락이 근처에 떨어신 것이다.

뒤이어 기관총을 쏘는 듯한 소리가 사방에서 들렸다. 앉아 있던 아스카가 튀어오르듯이 일어났다.

"왜 이러지?"

순간, 창밖을 바라보던 후유키가 아연한 표정을 지었다. 거대한 우박이 떨어지고 있었다. 직경이 10센티미터는 돼 보였다.

"우박이야."

후유키가 중얼거렸다.

"뭐? 번개에다 우박까지……. 이거 웃음밖에 안 나오네."

누워 있던 가와세가 어처구니없다는 듯 말했다.

우박 덩어리가 건물에 부딪치는 소리가 점점 커져 갔다. 아스카가 뭐라고 외쳤지만 후유키에게는 들리지 않았다.

돌연 바닥이 기울기 시작했다. 여태까지의 흔들림과는 양상이 달랐다. 한쪽 방향으로 계속 기울었다.

"무너진다!"

마침내 총리 공관도 무너지려 하고 있었다.

굉음과 함께 강력하고 불규칙적인 진동이 엄습했다. 후유키의 머릿속에 건물이 조금씩 무너져 내리는 모습이 떠올랐다. 벽이 휘청하며 휘어졌다. 건물이 기울어지면서 비틀림이 생겨나고 있는 것이다.

"다들 머리를 조심하세요!"

그러나 후유키의 그런 외침은 건물이 무너지는 소리에 묻혀 사람들에게 전해지지 않았다.

뭔가가 위에서 내려왔다. 천장이 내려앉고 있는 것이다. 후유키는 필사적으로 몸을 움직여 책상 밑으로 피했다.

지옥 같은 시간이 몇 시간이고 계속됐다. 거듭되는 지진은 총리 공관의 토대를 허물어뜨려 버렸다. 거기에 홍수와 높은 파도가 계속해서 건물을 흔들어 댔다. 지붕은 떨어져 나가고,

기둥은 부러지고, 벽은 넘어졌다. 완전히 붕괴되지는 않았지만, 총리 공관은 더는 인간을 지켜 주는 구조물이 되지 못했다.

그럼에도 후유키 일행은 살아 있었다. 꼭대기 층 한구석에 모여, 여전히 쏟아지고 있는 우박 섞인 비로부터 자신들의 몸을 지켜 내고 있었다.

바닥이 크게 기울어진 탓에 전원이 벽에 몸을 밀어붙이다시피 한 자세로 쭈그리고 앉아 있었다. 그 벽의 뒤편이 완전히 무너져 내린 상태라는 것도 모두들 알고 있었다.

"1시!"

후유키가 시계를 보며 외쳤다.

"지금 1시를 지났어."

"앞으로 13분이군."

가와세가 신음하듯 말했다.

"아니, 12분이야."

고미네가 말했다.

"그 시계는 1분 늦게 간다고."

"그래? 그럼 앞으로 12분 후에 여기서 뛰어내리면 돼."

"그렇게 하면 편안히 죽을 수 있어요?"

아스카가 물었다.

"아마도. 저 아래는 콘크리트 바닥이잖아. 물이 흐르고 있다 해도 머리부터 떨어지면 즉사야."

"잘될까요?"

"안 될 경우는 그때 가서 생각해야지. 마음 단단히들 먹으라고."

가와세의 목소리에 어딘지 모르게 밝은 느낌이 있었다. 잠시 후면 모든 것이 끝난다는 생각 때문일 것이다.

후유키는 사람들을 둘러봤다. 딸을 꼭 껴안고 있는 에미코의 얼굴에는 딸을 또 한 번 죽여야 하는지 망설이는 표정이 역력했다. 미오는 그런 엄마의 마음도 모른 채 겁에 질린 표정으로 엄마에게 매달려 있었다. 나나미는 유토를 안고 있었다. 실낱같은 호흡을 간신히 유지하고 있는 유토는 요 몇 시간째 울기는커녕 움직이지도 않고 있었다. 그냥 놔둬도 결국 죽고 말 것이라는 게 나나미의 견해였다. 그에 따라 사람들은 유토를 자신들이 가는 길에 동무 삼기로 결정했다.

후유키가 다시 시계를 봤다. 5분이 지나 있었다. 그 사실을 알리려 했을 때, 대지가 신음하는 듯한 무겁고 낮은 소리가 들렸다.

또 무슨 일이 일어난 걸까. 그렇게 생각한 직후 후유키는 자신의 몸이 붕 떠오르는 것을 느꼈다. 비행기가 에어 포켓에 들어섰을 때의 느낌과 흡사했다.

그리고 몇 초 뒤, 격심한 충격이 그를 덮쳐 왔다. 바닥이 더 기울면서 그들이 몸을 의지하고 있던 벽이 무너지기 시작했다.

후유키는 아래를 내려다봤다. 그곳에는 무시무시한 광경이 펼쳐지고 있었다. 지면이 갈라지면서 모든 것을 집어삼키고 있었던 것이다. 불현듯 언젠가 세이야가 그에게 했던 말이 떠올랐다.

'존재해서는 안 되는 곳에 지성이 존재할 경우 그것을 소멸시키기 위해 시간과 공간이 움직인다.'

그럴지도 모르겠다는 생각이 들었다. 죽었어야 마땅한 지성이 P-13 현상의 패러독스에 의해 존재하게 되었다. 우주는 그런 모순을 해소하려 하고 있는지도 모른다. 그렇다면 그건 언제까지일까. 과연 끝은 있는 걸까.

어쩌면 두 번째 P-13 현상이 그 끝일지도 모른다. 우주는 그 전에 지성을 제거하려 하고 있는 것이다. 만일 그렇다면 그 끝을 넘어서면 어떻게 될까. 또다시 모순이 생기는 것은 아닐까. 그리고 그것이야말로 세이야가 말하던 기적이 아닐까.

그런 생각을 하고 있는데 누군가 후유키의 팔을 잡았다. 고미네였다. 그는 자신의 손목에 찬 시계를 들여다보고 있었다.

"앞으로 1분이야."

고미네가 그렇게 외쳤다.

"1분만 견디면 죽어도 괜찮아."

"아니, 잠깐. 그렇지 않을지도 몰라. P-13 현상은 지성이 존재할 수 있는 한계점일 수도 있어. 만일 그렇다면 살 수 있을 때까지 최대한 살아남아야 해."

"이제 와서 그게 무슨 소리야?"

건물이 점점 무너져 갔다. 허물어진 파편이 갈라진 땅속으로 빨려 들어갔다. 모두가 떨어지지 않기 위해 마지막 힘을 쥐어짜 건물 여기저기에 매달렸다.

"시간이 됐어!"

그렇게 외치며 고미네가 뛰어내렸다. 훨훨 춤추듯 떨어지던 고미네의 몸이 뭔가에 부딪치더니 튕겨져 나갔다. 그리고 그대로 건물 더미에 묻혀 버렸다.

"죽었어……."

후유키가 중얼거렸다.

"아무 일도 일어나지 않았어. 아직 P-13 현상은 시작되지 않았어."

그는 다시 시계를 봤다. 바늘이 1시 13분을 가리키고 있었다.

대지가 포효하더니 격심하게 너울거렸다. 이젠 지진이라는 말로 표현할 단계를 넘어서 있었다.

후유키의 몸이 공중에 내던져지는가 싶더니 갑자기 모든 소리가 사라졌다. 뒤이어 빛도 사라졌다. 마지막으로 그의 의식이 사라졌다.

의식이 사라지기 직전 그가 생각한 것은 형의 시계가 정확했다는 것이다.

59

등 뒤에서 총소리가 들렸다. 오픈카의 뒤쪽 시트에 매달려 있던 후유키가 뒤를 돌아보았다.

길에 쓰러진 세이야가 가슴에서 피를 흘리고 있었다.

"형!"

그는 절규했다. 동시에 차를 잡고 있던 손을 놓았다. 그 순간 또 한 번 총성이 울렸다. 그런데 이번 총소리는 아까와는 반대 방향에서 아까보다 훨씬 가깝게 들렸다. 그리고 뭔가가 그의 귓가를 스쳐 지나갔다.

차에서 떨어진 후유키는 순간적으로 유도의 낙법 자세를 취하고 아스팔트 위를 굴렀다. 발등으로 피가 흘러내리고 있었다. 어딘가 부상을 입은 것 같았지만 그는 개의치 않고 재빨리 일어서서 오픈카가 달아난 방향이 아니라 세이야를 향해 달렸다.

머리를 빡빡 민 남자는 수사관들에게 체포됐다. 벤츠에 타고 있던 남자 둘도 곧 포위됐다. 그러나 지금 후유키에게 그런 일은 안중에도 없었다.

세이야는 여전히 길에 쓰러져 있었다. 옆에 있는 수사관이 휴대 전화로 구급차를 부르는 중이었다.

"형!"

후유키가 달려갔다.

"건드리면 안 돼."

수사관이 제지했지만 후유키는 그 손을 뿌리치고 세이야를 안아 일으켰다. 형이 살아날 수 없다는 것을, 아니 이미 이 세상 사람이 아니라는 것을 어쩐지 그는 직감으로 알 수 있었다.

세이야의 얼굴은 죽은 자의 그것이었다. 눈꺼풀은 반쯤 열려 있고, 풀려 버린 동공은 허공을 응시하고 있었다.

갑자기 깊은 상실감이 엄습했다. 형을 잃는다는 것이 얼마나 비통하고 불행한 일인지를 그는 그제야 비로소 깨달았다.

"혼자 가면 어떡해. ……나 때문이야. 내가 쓸데없는 짓을 해서 형을 죽게 만들었어."

후유키는 남의 눈도 의식하지 않고 울부짖었다.

한 걸음 앞으로 내디디고서 에미코는 심호흡을 했다. 그녀는 딸의 손을 잡고 빌딩 옥상에 있었다. 그 부분만 난간의 높이가 낮았다.

'이 길밖에 없어.'

그녀는 스스로에게 다짐하듯 그렇게 말했다.

남편이 병으로 죽은 건 1년 전이었다. 그 이후 혼자서 열심히 미오를 키워 왔지만, 이제는 한계에 다다랐다고 생각했다. 그녀가 일하던 회사는 3개월 전에 도산했다. 게다가 그녀에겐 남편의 병원비로 인한 큰 빚이 있었다. 파트타임 일거리로는 그날그날 입에 풀칠하기도 버거웠다. 집세도 여러 차례 밀리는 바람에 결국 부동산업자로부터 이번 주 안에 집에서 나가 달라는 통보를 받은 상태였다.

딸을 데리고 길거리를 헤맬 수는 없었다. 그렇다고 혼자 죽어 버리면 남겨진 미오는 더 큰 고통에 시달리게 될 것이다.

'이 길밖에 없어.'

그녀는 다시 한 번 마음속으로 되뇌었다.

그녀가 공중으로 발을 내디디려 한 순간이었다.

"엄마."

미오가 그녀를 불렀다. 에미코가 딸을 내려다보자 미오는 발밑을 가리켰다.

"엄마, 개미."

"뭐?"

미오가 가리키는 곳을 보니 개미 몇 마리가 움직이고 있었다.

"굉장해, 이 개미들. 이렇게 높은 곳까지 기어 올라왔나 봐. 이렇게 조그만데도."

미오의 눈이 반짝반짝 빛났다.

그 얼굴을 보고 있으려니 에미코의 마음을 덮고 있던 검은 구름이 바람에 실려 날아간 듯 엷어졌다. 그녀는 중압감이 사라지는 것을 느꼈다.

'그래, 내겐 이 아이가 있어. 그걸로 충분하지 않아?'

설사 모든 걸 빼앗기더라도 이 아이만은 나의 것이다. 만약

이 아이를 잃는 날이 온다면 그때 세상을 뜨면 된다.

에미코가 딸에게 미소를 지어 보였다.

"춥지? 안으로 들어가자."

"응."

미오가 웃는 얼굴로 끄덕였다.

잡아 둔 말 중에서 계마를 골라 장기판 위에 놓았다. 맞은편에 앉은 다쿠지가 낙담하는 표정을 짓는 것을 보고 가와세는 히죽 웃었다.

"승부가 났네. 쓸데없이 발악하지 말고 어서 지갑이나 꺼내."

"아니, 조금만 더."

다쿠지는 팔짱을 끼고 장기판을 노려봤다.

가와세는 벽에 걸린 시계를 봤다. 바늘이 1시 13분을 가리켰다.

갑자기 문밖이 소란스러웠다. 남자들의 거친 고함 소리가 들려왔다.

가와세는 옆에 있는 책상 서랍을 열었다. 총이 들어 있었다. 그것을 잡은 것과 동시에 문이 열렸다. 가와세는 순간적으로 그 자리에 주저앉았다. 총알이 머리 위를 스쳐 지나가 벽에 박혔다.

머리에 헬멧을 쓴 남자가 들어왔다.

"너 이 자식, 아라마키파 끄나풀이지?"

가와세는 총구를 그에게 향한 뒤 방아쇠를 당겼다.

그러나 총알은 발사되지 않았다. 몇 번이고 당겼지만 마찬가지였다.

"뭐야, 총알도 없잖아."

다쿠지가 가와세를 보며 실실거렸다.

헬멧을 쓴 남자가 다시 가와세를 향해 총구를 겨눴다.

"잠깐. 기다려!"

총구가 불을 뿜었다.

대형 모니터에 표시된 숫자가 '000'을 나타낸 지 수십 초가 흘렀다.

담당자가 자신의 시계를 확인한 뒤 오쓰키 총리를 향해 고개를 끄덕였다.

"P-13 현상이 무사히 지나간 것 같습니다."

회의실 안에 안도감이 감돌았다. 각 부처 책임자들의 얼굴에도 미소가 번졌다.

오쓰키는 다가미 비서관을 올려다봤다.

"문제의 13초 동안 사망 사고나 사건이 발생했는지 신속히 알아보게."

"알겠습니다."

다가미가 경찰청 관계자들과 얘기 나누는 걸 지켜보다가 오쓰키는 팔짱을 끼고 눈을 감았다. 아무래도 천재지변 같은 건 일어나지 않은 것 같다. 하지만 아직은 안심할 수 없었다.

P-13 현상이 일어나는 동안 지성이 소멸하면, 즉 인간이 죽거나 하면 타임 패러독스가 일어나 역사가 부분적으로 바뀔지 모른다는 것이 전문가들의 견해였다. 다만 그 범위가 어느 정도인지는 아무도 몰랐다.

"총리님."

귓전에서 자신을 부르는 소리가 들리자 오쓰키는 눈을 떴다. 다가미였다.

"현 시점에서 확인할 수 있는 건 2건입니다. 사건과 사고가 하나씩입니다."

"사건은 어떤 거지?"

"강도 살인범을 쫓던 경찰관이 순직했습니다. 경시청 관리관이라고 합니다."

"경시청? 하필이면 경찰관이……."

오쓰키가 입술을 일그러뜨렸다.

"사고라는 건 교통사고인가?"

"그렇습니다. 나카노 구에서 회사원이 운전하던 자동차가 인도로 돌진했습니다. 타고 있던 회사원 두 명과 인도에 있던 노부부가 사망했다고 합니다."

"그러면 전부 다섯 명이군. 별수 없지, 뭐."

그때 경찰청 관계자가 다가와 다가미의 귀에 대고 뭐라고

속삭였다. 다가미의 얼굴이 어두워졌다.

"왜 그래?"

"사고가 한 건 더 있었나 봅니다. 이다바시 공사 현장에서 철제 빔이 추락했다고 합니다. 한 명이 깔려 사망했습니다. 젊은 남성인가 봅니다."

"내 참."

오쓰키가 앞머리를 쓸어 올렸다.

"그럼, 여섯 명이군. 그 정도로 끝나야 할 텐데. 그래도 여섯 명이나 죽었는데 별다른 영향이 없는 걸 보면 타임 패러독스 같은 건 일어나지 않은 거 아닐까?"

"아니요, 아직은 뭐라 단정할 수 없습니다."

JAXA에서 파견된 담당자가 말했다.

"먼저도 말씀드렸듯이 한 달 뒤에 P-13 현상의 반동이 옵니다. 그것이 지나가 봐야 결론을 내릴 수 있습니다."

"반동이라. 그럼 그때도 사람이 죽으면 안 되는 건가?"

"그렇습니다. 다음번 P-13 현상이 지나간 뒤에야 비로소 이번 패러독스의 영향이 판명될 겁니다."

형사 부장의 이마에 길고 깊은 주름이 잡혔다. 후유키는 되도록이면 그 주름을 보지 않으려고 애썼지만 질문만 받으면 이내 눈길이 그곳으로 갔다. 그리고 그때마다 자신이 얼마나 큰 잘못을 저질렀는지 통감했다. 형사 부장뿐만이 아니었다.

수사 1과장이나 이사관도 구가 세이야라는 부하를 잃고 크게 낙담하고 있는 걸 후유키는 느낄 수 있었다.

후유키는 경찰청에 와 있었다. 세이야의 순직에 관련된 수사관 전원이 조사를 받아야 하기 때문이다. 그날 그곳에서 일어난 일을 후유키는 숨김없이 얘기했다. 물론 징계 처분이 내려질 것은 이미 각오했다.

"무슨 얘기인지 대충 알겠어. 다른 수사관들의 진술과도 일치하는군."

그리고 형사 부장은 잠시 숨을 돌린 뒤 "사건에 관한 질문은 다 했네. 그런데 하나 물어보고 싶은 게 있어. 자네들 형제 사이가 별로 좋지 않았다는 얘기가 있는데, 그게 사실인가? 그리고 그것이 이번 일과 관련이 있을 가능성은 없나? 정직하게 대답해 주게."라고 말했다.

후유키는 일단 눈을 감았다가 뜨며 형사 부장을 봤다.

"제가 형의 생각을 이해하지 못했던 것은 사실입니다. 그것이 이번 실수로 연결됐습니다. 하지만 저는 형을 존경했습니다. 경찰관으로서뿐 아니라 인간으로서도요. 그리고 형도 저를 사랑했을 거라고 믿습니다."

형사 부장은 가만히 고개를 끄덕이고는 "그럼 됐네."라고 말했다.

후유키가 방에서 나와 복도를 지나가는데 반대편에서 우에노라는 수사관이 다가왔다. 세이야의 부하였던 사람이다. 그도 조사받은 수사관 중 하나다.

"끝났나 보군."

"네. 어떤 징계가 내려질지는 모르겠지만요."

그러자 우에노는 "자네가 징계를 받을 일은 없을 것 같은데."라고 말한 뒤 고개를 갸우뚱하며 후유키의 왼쪽 귀로 시선을 가져갔다.

"상처는 괜찮나?"

"오늘 병원에 갑니다. 실을 뺀답니다."

"그렇다면 다행이군."

그리고 우에노는 휴대 전화를 꺼내 메일을 확인하더니 "난 그럼 실례하겠네."라고 말했다.

"사건인가요? 바쁘신 것 같네요."

그러자 우에노가 입술을 씰룩했다.

"맡기 싫은 사건이야. 동반 자살. 엄마가 태어난 지 3개월 된 아기를 데리고 자살을 시도했어. 엄마는 병원에 실려 갔는데 의식 불명이라는군."

"아기는요?"

"엄마가 목을 졸랐다는데 기적적으로 호흡이 돌아왔어. 지금은 괜찮대."

"네······."

아기의 앞날을 생각하자 후유키는 마음이 어두워졌다.

경찰청을 나온 그는 이다바시에 있는 데이토 병원으로 갔다. 가는 도중 서점에 들러 스포츠 잡지를 샀다. 진료 순서를 기다리는 동안 읽을 생각이었다.

귀의 상처는 세이야가 살해되던 날 생긴 것이다. 오픈카를 운전하던 남자가 총을 쏘았다. 하지만 그와 동시에 후유키가 차에서 떨어지면서 총알은 그의 왼쪽 귀를 스치고 지나갔다. 결국 상처를 다섯 바늘이나 꿰맸지만 후유키는 누군가 피가 흐른다고 얘기해 줄 때까지 자신이 상처를 입은 사실조차 몰랐다. 세이야의 일로 정신이 나가 있었기 때문이다.

데이토 병원 건너편은 빌딩 공사장이었다. 그러나 공사는 중단된 상태다. 들은 바로는 철제 빔이 추락하는 사건이 있었다고 한다. 청년 하나가 거기 깔려 죽었다는 것이다.

후유키가 그곳을 지나가는데 마침 간호사 복장의 젊은 여성이 꽃을 바치고 있었다. 그 모습을 물끄러미 바라보다가 그녀와 눈이 마주쳤다. 그녀가 어색한 표정으로 인사를 했다.

"돌아가신 분과 아는 사이십니까?"

후유키는 자신도 모르게 그렇게 묻고 말았다.

"아니요. 모르는 분이에요. 다만, 사고가 났을 때 저도 여기 있었거든요."

"당신도요?"

"네. 깔린 사람이 그분이 아니라 제가 될 수도 있었죠."

"네? 그럼……"

"여길 걸어가고 있는데 그분이 위험하다고 소리치며 저를 밀쳐 냈어요. 그 덕분에 저는 목숨을 건졌죠. 대신 그분이……."

그녀는 고개를 숙였다.

"그분은 제 생명의 은인이에요."

"그랬군요."

"죄송해요. 별 얘기를 다 하고……. 혹시 저희 병원에 오셨나요?"

그녀가 후유키의 귀를 쳐다보며 물었다.

"네. 성형외과 쪽에."

"그렇군요. 치료 잘 받으세요."

"고맙습니다."

그녀와 헤어져 병원으로 들어선 후유키는 창구에 진찰권을 제출한 뒤 성형외과 대기실로 갔다. 대기실에는 세 명의 환자가 있었다. 그중 한 명은 여고생으로 보였다. 니트 모자를 눈썹이 덮일 정도로 눌러쓴 것은 머리에 붕대가 감겨 있기 때문인 것 같았다. 후유키는 그녀의 옆에 앉아 스포츠 잡지를 읽기 시작했다.

잠시 후 후유키는 그 여고생이 자신의 잡지를 들여다보고 있는 것을 알아챘다.

"관심 있는 기사라도 났어요?"

"그 사람, 우리 학교 선배예요."

후유키는 여고생이 가리키는 페이지로 눈길을 돌렸다. 여자

축구 선수에 관한 특집 기사가 실려 있었다.
"축구부예요?"
"풋살요. 저, 그거 좀 봐도 되나요?"
"그래요."
그렇게 대답했을 때 진료실 문이 열리고 간호사가 얼굴을 내밀었다.
"나카하라 씨, 나카하라 아스카 씨!"
"네."
여고생이 대답하며 아쉬운 듯 후유키를 봤다.
후유키는 웃음을 지으며 그녀에게 잡지를 내밀었다.
"가져가도 돼요."
"정말요? 고맙습니다."
그녀는 기쁜 표정으로 잡지를 받아 들며 "혹시 다음에 만나면 꼭 답례할게요."라고 말했다.
"괜찮아. 신경 쓸 것 없어요."
후유키가 대답하자 그녀는 가볍게 목례하고 진찰실로 들어갔다.
후유키는 닫힌 문을 바라보며 '병원에 오는 즐거움이 하나 생겼네.'라고 생각했다.

PARADOX 13